허 준

許 俊

허 준

許 俊

글누림 작가총서

허 준

자기 성찰과 타자의 윤리학

이승윤 엮음

글누림

자기성찰과 타자의 윤리학

허준은 1930년대 후반 대표적인 신세대 작가였다. 하지만 오랫동안 그는 월북 작가였다는 이유로 문학사에서 제외되었다. 해금 이후 그가 과작(寡作)의 작가임에도 불구하고 한국문학사의 한 자리를 차지할 수 있었던 것은 그의 독특한 작품세계 때문이다. 허준에게 따라 붙는 '진정한 근대주의자', '미학적 현대성'과 같은 수사나 '주체적 글쓰기 방식으로 근대적 예술의 면모를 보여준 작가'란 평가는 모두 허준의 예외적인 작품세계에서 말미암은 것이다.

허준에게 문학은 자신의 내적 진실을 탐색하고 세계와의 거리를 조정하는 바로미터였으며 그것은 곧 허준 문학의 내용이자 형식이 되었다. 허준은 1930년대 모더니즘 작가들 중 드물게 실존주의적 관점에서 존재론과 타자의 윤리학에 대해 천착한 작가라 할 수 있다. 작품 속 주인공을 통해 드러나는 자기 성찰과 반성은 자신의 존재성을 탐구한 윤리적 지식인에 가까운 허준의 모습을 엿보게 한다.

　허준 소설의 모더니즘적 특징은 고독과 허무에 가득 찬 주인공을 등장시켜 자의식적이고 실존적인 경향으로 드러난다. 식민 치하에서 고독과 허무는 허준 자신의 내면을 드러내는 문학적 장치였다. 고독과 허무에 대한 의식은 근대의 산물이다. 세계로부터 소외된 고독한 주인공들은 타자와의 관계를 지향하며 폐쇄적인 주체에서 타자 인식의 가능성을 내재하고는 있지만 현실의 장으로 나아가지는 않는다. 이러한 경향은 문학이 담아내야할 진정성이란 현실에 대한 모사와 반영이 아니라 개인의 내부에 있다는 허준의 작가의식에서 말미암은 것이다.

　해방 이후 허준의 작품세계는 일정한 변화를 겪는다. 기쁨과 환희가 들끓던 해방공간에서 허준은 객관적이고 냉정한 시각으로 해방을 바라보며, 타자성을 통해 자아의 성장과 변화를 모색한다. 가치판단을 배제하고 서술 대상과 일정한 거리를 유지하며 현실을 바라봄으로써 객관적인 상황 파악이 가능해진 것이다. 구체적인 현실과 대면한 주인공을 등장시켜 이념간의 대립을 넘어선 새로운 전망을 탐색하기도 하며, 고립된 공간에서 벗어나 자아의 변화 성장을 통해 새로운 주체를 확립해 나가기도 한다. 초기소설에 잠복해 있던 타자성은 해방 이후 식민 공간에 대한 객관적 시각을 확보하는 기반이 되며 이항 대립을 극복하는 중요한 자산이 된다.

　이 책은 그 동안 발표된 허준 소설에 대한 연구들을 정리하고 새롭게 조망하고자 하는 의도에서 기획되었다. 허준에 대한 이전의 연구들은 허준이 작품활동을 하던 1930년대에서 해방공간에 이르기까지 백철, 안함광, 김남천 등에 의해 이루어진 단편적인 평론들과 함께 1980

년대 후반 월북작가에 대한 해금이 이루어진 이후에 발표된 논문들, 그리고 1990년대 이후 본격적으로 발표되기 시작한 학위논문들로 나누어 살펴볼 수 있다. 이 책에 실린 글들은 80년대 이후부터 최근까지 발표된 논문들을 가려 뽑은 것이다.

1부의 '총론'에서는 허준의 삶과 문학 전체를 개관하고자 두 편의 논문을 실었다. 「「습작실」 연작을 통해 본 허준 소설의 문학적 궤적」은 「習作部屋から」(1940)로부터 출발하여 「續 습작실에서」(1947)에 이르기까지 이른바 습작실 연작을 대상으로 작가의 의식세계와 작품의 변화 양상을 살펴본 논문이다. 「자기 성찰과 '주체' 정립의 도정－허준의 삶과 문학작품」은 허준의 전체 작품을 대상으로 작가의 내적 조건과 함께 해방 후의 문학에 이르는 일련의 도정을 꼼꼼하게 천착하고 있는 글이다.

2부의 '주제론'에서는 허준 문학을 해명하는 중요한 키워드인 미학적 현대성, 타자성, 실존주의 등을 테마로 한 논문들을 수록하였다. 「허준 소설의 '미학적 현대성' 연구」는 허준의 작품에 나타난 모더니즘적인 특성과 '미학적 현대성'의 문제를 치밀하게 규명하고 있으며, 더불어 '미학적 현대성'이 하버마스적인 의미에서의 '사회적 현대성'과 어떻게 길항하며 어떠한 관련성을 맺고 있느냐에 관해서 살펴보고 있는 논문이다. 「허준 소설에 나타난 타자 인식의 서사적 기능과 의미 연구」는 허준 소설에 나타난 근대성과 반근대성, 리얼리즘과 모더니즘의 교섭 양상을 해명해 줄 수 있는 단서로 '타자성'에 주목하고 있는 글이다. 「해방기에 나타난 허준의 변모 양상」은 해방기의 작품들을 대상으로 허준의 자의식이 어떻게 역사의식으로 발전해 가는지와 그것의 성과와 한계에 대해 논의하고 있는 글이다. 「1930년대 후반기 모더니즘 소설의 '정치적 무의식' 읽기－최명익과 허준을 중심으로」는 두 작가의 작품을 프레드릭 제임슨의 '정치적 무의식' 개념을 활용하여 이들 작품이 지닌 부정성(否定性)의 의미를 평가하고 있는 논문이다. 「해방기 문학의 내적 형식과 길 모티프 연구－이용악의 시와 허준의 「잔등」을 중심으로」는 이용악과 허준이 해방의 감격을 즉자적으로 받아들이는 대신 해방의 의미를 각각의 장르적 관점을 빌어 객관적으로 형상화한 작가였다는 전제 아래, 이용악의 시와 허준의 「잔등」을 대상으로 한국문학의 내적 형식으로서 길의 상징성과 그 여로를 중심으로 고찰한 흥미로운 글이다.

3부 '작품론'은 개별 작품에 대한 본격적인 연구결과들을 모았다. 「허준과 윤리의 문제－「잔등」을 중심으로」는 귀환을 통해 쇄신되고자하는 주인공이 민족의 도덕과 인간의 윤리사이에서 겪는 갈등과 고민을 밀도있게 다루고 있는 논문이다. 「식민지 체험과 식민주의 의식의 극복－허준의 「잔등」 연구」는 앞의 논문과는 조금 다른 시각에서 「잔등」을 바라보고 있는 연구이다. 『잔등』이 당대의 다른 소설에서 발견하기 힘든 해방 이후의 현실 속에서 새롭게 발견되는 지배와 복종, 폭력과 반폭력, 원한과 복수, 화해의 문제를 다루고 있음을 평가하고 있다. 한편 「허준의 「잔등」 연구」는 여로에 나타난 시공간의식을 중심으로 등장인물의 현실인식 변화를 추적해 봄으로써 해방 현실에 관조적이고 관찰자적 거리를 유지하던 주인공이 만남의 모티프와 길의 시공간의식이라는 장치를 통해 현실에 대한 좀 더 객관적인 통찰에 이르게 되었다고 평가하고 있는 논문이다. 「허준의 「속 습작실에서」(1948)론」은 한국사회의 경험적 구체성을 소중히 여긴 체화된 근대주의자로서 허준을 상정하고, 「속 습작실에서」에서 드러난 '초월적 경험론'의 양상을 면밀히 분석하고 있는 글이다. 「허준 소설 연구-존재론적 자아 탐구의 여정」은 허준의 전체 소설이 일종의 성장소설로 읽힐 수 있다고 말하면서 격정기의 사회현실에서 깊이 있는 자기반성과 성찰을 보여주지 못한 다른 작가나 작품들과는 다른 미덕을 허준의 작품이 보여주고 있음을 꼼꼼하게 살피고 있다.

여기에 실린 논문 외에도 최근까지 허준에 관한 여러 연구 성과들이 제출되었지만 지면 관계상 모두 싣지는 못하였다. 우선은 연구 주제들이 가능한 서로 겹치지 않고 다양한 관점을 보여줄 수 있도록 배려하였다. 재수록을 허락해준 여러 선생님들에게 진심으로 감사드린다. 부록의 작가연보는 서재길이 편(編)하여 2009년에 발간한 『허준 전집』(현대문학)을 주로 참조하였으며 일부내용을 수정 보완한 것이다. 허준이 태어난 해가 1910년이니 올해로 벌써 탄생 100주년이 넘은 셈이다. 지나온 시간만큼이나 허준에 대한 연구와 그 성과들이 풍성해졌으면 하는 바람이다.

2011년 7월

이 승 윤

차 례

제 1 부
허준의 삶과 문학

「습작실」 연작을 통해 본
허준 소설의 문학적 궤적

1. 「習作部屋から」에서 「續 습작실에서」까지의 거리

허준은 1935년 『조선일보』에 시 「모체(母體)」를 발표하며 등단한다. 그의 문학적 출발은 시에서 비롯되었지만, 이후 그의 창작은 시와 소설, 평론과 수필에 이르기까지 여러 장르에 걸쳐 있다. 하지만 허준이 다작(多作)의 작가는 아니었다.[1] 습작 수준의 시와 작품집의 서문까지를 포함하여도 40편이 채 되지 않는 글들이 남아있을 뿐이다. 허준의

---

* 이승윤 / 한국방송통신대학교 전임대우강의교수

1) 전집에 의하면 지금까지 발굴된 시와 소설은 각각 12편, 수필과 평론, 잡문은 모두 합쳐 13편이다. 서재길 편, 『허준 전집』, 2009, 597~598면 참조.

본격적인 소설 창작은 1936년 『조광』에 「탁류」를 발표하면서부터이다.

1930년대 허준의 작품에 대한 평가는 주로 첫 작품인 「탁류」에 집중되어 있다. 대부분은 그의 작품이 인생문제를 탐구하는 니힐리즘적 분위기와 심리주의적 소설기법의 새로움을 갖춘 것으로 평가하였다. 특히 백철은 「탁류」를 '금일 창작의 최고봉'이라 추켜세우기도 하였으며,[2] 30년대 후반 이른바 '세대논쟁'의 맥락에서는 허준을 중요한 신진 작가로 평가하기도 하였다.[3] 해방 이후에는 주로 「잔등」을 중심으로 허준에 대한 비평이 이루어졌는데 기법적인 측면은 인정하면서도,[4] 내용적인 측면에서는 감격도 없고 자기 변혁의 과정도 없으며,[5] 사회 역사적 관심이 부족한 점을 들어 역사의식의 한계를 지적하고 있다.[6]

1980년대 이후 월북 작가에 대한 해금이 이루어지면서 허준에 대한 본격적인 연구가 시작되었다. 대부분의 연구는 허준의 초기 소설이 심리주의 소설의 경향 혹은 모더니즘적 경향을 보여주고 있음에 주목하고, 해방 이후 심리소설의 경향을 조금씩 탈피해가는 과정을 추적하고 있다.[7] 이외에도 작가의식의 변모양상을 중심으로 다룬 연구,[8] 미학적

---

2) 백철, 「금일 창작의 최고봉-신인 허준의 「탁류」를 薦함」, 『조선일보』, 1936.2.20.
3) 암함광, 「作壇, 批評壇의 회고와 전망」, 『조선문학』, 1937.1.; 김남천, 「신진 소설가의 작품세계」, 『인문평론』, 1940.2.
4) 홍효민, 「해방 이후 소설계의 회고와 전망」, 『신문학』, 1946.10.
5) 김남천, 「창조적 사업의 전진을 위하여」, 『문학』, 1946.7.
6) 정태용, 「현금 창작단의 동향」, 『신천지』, 1949.1.
7) 채호석, 「허준론」, 『한국학보』15집, 1989.; 박훈하. 「허준 소설의 고독과 현실주의 문학과의 상관성 연구」, 부산대 석사, 1991.; 홍혜준, 「허준 문학 연구」, 서울대 석사, 1998.; 최강민, 「해방기에 나타난 허준의 변모양상」, 『우리문학연구』 10집, 2004.
8) 오병기, 「허준 소설 연구-자의식의 변모양상을 중심으로」, 『우리말글』13집, 1995.;

현대성,9) 식민주의 등의 개념을 동원한 작품 연구,10) 작품 속 윤리의 문제11) 등을 다룬 연구 성과들이 제출되었다.

이상에서 살펴본 바와 같이 허준 소설에 대한 대부분의 연구는 「탁류」와 「잔등」, 두 작품에 집중되어 있다. 두 작품이 해방 전과 해방 후의 작품 세계를 대비할 주요한 작품으로 두루 판단한 결과로 보인다. 하지만 과작(寡作)의 작가인 허준의 많지 않은 작품 중에서 특정 작품에만 연구가 집중될 경우 작가의 전체 작품 세계를 조명하는 데에는 일정한 한계를 가질 수밖에 없다.

본 연구는 이상의 연구 성과들을 바탕으로 허준의 「습작실」 연작에 대해 살펴보려 한다. 허준은 해방 직후인 1946년 발표한 「잔등」의 서문에서 "나딴은 그 위험한 첫 시기 이래 한 번도 이 나의 열렬한 문학에 대한 지향의 단초와 집요한 염원을 버려본 적"12)이 없음을 고백하고 있다. 일차적으로는 이러한 글쓰기에 대한 치열함이 '습작실' 연작으로 나아간 것이라 짐작할 수 있다. 허준의 초기 소설이 대부분 인간 내부의 심리묘사나 근원적 고독을 문제 삼았다면, 해방 후 그의 시선은 역사나 사회와 같은 거시적인 차원으로 확장되는 양상을 보인다. 따라서 해방을 전후하여 발표된 「습작실」 연작은 허준의 작품세계의 변화 양상을 분명하게 보여줄 수 있는 유용한 텍스트라 할 수 있다.

황경, 「허준 소설 연구-존재론적 자아탐구의 여정」, 『현대문학이론연구』13집, 1999.
9) 권성우, 「허준 소설의 미학적 현대성 연구」, 『한국학보』19집, 1993.
10) 김종욱, 「식민지 체험과 식민주의 의식의 극복-허준의 「잔등」연구」, 『현대소설연구』22집, 2004.
11) 신형기, 「허준과 윤리의 문제-「잔등」을 중심으로」, 『상허학보』17집, 2006.
12) 서재길 편, 『허준 전집』, 현대문학, 547면.

　　본 연구의 대상은 구체적으로 「습작실에서」(『문장』, 1941)와 「續 습작실에서」(『조선춘추』, 1947), 그리고 최근 발굴된 「習作部屋から」(『조선화보』, 1940)이다. 「習作部屋から」는 「續 습작실에서」의 저본이 되는 작품이다. 후자의 경우 중편소설의 분량이지만 일본어로 쓰인 「習作部屋から」의 경우는 200자 원고지 약 40장 분량의 짧은 단편이다. 해방 전에 발표한 「習作部屋から」를 해방 후 발전시킨 작품이 「續 습작실에서」인 셈이다. 그렇다면 일정한 시간적 거리를 두고 작가가 자신의 작품을 상호 텍스트적으로 다시 쓰는 이유는 무엇일까? 허준은 왜 해방 후 다시 7년 전의 작품을 재구성하여 발표한 것일까? 작가가 동일한 서사에 집착한 이유는 무엇이며, 이전과 이후 두 작품 사이에 변별되는 지점은 무엇인가?

　　본 연구에서는 우선 「習作部屋から」와 「續 습작실에서」를 비교 분석해 볼 것이다. 작가가 「續 습작실에서」의 전작(前作)으로 상정한 작품은 「習作部屋から」가 아니라 「습작실에서」(1941)였다. 하지만 「習作部屋から」가 「續 습작실에서」의 모태가 되는 작품이란 점에서 이에 대한 검토는 필수적이다. 지금까지 허준의 습작실 연작에 관한 연구들이 「습작실에서」와 『續 습작실에서』의 관련만을 문제 삼았다면, 「習作部屋から」에 대한 검토는 그 원형으로부터의 출발이란 점에서 의미를 가진다. 나아가 「습작실에서」와 「續 습작실에서」가 연작소설로서 갖는 의미를 살펴보고 두 작품의 대비를 통해 작가의식의 변모양상과 작품 속의 주요 모티프인 '돈'과 '죽음'이 갖는 의미에 대해 살펴보도록 한다.

2. '자기만의 청춘'에서 '고독'으로

「습작실」 연작은 외부적 사건보다는 개인의 내면세계에 초점이 맞추어진 모더니즘적인 소설이다. 「習作部屋から」는 1940년 『조선화보』에 일문(日文)으로 실린 작품으로 「續 습작실에서」(1947)[13]와는 7년간의 거리가 존재한다. 발표된 시점으로만 보면 일제 말과 해방 후라는 시대 변화에 따른 현실반영과 상황인식의 변화를 염두에 둘 수 있을 것이다. 하지만 「續 습작실에서」에서의 작품 속 시간적 배경은 일제 말로 상정되어 있다. 창작은 '해방'이라는 역사적 사건에 기인한 것이지만 작가가 주목한 것은 해방공간이 아니라 1930년대 식민지 조선이었다.

「習作部屋から」와 「續 습작실에서」의 기본 서사는 유사하다. 어둡고 습기가 많고 곰팡이 냄새가 나는 습작실의 모습, 작가 지망생인 주인공과 나그네의 만남, 책값과 학비에 대한 나그네의 부탁, 나그네의 감옥살이를 전하는 사내의 등장은 그대로 겹친다. 그럼에도 두 작품은 뚜렷한 차이를 보이는 대목들이 여럿 눈에 띤다. 다음은 두 작품의 도입부이다.

나는 뒤꼍으로 길게 들어가 있던 하숙집의 너무도 축축하고 어둡고 습기가 많고 곰팡이 냄새가 나던 그 방을 평생 잊을 수가 없을 것입니다. 우스꽝스러울 정도로 옆으로 돌출되어 기형아의 이마 같은 방이기는 하였으나, 텅 빈 긴 방에 몸을 뻗고 하루 종일 습기와 곰팡이를 들이마시며 해치웠던 '자기만의 청춘'에 대해 생각하면 오로지 괴로움만이

---

13) 「續 습작실에서」는 1948년 7월 『문학』에 재수록된다.

자욱하게 차 있었다고만은 말할 수 없을지도 모르겠습니다.

-「習作部屋から」, 전집, 182면14)

건드리면 푸슬푸슬 흙이 떨어지는 납작한 대로 퇴락하고 누추한 형지만의 대문을 허리를 굽혀 들어서서 가느다란 모가지를 깊숙히 중문까지 뚫고 들어와서도 또한 진장판 같이 즈븐즈븐한 안마당을 지나 몇 고분쟁이로 꾸불꾸불하게 돌아든 운두란 한 끝에 납작하니 달라붙은 그 이상히도 축축하고 어둡고 습기로 뜬 객줏집의 한 칸 뒷방―집을 닮아 역시 과도히 앞뒤만 두드러져 나간 앞짱구 뒤짱구의 기형아 머리와도 같이 생긴 이 우스꽝스러운 방 속에서 …… '제멋대로의 청춘'을 저지르고 있었던 것이다.

-「續 습작실에서」, 전집, 402~403면

위의 인용에서 확인할 수 있는 바와 같이 「續 습작실에서」는 전작에 비해 구체적인 상황 묘사와 표현 하나하나에도 힘을 기울인 작가의 노력이 엿보인다.15) 문체적인 특징 외에 인물 설정에서도 두 작품은 기본적인 차이를 보여준다. 전작에서 주인공 '나'는 '청춘'이라고만 되어 있을 뿐, 이름과 나이, 신분에 대한 정보도 생략되어 있다. 나그네와 사내에 대한 정보도 두 작품은 다르다. 이러한 차이를 간략히 표로 보이면 다음과 같다.

---

14) 이하 작품의 인용은 2009년 간행된 『허준 전집』(서재길 편)을 참조토록 한다. 표기는 인용문 뒤에 '(전집, 면수)'의 방식을 따른다.
15) 이도연은 「續 습작실에서」의 문체적 특징을 들어 '우리말이 지닌 결의 아름다움과 그 유려함을 보여주기에 충분한 묘사'라며 높이 평가하고 있다. 이도연, 「허준의 '續 습작실에서'론」, 현대소설연구 35, 2007, 200면.

	「習作部屋から」	「續 습작실에서」
주인공	안 형(兄)	남몽(南濛), 20세 대학생
나그네	이경택(투옥 중)	이병택(사형)
사내	그	김(金)
친구 아들	영보 중학 김영한	경성고보 김영록

이와 같은 인물에 대한 기본적인 정보의 차이보다 더 본질적인 차이는 각 인물의 성격과 그 처리방식에 있다. 「續 습작실에서」의 주인공인 남몽의 성격을 대변하는 키워드는 '고독'이다. 하지만 「習作部屋から」의 주인공인 안 형(兄)을 그리는 대목 어디에도 '고독'은 등장하지 않는다. 「續 습작실에서」의 남몽은 "좁은 방에 자기 자신을 몰아넣고 또한 자기의 군색하고 어지러웁고도 자기 분열적인 생각에 자기 자신을 가두어 놓고 매질하여 괴롭히며"(전집, 417~418면) 습작에 몰두하지만, "말[言語]이란 놈에게 항상 협박을 받고 지낸다 하여도 좋으리만큼" 허둥거리고 헤매는 중이다. 스스로 선택한 '고독'이 창작을 위한 전제인 것처럼 여기며 "아무런 말에도 제약이 안 되는 정확한 대상의 표현"을 찾고자 하지만, 그에게 시(詩)는 여전히 "불가침의 세계"일 뿐이다.

이런 그에게 이병택은 "남형 자신을 너무 가두어주고 가두어둔 데서 괴롭히기만 한 것이 아니라 먼저 개방해 놓을 필요"가 있음을 지적하며, 바다낚시를 제안한다. 한 번도 경험해 본 적 없는 바다낚시 제안에 남몽은 "불시에 열광"해 마지않는다. 주인공의 갑작스런 열광적 반응이 오히려 낯설고 어색하게 느껴지기도 한지만, 그것은 "절체절명인 곳에 와 부딪친" 주인공에게 "오늘날까지 이어 나온 이 모든 염오(厭惡)할 악몽의 생활"을 벗어날 수 있는 유일한 출구인 셈이다. 지금껏 주인공이 선택한 '고독', 일상화된 자폐와 무기력은 창작에서든 일상에서든 어떠한 생산성도 가지지 못한 것이었다. 주인공 스스로 '사치'이자 '나만이 느끼는 질서' 운운하였던 '고독'의 세계는 이병택과의 만남을 통해 순식간에 '악몽의 생활'로 전환되고 마는 것이다.

이처럼 「習作部屋から」에는 등장하지 않았던 '고독'이 「續 습작실에서」는 주인공의 성격을 결정짓는 중요한 자질로 설정되어 있다. 이 때 '고독'의 등장은 작가가 '고독' 그 자체를 그리기 위한 것이 아니라 '고독'의 극복 과정을 보여주기 위한 것이라 할 수 있다. 「習作部屋から」에서 주인공은 세계와 철저히 단절되어 있으며, 객줏집 심부름을 하면서조차 손님과 한 마디 의미 있는 대화도 나누지 않는다. 이병택과의 만남과 바다낚시에 대한 제안도 등장하기는 하지만, 그는 "나는 너무도 눅눅하고 어두운 방에 '다시' 앉아 너무도 멍청하게 자신의 청춘을 안절부절하며 살아온 것에 부끄러움"을 느낄 뿐이다. 하지만 「續 습작실에서」는 이병택과의 만남을 통해서 비로소 "당신이야말로 정말 새롭고 새로운 몸의 상처를 받아 나오기 위해 무수한 허울을 나날이 벗어나온 분입니다."라고 부르짖으며 세상 밖으로 한 걸음 내딛게 된다.

이러한 극적인 변화는 「習作部屋から」가 쓰였던 일제 말 암흑기로 대변되는 1940년이라는 시간대와 달리, 「續 습작실에서」가 발표된 1947년 해방공간이 갖는 객관적 현실의 변화가 있었기에 가능했던 것이다. 「續 습작실에서」 발견되는 '고독의 정당성'이 붕괴되어 가는 과정은 곧 이병택으로 대변되는 타자와의 연대를 통해 비로소 가능해진 것이다. 레비나스에 의하면 주체는 '타자'와의 관계에서 타자와 마주하고 변화해 간다. 이때 '타자'는 내가 어떠한 수단을 통해서도 지배할

수 없는, 즉 나로 환원할 수 없는 절대적 외재성으로 존재한다. '타자'
를 받아들이는 '나'는 '타자'의 출현을 통해 타자에 대한 책임있는 주체
로 서게 되는 것이다.[16) 「續 습작실에서」의 주체는 더 이상 '고독'의
차원으로 돌아가지 않는다. 이러한 과정은 「습작실에서」와 「續 습작실
에서」의 비교를 통해 보다 분명히 확인할 수 있다.

3. 자기부정과 타자인식의 가능성

일반적으로 연작소설이란 연작의 형태로 묶여진 각각의 작품에 하
나의 공통된 주인공이 등장하여, 사건을 야기하고 그것이 시간적 순서
에 따라 결합될 수 있도록 배열되는 방식을 말한다.[17) 이러한 정의만
을 놓고 보면 허준의 '습작실' 관련 작품은 연작소설의 범주에서 벗어
난 듯 보이기도 한다. 그렇지만 연작소설이 인물이나 배경의 일치, 사
건의 시간적 순서개념 등의 고려 등과 같은 구성상의 문제를 반드시
필요조건으로 하는 것은 아니다. 이러한 구성적 요건에 의해 스토리를
이어가는 방식은 각각의 독립된 작품들이 지닐 수 있는 긴장의 폭을
좁혀버리는 단점도 있고 변화성의 의미도 구현하기 힘들기 때문이다.
때문에 연작소설의 방법은 작품의 전체적인 구성상의 통일보다는 각
각의 작품들이 서로 연관될 수 있는 내적인 연결을 목표로 하는 것이

---

16) 엠마뉴엘 레비나스, 『시간과 타자』, 문예출판사, 1996. 150~152면.
17) 연작소설의 내용과 형식에 관해서는 권영민, 「연작소설의 새로운 가능성」, 『소
    설의 시대를 위하여』, 이우출판사, 1983.; 김재영, 「연작소설의 장르적 특성 연
    구―1970년대 연작소설을 중심으로」, 『현대문학의 연구』 26집, 2005. 참조

효과적이라 할 수 있다.

「습작실에서」와 「續 습작실에서」 두 작품은 모두 문학을 지망하는 지식인 청년을 주인공으로 하고 있다. 기존의 몇몇 연구에서는 이들 작품의 주인공을 동일인물로 설정하여 접근하고 있지만[18] 두 인물은 엄연히 다른 인물이다. 아마도 두 주인공의 이름이 「습작실에서」는 남목(南牧)으로, 「續 습작실에서」는 남몽(南濛)으로 설정된 것에 따른 혼선으로 보인다. 시기적으로도 1941년 발표된 「습작실에서」의 주인공은 '스물 한 살'(전집, 207)의 동경 유학생으로 그려지고 있으며, 1947년 발표된 「續 습작실에서」의 주인공 남몽은 '갓 스물 난 청년'(전집, 416)으로 동경 유학을 중도에 그만 두고 서울로 돌아온 것으로 설정되어 있다. 이처럼 두 작품은 등장인물의 이름이 다르고, 서사와 시간적 연쇄도 딱 들어맞지 않는다. 하지만 「습작실에서」와 「續 습작실에서」는 독립된 완결성을 갖는 두 작품이 일정한 내적 연관을 갖고 있다는 점에서 연작소설의 범주에 속한다고 볼 수 있다. 즉, 표면상 두 작품의 주인공은 다른 인물이지만 캐릭터의 일관성이나 공간 설정의 유사성 측면에서 연작소설의 맥락 속에서 파악할 수 있다. 또한 두 작품은 모두 나름의 가치를 추구하는 부차적 인물의 비극적 결말을 지켜보는 주인공의 심리적 반향과 대응이 중심 서사를 이룬다는 점에서도 공통점을 지닌다.

「습작실에서」에서는 '북지(北支) 어느 산골병원에 계신 T형에게 보

---

18) 박훈하, 「허준 소설의 고독과 현실주의 문학과의 상관성 연구」, 부산대 석사, 1991, 77면.; 한성봉, 「습작실 연작을 통해 본 허준 소설의 서사공간」, 한국언어문학 36, 1996, 463면.

내는 편지'라는 부제가 붙어 있다. 주인공 '남목'은 동경의 변두리에 사는 가난한 유학생이다. 사람들은 그를 '외유내강한 사람'이라고도 하고, '건방진 사람'이라고도 하며, 혹자는 애로건트(arrogant) 한 사람이라고도 한다. 사람들이 무어라 부르건 그는 고독을 '제이다꾸노모[贅澤なもの ; 사치한 것]'라 말하며, 자아와 세계의 불일치에서 오는 고독을 "나와 같은 청춘에 있어서는 은근한 기쁨"으로 치환해 버린다. 스스로 습작실에 갇혀 폐쇄적인 삶을 영위하는 그에게 사회적 관심이나 객관적 현실에 대한 지식인의 고뇌 따위는 부재할 수밖에 없다. 주인공에게 고독은 스스로 세계에서 분리되어 내면적 생활에 자신의 모든 것을 집중시키는 상태인 것이다.

'습작실'은 자칭 '거지 대학생'인 주인공의 셋방을 가리킨다. 이 공간은 "청춘의 고독을 밝고 슬프고 화려한 것으로 꾸며준 전당"이기는 하지만, "칠팔년 전까지도 거리는커녕 어디를 보나 사람의 새끼 한 마리 얻어 볼 수 없는 갈밭"이었던 곳으로 "공중에 나는 새가 분(糞)하고 가기를 주저"하지 않을 만큼 외지고 지저분한 곳이다. 그러나 주인공은 자신의 "학비요 동시에 생활비인 오십 원의 근 반분"을 방값으로 지불하고 있다. 이런 그가 T형에게 편지를 하는 이유는 자신이 세 들어 살던 셋방 주인이었던 노인의 죽음을 전하기 위함이다. 그는 노인의 죽음이 "내 잘못인 듯하여 가슴이" 저린 참이다.

노인은 동경 중심부에서 잡화상 하는 아들과 시골 중학교에서 교원 노릇을 하는 작은 아들을 두고 있음에도 "부자간에도 서로 제힘대로 살아감이 좋다는 생각으로 내가 들어 있는 집과 똑같은 집 세 채를 지어 그 수입 되는 대로 지내는 사람"이었다. 가끔 객소리를 늘어놓으며 주인공의 고독에 끼어들기도 하고, 한의(韓醫)였던 남목의 아버지에게 위궤양 처방을 부탁하기도 한다. 하루는 노인이 젊은 시절 투기꾼으로 생을 마감한 '오까베'라는 자신의 친구 이야기를 꺼낸다. 노인은 생전에 그 친구와 함께 통음하지 못한 것이 한(恨)이 된다며 남목에게 자신과의 통음을 제안한다. 남목을 볼 때마다 오까베란 친구의 '넥타이 농담'이 생각나서 못 견디겠다는 것이다.

> 관리인데도 도무지 어울리지 않게 옷도 우습게 하고 모양도 우습게 하고 다니지만 그중에도 넥타이 삐뚜름하게 다니는 것으로 더욱 유명해서 친한 사람은 고쳐 매지 않느냐고 어르는 사람도 있고 또 어떤 패들은 플로이어스가 아들 레어티스를 외국에 보내는 대목을 인용하여 옷이라는 것이 사람 생활에 그렇지 아니한 것을 타이르는 이도 있었건만 그는 번번이 …… 여보게 내 넥타이를 바로 매면 넥타이 바른 줄은 알겠지만 어느 누가 이 오까베의 목 곧은 줄을 알아주나 말일세 이러고는 웃기고들 하였더라우.
>
> — 전집, 211~212면

노인이 남목을 보며 오까베를 연상하는 것은 "낡아서 반들반들 닳아진 고루뎅 바지에 소매가 댕강한 사—지 저고리를 바쳐 입고 게다가 훌렁훌렁한 역시 고루뎅 저고리를 껴입"고 다니는 남목의 모습으로부터 비롯된 것이다. 노인에게는 누추한 습작실에서 '거지 대학생'의 모습으로 고독을 즐기는 남목의 모습에서 '인욕(忍辱)'이란 현판을 걸고 생활하던 '목 곧은 친구 오까베'의 모습을 떠올리는 것이다.

노인은 오까베의 '인욕'을 모방하여 자신의 방에 현판을 걸어두고,

그 아래에 자신이 죽을 때 욀 주문(呪文)으로 '무무명 역무무명진(無無明
亦無無明盡)'19)을 적어 두었다. 남목에게 '고독'이 사치인 것처럼, 노인의
마지막 바람, 혹은 누리고 싶은 사치는 "다 같이 죽는 것이라도 제 생
활과 의식이 끝나는 것을 아는 최소한도의 시간만은 절대로 필요"하다
는 것이다. 결국 노인은 남목이 시험도 결시하고 스키를 타러 간 사이
에 두 아들에게도 알리지 않고 "……이 죄업 많은 아비에게 최후의 한
시간을 저 죽자는 염원대로 죽게 하는 것 용납하라."는 유서를 남긴 채
숨을 거둔다. 남목은 결국 지어드리지 못한 약이며, 노인의 간곡한 만
류에도 불구하고 동경을 떠나온 것에 대한 후회가 "가슴 아픈 한(恨)"으
로 남는다.

　「습작실에서」의 분명한 성과는 이전 작품들에 비해서 이처럼 타자
에 대한 응시가 가능해졌다는 것이다. 허준의 초기작인 「탁류」(1936)나
「야한기」(1938)에서 보여주었던 타인과의 관계가 단절된 폐쇄적인 주체
는 「습작실에서」에 이르러 비로소 타자 인식의 가능성을 보여준다. 하
지만 그것은 '안타까운 시선'과 '가슴 아픈 한'에 머무를 따름이다. 그러
한 시선은 결코 주체를 둘러싼 부정적인 세계를 넘어설 수 없다. 바라
보는 주체와 행동하는 주체는 다를 수밖에 없다. 한 걸음 물러서 바라
보는 시선이 아니라 행동하는 주체가 되기 위해서는 '연대'의 시선이
필요하다. 「續 습작실에서」는 이병택이란 인물을 통해 주체의 시선이

---

19) '반야심경'에 나오는 구절로, '무명(無明)'이란 밝지 않음이라는 말로, 그것은 곧
　　부처의 가르침을 깨우치지 못함을 의미하기도 한다. '역무무명진(亦無無明盡)'이
　　란 곧 '공(空)'을 의미하기도 하는데 '아무 것도 없는 것의 완전함'과 같은 '깊은
　　잠'의 상태를 비유하기도 한다. 노인이 자신의 주문(呪文)으로 이 구절을 택한
　　것도 이러한 맥락 속에 놓인 것으로 해석할 수 있다.

'응시'에서 '연대'로 나아가게 된다.

이러한 양상은 '죽음'을 대하는 주인공의 태도에서 보다 분명하게 드러난다. 「습작실에서」와 「續 습작실에서」에서는 모두 부차적 인물의 죽음으로 이야기가 마무리된다는 공통점을 지닌다. 「습작실에서」의 노인의 죽음은 자신이 선택한 방법으로 담담하게 죽음을 맞는 모습으로 그려지고 있다. 「續 습작실에서」는 혁명가 이병택이 '만주사건'에 연루되어 극형을 언도받고, 그의 수의(囚衣)가 주인공에게 전해지는 것으로[20] 죽음이 형상화되어 있다. 자연의 순리로서 담담하게 죽음을 받아들이는 노인의 죽음은 철저히 개인적인 것이며, 조국의 독립을 위해 싸우다 형을 받고 죽음에 이르는 이병택의 죽음은 개인적인 차원을 넘어선 대의에 따른 것이다. 「습작실에서」가 죽음을 종교적 차원에서 끌어들이고 있다면 「속(續) 습작실에서」는 이를 현실적 차원으로[21] 끌어들이고 있는 것이다.

죽음에 이르는 그 양상은 다르지만 이 두 죽음이 갖는 공통점은 노인과 이병택 모두 신념과도 같은 선택의 결과였다는 점이다. 따라서 무기력과 고독, 아무런 의욕도 없었던 주인공의 삶에 두 죽음이 던진 심리적 영향과 파문은 개인의 내면적 고독에서 타자에 대한 응시로, 그것은 다시 타자와의 연대를 가능하게 하는 중요한 계기로써 작용한다. 그러한 계기는 「續 습작실에서」 자기반성과 자책을 통해 사회적

---

20) 김윤식은 이병택의 죽음이 추상이나 관념의 형태가 아닌 '흰 바지 저고리'라는 구체적인 실체로 주인공에 전해짐으로써 고독의 정당성이 붕괴되고 있다고 말한다. 김윤식, 『한국현대문학사』, 일지사, 1976, 191면.
21) 이계열, 「허준의 「속 습작실에서」 연구」, 『현대소설연구』 9, 1998, 291면.

자아로서 거듭나는 모습으로 보다 구체화된 형태로 나타난다.

> 이게 다 무어냐 이게 다 무어냐 아아 저는 아무것도 모릅니다. 저는 아무것도 아닙니다. 저야말로 아무 것도 아닌 단순한 말의 사기사를 지향하고 나가던 사람이었는지도 모릅니다.
>
> ─전집, 452면

위의 인용은 「續 습작실에서」의 마지막 장면으로 이병택의 죽음을 맞이한 주인공의 절규이다. 이처럼 「續 습작실에서」는 현실 속의 또 다른 타자(이병택)를 통해 고립되고 자폐적인 공간과 의식에서 벗어나 자아의 변화와 성장을 가능하게 하는 것이다.

'죽음'과 함께 「습작실에서」와 「續 습작실에서」를 관통하는 중요한 모티프는 '돈'이다. 한국 근대 모더니즘 문학에서 '돈'은 작품의 핵심적 계기로 작용한다. 이상의 「날개」, 「지주회시」나 박태원의 「소설가 구보씨의 일일」, 「천변풍경」, 「딱한 사람들」에서 '돈'은 1930년대 식민지 자본주의를 배경으로 하는 우리 모더니즘 문학의 중요한 특징이자 성과이다. 왜냐하면 이는 통상 소작료나 임금의 문제로 제기되는 돈에 대한 1, 2차 산업적인 접근과는 달리 사회의 교환가치적 양상이 극대화·이상화되는 3차 산업이나 주식 투자와 같은 자본의 자기 증식 또는 위자료 및 사기 등과 관련된 문제를 천착함으로써, 식민지 근대를 사는 자본주의적 개인의 일상을 묘파하고 있기 때문이다.[22] 허준의 두 작품은 모두 노동이나 생산과는 무관한 '돈'의 흐름이 작품의 중심서사

---

22) 이경훈, 「모더니즘 소설과 돈」, 『현대문학의 연구』12, 1999. 325~326면.

에 놓여 있다.

「습작실에서」의 돈의 효용은 주인공의 학비이자 생활비로 등장한다. 하지만 그는 구체적인 생산과는 인연이 없는 룸펜 지식인일 뿐이다. 다른 한편으로 '돈'은 오까베가 투기꾼으로 전락한 이유가 되기도 한다. 하지만 「습작실에서」는 그가 왜 투기꾼이 되었는지에 대해서는 구체적인 설명이 나오지 않는다. 다만 노인의 입을 통해 "오까베가 소바23)한 돈을 어디다 쓰려고 하였나 함을 생각할 때 나는 여간 마음이 클클하지 않았소."라고만 언급되어 있을 뿐이다. 노인의 말에 기대면 오까베에게 '관리'로서의 수입만으로는 감당하기 어려운 어떤 일이 있었을 것으로 짐작할 수 있다. 겉치레를 멀리하고 '인욕'을 삶의 지침으로 삼던 오까베는 결국 '소바시(투기꾼)'로 생을 마감하고 마는데, 이는 오까베가 자본이 자본을 증식하는 악성적 사회 소비 시스템의 희생양임을 보여준다.

「續 습작실에서」의 '돈'은 주인공 '남몽'과 이병택을 잇는 중요한 매개가 된다. 주인공 '남몽'은 동경 유학 중 대학 문과를 그만 두고 서울로 돌아와 할머니의 여관에서 '제멋대로의 청춘'을 보내는 중이다. 「습작실에서」의 주인공과 마찬가지로 체념적 운명주의나 니힐리즘의 인물에게 욕망은 찾아볼 수 없다. 인물을 둘러싼 공간(습작실)의 모습 역시 「습작실에서」보다는 좀 더 구체화되어 있으나 전체적인 인상은 크게 다르지 않다.

주인공은 '어둠과 습기와 곰팡이'를 떠올리게 하는 방에서 여관의 잔

---

23) 相場(そうば). 주식 등을 현물로 거래하지 않고 시세의 변동에 의한 매매에서 생긴 차액으로 이익을 얻는 투기적 거래.

심부름이나 하며 소일하는 자신의 삶이 '제멋대로의 청춘'임을 거듭 내세운다. 주인공이 말하는 '제멋대로의 청춘'이란 무언가를 저지른다는 의미가 아니라 "생각 없이 손님이 들면 드는가 보다 가면 가는가 보다." 하는 의욕도 아무런 계획도 없는 무기력한 청춘을 일컫는다. 그러나 내심은 "언제든 한 번은 누구나가 볼 수 있는 쨋쨋한 광명 속에 그 모상(模相) 그대로를 드러내자고 전심전력으로 노력해 온 이는 또한 나의 지금껏 어찌하지 못하는 염원"을 감추고 있기도 하다.

주인공 남몽을 어두운 방에서 광명으로 이끈 이가 바로 운동가였던 이병택이란 인물이다. 남몽은 이병택과 하룻밤을 보내며 자신이 쓴 시를 보여주기도 하고, 문학과 예술에 대한 자신의 생각을 털어놓기도 한다. 고독 속에 침잠해 있던 주인공이 이만큼이나 마음을 열 수 있었던 것은 "마음을 저절로 느긋하게 하고 따르게 하는 자연성과 친화력", 그리고 괴팍한 자신의 성미마저도 어찌하지 못하는 나그네의 "일종의 부드러운 견인력" 때문이다. 화두가 되었던 「실솔(蟋蟀)」이란 시는 실제로 허준이 1934년 『조선일보』에 발표한 작품이다.

> 허―ㄹ을 벗는 울음이다.
> 다시 상처(傷處)를 밧기 위하야 밤새 허―ㄹ을 벗는다.[24]

두 줄짜리 짧은 시가 화두가 되어 주인공과 나그네는 밤새 '통음'하며 이야기를 나눈다.[25] 전작에서 노인은 친구인 오까베와, 남목은 노

---

24) 『조선일보』, 1934.10.7.
25) 습작실 연작에서 '통음'은 일종의 통과의례처럼 보인다. 남목과 노인, 노인과 오

인과 통음하지 못한 것이 한(恨)이 되었지만, 「續 습작실에서」는 통음을 통해 자신만의 세계였던 어두운 습작실과 고독과 허무의 세계에서 세상 밖으로 한 걸음 다가서게 된다. 실제로 남몽은 이병택의 사형 집행 후 남겨진 그의 수의를 보고 "허울을 벗어 나온 분"이라고 부르짖는다. 여기에서 옷을 벗는 실제의 행위는 주체의 존재 방식이 자기중심적인 자아에서 벗어나 현실과 교접하는 정신적 행위와 호응한다. 즉, 타자의 죽음을 통해 비로소 자신만의 폐쇄적인 공간에서 탈피할 수 있었던 것이다.

4. 균형감각, 혹은 역사로의 투신

'습작실' 연작은 허준의 소설이 타자와의 소통이 불가능한 조건으로부터 가능한 조건으로, 고독과 허무로부터 타자와의 대화와 화해의 가능성으로 이동하고 있음을 보여준다. 이러한 변화는 해방 전과 해방 후 허준 소설의 문학적 변모를 보여주는 특징적인 지점이기도 하다. 하지만 「습작실에서」로부터 「續 습작실에서」로의 이동이 단순히 해방에 대한 감격과 흥분의 부산물은 아니다. 「續 습작실에서」에 대한 평가는 오히려 그러한 외적 변화에도 불구하고 들뜨지 않은 작가의 시선으로부터 찾아야 할 것이다. 다음은 허준 자신의 작가적 입장을 밝히

까베의 이루어지지 못했던 통음은 결국 살아남은 당자들을 그대로 그 자리에 붙박아 둔다. 하지만 이병택이 주도한 남몽과의 통음은 남몽으로 하여금 공고했던 자의식의 울타리를 벗어나 타자와의 연대를 가능하게 한다.

고 있는 1946년 을유문화사에 나온 「잔등」의 소서(小序) 중 일부이다.

> 허지만 너의 문학은 어째 오늘날도 흥분이 없느냐, 왜 그리 희열이 없
> 이 차기만 하냐, 새 시대의 거족적인 열광과 투쟁 속에 자그마한 감격은
> 있어도 좋을 것이 아니냐고들 하는 사람이 있는 데는 나는 반드시 진심
> 으로는 감복하지 아니한다. 민족의 생리를 문학적으로 감득하는 방도에
> 있어서, 다시 말하면 문학을 두고 지금껏 알아오고 느껴오는 방도에 있
> 어서 반드시 나는 그들과 같은 방향에서 서서 같은 조망을 가질 수 없음
> 을 아니 느낄 수 없는 까닭이다. 이것은 영영 어찌하지 못할 부득불한
> 나의 숙명적인 것이요, 부득불한 나의 자질적인 것인지도 모른다.
>
> —전집, 548면

허준의 이러한 냉철한 분별력과 균형감각은 「續 습작실에서」에서
이병택과 '김'이란 사내의 대비를 통해서도 명백히 드러난다. 투사임을
자처하는 '김'은 감옥에 있는 이병택과의 인연을 빙자하여 남몽에게 돈
을 요구한다. 출옥할 때 이병택에게 자신의 돈 백여 원을 주고 나왔으
니, 이병택이 맡겨놓은 돈을 자신에게 달라는 것이다. 또한 '김'이란 사
내는 이병택에게 차입이라도 넣어주라며, 그게 "당신네들과 같이 편안
한데 앉아서 편안한 밥 먹고 허구 싶은 일은 못하지 않는 사람들"에게
는 "의무요, 또 당연"한 것이라며 빈정거린다. 하지만 남몽은 "그 거동
이라든지 말을 내어 거치는 데에도 분수가 없지 아니할 어투의 속하고
곧지 못한 데"(전집, 434면)에 대해 그 '조작성'을 의심할 만큼 "나의 판
단력이 냉정을 잃지는 아니"하였음을 고백하는 한편, 당(黨)의 일을 한
다면서 "동지가 아니면 동지의 일은 아무도 모른다는 그 좁고 독선적

인 배타주의"를 비판하기도 한다.

　허준의 균형감각은 단순히 자신의 고초를 자랑 삼아 떠벌이는 '김'과 이병택의 대비를 통해서 뿐 아니라, 이병택의 입을 통해서도 드러난다. 남몽이 보기에 이병택은 "그가 하는 이야기는 모조리 믿을 만큼 어딘지 모르게 나타나는 품격"을 지닌 완벽한 인물이다. 그의 인격적·도덕적 완결성은, 역설적으로 자신 스스로 부족함을 고백하면서 뚜렷이 드러난다. 다음은 이병택이 '김'이 가져간 돈이 자신과는 무관하다는 사실을 밝히면서 남몽에게 보낸 편지의 일절이다.

> 　그 김이란 사람이 단순한 잡범인 것 가지고 그러지 않았나 하는 남형의 의심에 대해 대답 못해드리는 것이나 우리 패엔 그런 잡범적인 사람은 없다고 하는 호언장담이 안 나오는 것이나가 다 저 자신에게는 그런 위험성이나 가능성이 없다고 자과(自誇)할 자격이 있는 것이랴 하는 스스로의 반문(反問)을 안 깨달을 수 없는 까닭이라 아옵시고 용서해 주십시오. 나조차는 또 무엇인데 함을 깨달을 때 저 역 등골에 식은땀이 흘러내림을 깨닫습니다.
>
> —전집, 443~444면

이처럼 이병택은 자기 자신뿐만 아니라 자신이 속한 조직에 대해서도 냉정하고도 엄격한 시선으로 부족하고 불완전함을 진단할 만한 균형감각을 갖춘 인물로 그려지고 있다. 해방공간에서 많은 문인들이 냉철함을 잃고 문학적 거리를 확보하는데 실패하였음을 상기할 때,[26] 「續

---

26) 김윤식은 해방문단의 첫 과제가 문인의 자기반성이라고 할 때, 남을 비판하는 일이나 자기변명에 멈추지 않고 양심선언의 원칙론이 제시되어야 했음에도 불

「습작실에서」가 보여주는 냉철한 분별력과 균형감각은 해방공간의 작품 중에서도 주목할 만한 성과라 할 수 있을 것이다.

「습작실」 연작에서 발견되는 타자를 통한 주체의 변화 가능성은 내면적 고투를 격은 자의 진정성에서 기인한 것이다. 외부 세계에 대한 작가의 태도는 연작을 통해 추상성에서 역사성으로, 관념성에서 육체성으로 확장되었다고 볼 수 있다. 하지만 해방공간의 정치적 혼돈 속에서 허준은 자신의 문학적 출발점이었던 자의식의 세계를 버리고 역사에 동참하기에 이른다. 그는 해방 직후 만주에서 귀국하여 '경성조소문화협회'의 발기인으로 참여하는 한편, '조선문학가동맹'의 소설부 위원 서울시지부 부위원장을 역임한다. 1948년에는 해주에서 개최한 '남조선인민대표자회의'에 대의원으로 참석하는데,[27] 이때를 전후하여 『문장』에 연재 중이었던 「역사」가 중단되기에 이른다. 미완인 작품이라 그 전모를 파악하기는 어렵지만 「역사」는 덕이라는 소년이 역경 속에서 죽어간 아버지의 개척사를 간접적으로 서술한 작품이다. 이 작품에서 허준의 문학적 화두였던 '자의식'은 전무하다. 자의식에 바탕하여 세부적인 심리묘사로 인간의 내면을 탐구하고, 시류에 휩쓸리거나 영합하지 않고 자의식과 역사의식이 빚어내는 갈등과 긴장 속에서 균형 감각을 보여주었던 허준은 해방공간의 정치적 상황 속에 매몰되어 버린다. '역

구하고 이러한 원칙론이 내면화되어 작품화된 경우는 거의 없었다고 지적한다. 그는 이러한 사실이 내적 고백 형식의 전통이 빈약한 우리의 지적 풍토, 정치에 문학이 휩쓸리지 않을 수 없었던 해방공간의 좌우익 투쟁, 양심선언의 문학적 형상화를 가질 문학적 거리를 갖지 못했음에 그 원인이 있었다고 진단한다. 김윤식, 『해방공간의 문학사론』, 서울대출판부, 1989, 6~8면.
27) 서재길 편, 『허준 전집』, 현대문학, 2009, 596면 참조.

사'와 현실 정치로의 투신은 더 이상 그에게 작품 창작을 가능하게 하지 않았다. 그것은 양자택일의 이데올로기의 문제라기보다는 '양심'의 문제[28]였는 지도 모른다. 월북이후 허준은 일체의 창작활동을 중단한다.[29] 그가 창작활동보다 정치활동에 투신한 것은 끝내 자신의 자의식을 청산할 수 없었음을 의미하는 것이기도 하다.

28) 신형기, 「허준과 윤리의 문제—「잔등」을 중심으로」, 『상허학보』17, 2006. 196면.
29) 6·25 직후 허준은 백철을 찾아 북한의 상황을 토로한다. 그는 "하여튼 난장판이에요. 더구나 문학다운 것은 할 생각도 말아야 해요."라고 고백한다. 북한 사회에서 자신의 문학적 신념을 지키고 창작에 몰두 할 수 없었음을 엿볼 수 있는 장면이다. 백철, 『문학자서전』, 박영사, 1975, 404~405면.

자기 성찰과 '주체' 정립의 도정

- 허준의 삶과 문학

1. 허준 문학과 주체의 여정

한국현대문학사는 이제 한눈에 가늠할 수 없을 정도로 크고 우람한 흐름을 이루었다. 한 세기를 상회하는 긴 시간은 엄청난 양의 작품을 산출했고 다양한 질의 작품을 그 안에 품게 되었다. 탄생 100년이 되는 허준은 문학사의 전반기를 일구고 장식한 작가의 한 사람이다.

허준(許俊, 1910~?)은 소설가로 알려져 있으나 시와 비평에서도 남다른 재능을 보여주었다. 문단에 첫 선을 보인 것은 1934년 10월 7일자에 『조선일보』에 수록된 「초」를 비롯한 「실솔(蟋蟀)」 등 5편의 시였다.

---

* 강진호 / 성신여자대학교 교수

이후 『시원』과 『조광』 등에 계속 시를 발표하다가 친구 백석(白石)의 권유로 단편소설 「탁류」를 발표하면서 소설가의 길로 본격 접어들었다. 그렇지만 스스로 엄격해서 작품을 남발하지 않고 과작(寡作)을 유지해서 13년에 걸친 창작 기간 동안 시 12편과 평론 10여 편, 소설 11편을 남겼을 뿐이다. 그런 사실을 증명하듯이 작품에서도 문학과 삶에 대한 짙은 고뇌와 자의식을 보여주었다. "잠간 닙히 떠러지는 동안에/ 나는 인생의 행복과 불행을 알엇다"(「초」에서), "시를 박는 인쇄기가 내 심장을 친다/ 내 고기를 먹고는 오늘도 내 심장을 친다(「시」에서)", "다시 상처를 밧기 위하야 밤새 허―ㄹ을 벗는다"(「실솔」에서)와 같은 구절에서 목격되는 것은 삶과 문학에 대한 깊은 고뇌와 성찰이다.[1]

그 동안 허준 소설을 허무주의적이라고 평했던 것은, 작품 전반에서 목격되는 이러한 고뇌의 심경이 답을 찾지 못한 채 인물들의 행동을 무기력하고 혼란스러운 외형으로 드러나게 한 데 원인이 있다. 「탁류」를 비롯한 「야한기」와 「습작실에서」처럼 작품 속의 인물들은 삶에 대한 지향이라든가 욕망을 내보이지 않는다. 어떤 것이 옳고 그른가를 판별하지 못할 뿐만 아니라 그 구별점이 모호해서 인물은 사람을 분간하지 못하는 경우도 있다. 나는 누구이고 또 무엇을 원하는지 그리고 이 사람은 어떤 사람이고 나에게 무슨 의미가 있는지, 지금의 아내와 만난 것도 그러한 혼돈의 상태에서였다고 서술된다. 처음 만났고 또

---

1) 당시 허준은 24살이었고, 일본 호세이 대학을 수료한 뒤 조선으로 돌아와서 조선 일보사에서 잠시 일하고 있었지만 문학에 대해서는 뚜렷한 확신을 갖고 있지 못한 상태였다. 허준의 생애와 작품에 대해서는 이건지(李建志)의 「許俊論」(『朝鮮學報』168, 朝鮮學會, 1998)과 한동혁의 「허준 소설연구」, 성대석사, 2007, 서재길의 『허준 전집』, 현대문학사, 2009을 참조하였다.

벌레와도 같은 '늙은 창부'에게 '몸과 마음과 돈'을 다 맡기고 "나를 건 져달라고 하던 그것이, 그것이 또 동시에 내 결혼을 의미하였던 것"이 라는 식이다. 말하자면 결혼마저도 혼돈과 무분별의 상태에서 이루어 졌다는 것. 그런 관계로 작중의 인물들은 주체의 관념 속에 폐쇄되어 타자의 실체를 인정하거나 서로 소통하지 못하는 경우가 대부분이다. 문학사에서 허준을 이상·최명익 등과 함께 "자의식이라는 내부세계를 더듬은 심리주의적 경향을 대표하는 작가",2) 혹은 "정치적 세계와는 거 리를 두는 글쓰기를 통해 타자와 구별되는 자신만의 고유한 내면세계 를 탐사한 '미학적 현대성'을 추구한 모더니스트"3)로 평가했던 것은 그 런 사실과 관계된다.

그런데, 이러한 평가와는 달리 작품의 한편에는 삶과 현실에 대한 진 지한 성찰과 탐구가 중요한 특성으로 내재되어 있는 것을 볼 수 있다. 인생이란 무엇이고, 또 어떻게 살아야 하는지에 대한 질문이 작품 전반 에 관류해서 허준 소설의 근원적 파토스가 되는데, 가령 「탁류」를 비롯 한 「야한기」와 「습작실에서」, 일어 소설 「習作部屋から」 등 일제치하에 서 발표된 작품들은 거의 모두가 개인의 삶과 존재의 문제를 중심 화두 로 삼고 있다. 「탁류」의 현철이나 「야한기」의 남우언 등은 모두 삶에 대한 근원적 질문을 가슴속에 깊이 간직하고 있다. 이들은 외견상 무기 력한 모습을 보이지만 사실은 뭔가를 찾아 부단히 방황하거나 고뇌하 고, 그러한 성찰을 통해 일정한 결론에 도달하는 마치 구도자와 같은

---

2) 백철, 『신문학사조사』, 신구문화사, 1992년 중판, 514~515면.
3) 권성우, 「허준 소설의 미학적 현대성 연구」, 『모더니티와 타자의 현상학』, 솔, 1999, 330면.

모습을 보여준다.4) 그런 점에서 이들은 기성의 가치와 권위를 부정하거나 향락 속에 몸을 던져 당면 현실을 회피하는 등의 허무주의자와는 구별된다.5) 허준 소설의 크로노토프(chronotope)가 시공이 함께 이동하는 '길'의 형식으로 되어 있는 것도 사실은 작품이 이와 같은 성찰과 모색을 특징으로 한다는 방증이다. 길의 크로노토프는 새로운 출발점인 동시에 사건의 결말이 드러나는 장소를 말하는데, 「탁류」와 「습작실에서」는 그것이 '내면의 길'로 나타나고, 해방 후의 「잔등」과 「평대저울」에서는 실제 '현실의 길'로 나타난다. 해방 후의 소설들이 리얼리즘으로 평가되었던 것은 그런 사실과 관계되거니와, 특히 「잔등」은 해방기의 체험을 가장 확실하게 표현한 작품6)으로 평가된 바 있다.

허준 소설은 그 동안 '허무'와 '성찰'이라는 이 두 개의 지평 속에서 조망되어 왔다. 물론 이런 평가들은 해방 전·후의 서로 다른 작품들

---

4) 허준이 신세대 작가로 평가되었던 것도 이와 관계된다. 스스로 밝혔듯이, 허준은 "인간성의 개차와 운명적인 것의 차별"에 깊은 관심을 보였다. 인간에게는 각기 다른 운명이 있고 인간성의 미세한 개차가 존재하며, 그러한 개성과 차이에 대한 자각이 예술과 종교 형식에의 의욕으로 연결된다.(허준, 「문예비평―비평과 비평정신」,『조선일보』, 1939.6.2) 그런 생각에서 그는 개별적 존재의 내면과 자의식에 몰두했는데, 이는 당시 프로작가들이 과거의 이념과 가치를 내면화한 채 사회적 모색을 계속했던 것과는 구별된다. 1930년대 후반기 들어서 본격화된 임화의 주체 재건론이나 김남천의 소설에 대한 탐구, 한설야의 낙향과 모색 등은 모두 과거의 연장에서 사회적 가치와 이념을 찾고자 한 것이다. 그런데 허준은 그보다는 개인의 삶과 윤리를 더욱 중시했고, 그것을 부단한 탐구를 통해 추구하였다. 그런 점들이 프로문학 몰락 이후 김동리, 유항림, 최명익 등의 신세대와 동일했던 관계로 허준은 신세대 작가로 분류된 것이다. '신세대 작가'에 대한 자세한 논의는 강진호의 「1930년대 후반기 신세대작가 연구」, 고려대 박사논문, 1994 참조.
5) 허무주의의 여러 측면들에 대해서는 요한 고드스블롬의 『니힐리즘과 문화』(천형균 역, 문학과지성사, 1988) Ⅰ부 1장 참조.
6) 김윤식, 『한국현대문학사』, 일지사, 1979, 189면.

을 대상으로 하고 있지만, 사실은 허준 소설 거의 전부에서 그런 양면적 특성이 목격되는 것을 확인할 수 있다. 여러 작품에서 두루 목격되는 인물들의 무기력한 모습과 그 한편에 도사리고 있는 성찰은 허준 소설을 어느 하나의 특성으로 포괄할 수 없게 만든 요인인 셈이다.

이 글은 작품에 드러나는 이런 측면들을 자기정체성의 확보라는 견지에서 주목해 보고자 한다. 자기정체성이란 타인과 구별되는 개체로서 자기는 누구이며 또 어떤 사람인가에 대해서 스스로 규정을 내리는 것으로, 허준 소설은 그런 자기정체성의 확립 과정으로 정리할 수 있다. 그런 사실은 '주체'의 문제를 살펴봄으로써 한층 분명해진다. 곧, 허준 소설의 인물들이 무기력하지만 성찰적인 모습을 보이는 것이나, 또 해방 전과 후가 다른 모습으로 나타나는 것은 바로 주체의 자기정립과 관계되기 때문이다. 주체의 자기정립이란 주체가 처한 사회적·역사적 환경과 긴밀하게 연결되어 이루어지고, 그것은 궁극적으로 주체가 환경에 동화하는 과정이다. 말을 바꾸자면, 주체화란 자기정체성의 확보를 위한 유기체와 환경 세계 사이의 타협이다. 이 때 '주체(subject)'란 현실을 인식하는 주관의 활동이자 동시에 판단과 행동의 주인공을 의미한다.[7] 작중의 주인공을 통해서 드러나는 주체는 단순한 작중 인물이 아니라 작가 자신의 실제 모습이라 해도 과언이 아닌데, 허준의 초기소설은 대부분 작중 주인공과 작가가 일치하고 그래서 주인

---

7) 주체와 타자에 대해서는 『자크 라캉 : 욕망이론』(권택영 엮음, 문예출판사, 1996), 『라캉과 정신의학』(브루스 핑크, 맹정현 역, 민음사, 2002), 『철학의 탈주』(이진경·신현준, 새길, 1995), 『탐구 Ⅰ, Ⅱ』(가라타니 코오진, 송태욱 역, 새물결, 1998)를 참고하였다.

공은 바로 작가를 대리하는 분신이자 '주체'와 다름없는 것으로 볼 수 있다.

　그런 견지에서 허준의 식민치하 소설은 현실에 동화되지 못하고 끊임없이 방황하는, 그러면서 자신이 상상하거나 모방하고자 하는 대상에게 주체 자신을 동일시하는 이른바 상상적 동일시의 모습을 보여준다. 반면에 해방 후에는 외부의 타자를 수용하면서 스스로 주관의 껍질에서 벗어나 한층 성숙한, 상징적 동일시의 모습을 드러낸다. 상상적 동일시란 상상과 관념으로 만들어진 자신의 이미지와 스스로를 동일하다고 간주하는 것으로 사회적 주체로 나가기 이전의 상태를 말하고, 상징적 동일시란 자신을 목적격의 '나'로 생각하고 객관화하는, 즉 타자를 통과하고 그것을 통해서 '나'를 형성하는 한층 성숙한 상태를 뜻한다. 여기에 비출 때, 일제치하 허준 소설에는 주체와 타자가 등장하지만 그 타자는 주체의 상상과 관념으로 만들어진 인물이라는 점에서 작품은 마치 자기대화(monologue)나 독백의 형태로 나타나고, 해방 후에는 주체와 다른 이질적인 존재로 타자가 제시되고, 주체는 그 타자를 수용하면서 스스로를 정립하는 한층 성숙한 모습을 보이는 것이다.

　본고는 이런 사실을 허준의 작품을 일별하면서 살펴보고자 한다. 이를 통해서 작품을 만들어내는 작가의 내적 조건과 함께 해방 후의 문학에 이르는 일련의 도정을 이해하게 될 것이다. 미리 말하자면, 해방과 함께 주체는 이전의 폐쇄적인 자의식에서 벗어나 점차 현실을 적극적으로 수용하는 열린 주체로 탈바꿈하고, 그것이 작품의 경향을 리얼리즘적으로 변화시킨 것이다.

2. 성찰적 주체와 내면의 지향

허준 소설은 쉽고 평이하게 읽히는 작품은 아니다. 작품의 내용이
관념적이고 인물의 내면 심리가 비중 있게 서술되어 줄거리 파악이 쉽
지 않으며, 문장 역시 만연체로 되어 있어 산만하고 모호하다. 주어와
술어가 호응하지 못하거나, 주어의 이중 사용으로 인해 의미가 혼란스
러운 비문이 많고, 또 길게 이어지는 만연체 문장으로 인해 의미파악
이 어려운 경우도 있다.8) 거기에다 인물들은 외견상 정상적인 모습을
갖고 있음에도 불구하고 실제로는 일상적인 욕망과는 거리를 둔 채 무
기력하고 고립된 생활을 하고 있다. 직장과 가정이 있음에도 불구하고
그에 따른 사고라든가 행동이 없으며, 대신 외부 현실에 의해 수동적
으로 움직이고 그에 따른 내면의 반응만을 보여준다. 그런 관계로 그
의 소설에는 서사 양식이 요구하는 사건이나 갈등이 미약하고 대신 주
체의 침중한 내면만이 두드러진다. 작품이 이런 모습을 보이는 것은
무엇보다 작중의 주체가 유아적 상태에서 크게 벗어나지 못한 데 원인
이 있다. 작중의 주체가 타자와 교섭하고 수용하는 모습을 보이지만,
그 타자가 실제로는 자신과 동질의 인물이라는 데서 그런 사실을 확인
할 수 있다.

「야한기」나 「습작실에서」의 인물과 마찬가지로, 「탁류」의 주인공 철
은 매우 섬세한 성격의 인물로 나타난다. 외견상으로는 삶의 지향이라

---

8) 정호웅, 「해방공간의 자기비판소설 연구」, 『한국현대소설사론』, 새미, 1996, 358~
359면.

든가 가치가 모호하고 혼란스러운 상태여서 왜 사는지 그리고 무엇을 하고자 하는지가 잘 드러나지 않는다. 공무원이라는 신분을 갖고 있음에도 불구하고 철은 그에 따른 고민이라든가 행동을 보여주지 못한다. 또 아내를 두고 있음에도 불구하고 정상적으로 소통하거나 사랑하지 않는다. 하지만 그런 외형에도 불구하고 화자는 주변인물에 대해서 섬세하게 반응하고 관찰하는 것을 볼 수 있다. 화자는 주인집 남자와 몇 마디 대화를 나누지 않고도 그가 "대단히 조리가 있는 것"을 알아채고, 또 그가 매양 침울한 모습을 보이는 것은 "자기의 생각이 나갈 곳 없이 어느 무거운 추에 눌려 있는 탓"이라는 것을 간파한다. 실제로 주인집 남자는 애꾸눈을 가졌고 갓바치 출신이었던 관계로 사회적 편견과 차별 속에서 살고 있었다. 또 그의 딸 채숙에 대해서도 뚜렷한 정보를 갖고 있지 않으면서도 "대단히 훌륭한 드물게 보는 아이"라는 것을 알아챈다. 거기다가 화자는 과거의 '해결하지 못한 사회 현실의 문제'를 가슴 깊이 간직하고 있다. 현재는 무기력한 상태에 있지만 간혹 정신이 맑아지면 '해결 못한 채 묻어놓은 과거의 수많은 생각'이 '파도를 일으킨다'는 것, 그런 상태에서 화자는 그 이유가 '대상이 없어서인지 아니면 의지가 없어서인지'를 질문한다. 작중의 주체가 이렇듯 이지적이고 예민한 성격으로 제시된 관계로 작품은 단순한 허무주의가 아니라 뭔가를 찾아 방황하고 탐구하는 성찰의 모습을 보이는 것이다.

「탁류」에서 주체의 자기정립은 채숙과의 관계를 통해서 이루어진다. 가령, 화자가 채숙을 가까이 하게 된 것은 그녀의 딱한 처지를 알고 난 이후였다. 하숙집 주인의 딸인 채숙은 갓바치 집안의 자식으로 사회적 천대를 톡톡히 받고 있었다. 학교에서 화장실 청소를 늘 도맡아서 하고, 그것이 놀림감이 되어 걸핏하면 친구들과 싸웠다. 그렇지만 선생님은 누가 옳고 그른가를 가리기보다는 채숙만을 나무란다. 그런 사실을 알고서 채숙의 아버지는 학교에 항의를 하지만, 선생은 "그렇게 학생이 귀한 줄 아시고 학교에서 하는 일을 야속하게 생각하실 양이면 차라리 부형께서들 맡아서 가르치"라고 핀잔을 줄 뿐이다. 게다가 담임선생은 자기 반의 성적을 올리기 위해서 학생들에게 답안지를 베끼게 하는 등의 부정행위를 일삼는다. 말하자면 문제가 되는 것은 채숙이 아니라 채숙이 처한 현실이고, 채숙은 그 피해자였다.

이 채숙과의 만남을 통해서 화자는 점차 그녀에게 공감하는데, 그것은 무엇보다 그녀로부터 발견되는 현실에 대한 저항과 거부의 몸짓 때문이다. 채숙은 학예회에서 선생님이 독창을 강요하자 사람 앞에 나서기가 싫다는 이유로 못하겠다고 거절하고 급기야 학교에서 뛰어나오는, 자기가 하기 싫으면 결코 하지 않는 인물이다. 또 무조건 학교에만 보내려는 아버지에게도 순종하지 않아서 집에서 나와 들어가지 않겠다고 버티기까지 한다. 말하자면 채숙은 부당한 현실에 맞서 자신을 지키려는 인물로, 안이하게 현실에 타협하거나 순응하는 존재가 아니다. 게다가 그녀는 화자의 처지를 이해하는 섬세함까지 겸비해서 아내인 순이와는 확연한 대조를 이룬다. 아내로 인해 괴로우리라는 것, 그렇지만 역으로 그런 아내가 있기에 화자가 있는 게 아니냐는 등 화자의 곤궁한 처지를 꿰뚫고 있다. 그런 상황에서 화자는 채숙에게 이끌리고, 급기야 채숙을 "광명과도 같은" 존재로, 또 "구원의 손"으로 받아들이는 것이다.

철이와 소녀는 이로부터 누구나 서슴지 않고 다른 한 사람의 손을 구할 수가 있었고 또 구하는 대로 이 물ㅅ가로 나올 수가 있었다. 그리고 이 날은 또 그들이 얼마 가지 않아, 떨어지는 첫날 저녁도 되었던 것이다.

그러나 철이가 숙의 손을 잡고 물ㅅ가로 온다고 하는 것에는 그의 안해가 생각하는 바 그런 야박한 의미만이 섞이어 있지는 않았다 하더라도, 철에게 나날이 이 고을의 하늘과 땅—물과 길을 길답게 만들어주고 있는 것은 말할 것도 없이 이 소녀의 조그마한 손이었다. 그리고 이것이 철에게 있어서만은 한 광명과도 같은 것이 될 수 있었다 한다면 이 광명을 빚어낸 조그마한 손은 구원의 손이 아닐 수 없었다.[9]

채숙에 대한 이러한 애정은 한편으로 자신의 무기력한 삶에 대한 반성과 극복의 심리를 내재한 것으로, 자신이 가정하는 이미지의 지배와 효과 아래 포섭되는 동일화의 과정으로 볼 수 있다. 이를테면, 화자는 현재 무기력한 삶을 살고 있는 인물로, '대상을 갖지 못한 무의지'의 상태에 놓여 있다. 스스로의 운명을 자각하면서 대상에 대한 의지를 가질 수 없게 되었고, 그것이 가치에 대한 판단을 거부하고 심지어 '이것과 저것을 색별(色別)하여 파악하는 그 구별점'마저 모호한 '허무'의 상태를 만들어 놓은 것이다.

그런 상태에서 창부 출신의 아내는 심한 질투와 시기심의 소유자로 제시된다. 아내는 화자가 채숙을 가까이 하자 두 사람 관계를 오해하면서 의심하고 괴롭힌다. 그런 아내를 위해서 화자는 다른 집으로 이사를 하는 배려를 보이지만, 아내는 거기서도 주인집 여선생과 화자의 관계를 의심한다. 남편의 일거수일투족을 감시하고 급기야 여선생과의

---

9) 허준, 「잔등」, 『잔등(殘燈)』, 을유문화사, 1946, 151~152면.

불륜을 확신하는 것이다. 평상시의 상태였다면 화자는 그런 현실을 그저 체념하고 살았을 것이다. 그렇지만 부당한 현실에 맞서는 채숙에게 공감하고 또 일체감을 형성한 상태였기에 화자는 아내에 대해서 단호한 거부감을 표시한다. 아내의 "남의 없수이녀김을 무엇으로든지 끝을 보지 않고는 못 배기는 성미"를 용납할 수 없었던 것이다. '없수이녀김'을 감내하면서 살아가는 화자의 입장에서 볼 때, 그것을 복수로 풀고자 하는 아내의 행동은 용납할 수 없고, 그래서 단호하게 '결별'을 선언하는 것이다.

이런 행위를 고려하자면, 화자와 채숙은 여러 모로 유사한 존재라는 것을 알 수 있다. 두 사람 모두 현실과의 관계가 화해롭지 못하며, 현실의 억압 속에서 왜곡된 삶을 살고 있다. 그렇지만 둘은 모두 그런 현실에 동의하지 않고 저항한다. 그렇다면 채숙이라는 인물은 화자와 다른 이질적인 존재라기보다는 주체의 생각이 투사된 상상적 존재라는 것을 알 수 있다. 상상적이라는 말은 그 관계가 상상된 것이라는 뜻이 아니라 주체가 타자를 통해 확인하는 자기 이미지에 의해 지배되는 것을 의미한다. 말하자면, 상상적 관계는 주체의 에고가 자기와 비슷한 타인들의 에고와 관계하는 것이고,[10] 그런 견지에서 작품 속의 화자와 채숙은 비슷한 에고를 가진, 화자의 생각과 열망이 투사된 존재라는 것을 알 수 있다. 화자는 채숙이라는 타자를 통해서 스스로를 반성하고 동일시하지만, 그 타자는 바로 화자 자신과 동질의 존재이고, 그런 관계로 작품은 주체와 타자는 서로 교섭하는 듯한 외형에도 불구

---

10) 브루스 핑크, 맹정현 역, 『라캉과 정신의학』, 민음사, 2002, 65면.

하고 사실은 자기대화 혹은 독백의 수준을 벗어나지 못하는 것이다.

「습작실에서」는 이런 자기대화의 모습을 한층 분명한 형태로 보여주는 작품이다. 여기서 화자는 자신이 지향하는 삶과 부합된 삶을 살다 간 어느 노인의 일화를 소개한다. 작품에서 작가는 주체의 지향을 외부의 인물을 통해서 구체화하는데, 그것은 곧 '고독'과 '운명'의 문제로 정리할 수 있다.

작품의 초점인물은 하숙집의 주인 노인이다. 노인은 잡화상을 하는 큰 아들과 시골서 중학교 교원으로 있는 작은아들을 두었다. 자기 힘으로 사는 게 좋다는 생각에서 노인은 자식들에게 손을 벌리는 대신 집 세 채를 지어 그 임대 수입으로 살고 있다. 노인이 좌우명처럼 간직한 말은, "인욕/ 무무명 역무무명진(忍辱/ 無無明 亦無無明盡)"이다. 노인은 자기의 존재를 밝히고 자기가 이 세상 어떠한 자리에 놓여 있는가를 알기 위해서 이 말을 소중하게 간직한다고 하며, "제가 이 세상에서 아무것도 아닌 것을 깨닫는 사람이 아니면 제가 이 세상에서 위대한 일을 할 운명을 지니고 나온 사람인 것을 모"른다고 말한다. 스스로 아무것도 아닌 존재라는 것을 깨달아야 위대한 일을 한다는 것. 그런 견지에서 노인은 '無無明 亦無無明盡'이란 이 세상과 저세상의 모든 일을 밝히는 '절구(絶句)'라고 말한다. 그런데, 여기서 노인이 언급한 구절은 『반야심경』에 나오는 말로, 지혜의 눈으로 비춰 보았을 때 모든 것은 텅 비어 없다는, 곧 인간의 생성과 소멸의 모든 과정 또한 텅 비어 없다는, 그러므로 '무명이 없으며 무명의 다함도 없다'는 뜻을 갖고 있다.[11] 이런 경구를 노인은 평생의 좌우명으로 간직하며 살아왔기에 삶과 죽음을 초탈한 달관의 경지를 보여주는 것이다.

이런 내용을 서술하고 있는 관계로 작품에서 화자가 노인에게서 무엇을 느끼고 감동했는지는 외견상 잘 드러나지 않는다.[12] 그렇지만 노인은 화자가 그토록 동경했던 '고독'을 온몸으로 실천한 인물이라는 점에서 중요한 의미를 갖는다. 작품의 모두에서 언급되듯이, 화자는 고독을 즐기고 또 고독한 생활을 찾아서 어느 한적한 교외에 방을 하나 얻어서 살고 있다. 그런 그에게 노인의 죽음이 '머리가 멍 하는 충격'을 준 것은 무엇보다 자신이 생각했던 것과는 차원이 다른 삶을 보여주었기 때문이다. 유서에서 노인은 "내가 살아 있는 동안 어떻게 하면 잘 사는 건가를 생각하는 것도 중요한 일이었지마는, 이 살던 것을 어떤

---

11) 여기서 '無明'이란, '어리석은 마음·어두컴컴한 마음'을 뜻하는데, 기신론(起信論)에서는 불각(不覺)과 같다고 한다. 진여에 대하여 무자각한 것, 진여가 한결같이 평등한 것을 알지 못하고, 현상의 차별적인 여러 모양에 집착하여 현실세계의 온갖 번뇌와 망상의 근본이 되는 것을 말한다. 무무명이란 그런 집착이 없다는 것이다.

12) 이 작품은 노인과의 이별을 암시하는 신비주의적 인연을 작품의 또 다른 축으로 갖고 있다. 즉, 노인과의 사별을 암시하는 화자의 묘한 심리가 언급되고, 또 노인 아들과의 우연한 만남이 소개된다. 곧, 노인과 이런저런 얘기를 주고받은 뒤 화자는 그날따라 노인의 "모든 거조가 왜 그다지 나를 두고 섭섭해 하는지"를 몰랐다고 말한다. 그것이 노인과의 마지막 만남이었다는 것을 화자는 사후적으로 알게 된 것. 이후 화자는 노인과 헤어져 스키를 타러 가는데, 거기서도 노인과의 이별을 암시하는 묘한 체험을 하게 된다. 그믐날 밤에 "마음이 헛헛하고 슬프"게 느껴지는 묘한 기분이 들었고, 돌연 집으로 돌아가고자 하는 마음이 생긴 것이다. 함께 있던 모리는 그 말에 "아무래도 헛대비에 홀렸나 보우"라고 한다. 천장만장의 벼랑을 야밤에 간다는 건 귀신에 홀리지 않고는 못한다는 것, 결국 그의 만류로 하루를 더 묶는다. 이런 묘한 체험에다가 동경으로 들어가는 기차 본선 속에서 집주인의 둘째아들을 우연히 만나는 체험까지 더해진다. 둘째는 아버지의 초상을 치르고 돌아가는 길이었다. 이런 일들을 겪으면서 화자는 "가는 사람과 보내는 사람의 교감작용이란 그렇게도 기이할 수가 없음"을 느낀다는 내용이다.

모양으로 마쳐야 옳을까를 생각하는 것도, 내 중요한 과업"이었다고 말한다. 그래서 "최후의 한 시간을 저 죽자는 염원대로 죽게 하는", 즉 고독한 죽음을 용납하라는 내용의 유서를 남긴 것이다. 이 유서를 접한 뒤 화자가 목이 멘 것은, 노인의 급작스러운 죽음이 불러온 애통함과 함께 자기가 그토록 고민했던 문제를 노인이 대신 풀어준 데 있다. 곧, '고독'은 한적한 공간을 찾아다니는 식의 문제가 아니라는 것, '무무명(無無明)'이라는 말에서 드러나듯이, 삶 자체가 바로 고독이라는 진리를 일깨워준 것이다. 노인의 초탈한 삶에 비추어볼 때 한적한 공간이나 찾아다니며 고독을 즐기는 자기 식의 삶이란 한갓 껍데기에 지나지 않는다. 거기에는 어떻게 하면 잘 사는 것인가와 함께 어떤 모양으로 삶을 마쳐야 하는가의 문제가 빠진, 말하자면 추상화된 관념만이 존재하는 까닭이다. 액자소설의 액자틀과도 같은 작품 모두에서 화자가 "고독이라 하는 것이 그처럼 제이다꾸나모노(사치한 물건-인용자)인 것을 알게 된 것은 나와 같은 청춘에 있어서는 여간한 은근한 기쁨이 아니었습니다."라고 고백한 것은 그런 깨달음의 표현으로 볼 수 있다.

여기서도 노인은 주체와 이질적인 존재가 아니라 상상적 관계에 있는 동일한 코드(code)의 존재라는 것을 알 수 있다. 화자가 고민하는 문제와 노인이 평생 실천한 문제가 동일하고, 화자의 오랜 고민을 풀어준 존재가 노인이라는 데서 그런 사실이 드러난다. 노인은 주체가 상상하는 이미지를 갖고 있고, 그런 관계로 노인과의 대화는 동일 코드의 인물끼리 나누는 독백이 된다. 가라타니는 자신과 다른 언어 게임에 속하는 타자와의 대화만이 진정한 의미의 대화(dialogue)라고 하며, 하나의 코드 안에서 행해지는 대화는 자기대화와 같다고 말한다.13)

일어로 발표된 「習作部屋から」[14] 역시 이 작품과 동일한 구조로 되어 있다. 글을 쓰는 문학청년인 화자와 뭔가의 일로 감옥에 들어간 나그네와의 대비를 통해서, 작가는 주체의 내면적 동경과 지향을 보여준다. 문학청년의 상태에서 벗어나지 못한 관계로 화자는 현재 무엇을 해야 할지 모르는, 게다가 허무적인 사고에 빠져 있다. 나그네에게 보여준 「실솔(蟋蟀)」이라는 시의 한 구절에서 그런 사실이 드러나는데 곧, "나는 다시 상처를 받기 위해 밤새도록 껍질을 벗는다."[15]는 것. 다분히 감상적인 내용의 이 구절은 화자 스스로가 말한 "저는 지금 어찌할 줄 모르고 있습니다."라는 심경을 단적으로 표현한 것이다. 상처를 받기 위해 껍질을 벗는다는 것은 삶의 의미를 찾지 못한 채 현실과의 관계에서 계속적으로 괴로워한다는 말이고, 그런 상황에서 작가인 화자는 '말'의 문제에 깊이 몰두해 있었던 것이다. 스스로 고백하듯이, 시를 짓겠다고 하던 처음에는 '말'은 언제든지 자기가 바랄 때 저절로 따라오는 것이라고 생각했지만, 사실은 따라오기는커녕 오히려 완고한 얼굴을 하고 이를 악물고 맞서오는 까닭에 무서워하지 않을 수 없었고, 그래서 "말에 협박을 당해왔"다고 고백한다. 반면에 나그네는 이런 화

---

13) 『탐구Ⅰ』, 24면.

14) 일어로 된 이 작품은 그 동안 거의 언급되지 않았다. 서재길이 정리한 『허준 전집』(현대문학사, 2009)에 원문과 번역문이 동시에 소개되어 많은 도움을 주는데, 필자 역시 이 판본을 참조하였다.

15) 실제로, 허준의 시에 「실솔(蟋蟀)」이 있고, 내용 역시 작품에 인용된 것과 같다. 즉,

> 허ㅡㄹ을 벗는 울음이다
> 다시 상처를 밧기 위하야 밤새 허ㅡㄹ을 벗는다
>
>   (『조선일보』, 1934.10.7)

자를 위에서 내려다보듯이 행동하면서 선문답과도 같이 '물고기를 잡아본 적이 있는가'라고 묻는다. 그러면서 "가슴에 몽롱하고 자욱한 것"을 지니고 있고, 그것을 "단호히 세상에 내어놓고 싶다"면, "그에 걸맞는 신체"를 가져야 한다고 말한다. 이를테면, 나그네는 화자가 고민하는 문학청년의 단계를 뛰어넘어 현실에서 자신의 활동 공간을 마련한 인물이다. 그런 나그네와의 만남을 통해서 화자는 자신의 '악몽의 생활'에서 벗어나고자 하는 욕망을 내보이는 것이다.

이런 내용에 비추자면, 작중의 나그네는 '말'의 고민에서 벗어나 '고기잡이'의 세계로 들어선 인물이고, 그런 인물과의 대비를 통해서 주체는 "청춘을 안절부절하며 살아온 것에 부끄러움"을 느끼는 것으로 정리할 수 있다. 여기서 나그네는 화자와 달리 관념의 세계에서 벗어나 현실의 세계로 투신한 실천적 인물이라는 점에서 현재의 무기력한 주체를 반성케 하지만, 그 역시 화자가 상상하는 이미지라는 것을 알 수 있다. 나그네는 화자가 동경하는 모습이자 동시에 자신의 결점을 보완하는 존재이다.[16]

이와 같이 일제치하의 작품들은 모두 비슷한 구조로 되어 있다. 주체가 제시되고 그 주체가 상상하거나 모방하고자 하는 이미지의 타자가 등장하며, 그 과정에서 주체는 타자를 닮고자 하거나 아니면 스스로를 반성하는 게 작품의 대체적인 얼개이다. 그런 관계로 작품은 이질적인 타자가 서로 대화하는 듯하지만 사실은 동질의 인물끼리 중얼

---

16) 해방 후의 개작에서는 이 나그네가 독립운동가로 제시되어 한층 구체적이고 강화된 성격으로 그려지지만, 여기서는 단지 뭔가의 일로 감옥에 들어가는 것으로 서술되어 성격이 모호하게 처리되어 있다.

거리는, 이른바 자기 독백의 형태가 되는 것이다. 식민치하의 작품들이 모두 1인칭이고 자기고백적 문체로 되어 있는 것은 그런 사실과 무관하지 않다. 1인칭 주인공 서술 방식은 서술적 자아와 체험적 자아가 서로 긴장하거나 이완하면서 양자가 통합하는 길로 나가고, 이 통합을 통해서 주체는 작품 초기와는 다른 한층 성숙한 내면을 갖는다. 그런데, 그 일련의 과정이 모두 주체의 내면속에서 이루어진다는 점에서, 작품은 타자를 수용하는 듯한 외형에도 불구하고 사실은 주체의 투사 혹은 자기대화가 되고 마는 것이다. 「탁류」와 「야한기」 등의 작품이 잘 읽히지 않고 난삽하게 느껴지는 것도 이렇듯 폐쇄된 자의식 속에서 주체가 독백하듯이 서사가 진행되기 때문이고, 이로 인해 작품은 심리주의적이라는 평가를 받게 된 것이다.

3. 정치 현실과 인정의 세계

해방과 함께 허준은 잠시 머물렀던 만주에서의 생활을 청산하고 귀국길에 오른다. 풍찬노숙의 길고 험한 여정이었지만, 그럼에도 그는 '고향'에 대한 그리움을 가슴 깊이 간직한 채 남행길을 감행한 것이다. 그런 귀환의 체험을 소재로 한 작품이 해방기를 대표하는 평판작 「잔등」이다. 이 시기 작품은 이전과 비교하자면 줄거리 파악이 쉽고, 문장 또한 명료해서 혼란스럽거나 모호하지 않다. 게다가 작중의 인물들도 이전과는 달리 사회적 맥락 속에서 사고하고 행동하는 등 한층 뚜렷한 개성을 갖고 있다. 작품이 이런 모습을 보이는 것은 무엇보다 작중의 주체가 폐쇄적 자의식에서 벗어나 자신과는 다른 타자를 적극적으로 수용하는 개방성을 보인 사실과 관계가 있다. 작중의 주체는 이제 외부의 타자를 열린 마음으로 받아들이면서 자신을 정립하는 한층 성숙한 모습을 선보이는데, 이는 방관자적 자세로 일관했던 과거에 비해 커다란 변화라 할 수 있다. 그런 사실을 단적으로 보여주는 작품이 「잔등」으로, 여기서 작가는 현실을 정면으로 대하면서 자신의 정체성을 질문한다.

「잔등」에서, 작품의 시작과 함께 목격되는 주체는 현실과는 거리를 둔 냉담하고 폐쇄적인 모습이다. 스스로 '제삼자의 정신'이라고 표현했듯이, 현실을 관찰하고 주시할 뿐 주관적 견해를 토로하거나 외부 인물을 자기 식으로 상상하지 않는다. 그렇다고 스스로의 내면속에 침잠해서 자의식에 몰두하거나 허무를 즐기지도 않는다. "~하는 듯하였다.", "~한 것이었다."와 같은 종결형 어미에서 드러나듯이, 주체는 주변 현실을 관찰하고 응시할 뿐이다. 게다가 화자는 '사생첩'을 소지한 화가로 등장한다. 「소설가 구보씨의 일일」(박태원)에서 구보가 '노트' 한권을 들고 시내를 배회하듯이, 「잔등」의 주인공은 사생첩을 들고 귀환 동포들의 풍경을 스케치하는 형상이다. 작품이 해방 후 귀환 동포들의 모습을 풍속화처럼 실감나게 제시하는 것은 그런 사실과 무관하지 않다.

가령, 화자는 도립병원 뒤 어느 마음 너그러운 마나님 집에서 하룻밤을 보내면서, 주인 여자의 시동생 역시 목단강에서 농사를 짓다가 이날 밤에 돌아왔다는 것을 알게 되고, 그런 시동생을 맞는 듯한 여주인의 따스한 환대를 받는다. 이튿날 정거장 주변에서는 폭격을 당한 뒤 시신을 수습하느라 쳐놓은 새끼줄과, 장갑차와 대포 같은 병기를 가리기 위해 천막을 친 차량 등 전쟁이 끝난 직후의 살풍경을 보게 된다. 그러다가 일행인 '방(方)'과 헤어져 청진까지 혼자 걷게 되는데 이 과정에서도 귀환 동포들의 참상을 두루 목격한다. 유개차 지붕 위에 빽빽이 올라앉은 사람들, 사오 인씩 혹 오륙 인씩 무리를 지어 제방 밑 물가에 진을 치고 밥을 짓는 사람, 세수를 하고 발을 씻는 사람 등 이들은 살 자리를 다 빼앗기고 고국을 떠나 낯선 만주에서 논밭을 갈고 직업을 찾아 헤매던 사람들이었다. 이들을 지켜보면서 화자는 사촌 매부네의 경우를 떠올린다. 이십년 전에 만주에 짐을 부린 매부네는 일본의 집단 개척 과정에서 전지를 빼앗기고 집을 강탈당했다. 하지만 그럼에도 불구하고 '누구를 원망하거나 저주하지 않'고 다시 땅을 개척하면서 연명해 왔다. 그런 매부네를 생각하면서 화자는 이들에게 '조선이 그처럼 그리울 수가 없는 나라'라는 것을 새삼 알게 된다. 고향이란 그 동안의 설움과 고통을 씻고 새롭게 출발할 수 있는 곳이고, 그래서 이들에게 '향수는 근본적'이었던 것이다.

이런 사실을 서술하면서 주체는 시종일관 냉담한 '제삼자의 정신'을 견지한다.

기름기름히 쌓아 얹힌 각재들 사이에 끼인 사람, 부서지다 남은 걸상과 책상을 쓰고 자는 사람, 째어진 장막의 한 끝을 잡아다려 뼈가 들추이는 어깨를 가리운 사람, 이 사람들은 한 특수한 개념(槪念)을 형성하는 사람들이었다. 그리고 이 특수한 개념을 한 독자적인 완전무결한 개념으로 응고시키렴에는, 방은 그 중에서는 무용한 사람일 수밖에는 없었다. 그는 아니 우리는 아무리 다 회진하였다 하더라도 그래도 어딜런지 덜 회진한 곳이 남아 있는 사람이었다. 회진하지 아니하였으면서도 회진을 체험할 수 있는 대신에는, 회진하고 있는 자기 자신을 떠나 더욱더 완전한 회진이 올 줄을 알면서까지 일층 높은 처소에서 회진하고 있는 자기 자신을 내려다보고 방관하고 있을 수 있는 부류의 사람이었다.
　'애꿎은 제삼자의 정신!'[17]

　'나(천복)'는 아직 '회진(灰塵)할 것'이 남아 있는 사람이며, 또 "일층 높은 처소에서 회진하고 있는 자기 자신을 내려다보고 방관하고 있을 수 있는 부류의 사람"이다. 말하자면 아직도 소멸시켜야 할 자의식이 남아 있고 그래서 자신과는 다른 존재들을 받아들일 여유를 갖고 있지 못하다. 김남천의 지적대로, "너무도 감격이 없고 또 자기변혁의 과정이 보이지 않는"[18] 것이다.

　그런데, 이런 초반의 모습과는 달리 화자는 점차 시선을 외부로 돌리고 이질적인 존재들을 받아들이는 변화를 보이는데, 그 계기가 되는 것이 두 인물과의 우연한 만남이다. 하나는 고기잡이 소년과의 만남이고, 다른 하나는 국밥장사 할머니와의 만남이다. 고기잡이 소년과의 만남은 지극히 우연적인 것이었으나 주체의 입장에서 보자면 이질적인 타자와의 대면이라는 점에서 중요한 의미를 갖는다.

　즉, 청진으로 향하던 도중에 화자는 강가에서 작대기(삼지창)로 물고기를 잡고 있는 한 소년을 만난다. 소년은 화자의 출현은 안중에도 없다는 듯이 고기잡이에 몰두하고 마침내 뱀장어 한 마리를 꿰어 올린다. 화자는 하루에 몇 마리나 잡느냐고 묻지만, 소년은 그 말을 무시한

---

17) 허준, 앞의 책, 69~70면.
18) 김남천 , 「창조적 사업의 전진을 위하여」, 『문학』, 1946.7.

채 허리를 꺾고 고기잡이를 계속한다. 화자는 자신을 무시하는 소년에게 화가 나면서도 한편으로 고기잡이에 몰두하는 그 모습에서 "자아 중심의 황홀"을 목격하고, "고국 산수의 맑고 정함과 이 맑고 정한 물을 마시고 자라나는 사람의 잡티가 섞이지 아니한 신선한 촉감"을 감지한다. 말하자면, 소년에게서 화자는 고국산천과도 같은 "신선한 촉감과 티 묻지 않은 순수"를 발견하는 것이다. 이후 화자는 이 소년과 마주앉아서 "반말지거리를 하며" "그 아무 것도 섞이지 아니한 검은 눈동자를 마주보고 앉아 있었으면 하는 욕망"에 사로잡히는데, 이는 곧 소년에 대한 공감과 신뢰를 표현한 것으로, 일종의 동일시 과정으로 볼 수 있다. 화자는 어쩌면 소년과 같은 '티 묻지 않은 순수'에서 장차 도래할 독립국가의 미래상을 봤는지도 모른다. 그런데 이런 동일시는 얼마 후 소년의 실체를 알게 되면서 곧 허물어진다. 사실인즉, 소년은 화자의 긍정적 평가와는 달리 고기잡이로 위장해서 잔류 일본인들을 감시하는 첩자 노릇을 하고 있었다. 보안대 김 선생의 지시를 받고 일본인들이 도망가지 않는지를 감시했고, 심지어 서울로 도망가는 전직자들을 잡아들이는데 혈안이 되어 있었다. 이런 모습에서 소년에 대한 화자의 순수하고 신선했던 촉감은 급격히 절망감으로 변하고 만다.

지금껏 내 가슴속에 엉기어진 그 소년에 대한 형용하기 힘든 모오든 인상은 그걸로 말미암아 어떻게 될 성질의 것은 못 되는 것이었다.
다시 쳐다보는 밤하늘은 이미 이제는 이마가 선뜻할 겨를도 없이 어느 틈엔가 일면 진한 칠빛이 되어 있다가 쳐다보는 내 가슴 위를 불현듯이 무거웁게 내려덮고 말았다. 양복바지 무릎을 뚫고 팔소매 끝과 목덜미 너머로 숨을 돌이킨 밤ㅅ바람이 스며들기 시작한다.

> 소년으로 말미암아 머릿속에 켜진 아주 꺼지지 아니하려는 현황한
> 불ㅅ길들에 시달리어 가며, 나는 그러안은 두 무릎들 틈에 머리를 박고
> 허리를 꾸부리어 댄 채, 오직 꾸부리고 웅크린 덕분을 빌어 억지스러운
> 잠을 청하기로 하였다.[19]

화자는 '혁명은 가혹한 것이고 또 가혹하여도 할 수 없을 것'이라는 사실을 알고 있고, 그런 점에서 과거를 청산하고 새롭게 국가를 건설해야 하는 해방기의 특수성을 이해하고 있었다. 일본 제국에서 해방되었다 해도 조선은 지배와 피지배라는 새로운 정치 질서를 만들 수밖에 없는 까닭이고, 그런 상태에서 화자가 느낀 실망감이란 단지 소년이 정치의 선봉에 섰다는 이유 때문만은 아니다. 해방 후의 상황은 그 어린 소년마저 정치 현실로 내몰았다는 사실, '진한 칠빛'으로 밤하늘이 변했다는 말은 그것을 시사하는 일종의 알레고리(allegory)인 셈이다. 이런 데서 우리는 이질적인 존재들에 대해 냉담했던 주체가 점차 동요하는 것을 목격할 수 있다. 주체는 이제 스스로의 길을 찾을 수 없을 뿐만 아니라 「習作部屋から」의 나그네처럼 삶의 방향을 지시해줄 안내자도 갖고 있지 못하다. 소년의 실체를 알고 난 뒤 화자는 밤하늘의 칠빛 어둠이 자신의 "가슴 위를 불현듯이 무거웁게 내려덮"는 것을 깨닫는데, 이는 주체의 기대와 상상을 배반하는 존재로서 소년이 수용되고 있다는 것을 시사해준다.

시장 골목에서 우연히 만난 할머니는 이 주체에게 한층 심각한 충격을 가하는 존재로 등장한다. 할머니는 주체가 직면한 절망을 희망으로

---

19) 허준, 앞의 책, 98~99면.

전환시키고 시종일관 견지했던 '제삼자의 정신'에 충격을 가하는데, 이 할머니와의 만남을 통해서 화자는 비로소 새로운 주체로 거듭난다.

할머니에게서 느낀 주체의 감정은 무엇보다 놀라움이다. 할머니는 일제의 직접적인 피해자임에도 불구하고 잔류 일본인들에 대해서 소년과는 정반대의 태도를 보여준다. 할머니는 독립운동을 하던 아들을 해방을 한 달 앞둔 시점에서 잃는 비극적 사연을 갖고 있다. 살인강도를 했던 사람들도 해방과 함께 옥문을 걷어차고 나오는 현실에서 나라를 위해서 온몸을 바친 자식은 아이러니하게도 불귀의 객이 되고 만 것이다. 그런 한 맺힌 사연을 갖고 있었음에도 불구하고 할머니는 소년과는 전혀 다른 태도를 보여준다. "내 새끼를 갔다 가두어 죽인 놈들은 자빠져서 다들 무릎을 꿇었지마는, 무릎 꿇은 놈들의 꼴을 보면 눈물밖에 나는 것이 없"다는 것, 말하자면 그렇게 당당하던 일본인들이 패망과 함께 길거리를 배회하고 굶주리는 처지로 전락했고, 그래서 마치 '머리를 짓이긴 뱀장어'처럼 한갓 생명을 향한 본능만이 번득이는 미물(微物)로 전락했다는 것이다. 그런 일인들을 지켜보면서 노인은 "벌거벗겨 놓고 보니 매 갈 데가 어딥니까"라고 반문하고, 그들에게 밥과 국을 제공하는 인정을 베푸는 것이다. 게다가 할머니는 자신에게 주어지는 호사마저 거부하는 겸허함까지 갖추고 있다. 주변에서는 해방이 되었으니 고생을 그만 하고 자치회나 보안대에 들어가라고 권유하지만, 할머니는 "피난민이 우글우글하고 눈에 밟히는 것이 많은 때에 무엇이 즐거워서 혼자 호사"를 하겠느냐고 단호하게 거절한다. 이런 사실을 접하고 화자는 다음과 같은 깊은 깨달음에 이르는 것이다.

피난민도 형지 없이 어지러웠고 일본 사람들도 과연 눈을 거들떠보기 싫게 처참하지 아니함이 없었으나 생각하면 이것을 혁명이라 하는 것이었다. 혁명은 가혹한 것이었고, 또 가혹하여도 할 수 없을 것임에 불구하고 한 개의 배장사를 에워싸고 지나쳐 간 짤막한 정경을 통하여, 지금 마주 앉아 그 면면한 심정을 토로하는 이 밥장사 할머니에 이르기까지 그것이 어떻게 된 배 한 알이며, 그것이 어떻게 된 밥 한 그릇이기에, 덥석덥석 국에 말아줄 마음의 준비가 언제부터 이처럼 되어 있었느냐는 것은 나의 새로이 발견한 크나큰 경이(驚異) 아닐 수 없었다. 경이보다도 그것은 인간 희망의 넓고 아름다운 시야(視野)를 거쳐서만 거둬들일 수 있는 하염없는 너그러운 슬픔 같은 곳에 나를 연하여 주었다.

나는 혓바닥에 쌉쌀한 뒷ㅅ맛을 남겨놓고 간 미주(美酒)의 방울방울이 흠뻑 몸에 젖어들듯이 넓고 너그러운 슬픔이 내 전신을 적셔 올라옴을 느끼었다. 그리고 때마침 네다섯 피난민들이 몸을 얼려가지고 훌훌거리고 들어서는 바람에 나는 자리를 내어주고 밖으로 나왔다.[20]

화자의 놀라움은 해방 후의 현실에서 "어떻게 된 배 한 알이며, 그것이 어떻게 된 밥 한 그릇이기에, 덥석덥석 국에 말아줄 마음의 준비가 언제부터 이처럼 되어 있었느냐"는 데 있다. 해방이 느닷없이 주어졌고 또 그렇게 된 현실에서 패배한 일제는 감시받고 억류될 수밖에 없지만, 그럼에도 밥장사 할머니는 그들에게 밥 한 그릇, 국 한 그릇을 내놓는 놀라운 모습을 보여준 것이다. 할머니에게 중요했던 것은 인간의 생명과 그에 대한 애정이고, 이 본능과도 같은 태도를 지켜보면서 화자는 감동과 함께 "하염없는 너그러운 슬픔"을 느꼈던 것이다. 화자가 "미주의 방울방울이 흠뻑 몸에 젖어들듯이 넓고 너그러운 슬픔이

---

20) 허준, 앞의 책, 89~90면.

내 전신을 적셔 올라옴을 느끼었다."고 한 것은 그런 깨달음과 공감의 표현이다.

휴머니즘에 대한 이러한 의미 부여는 노파의 아들과 함께 감옥에 들어갔던 일본인 가토를 통해서 한층 더 정당한 것으로 제시된다. 할머니의 아들과 함께 투옥되었던 가토는 '집은 있으되 집이 없어서 온 사람이 아니요 먹을 것이 있으되 제 먹을 것 때문에 애쓸 수 없던 사람'이었다. 가토는 '일본 사람은 일본 바다에서 나는 멸치를 잡아먹어도 넉넉히 살아갈 수 있다'는 생각을 갖고 있는 일종의 평화주의자였다. 이 가토가 할머니의 아들과 함께 일제에 맞서 싸웠던 것은 일본이 그런 평범한 진리를 어기고 주변 국가를 침략했다는 데 있었다. 자기 조국과 맞서는 가토를 할머니는 한 동안 이해하지 못했지만, 해방 후 일본 패전민들의 참상을 지켜보면서 비로소 이해하게 되었다고 말한다. 잔류 일본인의 참혹한 모습에서, '저 불쌍한 것들이 가토의 종자인 것을 모른다고 할 수 없겠으니 어떻게 눈물이 아니' 날 수 있겠느냐고 하는데, 이는 곧 잔류 일본인 역시 가토가 비판한 일본 제국주의의 희생양이라는 것을 말해준다. 그런 생각에서 할머니는 일본인과 조선인이라는 구별을 떠나서 '생명에 대한 강렬한 지향'을 가진 존재로 이들을 수용하는 관용을 보이는 것이다.

할머니의 이런 모습을 지켜보면서 화자는 지금껏 견지했던 폐쇄적 자의식에서 벗어나게 된다. 할머니가 보여준 일제 잔류민에 대한 태도는 인간에 대한 깊은 애정이고, 작가는 할머니의 이러한 인간애에 공감함으로써 잔류 일본인 문제를 휴머니즘을 통해 극복해야 된다는 소중한 깨달음에 이르는 것이다. 이런 깨달음은 이후 「임풍전 씨의 일기」

등 다른 작품에서도 두루 목격되는 것으로, 해방기를 보내는 주체의 가치관이라 해도 지나친 말은 아니다. 주체는 할머니의 휴머니즘을 내면화하고, 그것을 바탕으로 해방기 현실을 이해하고 대응하는 태도를 결정했던 것이다. 그렇다면 할머니는 주체에게 일종의 '큰 타자'와도 같다는 것을 알 수 있다. 큰 타자란 부모, 학교, 언어 등과 같이 광범위한 의미에서 사회에 의해 주입된 이상과 가치들을 말한다. 주체가 자기와 비슷한 타인들과 관계했던 상상적 동일시와는 달리 상징적 동일시는 주체의 무의식이 이 큰 타자와 조화를 이루면서 살아가는 것을 뜻한다.[21] 그런 견지에서 인정과 관용으로 표상되는 할머니는 주체에게 당대의 이상과 가치를 상징하는 큰 타자가 되며, 그런 존재와의 동일시를 통해서 주체는 이전까지의 냉담했던 '제삼자의 정신'을 허물고 현실에 적극 대응하는 실천적인 주체로 탈바꿈하는 것이다.

우리가 「잔등」에서 주체의 정치적 선택을 접하게 되는 것도 이러한 변화와 관계가 있다. 주체는 이제 "우리가 남과 같이 살아야 한다면 노서아 사람만큼 무난한 국민이 없을는지도 몰라"라는 정치적 선택을 거침없이 토로한다. 당대 지식인들이 미국보다는 소련을 선호했다는 것은 여러 경로를 통해서 확인이 되거니와, 이 작품에서 작가는 "이 십여 일 동안 수많은 노서아 사람들을 만난 결론"으로 그런 생각을 갖게 되었다고 한다. 만주에서 서울로 돌아오는 길에서 자연스럽게 만날 수 있는 존재가 소련 사람들이고, 그들의 도움으로 북한은 남한보다 앞서 무상몰수 무상분배를 원칙으로 하는 토지개혁을 시행해서 민중들의

---

21) 『라캉과 정신의학』, 68~69면.

대대적인 환영을 받았다. 그런 사실을 감안하자면 소련에 경도된 작가의 심정이 이해되고, 그것이 한편으로 허준이 북한을 선택한 동기가 아닌가 짐작해 볼 수 있다. 해방기 소설이 일제치하와는 다른 특성을 보이는 것이나, 작품에서 타자의 목소리가 적극 반영되는 다성적 특성을 보이는 것은 주체의 이러한 변화로 설명이 가능한 셈이다.

「속 습작실에서」는 그런 변화된 주체가 이제 '말'이 아닌 실천의 장으로 투신하겠다는 다짐을 고백한 작품이다. 이 작품은 1940년 일어로 발표되었던 콩트 「習作部屋から」를 7년이 지난 뒤 중편으로 개작한 것으로, 사건의 간단한 줄거리만을 서술했던 이전과는 달리 디테일을 보강하고 인물의 성격을 강화해서 중편으로 확대하였다. 주인공의 이름을 '남몽'으로, 나그네를 독립운동가 '이병택'으로 명명하여 한층 구체화시켰으며, 또 이병택이 옥사한 것으로 처리하여 일제의 검열로 인해 배제했던 내용을 새롭게 복원한 것으로 보인다. 작품의 줄거리는 이전과 거의 동일해서, 즉 주인공 남몽이 나그네 이병택을 만나서 이런 저런 애기를 나누고, 후일 이병택이 옥사한 것을 알게 되어 큰 충격을 받는다는 내용이다. 이 과정에서 「習作部屋から」와 달리 주체의 성격이 한층 강화된 것을 볼 수 있는데, 작품 결미에서 화자가 이병택의 수의를 보고 드러내는 다음과 같은 진술은 자신의 과거에 대한 단호하고 전면적인 거부로 볼 수 있다.

나는 눈이 내 눈에 시거웁게도 자극이 되어 펄떡 뛰어 일어나서 방을 나왔다. 그리고 인제는 자꾸만 자꾸만 눈 속으로 형지를 감추어 들어가는 그 한 벌 옷을 향하여

「당신이야말로 당신이야말로 정말 새롭고 새로운 몸의 상처를 받아
나오기 위해 무수한 허울을 나날이 벗어 나온 분입니다.」

하는 언젯 날 부르짖음을 인제야 속으로 부르짖으며 이렇게 미칠 듯
이 속으로 웨치었다.

「이게 다 무어냐 이게 다 무어냐 아아 저는 아무것도 아닙니다. 저는
아무것도 아닙니다. 저야말로 의외로 아무것도 아닌 단순한 말의 사기
사를 지향(指向)하고 나가던 사람이었는지도 모릅니다.」[22]

「習作部屋から」에서 나그네는 주체의 고민을 앞서서 해결한 존재로
그려져 주체가 나갈 길을 예시하는 식이었다면, 여기서는 그런 과거를
'말의 사기사'에 지나지 않았다고 고백하는 한층 적극적인 모습을 보여
준다. "말의 사기사를 지향하고 나가던 사람"이었다는 자괴적 진술은
단순한 반성이 아니라 삶에 대한 근원적 부정이자 동시에 그토록 회피
했던 현실과 정면으로 맞서겠다는 다짐이다. 그런 점에서 이병택은, 앞
의 소년이나 할머니처럼 주체의 '제삼자의 정신' 즉, 자기와 동질적인
존재 속에 갇혀 독백에 머물렀던 주체에게 충격을 가하고 파괴하는 타
자적 존재임을 알 수 있다. 이러한 성찰과 변신을 통해서 주체는 이제
현실을 냉정하게 받아들이고 궁극적으로 자신을 현실의 한 복판으로
내던지는 것이다.

「임풍전 씨의 일기」는 주체가 그렇게 변신한 이후의 모습을 보여주
는 작품으로, 허준의 월북 경위를 구체적으로 시사해준다. 작품은 교사
인 화자가 제자인 박군에게 하는 대화체의 서술을 통해서 학교에서 쫓

---

22) 허준, 앞의 책, 40~41면.

겨나게 된 경위를 말하고 있다. 여기서 화자는 앞의 할머니가 보였던 휴머니즘을 실제 현실에 적용하듯이 다음과 같은 주장을 펼친다. 즉, '농토를 농사짓는 농군의 손에 돌려보내야 한다.' '일제치하의 관리들을 다시 자리에 앉히지 말아야 한다.' '나라를 두 동강이 내는 단독정부가 들어서서는 안 된다.' 외견상 당시 좌익의 주장을 그대로 옮겨놓은 듯하지만, 실상은 「잔등」에서 할머니가 했던 주장을 현실에 적용한 형국이다. 민중의 대부분을 점했던 농민의 입장에서 보자면 농민이 땅을 소유해야 한다는 것은 지극히 인본적인 주장이고, 또 단독정부를 반대한 것도 남과 북이 분단되어서는 안 된다는 민족 공동체의 입장에서는 보편적 원칙에 해당한다. 이러한 현실인식이 작가 허준으로 하여금 현실에 대한 관심을 촉발하여 조선문학가동맹에 몸담게 하고,23) 이후 월북으로 이어진 것으로 보인다. 여기에 이르면 주체는 정치적 선택을 마치고 자신의 신념을 향해 매진하는 상태라는 것을 알 수 있다.

  이후 허준은 짧은 분량의 「평대저울」을 발표한다. 본격적인 소설이라고는 할 수 없는 콩트에 불과하지만, 이 작품은 허준 소설의 전개 과정에서 중요한 변화를 담고 있다. 즉, 이전 소설에서 한 번도 등장한 적이 없었던 실제 생활이 작품의 중심을 차지한 것이다. 조선은행에 근무하는 화자는 돈이 없어서 김장을 못하다가 우연히 잡지사로부터 원고료를 미리 받고 기뻐한다. 그런데 차안에서 그 돈을 모두 소매치기 당하면서 꿈이 무너지지만, 화자는 재치 있게도 그 예기치 못한 일을 소재로 글 한편을 써서 잡지사에 넘긴다는 내용이다. 여기서 주인

---

23) 서재길, 「허준의 생애와 작품세계」, 『허준 전집』, 현대문학사, 2009, 591면.

공은 스스로 고독 속에 칩거하거나 혼돈에 빠지는, 무기력한 삶을 살지 않는다. 생활인으로 돈의 소중함을 알고 또 가정생활을 아내와 함께 의논한다. 운명 앞에 좌절하고 스스로를 고립 속에 방임하는 이전의 주인공과는 달리 자신의 삶을 행, 불행의 양쪽 접시에 올려놓은 '평대저울'에 비유하여 '단념의 덕'이라는 자신의 의지로 저울의 평형을 유지하는 것이다. 게다가 화자는 긍정적인 생각의 소유자이다. 김장을 못하면 단무지로 대신하고, 돈이 없어 쩔쩔매면서도 그것을 비관하거나 부정하지 않는다. 현실을 담담하게 수용하면서 낙관적으로 살아가는 것이다. 이런 특성으로 인해 이 작품은 이전 소설에서는 찾을 수 없었던 훈훈한 정과 낙관적 여유를[24] 제공하게 된다.

여기에 이르면 허준 소설의 주체는 현실 속에서 호흡하고 살아가는 사회・역사적 인물로 탈바꿈한 것을 볼 수 있다. 식민치하의 소설들이 한 명의 인물이 등장하고 그 인물이 상상하거나 모방하는 동질의 타자를 제시하여 스스로를 반성하거나 동경하는 식이었다면, 해방 후의 작품에서는 주체의 그런 이중적 모습이 사라진다. 생활이 없는 진공의 상태에서 삶과 문학에 대한 모색과 방황을 거듭했던 것과는 달리, 해방 후에는 타자를 적극적으로 수용하면서 자신을 변화시키고 궁극적으로 현실에 투신하는 보다 실천적인 인물로 변신한 것이다. 해방 후의 소설에서 인물들이 직장과 가정을 갖고 있고 일상적인 욕망을 쫓는 것이나, 외부 현실에 능동적으로 대응하는 실천적인 면모를 보이는 것은 그런 변화를 말해준다. 그로 인해 작품은 주체의 침중한 내면에서

---

24) 한동혁, 「허준 소설연구」, 성대 석사, 2006, 67~78면.

벗어나 새로운 시대 현실에 적극 개입하는 리얼리즘적 특성을 보이는 것이다.

4. 주체와 타자의 길항 과정

사람은 대체로 자기정체성을 확립하고자 하는 강렬한 욕망을 갖고 살아간다. 그렇지만 그것은 주체가 처한 사회적·역사적 환경과 긴밀하게 연결되어 있다는 점에서 생각처럼 용이한 것은 아니다. 특히 주위 환경의 급격한 변화 앞에서 주체는 이전의 동일성을 지키지 못하고 무너지거나 위축되는 경우도 있다. 그 과정에서 주체는 기존의 껍질을 벗고 새롭게 적응하지 않으면 안 된다. 그런 점에서 허준이 보여준 일련의 소설적 탐구는 탈각과 동화의 과정으로 정리할 수 있을 것이다.

그 동안 허준 소설을 내성적(혹은 독백적)이라고 했던 것은 작중의 타자가 진정한 의미의 타자가 아니라 주체가 상상하거나 스스로를 투사한 동질적 존재라는 데 있다. 외견상 주체는 타자의 목소리를 듣고 그 타자와 교섭하는 듯하지만, 실상 그 타자는 주체가 상상한 동질의 인물인 까닭에 소설은 독백의 형태가 되는 것이다. 그런데 유심히 살펴자면, 그런 껍질 속의 한편에는 새로운 삶과 가치를 추구하는 모색과 성찰의 싹이 내재되어 있는 것을 볼 수 있다. 「習作部屋から」에서처럼, 주체는 자신과 다른 존재를 향해 개방적인 태도를 보이고, 한편으로는 그것을 통해 자신을 반성하고 부정한다. 그런 성찰이 해방 후로 이어져 한층 성숙하고 사회적인 태도로 연결되는데, 그것은 「잔등」에서 드

러나듯이 자신과는 전혀 다른 타자의 수용으로 나타난다. 여기서 주체는 시선을 외부로 돌리고 타자의 움직임 하나하나를 섬세하게 관찰하면서 이전의 껍질에서 벗어난다. 우연히 마주친 소년에게서 고국산천과도 같은 신선한 충격을 느끼고 장차 도래할 독립국가의 주체를 생각하지만, 그 소년이 사실은 패잔 일본인을 감시하는 역할을 한다는 것을 알고는 깊은 절망감에 휩싸인다. 할머니는 그런 절망을 희망으로 바꾸는 존재로, 할머니는 패잔 일본인들도 생명에 대한 강렬한 집착을 갖고 있는 소중한 존재들이라는 것, 그런 생각에서 할머니는 거지로 전락한 일본인들에게 따스한 온정을 베푸는 것이다. 이런 할머니를 지켜보면서 주체는 해방기의 새로운 희망을 보고 스스로를 동일시하게 된다. 여기서 주체는 자기만의 시선에서 벗어나 스스로를 개방하고 사회주의로 고착되는 북한의 현실에 동화되는 것이다. 허준이 해방 후 남한을 버리고 북한을 택한 것이나, 「잔등」, 「임풍전 씨의 일기」 등에서 정치적 목소리를 높인 것은 이런 사실로 설명이 가능하다.

그런데, 허준 소설은 아쉽게도 이 상태에서 멈추고 만다. 「속 습작실에서」 이후 월북하기까지 허준은 「평대저울」과 「역사」라는 두 편의 작품을 더 남긴다. 「역사」는 『문장』 속간호에 연재를 시작하다 중단된 작품으로, 여기서도 작가는 관념과 추상의 세계에서 벗어난 민중의 현실을 사실적으로 그려낸다. 미완으로 끝난 관계로 작품의 전체상을 확인할 수는 없지만, 해방 전과는 확연히 달라진 작가의 모습을 짐작하기에는 부족함이 없다.

이후 허준은 북행길에 올라 남한에서의 삶을 뒤로 한 채 역사의 격랑 속으로 뛰어든다. 1950년 한국전쟁 시기에 북한군을 따라 서울로 내려왔고, 1958년에는 러시아의 니콜라이 두보프의 아동소설 「고독」을 번역했다고 하는데, 구체적인 것은 확인되지 않고 있다. 스스로에게 엄격했던 작가가 북한 체제의 경화(硬化)과정에서 자기동일성을 마련하기는 쉽지 않았을 것이다. 해방 이후까지도 허준은 자기동일성을 확보하기 위한 부단한 열정을 보였지만, 전쟁 이후의 북한 현실은 그가 동화되기에는 너무나 낯설고 또 급박하게 흘러가지 않았을까. 모든 것이 정치로 변질된 현실에서 문학을 통해 자기동일성을 확보하기란 난망한 일이었을 터, 이제 그의 앞에 주어진 길은 창작단의 일원이 되어 톱니바퀴와도 같은 행동을 반복하든가 그렇지 않으면 문학 밖의 세계로 추방되는 일 외에는 다른 방도가 없었을 터이다. 크고 우람한 흐름을 형성했던 우리 문학사가 서로 다른 두 줄기로 분화되어 엇박자를 연출한 것과 허준의 이러한 전락은 무관한 것이라고 볼 수는 없을 것이다.

제 2 부
주제론; 허준 소설의 특성과 의미

허준 소설의 '미학적 현대성' 연구

1. 문제제기 및 연구방법론

1.1. 연구목적

한국근대문학 연구에서 가장 연구가 시급하다고 여겨지는 부분은 바로 한국'근대'문학의 정체성과 자의식에 관한 주제이다. 말하자면 바로 어떤 미학적 요소와 문학적 특징이 한국문학에 '근대'라는 어사를 붙일 수 있게 하느냐는 문제의식이다. 이러한 '근대'에 대한 정체성이 정밀하게 탐구되지 못할 경우, 우리는 한국근대문학이라는 용어를 함부로 남발하지 못할 것이다.[1] 이러한 측면에서 볼 때, 최근에 모더니

---

* 권성우 / 숙명여자대학교 교수
1) 한국근대문학의 '近代'에 대한 인식문제를 탐구한 논문으로는 김윤식의 「근대시

즘, 모더니즘-리얼리즘의 미학적 관계, 혹은 미학적 모더니티(현대성) 등등에 관한 주제가 한국근대문학연구에 폭넓게 활용되고 있다는 사실은 주목에 값하는 '연구사적 분기점'이라고 생각된다.[2] 이제 비로소 우리 근대문학 연구는 단순한 실증적 정리나 싸늘한 분석의 단계를 거쳐서 그 자신의 미학적 정체성, 철학적 정체성을 집중적으로 탐문하는 시대로 접어들었다고 할 수 있겠다. 이러한 작업의 일환으로서, 본 논문은, 우선 최근 우리 문학연구의 중요한 테마로 간주되고 있는 모더니즘-리얼리즘의 관계, 미학적 모더니티의 문제 등의 문제들에 관해 간단한 이론적 접근과 연구사적 의미를 살펴보도록 하겠다. 그 다음으로는 바로 이러한 '미학적 주제'들을 온 몸으로 감당하고 있다는 생각되는 식민지시대의 소설가 허준의 작품들을 통해 그의 작품에 현현된 모더니즘적인 특성과 미학적 현대성의 문제를 치밀하게 규명하는 것이 이 논문의 가장 중요한 목표가 될 것이다. 아울러, 허준의 소설들에 대한 분석을 통하여 미학적 현대성이 하버마스적인 의미에서의 '사회적 현대성'과 어떻게 길항하며 어떠한 관련성을 맺고 있느냐에 관해서 살펴보는 작업이 본 논문의 역시 중요한 관심사가 될 것이다.

1.2. 모더니즘과 리얼리즘, 그리고 미학적 현대성

현대문학의 여러 가지 양상들을 크게 모더니즘과 리얼리즘으로 양

사 방법론 비판」, 『근대시와 인식』(시와시학사, 1991)이 있다.

2) 한국문학과 근대성의 문제에 관한 여러 가지 이론적 시도 중에서 최근에 씌어진 구모룡의 「한국문학과 근대성 문제」(『오늘의 문예비평』 92년 가을호, 지평)가 이러한 문제의식을 비교적 충족시키고 있는 논문이다.

분하는 미학적 입장은 물론 모든 문학현상들을 완벽히 해명할 수 있는 미학적 틀은 아닐 터이지만, 대체로 현대문학의 맥점을 정확하게 끄집어낸 유의미한 도식이라고 생각된다. 현대문학에서 리얼리즘과 모더니즘의 문제가 얼마나 본질적인가? 하는 문제는 다음과 같은 측면이 극명히 보여준다. 즉, 1930년대 서구의 리얼리즘−모더니즘 논쟁에 참여했던 루카치, 벤야민, 아도르노 등의 사상가들은 최근의 한 지성사연구가에 의해 "그들이 20세기 문화 사상 전반에서 가장 중요하고 정교한 업적을 이룬다고 자신한다."[3]고 평가받고 있을 정도이다. 이에 따라 80년대 우리문학을 비롯한 현대의 문화적 전개양상을 모더니즘과 리얼리즘의 대결구도로 조명하려는 여러 가지 비평적·이론적 시도들이 형성되고 있는 바,(예컨대, 80년대 시의 주요한 흐름을 민중시와 해체시로 양분하는 시각에서 이러한 발상을 극명하게 엿볼 수 있다.) 이러한 동시대적 문제의식은 일제강점기 우리문학 연구에도 유사하게 투영되어 있는 것으로 생각된다. 이를테면, 진보적 문인들이 참여한 카프문학을 리얼리즘의 구현으로 보고, 구인회를 중심으로 한 도시문인들의 일련의 문학행위를 모더니즘으로 조망하는 시각은 이제 거의 일반화되어 '학술적 권력'으로 작용하고 있다고 생각된다. 이러한 문제의식에서 발원한 학술적 연구성과들은 『한국 리얼리즘 소설 연구』(문학과비평사:1987), 『한국 근대 리얼리즘작가 연구』(문학과지성사:1988), 『한국문학의 리얼리즘과 모더니즘』(민음사:1989) 등의 논문 모음집과 서준섭 교수의 단행본 『한국 모더니즘 문학연구』(일지사:1988) 등으로 정리되었다. 위의 학술적 성과

---

3) 유진런, 김병익 역, 『마르크시즘과 모더니즘』, 문학과지성사, 1986, 16면.

들은 일정한 방법론적 모델을 대상에 과학적으로 접목시켰다는 점에서 종래의 비과학적이며 실증적인 연구수준을 한 단계 뛰어넘었다고 판단된다. 이제 필요한 것은 연구방법론과 실제 텍스트 사이에 존재하는 낙차를 될 수 있는 대로 최소화하면서 대상(작품)을 명료하게 해명할 수 있는 적절한 '방법론적 모델'을 지속적으로 탐구하는 작업일 텐데, 리얼리즘소설의 인물유형을 규명하기 위한 여러 가지 방법론적 모델(이를테면 '문제적 인물', '완결된 인물', '매개적 인물', '긍정적 인물' 등이 이에 해당된다)에 대한 탐구와 모더니즘 문학의 실체를 해명하기 위한 여러 가지 개념들('산책자', '군중 모티브', '고현학', '의식의 만화경' 등이 이에 해당된다)이나 모더니즘 문학의 인식론적 거점을 철학적으로 구명하려는 시도들, 한국근대문학에서 '근대성'의 문제를 인식론적으로 해명하려고 시도하는 논문들이 이에 해당된다고 하겠다. 이러한 연구경향들과 더불어 요청되는 것은 모더니즘과 리얼리즘 간의 사상적 변천과정에 관한 문제이다. '해방'이라는 역사적 사건을 기본단위로 할 때, 모더니스트와 리얼리스트의 사상적 경향이 '해방'을 기점으로 하여 어떻게 변모되었는가 하는 점이, 앞으로 근대문학연구에서, 섬세하게 탐구되어야 할 것이다. "모더니스트들은 마르크시즘 쪽으로 옮겨갔지만, 그 반대방향의 움직임은 없었다."[4]는 서구 모더니스트들의 사상적 변화도정을 참조해 볼 때, 우리의 모더니스트들 역시 대체로 이와 유사한 도정을 밟아나갔다고 볼 수 있을 것인데,—우리 근대문학의 경우, 해방 전에 마르크시스트였다가 해방 후에 모더니스트로 변모하는 사람은 필자가

---

4) 유진런, 김병익 역, 앞의 책, 85면.

아는 한도 내에서 보면 한 명도 없다. 또한 필자는 1993년 9월 제주도에서 열린 〈한일작가회의〉 석상에서, 일본 근대문학 역시 동일한 현상이 드러났음을 일본비평가들과의 토론을 통하여 확인할 수 있었다. 그러나 모더니스트적 문학경향을 띠고 있다가 해방 후에 마르크시즘적인 문학세계로 옮겨간 문인으로는 박태원, 김기림, 허준, 최명익 등 상당수에 이른다.―그 각각의 문인이 온몸으로 밟아나간 문학적·정치적 도정의 섬세한 편차를 과학적으로 유형화하는 작업이 절실히 요구된다고 생각된다. 이러한 작업이 체계적으로 이루어졌을 때, 우리근대문학연구는 비로소 1930년대에서 해방공간에 이르는 문제적 시기에 문자행위를 영위하였던 우리 근대문인들의 사상적 변화의 명세표를 작성할 수 있을 것이다.

이러한 연구사적 관심에 비추어 볼 때, 우리에게 새로운 관심의 대상으로 떠오르는 소설가 중에 허준(許俊)을 주목할 수 있을 것이다. 허준의 소설과 문학적 경향, 문학적 편력이 지니고 있는 문제적 성격은 대체로 다음과 같이 지적될 수 있을 것이다. 우선 그의 문학적 경향이 포지하고 있는 독특한 정신사적 위상이 주목되어야 한다. 예컨대, 허준에 대한 선구적인 연구를 수행한 바 있는 김윤식 교수는 허준을 최명익과 더불어 "보다 진정한 의미에서의 근대주의자"[5]로 규정지으면서 프로문학이나 文盟系와 같은 '사이비근대주의자'들과 엄밀히 구별시켰거니와, 이러한 언급이 담지하고 있는 의미가 작품 자체에 대한 해석을 통하여 과학적으로 탐구되어야 할 것이다. 이태준이 해방 후 급작스럽게 「해

---

5) 김윤식, 『한국현대문학사』, 일지사, 1976, 188면.

방전후」의 세계를 거쳐 「소련기행」의 이라는 정치적 세계, 혹은 김윤식 교수의 표현에 의한다면, '사이비근대주의'의 논리로 나아갔고, 안회남이 해방 전의 신변·세태소설에서, 이전의 문학과 단절이 심한 「폭풍의 역사」나 「농민의 비애」같은 정치적인 도구에 가까운 문학적 세계로 나아간 사실을 감안하면, 허준이 해방 후에 「잔등」이나 「속 습작실에서」같은 작품에서 보여준 엄밀한 관찰정신과 역사에 대한 균형감각, 사이비 진보성·사이비 근대성에 대한 날카로운 비판 등의 덕목들은 돋보인다고 하겠다. 특히나 허준이 해방 후에 정치적으로는 〈조선문학가 동맹〉 측에 가담하여 서울시지부 부위원장과 문학대중화운동위원회 위원을 역임했다는 사실을 감안하면 더욱 그러하다고 하겠다. 자신이 위치해 있는 정치적 자리와 기계적으로 연결되는 글쓰기를 허준은 추구하지 않았던 것이다. 그가 추구한 문학의 자리는, 적어도 그가 1948년 10월에 『문장』지에 장편소설 『역사』를 연재하기 전까지는, 사회적 차원, 즉 사회적 근대성—민족국가 만들기—과는 일정하게 변별되는 차원에서 추구되었던 것이다. 그렇다면, 이러한 허준의 냉정하고 고독한 자의식과 치열한 예술가정신이 의미하는 바는 무엇인가? 본고는 바로 이러한 본질적인 문제에 대해 고찰하려는 의도로 쓰여진다. 이러한 작업을 가능케 하기 위해서는 무엇보다도 작가 허준의 내면을 지배하고 있었던 정신구조 내지 세계관을 치밀하게 규명하는 작업이 요구될 것이다. 작가 자신에 대한 전기적 자료가 거의 발굴되지 않은 점을 감안한다면, 이 작업을 위해서는 결국 작품 자체에 대한 정밀한 해석학적 독서가 필요하다고 하겠다. 그 중에서도 소설가 허준의 분신이라고 할 수 있으며, 대체로 허준의 사상과 이념을 대변하고 있다고 생각되는 주인공의 심리구조와 세계관, 이데올로기적 입지점, 해방정국을 조망하는 정치적 시선 등을 조망할 필요가 있을 것이다. 이러한 작업들은 궁극적으로 허준 소설이 지니고 있는 '미학적 현대성'6)에 대한 해명으로 나아가게 될 것이다. 물론 허준소설에서 특수하게 나타나고 있는 미학적 현대성 (Modernity)은 주지하다시피, 보들레르를 중심으로 한 서구문화에서의 미학적 현대성과는 커다란 낙차를 지니고 있다. 서구문학의 경우, 보들레르의 등장이야말로 미학적 현대성의 시작과 연관된다. 즉 보들레르가 말했던 바, "현대성이란 일시성·급변성·우연성을 뜻하지만 그 예술의 다른 절반은 영원성과 불변성인 것이다."라는 언급에 바로 하버마스가 '미학적 현대성'이라고 칭한, 사회적 현대성과 대별되는 문화적 현상이 암시되어 있다고 하겠다. 서구문학에 나타난 현대성에 대하여 김현은 이렇게 정리하고 있다.

　　여하튼, 현대성은 시간의 불연속성에 대한 의식으로 특징지워진다. 전통과의 단절, 새 것에 대한 취향, 지나간 시간에 대한 현기증나는 느

---

6) 여기서 현대성(Modernity)는 문예사조로서의 모더니즘과는 일정하게 구분된다. 문예사조로서의 모더니즘은 주로 20세기 초반에 서구문학을 중심으로 해서 나타난 다양한 현대적 사조들, 이를테면 상징주의, 초현실주의, 다다이즘 등과 같이 내용과 방법론적인 면에서 미학적 혁신을 이룩된 문예운동을 총칭하는 용어이다. 그러나 우리가 '미학적 현대성'이라고 할 때는 하버마스의 계몽적 기획으로서의 '현대성'와 짝을 이루는, 즉 사회적 현대성과 대응하고 있는 어떤 문화적·문학적 현상으로서의 '미학적 현대성'을 의미하는 것이다. 소설가 허준은 넓은 의미에서 문예사조로서의 모더니즘, 즉 리얼리즘과 대비되는 모더니즘적 문학세계를 보여준 작가이면서 동시에 정치의 사이비 근대성의 세계와 짝을 이루는 미학적 근대성 (현대성)의 문제의식을 작품으로서 보여준 소설가라고 판단된다. 그러니까, 허준에게는 모더니즘과 미학적 현대성의 문제가 혼재되어 있다고 하겠다. 이 논문에서는 이 두 가지 테마를 함께 밀고 나가도록 하겠다.

낌 등이 그것의 특색이다. 이것은 보들레르가 현대성을 '덧 없는 것, 무상한 것, 우연한 것'으로 규정할 때 말하려고 했던 것이다. 그러나 그에게 있어, 현대적이란 이 영속적인 움직임을 인정하는 데 있는 것이 아니라, 이 움직임과 관련하여 어떤 태도를 취하는 데 있다.[7]

또한 김현은 같은 논문에서 "그(하버마스:인용자)는 현대성의 정신은 포Poe의 영향을 받은 보들레르의 시와 예술이론에서부터 분명해지기 시작했다고 말한다. 현대성의 기원을 보들레르에게서 그가 찾은 것은 큰 무리가 없어 보인다."[8]고 말하고 있다. 그러나 한국근대문학의 있어서 근대성(현대성)의 문제는 서구문학과는 다른 방식으로 도출될 수 있을 것이다. 한국근대문학에 있어서 '근대성'의 문제는 아직 탐색중이고 진행 중인 가장 중요한 주제이다(최근에 발간된 『세계의 문학』 가을호 기획 특집이 〈모더니티란 무엇인가〉라는 주제이다. 이 특집에는 현단계 한국사회와 한국문화의 조건 속에서 '모더니티'의 위상을 점검해보는 글이 다수 수록되었다. 하지만 이 글들은 아직 한국사회·한국문화에서 '근대성'에 대한 충분한 합의가 이루어지지 않고 있음을 보여주고 있다). 그러나 일반적인 차원에서 말하자면 李箱이나 허준, 박태원의 문학과 같이 정치적인 차원과 그 층위가 구별되는 문학의 자율적인 면모와, 정치적인 차원의 근대성을 비판·극복할 수 있는 문학적 노력을 우리 문학의 '근대성'이라고 말할 수 있을 것이다.

허준에 관한 연구를 수행하면서 적용될 방법론적 전제는 다음의 두 가지 사항이다. 우선 허준의 소설을 일단 넓은 의미의 모더니즘 소설

---

7) 김현, 「계몽주의·현대성·성숙성」, 『시칠리아의 암소』, 문학과지성사, 1990, 156면.
8) 김현, 위의 책, 161면.

이라고 했을 때, 그 소설이 지닌 적극적인 의미를 추출하기 위해서는 대상을 유효적절하게 조명할 수 있는 방법론이 채택되어야 한다는 점이다. 말하자면, '전망'이나 '올바른 반영'이라는 '리얼리즘해석학'의 미학적 준거틀에 의하여 허준소설을 기계적으로 재단하고 비판할 것이 아니라[9], 허준 소설의 개척한 미학적·문학적 의미를 적극적으로 의미 부여하는 것이 요청된다는 것이다. 이러한 의미에서 진정한 과학은 자기 내부의 결여태에서 촉발된 사상 선택의 필연성을 인정하고, 그 "그럴 수밖에 없음 Es muss sein"의 영역에까지 그 섬세한 논리의 추를 드리워야 할 것이다. 주지하다시피 리얼리즘적 문학과 모더니즘적 문학, 페터 뷔르거의 표현을 빌자면 '유기적 작품'과 '아방가르드적 작품'은 인식론적인 층위에서 본질적인 낙차를 지니고 있다. 뷔르거는 다음과 같이 지적하고 있다.

> 유기적 예술작품에서는 형상화의 원칙이 개개의 부분들을 지배하고 이 부분들을 통일체로 결합하는 데 반해, 아방가르드적 작품에서는 개개의 부분들은 전체에 대비해 볼 때 본질적으로 더 큰 독립성을 갖는다. 즉 개개의 부분들은 어떤 의미의 총체성을 구성하는 인자들로서는 가치를 잃는 동시에 비교적 독립된 표지들로서 격상된다…… 루카치는 유기적(그의 용어를 빌리자면 사실주의적) 예술작품을 미학적 규범으로써 고집하고 또 이 규범에 비추어서 아방가르드적 예술작품을 퇴폐적이라고 거부하는 데 반해, 아도르노는 아방가르드적인 비유기적 작품을 하나의—

---

9) 채호석의 「허준論」(『한국학보』 89년 가을호)은 허준 소설에 대한 거의 최초의 체계적인 논문이라는 점에서 그 연구사적 의의를 평가해야 하겠지만, 주로 반영이론의 관점이나 리얼리즘해석학으로 허준소설을 재단했다는 점에서 허준소설이 지닌 정확한 문학사적 맥락을 적절히 간취하지 못한 것으로 보인다.

물론 단지 역사적인-규범으로써 부각시킴으로써 이로부터 루카치의 의미에서 사실적인 오늘날의 예술을 위한 모든 노력들을 미학적인 퇴보 현상으로 판정한다.[10)

이렇게 보면, 리얼리즘의 미적 인식론으로 조망하면 부정적으로 조망될 수 있는 여러 가지 측면들, 이를테면 냉정한 관찰자 정신, 고립된 주체의 철저한 고독 등등이 오히려 허준의 소설문학이 지닌 특유한 가치일 수 있는 것이다. 허준의 소설은 대체로 리얼리즘의 인식틀에 의거한 유기적 작품이라고 볼 수 없는 요소가 많이 존재하기 때문이다. 말하자면, 허준의 소설들은 근본적인 인식론의 측면에서 그리고 미학적 의도의 측면에서 리얼리즘과는 뚜렷이 준별되는 미학적 특성을 지니고 있는 것이다. 이것이 바로 허준소설이 지닌 모더니즘적 속성이다(허준의 소설이 지닌 미학적 현대성에 대해서는 작품해석의 과정에서 설명될 것이다). 따라서 본 논문은 작품 자체에 대한 해석을 통해 허준소설에 나타난 모더니즘적 속성과 그러한 작품세계가 사회적인 근대성과는 어떠한 관련을 맺고 있는지에 대해서, 즉 허준 소설이 지닌 '미학적 근대성(현대성)'의 문제에 대해서 집중적으로 살펴보는 기회가 될 것이다. 허준은 리얼리즘과 대비되는 모더니즘의 경우뿐만 아니라, 사회적 근대성과 대비되는 미학적 근대성(현대성)의 문제에 함께 걸쳐 있는 문제적 작가이다.

---

10) 페터 뷔르거, 최성만 역, 『전위예술의 새로운 이해』, 심설당, 1986, 144면.

2. 해방 전의 허준 소설에 나타난 세계관적 경향
: '미학적 현대성'의 단초

허준이 해방전에 발표한 소설은 「濁流」(1936), 「야한기(夜寒記)」(1938), 「습작실에서」(1941) 등의 단 세편이다. 전형적인 과작의 작가인 셈이다. 이들 작품은 허준의 소설이 담지하고 있는 모더니즘적 세계의 단초가 된다는 점에서 일단 주목의 대상이 된다. 이들 소설에서 발현된 세계관적 경향이 해방 후에는 더욱 정제된 형식으로 노정되기 때문이다. 「탁류」와 「습작실에서」를 통해 허준문학의 모더니즘적 특성을 확인해보자. 허준의 처녀작인 「탁류」는 추천자 백철으로부터 다음과 같은 평가를 받은 바 있다.

> 작품의 구화(構話)라든지 스토오리의 발전이라든지 고상한 문장의 향기라든지 그우에 <u>조선작가에서는 전연 볼 수 없다고 하야도 과언이 아닌 무거운 인생철학</u>이 품위를 가하고 있다는 점 등에 있어 이 「탁류」는 현재 문학의 최고수준에 달하고 있으며 또 그 수준을 얼마안허서 깨뜨릴 위력을 보여주고 있다.11) (밑줄:인용자)

당시의 수준급 비평가였던 백철로서는 대단한 찬사가 아닐 수 없다. 그렇다면, "조선작가에서는 전연 볼 수 없다고 하여도 과언이 아닌 무거운 인생철학"으로 표현되는 주인공의 정신구조는 무엇일까? 그것은 "대상을 가지지 아니한 의지" 곧 "무의지"로 표현되는 주인공의 허무주

---

11) 백철, 「금일창작의 최고봉―신인 허준의 '탁류'를 천함」, 『조선일보』, 1936.2.20.

의적인 성격과 다음의 예문에서 적절히 노정되는 철저한 사색정신과
회의적 태도이다.

> 몸이 곤하면 곤할수록 어떤 일인지 한쪽으로 맑아 가는 정신의 힘은
> 해결 못한 채 묻어 놓은 과거의 수많은 생각—사회, 개인, 생명, 시간,
> 생, 사 같은 이런 어지러운 문제의 썩어진 뒤꼬리를 물고 그의 가슴을
> 한없이 파들어가는 것이었다.[12]

한 주체의 내면에 대한 묘사에서 허준은 빼어난 문학적 성과를 보여
준다. 그것은 허준의 소설이 공동체적인 집단주의에서 탈피하여 '나',
'개인', '주체'에 대한 문제를 심각하게 성찰하고 있음을 뜻한다. 또한
"그리고 대체 사람이 이것과 저것을 분명히 색별(色別)하여 알면서, 또
동시에 그 구별점이 모호해 가는 그런 허무를 사람은 어떻게 하여야
했던 것이냐"는 질문을 던지는 주인공의 내면풍경, 즉 '허무'라는 다소
근대적인 차원의 감정을 느끼는 주인공의 태도도 주목해야 할 것이다.
그의 허무와 고독한 인생여정은 근본적으로 불행한 결혼에서 연유하
거니와, 「탁류」의 기본적인 스토리는 결국 오해로 인하여 불행한 결혼
의 대상인 아내와 헤어진다는 것이다. 한 개인에게는 지극히 실존적인
이러한 사건에 접하는 주인공 현철은 철저하게 관찰자적이며 냉정하
고 침착한 태도를 보여주고 있다. 이러한 주인공의 정신구조가 1946년
에 발표된 허준의 대표작 「잔등」에 이어지고 있음은 주목할 만하다.
또한 작품의 말미에서 주체의 내면풍경을 효과적으로 드러낼 수 있는

---

12) 허준, 「탁류」, 『북으로 간 작가선집』, 을유문화사, 1988 122면.

편지형식을 사용한 것도 이 작품이 지닌 근대성의 단초를 잘 보여준다고 하겠다.

한편 1941년 『문장』지에 발표된 「습작실에서」는 일제강점기에 발표된 허준의 마지막 작품이다. 이 소설은, 1948년에 발표된 「속 습작실에서」의 전편을 이룬다는 점에서, 그리고 허준소설의 가장 일관된 테마이자 정신적 경향인 '고독의 사상'을 뚜렷하게 보여주고 있다는 점에서 주목에 값하는 작품이다. 형식적 측면에서 보면 이 작품은, '-북지 어느 산골 병원에 계신 T형에게 보내는 편지-'의 형식으로 이루어져 있다. 편지의 형식이야말로 한 주체의 내면과 섬세한 마음의 흐름을 효과적으로 전달할 수 있는 가장 대표적인 글쓰기의 방식일 터인데, 「습작실에서」라는 작품에서 표출되는 내용 역시 이러한 편지 형식에 행복하게 조응하고 있다. 예컨대, 이 작품의 주제라고도 할 수 있는 다음과 같은 구절을 보자.

> 정말 홀로 되는 것이 좋아서 그랬던지, 그렇지 아니하면 나 혼자라고 하 는 의식 속에 놓여 있기를 원함이어서 그랬던지, 어쨌든 고독이라 하는 것이 그처럼 사치한 물건인 것을 알게 된 것은, 나와 같은 청춘에 있어서는 여간한 기쁨이 아니었습니다.13)

이 구절은 주인공이 동경 유학 시절의 어느 자취집에서 느꼈던 고독과 감상벽을 회상하면서 쓴 글이다. '고독'에 대한 자의식, 즉 한 자립적인 주체에 대한 자각이야말로 근대적인 삶의 감각이자 느낌의 구조

---

13) 허준, 앞의 책, 89면.

라고 할 수 있거니와, 이러한 동경시절의 이야기를 쓰게 된 원인은 무엇인가? 그것은 다음과 같은 '그리움' 때문이다.

> 같은 다섯 해의 긴 세월을 두고 언제 자기의 고독과 공부가 꽃이 필 것을 기(期)하지 아니하는 청춘의 수없는 불면증과 야반에 일어나는 까닭모를 헛헛증이 서리고 엉기인 그 낡은 납짝한 야다이의 모영(貌影)도 나는 모두지 잊을 수 없을 것입니다.14)

'감상적인 내 본바탕'을 지닌, 즉 센티멘탈한 심성의 소유자인 주인공에게 이러한 그리움이야말로 이 편지 형식의 글을 쓰게 만든 근본적인 이유였다고 할 수 있겠다. 그러니까 루카치가 말했던 바, 근대소설의 본질이라고 할 수 있는 시간의 문제가 이 소설에 본격적으로 개입해 있는 셈이다. 그리고 그 시간성은 '고독의 사상'이라고 표현되는 주체의 세계관, 현실을 인식하는 태도와 밀접한 고리를 형성하고 있다. 즉 주인공의 고독, 혹은 '혼자 있음'이야말로 이 소설의 근대성을 해명하는 가장 중요한 척도인 것이다. 말하자면, "고대세계에서는 공동체적 삶이 우선했다면, 현대세계는 이 세계의 해체, 혹은 전형에서 개인주의적 주체이론이 작동하기 시작했다. 데카르트의 '나는 생각한다, 그러므로 나는 존재한다.'는 말은 공동체적 삶이 위기에 접어든 근대에 나타난 '불행한 의식'이었다."15)라는 서규환의 설명대로 개인에 대한 명료한 자각, 그리고 그 자각에서 스며 나오는 '고독'에 대한 의식은 근대

---

14) 허준, 앞의 책, 10면.
15) 서규환, 『현대성의 정치적 상상력』, 민음사, 1993, 111면.

와 전근대를 준별하는 가장 중요한 문화적 상징이자 표지인 것이다. 정리하자면, "현대에는 고독한 주체가, 고대에는 공동체가 주체로 등장하고 있다는 것이다."16) 아울러 루카치가 「모더니즘의 이데올로기」라는 중요한 논문에서 모더니즘 문학의 가장 중요한 요소로 든 것도 바로 소외된 개인의 찢겨진 내면과 고독, 파편화된 현실인식이었다. 어떤 집단으로부터도, 또한 어떠한 이데올로기부터도 자유로운 이 철저한 '고독의 사상'이야말로 몇 년 후의 '해방공간'이라는 중대한 역사적 공간에서 허준을 정치적인 흐름에 맹목적으로 휩쓸리지 않게 하면서 당시의 가장 우수한 소설들이라고 할 수 있는 「잔등」과 「속 습작실에서」와 같은 작품들을 탄생케한 세계관적 기반이자 미학적 단초였다. 바로 이 「잔등」과 「속 습작실에서」같은 작품에서 허준의 소설이 지닌 미학적 현대성은 그 나름대로 완성되어 일정한 소설사적 성과를 획득하게 되는 것이다.

3. 허준 소설의 '미학적 현대성'

3.1. 역사적 균형감각: 사회적 현대성과 미학적 현대성의 갈등

허준이 작품집 『잔등』(1946)의 서문에서 언급한 다음과 같은 구절은 해방공간에 발표된 허준 소설의 핵심적인 맥락을 여실히 드러내고 있다.

---

16) 서규환, 앞의 책, 111면.

　너의 문장은 어째 오늘날도 흥분이 없느냐, 왜 그리 희열이 없이 차기만 하냐, 새 시대의 거족적인 열광과 투쟁 속에 자그마한 감격은 있어도 좋을 것이 아니냐고들 하는 사람이 있는 데는 나는 반드시 진심으로는 감복하지 아니한다. 민족의 생리를 문학적으로 감득하는 방도에 있어서, 다시 말하면 문학을 두고 지금껏 알아오는 느껴오는 방도에 있어서 나는 그들과 같은 방향에 서서 같은 조망을 가질 수 없음을 아니 느낄 수 없는 까닭이다.

　이러한 허준의 현실인식이야말로 해방 후에 쓰여진 그의 소설들이 '진보'라는 이데올로기에 다소 맹목적으로 다가가던 '사이비 근대성'에 대한 비판의 형식을 띠고 있음을 의미심장하게 나타내고 있다. 허준이 해방공간에 택한 것은 사이비 근대성에 논리에 매몰될 우려가 높은, 혹은 그러한 세계의 문학적 표현이었던 「소련기행」류의 글쓰기가 아니라, 그 사회철학적 근대성과 끊임없이 길항하는 글쓰기, 즉 '미학적 현대성'의 문학적 구현이었던 것이다.

　그렇다면 이렇게 '사이비 근대성'에 대한 비판의 의미를 띠고 있는 허준의 「잔등」과 「속 습작실에서」를 검토해보기로 하자. 우선 「잔등」에서 주인공 천복의 행위는 철저히 '역사적 균형감각'에 근거하고 있다. 그 역사적 균형감각은 작품 속에서 "애꿎은 제삼자의 정신"으로 표현된다. 바로 그 제삼자의 정신이 일종의 원수였기에 대부분의 우리나라 사람들이 감정적으로 미워할 수밖에 없는 일본 사람들을 이데올로기적·역사적 편견 없이 냉정하게 그 자체로 바라보게 만들고, 일종의 사이비애국자 내지 사이비근대주의자로 표현할 수 있을, 해방 후에 갑자기 날뛰는 김 선생에게 비판적인 시선을 보내는 것이다. 또한 해방 후 한국에 남은 일본인에게 연민의 시선을 보내는 주인공의 시선도 당시로서는 주목할 만하다. 이렇게 제삼자의 정신의 의해 조망되는 해방공간의 상황은 그러나, 이념적인 차원에서 완전히 절연된 것은 아니다. 예컨대, "우리가 남과 같이 살아야 한다면 노서아 사람처럼 무난한 국민이 없을는지도 몰라."라고 표현된 「잔등」의 한 구절은 훗날 허준이 택한 문학적·정치적 행로를 간접적으로 암시하고 있는 대목이라고 하겠다. 「속 습작실에서」 역시 이러한 철저한 균형감각이 확보되어 있는 수작이다. 사이비 독립운동가에 대한 비판적인 시선과 진정한 독립운동가의 치열한 삶에 대한 진진한 감동, 그리고 주인공 자기자신의 계급적 조건과 체질, 소시민성에 대한 솔직한 자각 등이 현실인식에 있어서의 균형감각을 확보케한 요인으로 작용하고 있다. 일제시대에 모더니즘적 문학, 즉 근대성의 예술적 발현태인 모더니즘 예술에 참여했던 사람들의 상당수가 해방 후에 사이비 근대주의자, 혹은 정치적 근대성의 세계로 달려 나갔다는 사실에 착목해 볼 때, 허준의 이러한 균형감각은 돋보인다고 하겠다. 특히나 "소시민 청년에 불과한 나" 혹은 "이게 다 무어냐 이게 다 무어냐 아아 저는 아무 것도 아닙니다. 저는 아무 것도 아닙니다. 저야말로 의외로 아무 것도 아닌 단순한 말의 사기사를 지향하고 나가던 사람이었는지도 모릅니다."며 같은 주인공의 반성—이 발언은 작가 허준의 고백에 다름 아니다—은 이러한 균형감각이 가능하게 된 근본적인 바탕이라 하겠다. 이러한 자기자신에 대한 비판을 통해, 허준은 한 편의 소설로써 사이비 근대주의자들의 논리를 비판하고 있는 셈이다. 이와 관련하여 우리는 다음과 같은 M.칼리니스쿠의 언급을 참조할 수 있을 것이다.

보들레르가 도시적 모더니티에 대해 지녔던 진정한 매혹(루소적 '자연'
에 대해 품었던 그의 매우 당연한 거부의 또 다른 측면인)에 대한 이 모든
고찰에 덧붙여, 누구라도 이 「파리의 우울」의 저자가 문명의 이념에 반
대한 것이 아니라 '진보적 모더니티'로 위장한 채 인간의 창조성의 기반
을 위협하고 있었던 야만주의의 새로운 물결에 반대하였다는 결론에 도
달할 수밖에 없을 것이다.17)

허준 역시 근대성 자체에 대해 비판하거나 환멸을 느꼈던 것이 아니
라, 해방 이후의 진정한 근대사회의 건설(근대성의 기획)을 자신의 입신
을 위해 전략적으로 이용하는 사이비 근대주의자들에 대한 비판의 의
미로 소설을 썼던 것이다. 결론적으로 말해서 해방 이후에 쓰여진 허
준의 소설(미학적 근대성)은 그 당대를 지배하던 사이비 근대성에 대한
비판의 양식으로 기능하는 것이다.

3.2. '고독'(주체의 자립성)의 존재방식

「잔등」과 「속 습작실에서」에서 확인할 수 있는 주인공의 정신적 경
향 혹은 내면풍경은 역사적 균형감각과 연계되면서 허준 소설에서 나
타나는 근대성의 중요한 뼈대를 형성한다. 즉 '고독'으로 표현되는 '주
체의 자립성'이야말로 허준 소설이 지닌 미학적 근대성과 모더니즘적
경향의 정수라고 할 수 있겠는데, 식민지시대에 보여주었던 이러한 미
학적 특성의 단초는 이제 해방 공간의 소설들에서는, 미학적으로 숙성
된 형태로, 더욱 명료하게 현현된다.

---

17) M.칼리니스쿠, 이영욱 외 역, 『모더니티의 다섯 얼굴』, 시각과 언어, 1993, 71면.

우선 「잔등」의 경우를 보자. 「잔등」의 주인공은 천복은 여행 중에도 일기장을 가지고 다니는 반성적 자의식을 지닌 고독한 사람이다. 일기야말로 자기자신을 근원적으로 되돌아보게 하면서 '타자'와 구별되는 자신의 삶을 투명하게 바라보도록 하는 글쓰기의 형식인 것이다. 이렇게 일기를 활용하면서 '타자'를 통해 자신의 존재를 응시하는 천복의 위치는 옥타비오 파스가 '모더니티'에 관해 말했던 바, "근대는 하나의 분리이다. ……우리는 타자성 속에서 우리들 자신을 찾고 거기에서 자신을 발견한다. 그리고 우리는 우리가 발명하고 또 우리의 반영인 이 타자와 하나가 되는 순간 곧바로 이 환영적 존재로부터 결별하고는 우리들 자신의 그림자를 좇으면서 다시 자신들의 탐색에 뛰어든다."18)는 진술과 연결된다. 천복은 일제가 물러간 해방공간이라는 특수한 정치적 공간에 접하는 수많은 '타자'들의 반응양식에 대한 관찰을 통해 자신의 역사적 관점의 독자성을 확립하였던 것이다. 또한 천복은 "그러나 내 존재는 역시 항상 운명의 회오리바람 속에 놓여 있는 나일 수밖에는 없었다."는 구절이 보여주듯이 주체에 대한 섬세한 자의식과, 타인과 이질적인, 자신의 정체성에 관한 자각을 보여주고 있다는 점도 주목되어야 할 것이다.

모더니티의 출현이 타자성(Otherness)과 변화에 대한 서약과 관련이 있다는19) 칼리니스쿠의 주장을 수용한다면 허준의 소설에서 자신의

---

18) Octavio Paz, *Children of Mire, trans Rachel Philips* (Cambridge, Mass:Harvard University Press, 1974), 27~28면.; M.칼리니스쿠 지음, 이영욱 역, 『모더니티의 다섯 얼굴』, 시각과 언어, 1993, 80면에서 재인용.
19) Octavio Paz, 위의 책, 79면.

내면을 차분하게 응시하는 한 주체의 행위는 궁극적으로 수많은 '타자'로 부터 자신의 정체성을 확인하기 위한 방법론이라고 말할 수 있다.

한편, 「속 습작실에서」의 경우는 어떠한가? 「속 습작실에서」의 주인공 역시, 우리소설사에서 드물게 보는 근대성을 체현하고 있는 전형적인 인물이다. 좀 더 풀어서 말하자면 한 자립적인 주체의 내면이 그 어느 소설보다도 명징하게 드러나 있는 것이 바로 「속 습작실에서」의 문학적 풍경인 것이다. 또한 '습작실에서'라는 공간적 정황 자체가 철저히 모더니즘적인 설정인 바, "내 방의 혼자만이 느끼는 질서를 나는 사랑하는 사람이었다."라는 구절이 주인공의 공동체적인 관계와 실제적으로 단절된 고독하고 자폐적인 내면을 잘 보여주고 있다. 아울러 다음과 같은 예문 역시 이 작품을 지배하고 있는 주인공의 세계관을 전형적으로 표출하고 있다고 생각된다.

> 내가 원하는 것은 만일 지금껏 곰팡과 음습을 떠난다면 아무도 인척 관계의 사람도 아는 사람도 없는 외따른 곳에 들룽 떨어져 들어가거나 도회라면 누구도 내 생활을 간섭하고 엿보지 않는 큰 아파트 같은 데의 자그마한 한간방을 빌려 죽이 되든 밥이 되든 들어박혀 헛헛히 살아가는 데에만 있었다.[20]

"도회라면 누구도 내 생활을 간섭하고 엿보지 않는 큰 아파트 같은 데의 자그마한 한간 방"에서 우리는 당시의 시대적인 상황에서는 李箱과 더불어, 모더니즘적인 공간설정을 놀랄 정도로 선구적으로 구현하

---

20) 「속 습작실에서」, 『해방공간의 문학·2』, 돌베개, 1988, 355면.

고 있는 소설가 허준의 세계관을 효과적으로 보여주고 있다. 또한 近代라는 도회적 삶 속에서, 대중과 괴리된 예술가의 삶을 영위하는 근대적인 예술가의 고독한 초상을 이 구절에서 엿볼 수 있을 것이다. 분명한 것은 이러한 '고독' 역시 사회적 존재방식의 하나이며, 사회적으로 매개된 것이라는 사실이다. 아도르노는 「강요된 화해」라는 논문에서 '고독'을 사회적인 것과 완전히 절연되고 있다고 비판한 루카치를 향해, "근본적으로 역사적인 사유를 한다고 주장하는 루카치야말로 그러한 고독 자체가 개인주의적인 사회 속에서는 사회적으로 매개되어 있고 본질적으로 사회적인 내용을 지닌다는 점을 알아야만 할 것이다"[21]라고 언급한 바 있다. 그러니까 이미 대중화된 자본주의의 도회적 삶 속에서는 어떠한 차원의 존재론적 고독도 사회적으로 매개된다고 할 수 있는 것이다. 「속 습작실에서」의 경우도 마찬가지다. 습작실에 틀어 박혀 있던 주인공이 독립운동가의 치열한 생을 접하게 되는 과정은 이제 자폐적 모더니즘에서 리얼리즘이라는 역사 속으로 점차 변모하고 있던 허준의 세계관과 상동성을 지니고 있다고 할 수 있을 것이다.

한편 해방공간이라는 미묘한 정치적 상황 속에서 발표된 허준의 소설 속에서 드러나는 한 자율적인 주체의 자립성이나 내면의 발견, 대중과 유리된 자폐적인 단독자로서의 삶, 당시의 사회를 조망하는 균형감각 등은, 당연하게도 당시의 정국을 조망하는 일정한 정치적 입지점과 연루되어 있다고 하겠는데, 그것은 대체로 방관적인 허무주의자의

---

21) 아도르노, 홍승용 역, 「강요된 화해」, 『문제는 리얼리즘이다』, 실천문학사, 1985, 201면 참조.

성격을 지니고 있다. 말하자면 당시 유행하던 진보적 논리에 흔쾌히 동참할 수도 없고, 또한 보수반동의 편에 설 수도 없었던 고독한 예술가 허준의 미묘한 균형감각이 「잔등」이나 「속 습작실에서」 같은 작품에 드러나 있는 것이다. 요컨대 소설가 허준은 그의 소설이라는 '미학적 현대성'을 통하여 당시 사이비 진보주의자들과 사이비 근대주의자들이 판치던 해방공간의 상황을 비판·해부하려고 했던 것이라고 정리할 수 있겠다.

3.3. '미학적 현대성'의 형식적 발현형태

지금까지 필자는 주로 소설의 내용적 측면을 중심으로 해서 허준의 「잔등」과 「속 습작실에서」에 나타난 '미학적 현대성'과 모더니즘적 속성에 대하여 검토해보았다. 그렇다면 형식적 측면에서 이러한 현대성이나 모더니즘적 특성은 어떻게 발현되고 있는가? 우선 주목되어어야할 것은 이미 김윤식에 의해 지적되었듯이 「잔등」의 경우, 여로(旅路)의 형식을 지니고 있다는 사실이 주목되어야 할 것이다. 즉, "길이 시작되자마자 여행은 끝났다."라는 루카치가 『소설의 이론』에서 갈파한 유명한 에피그램 이야말로 근대소설의 본질적인 형식을 보여주는 것이다. 근대적 삶에서는 당연히 그 모든 삶을 통괄하고 제어하는 근대 이전의 신과 같은 '형이상학적인 원리'가 존재하지 않는다. 그러니까, 신 없는 근대사회에서 끊임없이 방황하고 헤매면서 진정한 가치를 찾아서 인생의 여정을 끊임없이 꾸릴 수밖에 없는 근대소설의 주인공의 운명이 바로 여로의 형식으로 현현된 것이다. 여로의 형식과 더불어 이 소설에서 또 한 가지 주목해야할 형식적 특성으로는 그의 작품 전편을 지배하는 빼어난 미문(美文)을 들 수 있겠다. 허준의 문장은 한국근대소설사에서 드물게 보는 서정적인 미문이라고 할 수 있거니와, 특히나 「잔등」의 다음과 같은 마지막 구절은 돋보인다고 생각된다.

　　지금껏 차꼬리에 감치어 보이지 아니하였던 정거장 구내의 임시사무소며 먼 시그널의 등들이 안계(眼界)에 들어오는 동시에, 또한 그지들의 거리(距離)마저 차차 멀리 떼어 놓으며 우리들의 차가 그 긴 모퉁이를 굽어 돎을 따라 지금껏 염두에 두어보지도 아니하였던 그 할머니 장막의 외로운 등불이 먼 내 눈 앞에서 내 옷깃을 휘날리는 음산한 그믐밤 바람에 명멸(明滅)하였다. 그리고 그 명멸하는 희멀금한 불빛 속에서 인생의 깊은 인정을 누누히 이야기하며 밤새도록 종지의 기름불을 조리고 앉았던, 온 일생을 쇠정하게 늙어 온 할머니의 그 정갈한 얼골이 크게 오버랩이 되어 내 눈앞에 가리어 마지아니하였다. 그 비길 데 없이 따뜻한 큰 그림자에 가리어진 내 눈 동아리들은 뜨거히 젖어들려 하였다. 그리고도 웬일인지를 모르게 어떻게 할 수 없는 간절한 느껴움들이 자꾸 가슴 깊이 남으려고만 하여서 나는 두 발 뒤꿈치를 돋울 대로 돋우고 모자를 벗어들고 서서 황량한 폐허 위, 오직 제 힘 뿐을 빌어 퍼덕이는 한 점 그 먼 불그늘을 향하여 한없이 한없이 내 손들을 내어저었다.22)

　일본어로 사고한 것을 겨우 한글로 옮겨 적을 수밖에 없었던 해방 직후의 문화적 조건 속에서, 이러한 유려한 한글 문장이 쓰여졌다는 것은 놀라운 일이다. 허준은 한글을 사용하는 것이 공식적으로 허용되

---

22) 허준, 앞의 책, 87~88면.

지 않았던 일제말기에도 줄곧 우리말로 쓰고 습작하며 사고했던 것으로 생각된다. 문장 자체에 대한 인식, 즉 내용과 변별되는 측면에서 소설 문장의 자율적인 면에 대한 정교한 인식이 바로 위의 예문과 같은 정갈하고 아름다운 한글문장을 낳았다고 생각되는 바, 이러한 작품의 내용성과 분리된 문장 자체에 대한 장인적 태도가 바로 자신만의 세계를 갈구했던, 혹은 타인의 글쓰기와 자신의 그것을 명백하게 구별지으려고 노력했던 근대적인 예술가의 존재방식에 연결되어 있음은 명백하다고 하겠다.

M.칼리니스쿠는 『모더니티의 다섯 얼굴』에서, "타인들 속에서가 아니라 나 자신 속에서 나를 추구하는 것, 문학에 모더니즘이라 불릴 만한 어떤 것이 존재한다면 그것은 확실히 개성적인 독창성에 대한 강한 욕망이다."[23]라고 언급한 바 있는데 이러한 대목은 바로 그 자신만의 문장을 쓰고자했던 허준의 한 사람의 소설가로의 욕망과 그대로 연결된다고 하겠다. 특히나 대부분의 소설가들이 그들의 작품에 당대의 정치적 맥락을 별다른 개성 없이 소설화했던 해방공간의 상황에서, 이렇게 문장 자체에 대한 남다른 관심을 표하고 허준 소설의 '미학적 현대성'은 돋보인다고 말할 수 있을 것이다. 문학·예술에 있어서 '자율성의 관념획득'이 근대화와 나란히 진행되는 사실에 유의해본다면, 자신의 소설쓰기를 정치적인 쓰임새로부터 독자적인 하나의 자율적인 세계로 자리매김한 허준은 李箱과 더불어 미학적 근대성을 구현한 대표적인 소설가의 한 사람으로서 주목되어야 할 것이다.

---

23) M.칼리니스쿠, 앞의 책, 86면.

그러나 이러한 허준의 존재도 해방공간을 강력하게 지배했던 진보의 논리와 새로운 민족국가를 창출해야한다는 진보적인 '근대적 기획'이 강제했던 사회적인 차원의 근대성으로부터 결코 자유롭지 않았다. 「속 습작실에서」라는 작품을 통해 진정으로 민족국가의 근대적 발전을 위해 노력하던 어떤 독립운동가의 삶에 강렬한 심정적 동조를 보이던 고독한 주인공—물론 그 동조는 관찰자적인 차원에 머물러 있긴 하지만—의 세계는 이제 1948년 『문장』지에 연재되기 시작한 장편소설 『역사』에 접어들면서 '진보'와 민족국가의 형성을 위한 중대한 기획에 동참하는 참여의 세계로 전화해나간다. 1948년 들어, 남로당이 집중적으로 탄압당하고 미군정의 지배가 더욱 강력하게 현실화되며, 남북분단의 가능성이 높아지는 등 정치적인 상황이 급박해짐에 따라서 조선문학가동맹의 회원이라는 정치적인 자리에서 뿐만 아니라, 한 사람의 소설가라는 실존적 위치까지 전일적으로 규정하는 역사의 논리에 따라, 허준은 더 이상 고독한 예술가로 남기가 불가능한 상황에 처했던 것이다. 말하자면, 허준에게 세상과 사회를 더 이상 균형감각을 통해 관찰할 여유를 주지 못한 해방공간의 정치적 상황, 또한 그에게 예술가적인 고독을 더 이상 허용하지 않았던 문학외적 조건이야말로 허준이라는 한 예술가의 자유를 근원적으로 규정시킨 '역사적 운명'이었던 것이다.

소설쓰기라는 '미학적 현대성'을 통해 당대 지식인사회를 풍미하던 '사회적 현대성'을 비판하고 전복시켰던 한 명민한 예술가는 결국 그 '사회적 현대성'의 세계에 굴복할 수밖에 없었다. 그러나 그가 패배하기까지 추구했던 그 치열하고 자의식적인 관찰자정신은 우리근대소설문학의 희귀한 사례로서 남아있다고 하겠다.

4. 허준 소설의 문학사적 위상

해방 전의 리얼리즘 작가나 진보적인 작가는 말할 것도 없고 상당 수의 모더니즘 성향의 작가까지 해방 후 상당히 과격하고 원칙적이며 거친 리얼리즘의 세계, 혹은 사이비 진보성의 세계로 달려갔다. 물론 그러한 선택은 그들의 운명이었다고 보여진다. 그러나 대부분의 경우, 그들의 선택은 적어도 '문학'이라는 입장에서 보면 실패로 귀결되었다고 판단된다. 그것은 과연 무엇 때문일까? 무엇보다도 그것은 그들이 애초부터 '모더니즘'을 선택한 것 자체가 뚜렷한 철학이나 삶에 대한 확고한 태도, 자신의 정체성에 대한 근원적인 물음 등을 동반하면서 이루어진 것이 아니라, 일종의 유행과 패션에 의한 행위였다고 생각되기 때문이다. 그리하여 그들은 해방 후, 문화적 헤게모니가 역전되고 리얼리즘의 길이 무척이나 새롭고 매혹적인 선택으로, 혹은 한 시대의 문화적 분위기를 주도하는 '문화적 대세'로 혹은 '민족국가 만들기'라는 근대성을 가장 효과적으로 도울 수 글쓰기의 방법론으로 여겨졌을 때, 약속이나 한 듯이 그 길로 달려갔다. 그러나 '역사'는 당연히 비정한 것이었다. 역사는 자기철학에 깊게 체화되지 않았던 수많은 선택들을 도태시켰던 것이다. 그들은 대부분 북한에서도 자신의 위치를 확립하지 못한 채 한 자기의 고유한 이름을, 혹은 자기의 고유한 예술세계를 지니지 못한, 진보적 기획을 이데올로기적으로 뒷받침했던 기능인에 머물렀던 것이다.

이러한 측면에서 보면 허준의 문학적 여정은 새삼 돋보인다. '조선문학가동맹'의 조직원이면서도 허준은 인간의 근원적인 조건인 고독, 즉

'혼자 있음'에 대하여 성실하게 탐사했으며 '타자'와 구별되는 자신만의 고유한 내면과 삶을 갖기를 희원(希願)했었다. 또한 민족국가 만들기라는 근대성의 기획이 수많은 사이비 진보주의자들을 낳을 수 있음을 끊임없이 경계하면서 자신의 소설쓰기(미학적 근대성)로 당시 지식인사회를 강력하게 규정했던 사회적 근대성을 되돌아보고 전복시켰다. 허준은, 그가 해방 전에 선택한 자폐적인 고독의 세계, 즉 모더니즘 미학이 자기 나름의 철학과 치열한 고뇌가 동반된 것이었기에, 민족의 해방으로 표면적인 역사의 흐름이 급격하게 변한다고 해서 자신의 존재조건을 경박하게 변화시킬 인물이 아니었던 것이다. 허준은 그야말로 천천히, 신중하게 자신을 변모시켜 나갔다. 그는 해방 후, 「잔등」을 통해서 해방이라는 새로운 정황에 대처하는 타자들의 방식을 치밀히 관찰한 연후, 1948년이 되어서야 비로소 「속 습작실에서」라는 작품을 통해, 그의 지나간 삶에 대한 치열한 반성을 수행하면서 '민족국가 만들기'라는 중대한 근대적 기획에 온 몸으로 참여했던 한 독립운동가의 삶에 깊이 공감하게 되는 것이다. 그런데 엄밀히 따지고 보면, 이 공감 역시 진보적인 근대성의 기획에 대한 무조건적인 동조를 의미하는 것은 아니었다. 그는 같은 작품에서 근대성의 기획을 이용하여 자신의 이기적인 욕망과 권력을 충족시켰던 사이비 근대주의자들을 냉엄한 시선으로 비판하고 있는 것이다. 또한 「속 습작실에서」의 주인공은 당시로서는 습작실이라는 장소가 상징하는 글쓰기의 모더니즘적인 공간과 고독의 정서를 탈피하지는 못했던 것이다. 그러나 역사의 흐름이 단일한 민족국가의 성립을 방해하는 쪽으로 가닥을 잡아가게 됨에 따라서, 허준 역시 한 사람의 민족구성원이라는 존재조건을 고려하지 않을 수 없게 만들었다. 그 역시 안회남의 이태준, 이기영이 해방 후에 밟아나갔던 세계를 뒤늦게 밟아나가게 된다. 분단이 사실상 확정되었던 1948년 10월 『문장』지에 연재하기 시작했던 장편소설 『역사』가 바로 그 증거이다. 마지막까지 자신을 버텨왔던 허준은 이제 역사의 막다른 골목에 와서, 문학인이기를 포기하였던 것으로 보인다. '미학적 근대성'보다 더욱 긴요한 것은 '정치적 근대성' 혹은 '사회적 근대성'이었다. 그는 뒤늦게 자신을 진보적인 근대적 기획에 글쓰기로써 동참하는 역할을 수행하는 것으로 자신의 위치를 선택했던 것이다. '역사'라는 괴물은 마침내 허준이라는 비판적 지성이자 고독한 예술가마저 '광장의 세계'로 내몰았던 것이다. 그것으로 허준의 문학은 종결되었다. 그는 월북했고 당연히 북한에서 더 이상 문학적인 글쓰기를 수행하지 못했다. 북한이라는 엄청난 광장의 세계에서, 그는 결코 고독한 예술가로, 끊임없이 균형감각을 유지하는 비판적 지성으로 존재할 수 없었던 것이며 북한이라는 사회체제와 문화적 여건에 대해서 심각한 환멸을 느꼈던 것으로 여겨진다.[24)]

허준은 그 이후에 아무런 문학활동을 보여주지 못했다. 한국근대문

---

24) 백철의 『문학자서전』(박영사:1975, 404~405면)에 따르면, 허준은 6·25 직후에 서울에 와서 백철에게 이북의 정황에 대해서 말하면서 "白兄에게 말이지만, 하여튼 난장판이에요…… 더구나 문학다운 것은 할 생각도 말아야 해요."라고 고백했다고 한다. 이 구절을 통해 우리는 허준이 북한사회에 대해서, 그리고 북한의 문학적 여건에 대해서 느꼈던 절망의 정체, 그리고 허준의 일종의 순진함(?)을 여실히 느낄 수 있다. 허준은 정치적인 인간이 되기에는 너무나 순수한 문학청년 같은 사람이지 않았을까 싶다. 이 점은 북한사회에 나름대로 적응한 이기영이나 한설야와 뚜렷이 대비되는 점인데, 바로 이 기질적인 면이 허준의 한계라면 한계일 터이고, 하나의 세계라면 세계라고 할 수도 있을 것이다.

학사를 통해, 李箱과 더불어 '미학적 현대성'의 문제에 대하여 누구보다도 뼛속 깊이 고민했던 고독한 소설가 허준을 잃은 것은 한국근대문학사, 아니 좀 더 범위를 넓히자면 한국현대사의 불행이었다. 아마 李箱이 해방 후에도 삶을 영위하면서 지속적으로 글쓰기를 수행했다면, 그는 한 사람의 진정한 모더니스트로서 문학적 인생을 끝까지 유지하는 단 한사람의 문학인이 되지 않았을까 한다. 모더니즘과 미학적 현대성에 대한 그의 목숨을 건 열정이 그것을 설명한다. 마치 보들레르가 그러했던 것처럼. 허준의 존재는 역설적인 의미에서, 한국 근대 모더니즘 문학의 피상성과 허약성을 극명히 보여주는 바로메터라고 판단되는 이유가 바로 여기에 있는 것이다. 또한 수많은 일급의 한국근대문학연구자들이 李箱이라는 거인과 숙명적인 대결을 벌이고 있는 이유도 바로 여기에 있는 것이다.

허준 소설에 나타난
타자 인식의 서사적 기능과 의미 연구

1. 서론

　근대문학의 사적인 흐름을 체계화하는 데 있어서 핵심이 되는 문제
는 근대성(modernity)을 어떻게 이해하고 평가하는가에 있다고 할 수 있
다. 근대문학의 정체성과 관련된 이러한 문제 제기는 탈근대의 담론과
함께 문학의 위기가 논의되는 현 시점에 있어서도 여전히 유효하다.
근대의 이념은 합리적 사고에 의해 세계의 질서를 규명하고, 이를 통
해 세계를 통제할 수 있다는 주관성의 신화에 기반을 둔다. 새로움에

* 김혜영 / 조선대학교 교수

대한 추구를 멈추지 않으면서도 자신에 대한 반성을 통해 부단히 스스로를 갱신하려는 정신이야말로 근대적이라고 하겠다. 이와 같이 변화에 대한 의지와 그에 대한 성찰을 내면화함으로써, 근대는 자본주의화에 대한 지향과 자의식적인 인간을 결합해 내고 있다.

김윤식이 근대 문학의 계보를 정신사적 측면에서 검토하면서 근대주의를 사이비 진보주의자와 진정한 진보주의자로 구분한 것도 이러한 논의 구도에서 비롯된다.[1] 김윤식은 변화에 대한 성찰이 드러나지 않는 프로문학의 작가들을 반근대주의로 구분하고 있다. 그는 '보다 진정한' 진보주의자로 구분한 최명익이나 허준의 소설에서, 일본으로 표상되는 근대 지향과 그에 대한 열등감이 전근대화한 동포에의 우월감과 미안함으로 분열된 국면에 주목한다. 곧 김윤식이 전제하고 있는 근대성의 표지는 두 가지 가치의 공존, 양가 의식이며 이는 새로움에 대한 추구와 추구에 대한 성찰이라는 형태로 나타난다.

근대와 반근대를 구분하는 논의에서 흥미로운 점은 김윤식이 반근대주의 계열에 포함시킨 김동리가 신세대 작가를 바라보는 시각이다. 반근대주의의 운명론적 성향을 대표하는 김동리가 신세대 작가인 최명익, 허준에게서 포착한 동질감을 어떻게 설명할 수 있을 것인가의 문제가 그것이다. 김동리가 이들의 소설에서 읽어낸 것은 개성과 생명의 구경 추구로서 최명익 소설에서는 '의지적 중용성에서 오는 조화감'으로, 허준의 경우는 '허무의 깊이에 천착된 윤리적 의의'로 나타난다. 김동리가 보다 애착을 가진 쪽은 허준인데, 허준 소설에 응집되어 있

---

1) 김윤식 외, 『한국 근대리얼리즘 작가 연구』, 문학과지성사, 1988, 213면.

는 허무 의식에서 김동리는 자신이 직면하고 있는 것과 동일한 문제 의식을 발견한다.

김동리가 최명익 소설에서 읽어낸 조화감이란 개성과 생명의 구경 추구에서 오는 것이라기보다는 대상에 대한 객관적 거리로부터 자기를 유지하려는 정신에서 나온다는 점에서, 열등감과 우월감의 양가 감정으로 최명익을 평가한 김윤식의 논의가 보다 적절하다고 생각된다. 허준 소설도 우월과 열등의 문제를 소재로 삼고 있다. 그러나 그 궁극적인 지향점이 우열의 가치 평가를 지양하는 데 있다는 점에서 허준 소설은 김윤식이 규정하고 있는 양가 의식에서 벗어나 있을 뿐만 아니라 오히려 김동리가 주장한 생의 구경적 형식을 추구하는 소설에 가깝다고 할 수 있다.

이처럼 허준 소설이 우월과 열등의 가치 평가적 입장에서 벗어날 수 있었던 것은 이항 대립의 지양을 글쓰기의 출발점으로 삼았기 때문이다. 허준은 근대적 권련 관계의 핵심에 우열의 이항 대립이 있음을 알고 있지만 이러한 대립이 서있는 선택과 배제의 지점 또한 날카롭게 인지하고 있었던 것으로 보인다. 그리고 이 점이 허준 소설에 대한 근대성과 반근대성 논의의 상반된 교차를 감당하도록 만드는 부분이 아닌가 한다. 허준은 리얼리즘과 모더니즘을 창작 방법이 아닌, 세계관으로서 바라볼 경우 두 세계의 경계를 가르는 것이 무엇인가에 대한 의문을 해명해 줄 수 있는 작가로도 연구되어 왔다.[2] 다시 말해, 해방 전에는 모더니즘 계열에 속했던 작가들이 해방 후 월북이라는 동일한 방

---

2) 채호석, 「허준론」, 『한국학보』, 1989, 겨울.

향을 선택하게 된 이유에 대해 허준만큼 적절한 해답을 제시해 주는 작가도 없는 셈이다.

본 연구는 허준 소설에 나타난 근대성과 반근대성, 리얼리즘과 모더니즘의 교섭 양상을 해명해 줄 수 있는 단서는 타자 인식에 있다고 보고 이를 통해 허준 소설을 분석하고자 한다. 근대소설은 타자의 문제를 서사 구성의 문제로 흡수할 수 있는 방법에 대한 모색이 핵심을 이룬다. 타자란 구체적인 인간관계 안에서 빚어지는 기대와 경험의 차이를 형식화한 개념으로서 근대소설은 타자 인식을 서사 구성 안으로 끌어오는 방법을 매개로 하여 어떻게 살 것인가의 문제를 제기한다. 구체적인 인간관계에서 빚어지는 갈등이야말로 어떻게 살 것인가의 문제에 대한 첨예한 답안일 수 있기 때문이다. 현실 인식이 역사적이고 사회적인 상황을 전제하는 것이고, 대상 인식이 인식의 보편적인 작용 양상을 보다 강조한 개념이라면 타자 인식은 인간과 인간의 관계에서 파생되는 문제들, 예를 들면 기대, 욕망, 경험 등과 친연성을 갖는 개념이다.

타자의 인식 불가능성에 대한 담론은 최근 후기 구조주의, 해체론, 탈근대 이론의 주요 쟁점이기도 하다. 그러나 본 연구에서는 타자 인식에 개입하는 차이에 대한 형식화 문제3)가 근대소설의 발생에서부터 꾸준히 제기되었다고 보고, 타자 인식이 작용하는 양상을 살펴보고 그

---

3) 대표적으로 아이러니의 경우가 그것이다. 아이러니는 기대와 경험 지평의 차이를 제시하고, 경험적인 현실의 조악함을 통해, 역으로 주체의 진정성을 유지하려는 방법이다. 근대소설의 내적 형식이란 이와 같이 주체의 기대 지평과 현실 사이의 차이를 조정하려는 데에서 나온다.

결과를 토대로 허준 소설의 글쓰기 방법이 갖는 의미를 밝혀보고자 한
다. 타자 인식의 서사적인 기능 및 의미에 대한 탐구는 소설을 문제
추구의 형식으로 바라볼 수 있는 시각을 확보해 줄 수 있다는 점에서
도 유의미한 작업이라고 하겠다.

2. 근대소설의 인식론적 기반

소설 장르의 기본 구도는 주체와 세계의 이원적인 대립에서 찾을 수
있다. 주체가 세계를 제대로 인식할 수 없다는 사실, 주체와 세계 사이
의 인식론적 결렬에서 근대소설의 형식 문제가 발생한다. 소설의 형식
문제는 주체가 인식할 수 없는 부분이 주체의 정체성까지 불확실한 것
으로 만드는 상황에서 제기된다고 할 수 있다. 즉, 세계에 대한 인식이
주체의 정체성과 연관을 맺고 있다는 전제하에 인식과 주체의 관계를
조정하려는 노력의 산물이 형식이다. 주체가 세계 안에 존재하고 있다
고 하지만 세계가 주체에게 작용하는 국면은 일사의 세부적인 경험을
통해서이다.

인간과 인간이 교섭하는 일상적인 세계는 직접적이고 구체적인 욕망
이 소통의 중심이 된다. 일상의 장(場)에 나타난 역동적인 소통의 구면
－개개인이 대면하는 구체적인 장면－을 포착하는 데에는 인식에 개입
하는 차이, 이질성, 비동일성을 포함하는 타자 개념이 보다 적절할 것
으로 보인다. 타자란 나와 다른 사람이라는 의미로부터 시작하여 근대
적 주체라는 문제 설정에 대응하는, 권력 관계의 긴장까지 내포하고 있

다는 점에서, 인식의 불확정성의 문제만이 아니라 주체와 대상 사이에 벌어질 수 있는 투쟁 관계를 구조화하는 데에도 유의미한 개념이다.

철학적 영역에서도 주체와 타자가 욕망과 권력의 문제로 결속되어 있으며, 이를 극복하기 위해 생사를 건 투쟁에 참여하게 된다는 사실이 중요한 존재론적인 문제로 제기된 바 있다. 헤겔은 주인과 노예의 변증법이라는 개념을 통해 인간의 자유에 대한 투쟁의 과정을 정식화하고 있다. 그는 자기 의식이 모든 타자를 자신으로부터 배제하는 자기 동일자임을 밝히면서 타자 역시 자가 의식이라는 점에서 대립을 피할 수 없다고 본다. 자기 의식은 타자에 의해 인정될 때 충족되며, 이러한 인정을 얻고자 하는 다수의 자기 의식이 존재하기 때문에 생사를 건 투쟁이 발생할 수밖에 없다는 것이다.

이에 따라 대자적인 입장에서 자기 존립을 고수함을 스스로의 본질로 하는 자립적 의식인 주인과 생이나 대타적 입장에 있는 존재를 자기의 본질로 하는 비자립적 의식인 노예라는 두 개의 의식 형태가 존재하게 된다.[4] 타자에 대한 자신의 우월성을 인정받기를 추구하는 인간의 욕망을 생사를 건 투쟁으로 보고 이러한 주인되기와 노예되기의 지양으로부터 역사가 생성된다고 보는 것이다. 헤겔의 논의는 자립성의 공존이 불가능함을 전제하고 있다. 인간은 타자의 자립성을 박탈해야만 자립적인 주체로 존재할 수 있으며 이 때 투쟁의 목적이었던 자립성은 새로운 주종 관계를 형성하는 매개로 작용한다.

헤겔의 투쟁 개념을 일상적인 문맥으로 구체화, 시선의 정치 속에

---

4) Georg W.F. Hegel, 임석진 역, *Phänomenologie des Geistes*, 『정신현상학 Ⅰ』, 지식산업사, 1993, 256~271면.

존재하는 타자성을 논의한 사람이 사르트르다. 사르트르는 시선(regard)을 통해 타자가 출현한다고 전제한 다음 타자의 시선이 주체를 대상화시킨다고 한다. 타자의 시선이 문제적인 이유는 타자의 시선이 반성을 통해 주체를 정립하는 의식의 활동을 비반성적인 것으로 만들기 때문이다. 의식의 주체들 사이의 교섭에서 발생할 수 있는 투쟁의 관계가 사르트르에게는 시선의 주체와 객체로 개념화된다.[5] 타자가 나를 바라볼 때 나는 타자를 주체로서 경험하게 되고 내가 타자를 바라볼 경우, 나는 타자를 객체로서 경험한다. 이러한 주체와 객체의 불안정한 이동이 시선의 교차를 통해 발생한다.

　근대소설의 인식론적 기반을 형성하는 타자는 기대와 경험의 차이로 표상된다. 지금까지 친숙하다고 생각해 왔던 대상이 자신이 생각했던 것과는 다른 존재일 때, 혹은 당연하게 그러하리라고 기대한 사건이 다른 방향으로 전개될 때 차이가 발생한다. 이러한 차이는 친숙한 대상을 타자로 인식하도록 만든다. 루카치는 기대와 경험의 차이가 발생하는 이유가 시간에 있다고 주장한다. 모든 견고한 것을 대기 속으로 사라지게 할 만큼 급격하게 질적 변화를 생산하는 근대적 상황의 특수성은 대상 인식의 불확정성을 낳는다. 근대적인 변화의 핵심에 시간이 있기 때문에 객관적인 대상은 물론 주체의 내면까지도 시간의 변화로부터 자유로울 수 없다는 것이다.[6] 근대소설은 나의 가지 의식과 타자의 자기 의식, 나의 자유와 타자의 자유가 맞닥뜨린 지점에서 가

---

5) Jean P. Sartre, 손우성 역, *L'être le néant*, 『존재와 무』 I , II, 삼성출판사, 1993, 3
　　부 참조.
6) Georg Lukács, 반성완 역, *Did Teorie des Romans*, 『소설의 이론』, 심설당, 1985.

능한 해결의 방식을 찾는 문제로부터 출발한다고 볼 수 있다. 다시 말해 기대와 경험의 차이를 조정, 변형하는 문제가 서사 구성의 중요한 부분이 된다. 예를 들어 리얼리즘이 타자 인식에서 오는 차이의 원인이 사회구조적인 모순에서 비롯되는 것으로 보고 이러한 차이를 극복하는 문제를 다룬다면 차이 자체를 심미화하려는 시선의 정치로부터 모더니즘이 나온다. 뿐만 아니라 「무녀도」, 「황토기」를 쓴 김동리까지도 철저하게 주체와 타자의 투쟁 노선에서 글쓰기를 해 왔다고 본다면[7] 타자 인식이라는 문제 설정 안에서 허준 소설의 근대성을 묻는 의의가 분명해진다.

3. 타자 인식의 서사적 기능

1) 모욕과 주체 정립

허준 소설은 주체와 타자가 투쟁적인 관계에서 벗어날 수 있는 방법이 무엇인가를 글쓰기의 출발점으로 삼는다. 이는 타자와의 관계에서 어떻게 주체를 정립할 것인가 하는 질문으로 구체화되며 이에 대한 허준 소설은 타자 인식의 불확정성을 그 답으로 내놓는다. 허준 소설의 인물들은 서로를 이해하지 못한 상태−의심, 몰이해, 편견 등으로 갈등하고 있으며, 인간관계에 있어서 이러한 현상은 피할 수 없는 것으로 제시된다. 이처럼 허준 소설은 하나의 상황에 연루된 이해 방식들 사

---

7) 김혜영, 「김동리의 초기소설 연구」, 『현대소설연구』5, 1996.12.

이의 차이를 보여줌으로써 동일화의 기제에 강한 의문을 제기하고 있다. 서로를 이해하지 못함에서 비롯된 오해는 허준 소설의 플롯을 추동하는 힘이 된다.

「탁류」에서는 철과 철의 아내 순이 사이의 오해가 중심이 되고, 채숙이나 여선생은 그러한 오해를 일으키는 동인으로 작용한다. 이러한 현상은 「야한기」에서 보다 뚜렷하게 나타나는데, 이 소설에서는 남과 남의 아내 춘자, 춘자의 정부 보걸, 보걸의 아내 순덕 등 다양한 인물들이 오해로 인해 갈등하는 모습이 구체적으로 제시된다. 특히, 「야한기」의 앞부분에 있는 쥐 사건은 남과 춘자 사이에 가로놓인 오해의 심연을 느낄 수 있게 한다. 남이 쥐를 잡느라고 엎치락뒤치락하는 소리가 아내인 춘자에게는 남이 목을 매려다 잘못 매어서 넘어지는 소리로 들리는 방식이 그것이다.

오해에 의한 사건 전개의 방식은 각각의 인물들이 갖고 있는 욕망들을 보여줌으로써 하나의 사건이 서로 다른 해석 지점들을 갖게 되며 그 해석 지점들의 결합에 의해 각자의 의미를 구성해 나간다는 것을 강조하기 위한 의도로 보인다. 이러한 플롯의 구도는 허준 소설을 자칫 통속 소설과 구분할 수 없게 만드는 요인이 된다. 그러나 허준 소설이 제기하는 분쟁과 갈등의 구조는 타자의 삶을 이해할 수 없으며 타자의 삶에 관여할 수도 없다는, 타자에 대한 경계를 선명하게 하기 위한 장치이다. 인식과 실재의 차이에서 발생하는 오해를 통해 타자를 개념화하는 것, 타자와 소통하는 것이 불가능하다는 것을 보여준다.

오해가 개인의 자의식과 결합될 경우, 모욕이 된다. 모욕은 허준소설에서 중요한 인식소(episteme)이다. 근대가 타자를 통해 자신을 발견해야 하는 시대라고 할 때, 타자성 속에서 자신을 발견해야 하는 근대적 주체의 존재 방식 중 하나가 모욕이라고 하겠다.[8] 타자의 시선 속에 발견된 자신의 모습이 자신이 생각하고 있는 것과 다르다는 차이와 그 속에 내포된 멸시, 비하의 정조가 모욕을 낳는다. 모욕을 발생시키는 차이에는 모욕 받은 주체의 자립성 해체라는 실존적인 문제 의식이 담겨 있다. 이는 보여 지는 존재로서 인간이 가진 자율성이 전적으로 보는 자인 타자에게 구속되어 있다는 자각으로부터 모욕이 형성됨을 말해준다.[9] 사회적 관계 속에서 살아가는 인간에게 있어서 타자에게 보여진 삶 역시 자신의 삶의 한 부분으로 승인하지 않을 수 없다는 자각에서 모욕이 유발된다.

허준 소설에서 초점을 맞추고 있는 부분은 근대적 삶의 지평 안에서 누구나 어느 정도 모욕 받은 주체로서 살아가야 한다면 그것을 극복하는 방법은 어떠해야 하는가에 있다. 즉 모욕에 대한 대응 방식과 주체 정립의 문제를 연결시켜 의식의 자립성이 파생시킨 역설을 해결하려는 데 허준 소설의 지향점이 있다고 하겠다. 모욕 받은 주체들의 존재 방식은 두 가지로 제시된다. 하나는 모욕을 끝까지 갚는 방식이고 다른 하나는 모욕의 상태를 지속함으로써 모욕을 자기 정립의 계기로 삼

---

8) 근대 이전의 사회가 선험적 이념의 영향력 안에서 통시적인 위계 질서를 강조하던 사회였다면 근대 사회는 동시적인 장(場) 안의 관계에 따라 형성되는 정체성의 문제가 중심이 된다.

9) 이는 주격인 나(Je)와 목적격의 나(Moi)의 구분을 통해서 명확하게 설명할 수 있다. 주격인 나가 목적격인 나를 수용하고 이를 변형시켜 자아(Soi)로 만드는 것이 자기 관계적인 구조에서 가능하다면 모욕을 되갚는 방식이란 목적격인 나 자체를 거부하기 때문에 자아 형성이 좌절된 상태이다. Alain Touraine, Critique de la Modernité, 정수복 외 역, 「주체의 탄생」, 『현대성 비판』3부, 문예출판사, 1995 참조

는 경우이다.

「탁류」에 나오는 순이나 채숙 등은 모욕을 참지 못하고 되갚는 인물로 제시된다. 이들은 모욕의 원인을 철저하게 외부에 두기 때문에 자기반성의 태도가 나올 수 없다. 모욕을 갚기 위해 목숨을 다해 싸우는 모습은 하찮은 목적을 향한 인간들의 필사적인 투쟁을 연상케 한다. 타자가 나에 있어서 하나의 현상이지만 나 또한 그에게 있어서 하나의 현상이라는 것, 우리 중 하나는 주체의 위치를 포기하고 그가 타인에게 의미하는 바가 그 자신에게도 마찬가지임에 만족해야 한다는 것으로부터 생존을 위한 투쟁이 나오며 주인과 노예의 변증법이 개념화된다. 이성의 비합리적인 근원에 대한 헤겔의 이론을 보완한 코제브의 논의는 왜 모욕인가에 대해 시사하는 바가 크다.

> 현실의 하찮은 목적을 향한 인간들의 필사적 투쟁이다.—인간들은 깃발을 수호하기 위해서 혹은 모욕에 대한 보상을 얻기 위해서 그들의 목숨까지도 불사한다. 그리고 이러한 본질적 사실을 무시하는 어떠한 철학도 관념적 신비화에 불과하다.[10]

니체 역시 열등한 자를 종속시키거나 통합시키는 우월한 자와 맺는 관련 속에서, 열등한 자가 갖는 의식이라는 점에서 의식을 노예의 의식이라고 부른다.[11] 허준 소설에서는 모욕을 되갚는 방식이 얼마나 무의

---

10) Vincent Descombes, 박성창 역, *Le Même et L'Autre*, 『동일자와 타자』, 인간사랑, 1990. 25면.
11) Gilles Deleuze, 신범순 외 역, *Nietzsche And Philosophy*, 『니체, 철학의 주사위』, 인간사랑, 1994, 80면.

미한 일인가를 그러한 모욕이 오해에서 비롯되었다는 것과 되갚기의 결과가 자기 파멸의 길이 되는 방식을 통해 보여준다. 모욕의 존재 방식 안에서 타자의 존재란 구체적인 실재가 아니라 주체에 의해 구성된 표상이다. 모욕을 끝까지 갖는 태도에서 문제가 되는 점은 이러한 행위가 타자에 대한 표상과 타자 사이에 존재하는 경계를 해체할 뿐만 아니라 실제의 타자에게 영향을 미치고자 한다는 것에 있다. 이와는 달리 모욕을 반성적 주체의 존립 근거로 변화시키는 삶이 있다. 「탁류」의 철, 「야한기」의 남, 그리고 「습작실에서」에서의 오까베의 삶이 그것이다. 모욕은 허무나 고독과 같은 주체의 존립 근거가 타자의 시선 아래서는 아무 것도 아님을 깨닫게 함으로써 의식의 자발성에 의해 사유를 진행해 오던 주체를 수동적인 상태로 떨어뜨린다. 그리고 이 수동적 상태에서 주체는 자기 의식의 자발성이 지닌 한계를 반성하게 된다. 이들이 모욕을 자기반성의 기회로 삼을 수 있었던 것은 이들에게 허무, 고독, 태만, 곤비로 표현되는 자기 관계적 구조가 전제되어 있었기 때문이다.

모욕에 대한 대응 방식은 해방 후 소설인 「잔등」에서도 유지된다. 모욕을 끝까지 갖는 방식이 잔류 일본인을 감시하는 소년으로 형상화된다면, 모욕을 자기 존립의 계기로 변형시키는 방식은 할머니의 삶으로 이어진다. 이처럼 모욕의 두 가지 존재 방식은 허준 소설을 관통하는 흐름을 형성하고 있다. 중요한 것은 투쟁의 세계와 지속의 세계가 상호 공존한다는 것이다. 모욕의 상태를 지속함으로써 주체를 정립해 나가는 방식에서 이항 대립적인 투쟁에서 벗어날 수 있는 방법을 제시하면서도 이를 투쟁의 세계와 공존시켜 상호 반영적 관계를 유지한다.

대화적 구성 방식이 생성될 수 있는 것도 이러한 토대가 전제되어 있었기 때문으로 보인다.

2) 개성적 목소리에 의한 대화적 구성

허준 소설에 제시되는 인물들은 어느 하나로 통합되지 않는 다양한 목소리를 가지고 있다. 이는 허준 소설이 하나의 가치에 의해 인물들의 행동을 일원화하지 않고, 인물들 각자의 행동에 나름의 질서를 부여하는 서사 구성의 방식을 취하고 있기 때문이다. 이러한 현상은 허준 소설의 서사 구성이 선택과 배제라는 가치 평가적인 방식에 의해 운용되고 있지 않다는 것을 말해 준다. 허준 소설의 서사 구조는 바흐찐이 개념화한 대화적인 구성 방식[12]과 유사하다. 인물들의 목소리가 하나의 가치에 따라 질서화되지 않고 상호 반사적인 기능을 하게 되는 것이다.

인물들의 목소리를 상호 반사시키는 방식 중 대표적인 것은 하나의 사건에 대한 다양한 목소리들을 포착하여 기술하는 일이다. 사전에 대한 다양한 반응은 인간 심리의 각양각색의 모습을 포착하고 그 질적 다양성을 펼쳐 놓을 수 있는 방식이 될 수 있다. 각각의 인물들이 생각하고 있는 진실을 서로 부딪치게 함으로써 상호 융합되지 않는 다층적인 목소리의 세계를 구현해 내는 것이다. 그러므로 다양한 관점의 승인은 인물들 사이의 소통 가능성에 대한 회의에 그 기반을 두게 된

---

12) Mikhail M. Bakhtin, 김근식 역, *Problemy poèiki Dostoevskogo*, 『도스또예프스키 시학』, 정음사, 1988.

다. 이러한 예는 허준 소설 전반에 걸쳐 나타난다.

인물들의 다양한 목소리를 포착하기 위해 「탁류」와 「야한기」에서는 동일한 사건을 바라보는 각각 인물의 관점을 대위법적으로 구성하고 있다. 「탁류」는 철의 관점에서 바라보는 사건이 숙의 관점으로는 얼마나 다르게 보일 수 있는가를 보여준다. 「야한기」 역시 남, 춘자, 홍걸의 축으로 사건을 바라보는 관점의 차이를 제시한다. 이 소설은 남의 시각 속에 포착된 춘자, 순덕, 홍걸의 모습, 홍걸의 시각 속에서의 남의 모습, 그리고 춘자에게 보여진 남의 모습 등으로 여러 개의 평면이 서로를 되비추는 구조를 이루고 있다. 이와 같은 관점의 교차 구성을 통해 각자의 진리가 서로 대면하고 대화적으로 접촉하게 된다.

이처럼 인물들의 다양한 목소리는 그들이 가진 개성에 의해 유지된다. 곧 개성은 대화적인 구성을 가능하게 하는 요인으로 작용한다. 개성이란 세계를 인식하는 방식이 독특하게 구조화된 것으로, 인물들 각자가 서로 다른 목소리를 생산하는 기반이 된다. 또한 인물들이 지닌 개성의 견고함은 개인들 간의 소통 불가능성과도 연관된다.

> 아무런 기척도 없이 방문이 열리는 틈에 선생은 털 것 짜던 손을 멈추고 황겁히 이쪽을 쳐다 보았다.
> 그 얼굴에는 분명히 낭패의 빛이 떠 오르는 것을 순이는 본 것 같았다.
> 「무슨 일을 일 쫌쫌이들 하세요. 벌써 겨우살이가 아니라구요.」
> 순이는 선생 옆에 바싹 닥아 앉으면서 선생 짜던 털 것을 한끄트머리 잡아 눈에 갖다 대었다.
> 그리고
> 「이거 바깥 어른ㅅ게로구면요.」

하면서 보아라 이년 하듯이 선생의 눈치를 노리었다. 그리고 그 눈으
로 옆에 비스듬히 앉아서 바지에 솜을 고르고 있는 젊은 안ㅅ주인에게
도 새삼스러이 인사를 한다.

「선생 오라버님ㅅ거랍니다.」

선생이 아무 대답도 없는 것을 보고 젊은 안ㅅ주인은 순이의 그 실
름실름 일부러 웃음을 짓는 눈에 이렇게 대구를 하였다.

「아이고 어쩌면 오라버니가 다 계셨어요. 난 또 어느 좋으신 어른ㅅ
거라고요. 호호호.」

「이리구 어쩌면 저렇게 좋으신 나이에 여태 그런분이 없으실가. 하지
만 남이 한창 우러러 보시겠으니 얼마나 좋으실구.」[13]

「탁류」에서 남편 철과 선생의 관계를 의심하던 순이가 선생을 찾아
가 자신의 직감을 입증할 수 있는 단서를 찾는 대목이다. 순이의 일방
적인 발화가 중심이 되는 이 글은 의심과 복수로 점철되어 있는 순이
의 내면을 구체적으로 보여준다. 의심하는 주체의 시선에 의해 포착된
전도된 세계의 모습이 생생하게 그려져 있다. 선생이 짜고 있는 남자
털옷이 '오라버니'의 것임을 확인했음에도 불구하고 여전히 털옷은 '어
느 좋으신 어른', '그런 분'을 겨냥하고 있다. 명시적인 의미체로서 오
라버니에 대응하는 남편, 좋으신 어른, 그런 분 등의 의미항들을 고수,
일정한 회로 안에서 움직이는 순이의 내면을 개성적인 목소리로 재현
한다.

인물들의 개성적인 목소리는 심리적인 갈등을 형상화할 때 보다 구
체적으로 제시된다.

---

13) 허준, 「탁류」, 『잔등』, 을유문화사, 1946, 166~168면.

애초부터 이것은 비단 이사람이라고해서 그런 것은 아니지만 이 민이라고하는사람이 이러케 된줄을 아는 자기에게 돈전이나 빌려달라하야 빌려줄사람이거나 그저주어서 업새이는셈하고 줄 것을 알만한 사람가트면 지금 이 자기의심정을알리고시픈충동이업슬것도아니며 안해를 생각함이 업는것도아니며 이사람과자기가 그러한사이에잇섯든것을생각해보는 것이 아닌것도아니엇만 그러타고해서 자기에게 각별한원염이생기느냐하면 그런것도아니요 그사실이 자기머리를 묵어웁게하는 그러케 중대한것도업는 것이다.

돈천이나잇서야 성군도살리고 자기도살고 또그러면 자연히춘자도 안심하고살리라는 그러한것까지생각한자기다. 아모래도잇서야할돈인데 아모리도라보아도 이사람은돈잇는사람이오 중학의동창이오 또 한고장에 사는사람으로 이편지를쓸사람은 이사람박게는업는오늘날 이사람이 자기와 그러한관계에잇다하야 그러한관게에잇는사람에게 이러한편지를쓰는 것이 비겁한것이라면 비겁하고 용열한것이라고들하드라도 이것이진실로 자기마음의 현실이되여잇는바에야 어쩌는수업는일이 아닐수업다. 민이라는사람은 말하자면 지금 자기의 이심정을 설명할필요도업시 그저 안해의일만을 비춰여보내는것만으로 족(足)할그사람됨이지만 그러나 정말 마음속으로부터 이사람을 그러케노픈데안저서 내려다보듯이 내려다보듯이 내려다보게만 생각하느냐하면 그것은 언제누구에게 그런것을 가져본일이업는것처럼 이사람에게도 가져본일이업는까닭이다.14)

이 글은 민에게 편지를 쓰는 남의 내면이 대화적임을 잘 보여주는 대목이다. 민은 남의 아내인 춘자와 부정한 관계에 있다. 그러한 사실을 알고 있음에도 불구하고 민에게 돈 천원을 빌려달라는 편지를 쓰는 남의 심정은 복잡하다. 이 글은 편지의 내용을 구상하면서 편지의 수

---

14) 허준, 「야한기」, 『조선일보』, 1938.9.3.

신자인 민의 생각을 추론, 내면화된 민과 대화를 하는 남의 내면을 묘사하고 있다. 민이라는 사람이 쉽게 돈을 빌려줄 사람이라면 자기의 심정을 알리는 편지를 쓰지는 않았을 것이며 아내의 일을 자신이 알고 있다는 것을 내비치지도 않았을 것이라는 구절에서 아내와의 관계를 안다는 것을 드러내 돈을 빌리고자 하는 심정과 그러한 편지를 쓰고 있는 자신에 대한 모멸감, 다른 한 쪽에서는 죽어가는 성군에 대한 안타까움의 심정들이 교차한다.

자기가 없어서 아내는 행복하게 살 수 있다는 말이 자신의 존재에 대한 성찰을 담고 있는 말임에도 불구하고 자신이 아닌 타자로서 민이 생각하기에 돈 천원만 주면 아내와 민의 관계에 대해 더 이상 문제 삼지 않겠다는 의미로 전달될 수 있는 가능성에 대해 우려를 표한다. 하나의 발화에도 타자화된 관점을 들여와서 자신의 의도와 달리 해석될 수 있는 가능성을 타진한다. 허준 소설이 유지하는 기본적 입장은 목소리의 타자성을 유지하면서도 이러한 타자성이 소통 가능한 지점으로는 나아가지 않는 데 있다.

인물의 개성적 목소리를 통해 포착되는 것은 각각의 인물들이 가진 진리이다. 각각의 인물이 가진 진리에 대한 배려에 의해 대화적인 구성 방식이 유지된다. 이러한 대화적인 서사 구성은 주관성의 한계를 드러내 줄뿐만 아니라 상호 주관적인 영역을 제시, 이항 대립을 극복할 수 있는 방안을 제시해 준다. 그러나 「잔등」 이후 대화적 구성 방법은 제3자의 정신으로 통합되는 경향을 보인다. 제3자의 정신은 관찰자적인 입장. 가치중립적인 입장을 표명하고는 있지만[15] 궁극적으로 단일한 시각의 중심을 전제한다는 점에서 보다 근대적이다. 근대 권력의 효과적인 행사를 위해 동원된 것은 시선의 체계로서, 이러한 시선을 유지하는 것이 단일한 눈을 가시적 세계의 중심으로 만드는 원근법이다. 근대적인 주체가 보는 주체로서의 시각 중심성과 함께 탄생했다는 것은 시사하는 바가 크다.

가시적 세계는 한때 우주가 신을 위해 배열되었던 것처럼, 보는 주체를 중심으로 배열된다. 보는 주체의 시각적 중심은 보여주는 대상을 소유, 통제의 대상으로 삼게 되는데 이때 보는 사람의 시각을 중심으로 한 원근법적 세계에서는 시각적 상호성[16]이 존재할 수 없다. 그러므로 관찰자의 정신이란 가치중립적인 태도를 지향하고는 있지만 시각의 중심이 보는 주체에게 귀속되어 있다는 점에서, 타자를 통제하기 위한 근대적인 조작 방식임을 알 수 있다. 「잔등」에서의 관찰자의 정신은 근대적인 시각 중심주의의 연장선상에 있으며, 원근법적인 시각의 중심화야말로 이항 대립적 세계와 밀접하게 연관된다. 최명익, 박태원이 동일한 길을 걸어간 이유 역시 이들 소설이 지향한 관찰자적 시각 중심에 있다.

---

15) 유철상, 「허준의 〈잔등〉고」, 『목원어문학』 14, 1996.12.
   권성우, 「허준소설의 미학적 현대성 연구」, 『한국학보』 73, 1993. 겨울.
   홍혜준, 「허준 문학 연구」, 서울대 석사논문, 1998.
16) John Berger, 하태진 역, *Ways of Seeing*, 『어떻게 볼 것인가』, 현대미학사, 1995. 1
   장 참조.

4. 대립 지양적 서사의 생성 조건과 그 의미

1) 개성의 기원으로서의 경험

허준 소설에서 타자 인식의 형상화로서 모욕과 개성적 목소리는 주체의 정립 및 대화적 구성이라는 서사적 기능과 연관됨을 살펴보았다. 허준 소설에서는 타자성을 내적 대화의 한 지점으로 포착하고 이러한 과정을 통해서, 자기 정립의 문제가 타자성을 포섭하는 문제―타자성을 자기 이해의 과정으로 영토화하는 데 있음을 보여주는 개념으로 모욕을 설정한다. 그런 의미에서 모욕은 인간의 타자 구속성을 표현하는 매개가 된다. 또한, 허준 소설은 인물들의 다양한 입각 지점들을 충돌시킴으로써 어느 하나의 가치로 귀속되지 않는 차이들의 세계를 펼쳐 보이기도 한다.

근대 사회는 경제적인 억압으로부터의 자립이든 타자로부터 자기 의식을 회복한다는 의미에서의 자립이든 간에 주체의 자립성이 문제가 되는 시대이다. 허준 소설의 주체 정립 과정과 대화적 구성 방식이 갖는 독창적인 지점은 근대적 주체가 자립성을 추구하는 과정이 타자를 굴복, 배제, 개념화시키는 방식이라는 점과 비교할 때 더욱 뚜렷해진다. 자기 의식을 가진 주체들 사이에서 자립성을 획득하기 위해서는 타자를 굴복, 배제시키지 않으면 안 되는데 타자 역시 자기 의식을 가진 존재라는 점에서 자립성의 획득 과정은 투쟁의 과정이 되지 않을 수 없다.

근대소설의 인식론적 기반을 형성하는 타자는 소설 속에서 차이로 포착된다. 리얼리즘 소설이 경험/기대의 차이에서 오는 모욕을 끝까지 갖는 방식, 즉 불합리한 존재 조건을 변화시키는 실천적 측면에 관심을 둔다면 모더니즘 소설은 시선을 통해 그러한 차이 자체를 거부하려는 태도를 유지한다. 다시 말해 리얼리즘 소설이나 모더니즘 소설 모두 인식론적인 차이가 존재의 근거를 위협하는 것으로 받아들이고 있다는 것이다. 이는 리얼리즘, 모더니즘 모두 근대적인 사유인 주/객의 이분법에서 출발하고 있음을 말해 준다. 근대적 사유란 객체가 주체가 인식할 수 없는 영역에 있다고 하는 객체의 타자성을 주체가 억압해야 할 부분으로 삼기 때문이다.

허준 소설의 독창성인 지점은 다른 소설에서 차이를 다루는 방식과 비교할 때 더욱 분명해진다. 허준 소설에서는 차이를 가치 평가적으로 다루지 않는다. 곧 차이를 통해 생성되는 이항 대립의 구조를 지양하는 입장을 취하고 있다. 이러한 이항 대립 지양의 서사 구성은 인물의 다양성을 포착, 가치중립적인 세계를 표현하려는 의도에서 나온다고 할 수 있다. 이와 같이 이항 대립을 지양하는 글쓰기의 근간에 작용하는 것은 경험에 대한 존중이다. 경험은 모욕을 외부화하지 않게 하는 힘일 뿐만 아니라 인물들이 갖고 있는 다양성을 드러내는 계기가 된다.

大體 나의本來의 經驗이란아직 뜨더서말할 것은 못되나 「파스칼」이 이世上에는 얼마나만흔사람이잇느냐 하는것을發見하엿다는 그러한 人間性의 偏差이며 運命的인것의 差別인지도 몰은다.
사람에게는 一定한 年齡에달하면 生來에 처음으로치르는 特殊한 經驗으로말미아마 자기에게는 남에게업는것이잇다. 남이 몰으로잇는것이잇다. 남이 아마러치도안케 생각하는 것이 苦痛이나 기쁨을주는것이잇다.

나는이것을 일어버릴수도업고 살리지 안흘수도업다 하는 意義에 이르는
때가잇다.
　이로부터서 그는 人生을 經驗해나가되 일정한 觀心을가지고 나아가
지안을수업는것이며 이觀心을 運命的으로 支配하는것이 그의 이러한 基
礎的經驗을두고 달리업는 것을 깨닷게하는것이다.
　이것이 釋迦를 出家케한 四門苦나 基督의平生을支配한 原罪의 內的經
驗으로 나타나는것처럼 우리도 우리分野에맛는 어떤種類의것이건 우리
存在에처음으로 運命的으로 와부드치는 「모뉴멘탈」한 經驗은 잇슬것이
다.17)

이 구절에 대해서는 김동리는 "이것이 없으면 우리는 시고 소설이고
쓸 턱이 없다. 쓸 수도 없다."18)라고 하면서 경험의 유일성을 구경적
삶의 형식을 위한 글쓰기 방법론으로 받아들이고 있다. 이는 허준이
생각하고 있는 경험이 예술가로 하여금 자신만이 알고 있고 자신이 구
해내지 않으면 안 된다는 의식에 도달하는 계기를 형성하고 있다는 점
을 김동리가 유의미하게 받아들였기 때문에 보인 반응이다. 허준의 경
험에 대한 논의에서 핵심이 되는 부분은 특수한 경험이란 남에게는 없
고 남이 모르며, 남이 아무렇지도 않게 생각하는 것이라는 점에 있다.
그러한 경험이 자신에게는 고통이나 기쁨을 주는 것일 때 경험의 존
재 방식은 주체와 타자 사이의 경계를 확립하는 준거가 된다. 경험의
특수성이란 개성의 문제와 맞닿아 있다. 개성을 강조하는 문맥으로 이
글을 수용할 때 각각의 개인이 갖는 경험의 특수성은 각자가 추구하는

17) 허준, 「문예시평―비평과 비평정신」, 『조선일보』, 1939.6.2.
18) 김동리, 「신세대의 정신」, 『문장』, 1940.5. 86면.

본질과 비본질을 상대화하려는 의도와 연관됨을 알 수 있다. 나에게는 본질적인 것이 다른 사람에게는 비본질적인 것일 수 있다는 것, 그리고 나에게 비본질적인 것이 다른 사람에게 본질적인 것일 수 있다는 자각이야말로 보편성을 추구하는 근대적 시각으로는 접근할 수 없는 영역인 것이다.

경험의 중요성에 대한 이러한 강조가 각자의 경험에 대한 배려로 이어지는 것은 당연하다. 왜냐하면 다른 사람은 없는데 나에게만 있는 경험이란 개별적 운명에 대한 자각과 연관되기 때문이다. 그러므로 개별적인 운명에 대한 통찰로부터 타자의 경험이 갖는 자율성에 대한 승인이 나온다고 하겠다. 이와 같이 경험의 문제를 개별적인 운명과 연관 짓는 방식으로 인해 개별자가 가진 주관적 진실성[19]이 서사를 추동하는 힘으로 작용하게 된다. 그리고 각자의 주관적인 진실성은 타자를 변화시킬 뿐만 아니라 각자의 운명에 타자가 관여하는 것도 불가능하게 만든다.

2) 차이의 존재론적 변형

근대소설은 타자 인식의 불가능성을 그 인식론적 기반으로 삼음에 따라 타자에 대한 기대감과 경험 현실의 차이로 인해 타자 인식의 한계를 자각하게 되는 환멸이 근대소설의 형식을 구성하는 조건이 된다. 환멸은 기대와 경험의 차이를 변화된 현실의 문제로 되돌리는 태도에서 비롯된다고 할 수 있다. 즉 현실이 '그러한 존재로 있어야 함에도

---

19) 백철, 『신문학사조사』, 백양당, 1946, 134면.

불구하고' 변화했다는 인식을 담고 있다. 이는 근대소설이 진정한 것에 대한 추구에서 출발하고 있으며, 근대소설이 추구하는 진정한 것의 조건이 불변의 것이라는 사실을 말해 준다. 환멸의 형식은 변화의 궁극적인 원인을 외부로 돌림으로써 외부 세계의 훼손에 대비되는 주체의 진정함을 추구한다.

환멸의 형식은 모욕의 형식과 마찬가지로 타자 인식의 한계라는 출발점을 공유하고 있음에도 불구하고 주체의 실패 원인을 주체의 진정성을 고려하지 않는 외부 세계의 모순으로 돌리기 때문에 타자 인식 방식에 있어서 적대감이 그 기초를 형성한다. 반면, 모욕의 형식은 타자의 인식 불가능성이라는 문제를 하나의 존재론적 사건으로 다룬다. 그런데 허준 소설에서는 자기 관계적 구조에 근거한 주체와 타자에게 인식된 주체 사이에는 차이가 존재한다는 사실 자체를 실존의 조건으로 삼는 것이다. 이럴 때, 내가 생각하고 있는 나와 다른 사람이 생각하는 나 사이의 차이가 자신을 성찰하고 재구성할 수 있는 계기로 작용할 수 있다. 차이를 존재론적으로 사유하게 됨으로써 타자에 대한 인식에서도 차이는 억압되어야 할 대상이 아니고 당연하게 존재하는 실존적인 특성이 되는 것이다.

허준 소설에서 대립을 지양하는 글쓰기가 가능한 이유도 그가 글쓰기의 출발점을 경험에 두고 있을 뿐만 아니라 차이를 존재론적인 것을 변형시킬 수 있었기 때문이다. 차이가 존재론적인 것이 됨으로써 허준 소설에서는 타자에 대한 대립적인 시각을 회수할 수 있었다. 모욕을 매개로 하여 도달하는 곳은 윤리적인 세계이다. 다시 말해 윤리적인 태도란 타자를 제대로 인식할 수 없다면. 어떻게 살아야 하는가와 맞닿아 있다고 하겠다. 윤리적인 태도는 타자가 어떤 존재인가라는 판단을 넘어서서 타자의 얼굴에 직면하고자 하는 태도로서, 타자의 얼굴이 갖는 윤리적인 힘은 타자의 상처받을 가능성, 무저항에 있다.[20]

이러한 태도야말로 중요한데 한편으로는 지금, 이 자리에서 고통 받고 있는 타자를 외면하지 않겠다는 태도와 관련됨과 동시에 다른 편에서는 타자가 어떤 존재인가에 상관없이 고통 받고 있는 타자의 존재 그 자체를 중시하기 때문이다. 윤리적인 태도는 타자의 고통을 외면할 수 없다는 정신에서 비롯되기 때문에 이항 대립적인 세계를 넘어서 존재한다. 「야한기」, 「잔등」, 「속 습작실에서」 등에서 타자에 대한 윤리적인 태도가 두드러지게 제시된다. 반면 초기작인 「탁류」에서는 주인공이 갖바치 가족에게 공감을 느끼고는 있지만 그것이 실천적인 문제로 나아가지 않고 있다.

「야한기」에서는 후배를 도와주기 위해 아내의 정부에게 돈을 빌리고자 하는 남몽의 윤리적 태도를 다른 인물의 시각을 통해 재조명하고 있다. 타자의 관점에 비춰진 남몽의 태도가 희화화되어 있다는 점은 서사 구성적 차원에서 가치중립성을 회복하고자 하는 의도로 보인다. 이러한 서사 구성 방식이 갖는 의의는 이후 소설 「잔등」이나 「속 습작실에서」에서 타자가 배제됨으로 인해 서사 구성적 차원에서의 대화성을 상실하게 된다. 이러한 현상은 차이를 존재론적으로 변형하는 것이 윤리적 태도에 맞닿아 있지만 윤리적 태도란 동일화의 기제에 바탕을 두고 있기 때문에 발생한다.

---

20) 강영안, 「레비나스의 철학」, 『시간과 타자』, 문예출판사, 1996. 136~137면.

대화적 구성은 윤리적 태도가 타자적인 관점과 공존할 때 가능한 방법이다. 「잔등」이나 「속 습작실에서」에서 제시된 윤리적 태도는 타자의 관점이 배제되었기 때문에 서사 구조 안에서 재조명되지 못하고 단일한 시선 아래 포섭된다. 이는 「야한기」에서 남몽의 윤리적인 태도가 동일화의 기제에서 출발하고는 있지만 단일한 시선으로 초점화되지 못하고 타자의 관점에서 상대화된 것과 비교할 때 그 의미가 분명해진다. 「잔등」과 「속 습작실에서」에서 주인공은 할머니, 혹은 이씨의 행동에 경외감을 표현하는 것으로 동일화하면서 다양한 인물의 목소리를 배제, 시선의 단일성을 유지하고 있다. 시선의 단일성이 가져오는 서사 구성의 초점화가 어떤 의미를 갖는가는 시선의 체계가 근대성 안에서 갖는 위상을 통해 설명할 수 있다.

곧 이들 소설에서 유지되는 제3자의 시선이란 그것이 객관적이든 아니든 하나의 시선 체계라는 데 그 의미가 있다. 시선이 확보되지 않는다면 근대소설의 내적 형식으로서의 산책자, 여로 형식은 존재할 수 없다. 시선은 주체를 원근법적인 중심으로 자기매김함으로써 대상에 대한 주도권을 행사하도록 한다. 시선의 등장과 함께 서사 구성이 일원화되고 다성적인 목소리가 사라지게 되는 것도 이와 관련된다. 「잔등」, 「속 습작실에서」는 윤리적인 태도에 대한 지향성이 단일화된 시선과 결합하면서 타자의 개성적인 목소리를 억압해 가는 양상이 나타난다.

차이를 존재론적인 것으로 변형시킬 때 자신과 다른 타자에 대한 윤리적 태도가 형성될 수 있다. 그러나 윤리에 전제되어 있는 동일화의 전략을 비판할 수 있는 타자의 시선이 정립되지 않는다면 존재론적으로 변형된 차이란 동일화의 체계 속에 수렴되지 않을 수 없다. 허준 소설이 주체, 윤리, 타자 등 공존할 수 없는 매개항을 가지고 삶의 역동적이고 진정한 국면을 포착할 수 있었던 것도 차이를 존재론적으로 변형시킬 수 있었기 때문이다. 허준 소설은 타자에 대한 윤리적인 태도가 시선의 초점화와 결합했을 때 실천적인 측면으로 나아갈 수 있음을 보여준다.

달리 말하면 허준 소설의 대화적 구성은 중심과 주변의 경계를 만들지 않고 다양한 목소리를 수용하려는 의도를 포함하고 있다. 이는 다양성, 가능성 속에 서사를 열어두면서 결정을 유보하는 지속과 연관된다. 그런데 지속을 유지할 수 있는 기제가 차이를 존재론적인 것으로 변형시키는 데 있다는 점에서 윤리적인 주체로 연결될 수 있는 가능성을 배제할 수 없다. 이를 위해 허준 소설에서는 윤리적인 주체를 비판적으로 바라보는 타자를 배치하는데 이러한 비판적 타자에 의해 대화적인 서사 구성이 가능하다. 중요한 것은 시선의 중심이 형성되는 것과 비판적 타자의 배제가 관련을 맺고 있다는 점이라고 하겠다.

5. 결론

근대소설의 근대적 성격을 해명하기 위해 방법론적인 측면에서 다양한 문제제기가 이루어진 바 있다. 문체, 욕망, 서사구조, 시점, 내면 등을 통해 근대소설이 전제하고 있는 근대의 문제가 무엇인가에 대한 지속적인 탐구가 이루어져 왔다. 본 연구 역시 허준 소설을 통해 근대

소설의 근대성이 무엇인가에 대한 타당한 답을 찾는 형식을 취하고 있다. 허준 소설은 근대적/반근대적, 리얼리즘/모더니즘이라는 상이한 평가를 감당해 온 만큼 소설적인 글쓰기에서 어떤 것을 근대적인 것으로 보아야 하는가에 대한 적절한 해답을 줄 것이라고 보았다.

이를 위해 타자 인식의 문제를 근대소설의 인식론적 기반으로 전제, 허준 소설에 나타난 타자 인식의 서사적 기능을 살펴보고 그 결과를 토대로 이러한 글쓰기 방법이 갖는 의미를 탐구하였다. 먼저 근대소설의 인식론적 기반을 형성하는 타자는 소설 안에서 기대와 경험 현실의 차이로 포착됨을 밝혔다. 허준 소설에서 타자는 모욕과 개성적인 목소리를 통해 인식된다. 모욕은 타자를 통해 자신을 발견해야 하는 근대적 주체의 존재 방식 중 하나이다. 허준 소설의 쟁점으로 삼고 있는 바는 근대적 삶의 지평에서 누구나 어느 정도 모욕 받는 주체로 살아가야 한다면 그것을 극복하는 방법은 어떠해야 하는가에 있다. 그는 모욕에 대한 대응 방식과 주체 정립의 문제를 연결시켜 의식의 자립성이 파생시킨 역설을 해결하고 있다.

또한 허준 소설은 모욕의 상태를 지속하여 주체를 정립해 나가는 방식과 함께 모욕을 갚기 위해 끝까지 투쟁하는 인물들을 공존시켜 상호 반영적인 관계를 유지한다. 이는 하나의 사건에 대한 다양한 지점들을 포착하는 방법을 통해 각각의 인물들이 가진 개성적인 목소리를 대화적인 서사 구성으로 이끌어내기 위한 것이다. 대화적인 서사 구성은 주관성의 한계를 드러내 줄 뿐만 아니라 상호 주관적인 영역을 제시, 이항 대립을 극복할 수 있는 방법을 제시해 준다. 이런 관점에서 본다면 객관적인 시각이라고 평가되어온 제3자의 시선 역시 근대적인 시각 중심주의의 연장선상에 있음을 밝혔다.

타자 인식의 서사적 기능이 갖는 의미는 이항 대립의 지양에서 찾을 수 있다. 이에 따라 대립 지양적 서사의 생성 조건을 경험과 차이의 존재론적 변형에서 찾았다. 나에게 본질적인 것이 다른 사람에게는 비본질적인 것일 수 있다는 개별 경험의 특수성이 허준 소설에서는 타자의 경험에 대한 배려로 연결된다. 허준이 주체의 자립성을 유지하면서도 그러한 자립성을 전복시키는 타자의 목소리를 유지하는 글쓰기를 시도할 수 있었던 것은 타자를 고유한 경험을 가진 또 하나의 주체로 읽어낼 수 있었기 때문으로 보았다. 이러한 대립 지양적인 서사는 다양한 목소리의 권리를 인정, 다성적인 체계를 이루어낸다는 데 그 의의를 둘 수 있다. 대립 지양적인 서사는 합으로 귀착되지 않는 부정의 논리에 그 기반을 두기 때문에 제 각각 다른 목소리를 내는 타자들의 발화 자체를 재현하는 것 자체가 목적이 되는데 이는 차이를 존재론적으로 변형시키는 구조에 기인하다고 보았다.

허준 소설이 근대/반근대의 교차된 평가를 감당할 수 있었던 것은 주체와 타자의 관계가 모욕으로 인식되는 지점에서 출발하면서도 이항 대립을 지양하는 모습을 보여준다는 점, 그리고 그가 추구하는 윤리 의식이 타자의 자율성을 승인하는 것이자 타자에게 공감하는 구조를 갖고 있다는 점에서 찾을 수 있다. 허준 소설은 차이의 문제를 독창적으로 변형시킴으로써 근대 안에서 근대를 극복하고자 한다. 이러한 서사 구성의 방법은 우리 소설사를 통해 거의 독보적이라고 할 만하다. 허준 소설에 대한 분석을 통해 그를 리얼리즘 혹은 모더니즘 소설가로 자리매김한다는 것이 무리한 발상임을 확인할 수 있었다. 그가

해방 이후 단일화된 시선의 체계를 선택한 것과 그의 월북 사이의 상
관성을 찾는다면 근대적인 시각 체계가 생성된 선택과 배제의 논리를
그 답으로 내놓을 수 있다.

해방기에 나타난 허준의 변모 양상

Ⅰ. 좌우익 문인들의 대립과 혼란

1910년 한일합방에 의해 조선총독부가 설치된 이래 우리 한민족은 긴 질곡의 세월을 보내야만 했다. 하지만 연합군의 승리로 인해 1945년 8월 15일 우리 민족은 해방을 맞이하게 된다. 진군한 미소 열강은 자파 세력을 심기 위해 자신에게 유리한 세력을 지원하였고, 이것에 의해 더욱 촉발된 민족 구성원의 좌우파 대립은 남북한의 분단을 더욱 촉진시켰다. 결국 미소공동위원회와 좌우합작·남북협상 등이 진행되었으나 모두 실패하고 끝내 남북한에 각기 이승만을 대통령으로 하는 대한민국과 김일성을 주석으로 하는 조선민주주의인민공화국이 성립

* 최강민 / 경희대학교 연구교수

되어 분단 상태는 고착화되었다.

이런 결과를 빚었던 가장 큰 원인은 미소의 세계전략에 기인한 것이지만 그것을 간파하여 극복하지 못한 민족구성원 일부의 집권욕에서도 기인한다. 비록 당시의 좌우익이 보여준 이데올로기 차이는 분명 존재하였지만 그것이 통일조국의 건설을 저지할 정도는 되지 못하였다. 그리고 좌우익의 대립은 대다수 민중들과는 유리된 채 행해졌다. 이런 상황 속에서 임시적으로 이루어진 남북의 분단은 고정된 분단으로 변해갔던 것이다. 이것은 문제의 해결이 아니라 문제의 시작이었음을 역사는 증명하고 있다.

한편 해방기(1945~1948)에 문단도 급격한 변화를 겪지 않을 수 없었다. 먼저 문단의 주도권을 잡은 것은 좌익이었다. 좌익 측은 '조선문학동맹'(1945.12.13)을 통해 1946년 무렵에는 대부분의 문학기관을 장악하였다. 이에 우익 측은 '전조선문필가협회'(1946.3.13)나 '조선청년문학가협회'(1946.4.4)를 결성하여 좌익 측에 대항했지만 문단의 대세는 좌익 쪽에 있었다. 하지만 점차 객관적·정치적 상황이 변해갔고, 좌익의 정치 세력이 미군정에 의해서 금지되는 무렵을 전후하여 좌익 측 문인들이 대거 월북하였다. 이에 남한에서 우익 측 문인들은 자연스럽게 세력을 넓힐 수 있었던 것이다.

이런 와중에서 창작활동을 한 대부분의 문인들은 단순하게 해방의 기쁨이나 일본에 대한 적의 등을 미학적으로 형상화하지 못한 작품을 대량 양산했다.1) 문인들은 혼란의 정국 속에서 차분하게 창작을 하기

---

1) 김상태는 해방기 소설이 졸작을 생산한 배경에 대해 「해방공간의 소설」(『한국현대문학사』, 현대문학, 1989, 223면)에서 "첫째, 해방 직후의 정치·사회상이 소설

보다는 적극적으로 정치에 뛰어들거나 현실적 관심을 소설에 옮겨 놓기에 바빴던 것이다. 이런 배경에는 일제시대에 많은 문인들이 친일이나 부일을 했기에 일종의 애국 콤플렉스가 작용하고 있다고 보아야 한다. 그렇다면 우리는 그 혼란의 과정 속에서 차분하게 당대의 현실을 묘파한 소설을 창작한 이는 없을까라는 의문을 갖지 않을 수 없다. 필자가 이 글에서 다루고자 하는 허준은 바로 이런 물음에 답을 줄 수 있는 작가 중의 하나이다.

허준은 1910년 평북 용천에서 출생하여 일본 호오세이 대학을 졸업했고, 조선일보 기자를 역임하였다. 그는 1936년에 시 「모체」 등을 발표하다가 「탁류(濁流)」(1936)를 발표하면서 소설로 전향했다. 그 후 「야한기(夜寒記)」(1938), 「습작실(習作室)에서」(1941), 「잔등(殘燈)」(1946), 「한식일기(寒食日記)」(1946), 「평때저울」(1948), 「속(續) 습작실에서」(1948), 「역사(歷史)」(1948)를 발표하였다. 이처럼 그의 작품수는 비록 많지 않지만 일제치하나 해방기에 보여준 그의 작품세계는 독특한 경지를 보여준다.

이 글에서 필자는 해방기의 혼란 속에서 냉정하게 소설을 형상화했던 허준의 작품 분석을 통해 당대사회에 대응했던 한 지식인의 모습을 추출하고자 한다. 그것을 통해 어떤 요인이 그를 냉정한 시선으로 해방기의 세계를 그려낼 수 있었는지에 대한 의문을 풀어보고자 한다. 그리고 더 나아가 그가 끝내 월북을 감행할 수밖에 없었던 사정을 작

보다 더 극적으로 전개되어 있었다는 점, 둘째, 소재에 대하여 객관적 거리를 유지하기 어려웠던 점, 셋째, 수시로 변하는 정치적·사회적 현실 때문에 가치관을 확립하기가 어려웠던 점, 넷째, 작가 자신이 차분히 앉아 소설적인 형상화에 투자할 여유가 없었다는 점 등을 들 수 있을 것이다."라고 언급하고 있다.

품을 통해 고찰하고자 한다.

II. 해방현실을 반영한 허준의 작품 세계

일본제국주의의 침탈 앞에서 해방된 이후에 나타난 문인들의 작품은 자연스럽게 해방의 기쁨이나, 일본식민지 잔재의 소탕, 일본제국주의 침략에서 받은 고통, 북간도나 만주 등지에서 한반도로 돌아오는 귀향민 등의 세계를 소설이나 시로 형상화하였다.

이때 허준은 자의식에 바탕을 둔 소설로 세상보기를 시도한다. 해방 후 발표되었던 「잔등」은 그의 자의식이 역사의식과 조심스럽게 처음으로 만나고 있음을 보여주고 있다. 하지만 점차 그는 자신의 자의식을 버리고 역사의식으로 기울고 있음을 확인할 수 있다. 비록 그는 자의식을 통해 남들과는 다른 세계를 보여줄 수 있었지만 그의 자의식이 보여주는 세계에는 허무의식이 또한 자리 잡고 있었기 때문이다. 이제 구체적으로 그의 작품을 분석함으로써 이것을 살펴보기로 하자.

1. 인간성 옹호의 귀향민 심정을 그린 「잔등」

「잔등」은 작중화자이자 주인공인 내가 만주의 장춘에서 청진까지 여행을 겪으면서 일어나는 사건을 서술하고 있다. 그렇지만 실제로 작품에 나타나는 것은 회령에서 청진까지이다. 이처럼 처음부터 여행으로 시작해서 여행으로 끝나는 이 소설은 전형적인 여로형(旅路型) 소설이라 할 수 있다. 대게 이런 유형의 소설은 닫힌 공간에서 좀 더 나은 열린 공간으로 찾아가는 것이 작중인물의 동인(動因)으로 나타난다.2) 「잔등」
도 이것에서 예외가 아니다.

　일본제국주의의 침탈로 인해서 나라를 떠나야 했던 피난민 중의 하
나인 '나'는 해방을 맞이하여 닫힌 공간인 만주에서 다시 열린 공간으
로 인식되는 그리운 고국에 돌아가기 위해 여행길에 오른다. 이 과정
에서 주인공 '나'는 동행자로서 '方'을 만나기도 하고, 국밥집 할머니와
소년을 만나는 등의 경험을 한다. 이외에도 작중인물 '나'는 청진까지
오는 과정에서 무개화차를 타서 고생했던 일, 길손에게 잠을 재워주는
동포들의 인정, 소련 군인에 대한 좋은 인상을 가졌던 일, 청진역 주변
이 정리되지 못했던 열악한 상황, 열차가 제 시간에 오지도 못하는 형
편, 아오지 탄광으로 가는 일녀(日女) 등을 접한다. 이런 것들은 바로
해방기의 상황을 여실히 드러내고 있는 것이다.

　여기서 흥미로운 것은 소련군에 대한 '나'와 '방'의 호의적인 태도이
다. 물론 이것은 작가 허준의 의사가 적극적으로 반영된 것이지만 작
가 허준이 쓸 수 있었다는 것은 그것을 용인할 수 있는 사회적 여건이
어느 정도 갖추어져 있다는 말이기도 하다. 이것은 「잔등」이라는 작품
이 1946년 전반기에 나왔다는 것을 고려할 때 의문이 조금 풀린다. 그
당시는 미소가 본격적으로 대립하기 이전이었기에 작가 허준은 소련
군에 대한 호의를 선보일 수 있었던 것이다.

---

2) 필자는 열린 공간을 작중인물이 객관적 상황이 열악함에도 불구하고 그것을 벗
　어나려는 구체적 노력이 있다면 열린 공간으로, 그런 노력이 없이 그 상황에 빠
　져 있으면 닫힌 공간에 갇혀 있다고 분류했다.

　　나는 方과 내가 같은 관찰점에 도달한 우리의 노인관(露人觀)을 머리
ㅅ속에 되푸리하였다. 方과 나의 노인관은 어느것이 현실적이오 어느것
이 가설적이었는지 모르리만큼 한가지 과실로 매쳐 덜어질수는 없었지
마는,

　　"우리가 <u>남과 같이 살아야 한다면 노서아 사람만큼 무난한 국민이 없
을는 지도 몰라.</u>"

　　한것은 이십여일ㅅ동안 수많은 노서아 사람들을 만나나 우리들의 결
론이었다.

　　이 결론은 중대한것이었다. 그리고 이것이면 다이었다.[3](밑줄:인용자)

　　또한 소군정이 설치된 북쪽에서는 남쪽보다 먼저 1946년 3월 5일 북
조선 토지개혁법이 공포되었다. 이에 따라 '무상 몰수·무상분배'의 원
칙하에 토지개혁이 실시되었다. 이에 비해 상대적으로 미군정이 설치
된 남쪽에서 토지개혁은 지지부진하였다. 남한의 대다수를 차지하고
있는 것이 농민이었다는 점을 고려해볼 때, 기층 민중들이 미군정에게
불만을 품을 소지를 가리고 있었다. 게다가 소군정하에서 저지르는 소
련군의 만행보다 미군정 하에서 저질러지는 범죄가 더 많았다고 한
다.[4] 이런 영향 등으로 지식인들이 상대적으로 미국보다 소련을 우호
적으로 볼 수밖에 없었다, 또한 많은 지식인들은 일제식민지시대를 거
치면서 사회주의에 더 많은 매력을 느끼고 있는 상태이기도 하였다.
이런 상황 속에서 1946년에 발표된 「잔등」은 자연스럽게 이런 현실이

---

3) 허준, 『잔등』, 을유문화사, 1946, 52면.
4) 한국역사연구회 현대사연구반에서 펴낸 『한국현대사 I 』(풀빛, 1991, 58~59면)에
　　서 커밍즈의 말을 인용하면서 소련군의 만행보다는 미군에 의해 저질러진 만행
　　이 더욱 많았음을 언급하고 있다.

반영되었던 것이다. 그리고 이런 소련에 대한 작가 허준의 인식이 나중에 그를 북한으로 월북하게 하는 하나의 동기로 작용하고 있다고 보아야 한다.

한편 「잔등」에서 일본과 일본인에 대한 언급이 나오는데 처음에는 부정적인 인상으로 나타난다. 그러나 국밥집 할머니를 만남으로 인하여 주인공 '나'는 인식에 변화를 가진다. '나'는 일본인을 불행한 역사의 같은 피해자라는 인식을 갖고 연민어린 눈초리를 던진다. 일본인은 어떤 존재인가. 일본인은 이 땅에 36년간이나 군림하면서 조선인들의 숨통을 옥죄면서 무차별로 수탈하지 않았던가. 따라서 해방 이후 문학 작품에 나타난 일본과 일본인의 모습은 당연히 부정적일 수밖에 없다.[5] 이런 상황 속에서 허준이 일본인을 하나의 인간 생명자체로 보려는 시도는 무모하기까지도 보여진다.

그러나 그의 이런 시도는 독특하다는 것 이외에도 문학이 국경을 초월하여 인간성 옹호임을 고려할 때 정당한 인식이라고 보여진다.[6]

---

5) 이재선은 『한국현대소설사』(민음사, 1991, 46면)에서 "해방 직후의 우리 소설에 나타나는 일본과 일인들의 이미지는 극단적으로 부정적이다. 그것은우리가 만든 이미지의 틀이라기보다는 점령국이었던 일본 스스로가 36년간에 걸쳐서 만든 역사적 죄과의 투영현상인 것이다."라는 언급을 하고 있다.

6) 이 부분에 대해서 채호석은 「허준론」(『한국학보』, 1989 가을)에서 허준의 세계관을 소시민적 세계관이라고 비판하면서 팔자와는 반대되는 의견을 제시하고 있다. 그는 허준이 일본인들에게 대해 너그러운 인도주의적 모습을 취하는데 급급하여 다대 같은 동포들에 대한 사실적 형상화가 부족함을 들면서 허준을 비판하고 있다. 그러나 필자가 보기에 당대 타작가들이 이미 그러한 부분을 많이 언급하고 있었고, 설사 그것을 많이 언급하지 않더라도 당대독자는 이미 그 상황을 전제로 하고 있기 때문이다. 게다가 「잔등」이 주목받을 수 있었던 것이 당대작가와는 다른 세계를 보여주었는 점을 고려해 볼 때 채호석의 비판은 일면적이라고 할 수 있다. 또한 조선민중의 어려움도 소설에서 잠시 언급되거나 간접적으로 암시되고

주인공 '나'는 청진에서 국밥집 할머니를 만난다. 그녀의 아들은 일제침략기에 사상운동의 혐의로 일경에 붙잡혀 끝내 목숨을 잃었다. 이 때 그와 같이 행동을 했던 일본인인 가도오도 목숨을 잃는다. 이 사건을 겪고 해방을 맞이한 국밥집 할머니는 패망한 일본인을 단지 증오로만 대처할 수 없었다. 그녀는 배고파하는 일본인들의 모습에서 가도오의 친척일지도 모른다는 감정을 가진다. 그래서 경제적 여유가 넉넉하지 못함에도 불구하고 국밥집 할머니는 불쌍한 일본인에게 음식을 나눠주는 선행을 베푼다.

> 피난민도 형지 없이 어지러웠고 일본 사람들도 과연 눈을 거들떠 보기 싫게 처참하지 아니함이 없었으나 생각하면 이것을 혁명이라 하는 것이었다. <u>혁명은 가혹한것이었고 또 가혹하여도 할수 없을것임에 불구하고</u> 한 개의 배장사를 에워싸고 지나쳐 간 짤막한 정경을 통하여, 지금 마주 앉아 그 면면한 심정을 토로 하는 이밥장사 할머니에 이르기까지 그것이 어떻게 된 배 한 알이며, 그것이 어떻게 된 밥 한그릇이기에, 덥석덥석 국에 말아 줄 마음의 준비가 언제부터 이처럼 되어 있었느냐는 것은 나의 새로이 발견한 크나 큰 경이(驚異) 아닐 수 없었다. <u>경이보다도 그것은 인간희망의 넓고 아름다운 시야(視野)를 거쳐서만 거둬 들일수 있는 하염없는 너그러운 슬픔 같은 곳에 나를 연하여 주었다.</u>[7]
>
> (밑줄:인용자)

앞의 지문에서 볼 수 있듯이 주인공 '나'의 시선은 일본인들이 현재 처하는 고통을 역사의 순리라고 보고 있다. 그렇지만 죄는 미워해도

있다.
7) 허준, 앞의 책, 89~90면.

사람은 미워할 수 없다는 진지를 국밥집 할머니를 통해서 나는 깨닫는
다. 이런 의식의 전환이 그를 예전과 다른 상태로 만든다. 작품 말미에
서 서울로 가는 열차를 타면서 밥집 할머니를 찾아뵙지 못해 아쉬워하
며 회상하는 대목은 이것을 암시한다. 즉 주인공 '나'는 밥집 할머니
같은 마음이 혼란스러운 해방정국에서 희망으로서의 한 줄기 불빛이
될 수 있음을 간접적으로 암시하고 있는 것이다.

> 지금껏 차ㅅ꼬리에 감지어 보이지 아니 하였던 정거장 구내의 임시
> 사무소며 먼 시그널의 등불이 안계(眼界)에 들어오는 동시에, 또한 그지
> 들의 거리(距離)마자 차차 멀리 떼어 놓으며 우리들의 차가 그 긴 모퉁
> 이를 구버 돎을 따라 지금껏 염두에 두어보지도 아니하였던 그 할머니
> 장막의 외로운 등ㅅ불이 먼 내 눈 앞에서 내 옷깃을 휘날리는 음산한
> 그믐밤ㅅ 바람에 명멸(明滅)하였다. 그리고 그 명멸하는 희멀금한 불빛
> 속에서 인생의 깊은 인정을 누누이 이야기하며 밤새도록 종지의 기름ㅅ
> 불을 조리고 앉았던, 온일생을 쇠정하게 늙어온 할머니의 그 정갈한 얼
> 굴이 크게 오오버랲이 되어 내 눈 앞을 가리어 마지 아니하였다.[8]

이런 밥집 할머니와 비교되고 있는 것이 청진 부근 수성에서 만난
한 소년이다. 그 소년은 보안대 김선생 밑에서 일본인을 색출하여 아
오지 탄광으로 보내는 역할을 하고 있다. '나'는 그런 일을 하는 소년
에 대해 비판적 어조를 명백하게 던지지 않고 있지만 전후 문맥과 국
밥집 할머니를 통해 볼 때 다소 걱정 어린 시선을 던지고 있다. 티 없
이 맑아야 할 어린 소년이 벌써부터 어른세계에 발을 들여놓을 수밖에

---

8) 허준, 앞의 책, 103~104면.

없는 현실을 작가는 우회적으로 비판하고 있는 것이다. 결국 소년의 존재는 밥집 할머니의 선행을 더욱 부각시키는 역할을 담당한다.

이밖에 작가 허준은 「잔등」에서 주인공인 '나'와 같이 동행하는 '방'을 '나'와 대조적인 인물로 설정하고 있다. 내가 내면적 성격의 소유자라면 방은 외면적 성격의 소유자로 교제적·행동적이다. 이 둘이 회령에서 우연찮게 헤어지는데 주인공인 '나'가 '방'을 찾는 심정은 절박하다. 그것은 내가 서울까지 가는 험로에 방은 여러모로 의지할 수 있는 존재이기 때문이다. 그것은 방도 마찬가지라 할 수 있다. 이 둘이 청진역에서 극적으로 상봉하여 감격하는 장면은 이들이 서로를 얼마나 의지하는 상호보완적 존재였음을 말해준다.

이 대조적인 두 인물이 궁극적으로 갈 공간인 서울은 이들에게 열린 공간으로 인식되고 있다. 그 목표를 향해서 이 두 사람은 협조하면서 여행을 하고 있다. 그것처럼 당시 재조적인 좌우익의 대립도 통일국가란 열린공간을 만들기 위해서 서로 노력해야 함을 「잔등」에서 허준이 보여준 인도주의적 해법은 해방정국이란 현실 속에서 너무나 무기력할 뿐이다.

그런데 작품에서 이들이 왜 서울까지 가는지는 정확하게 드러나 있지 못하다. 그들은 많은 사람들이 고향으로 가는 길을 당위적으로 동참한 듯한 인상까지도 풍긴다. 즉 그들이 도착할 서울에서 그들을 반갑게 맞아줄 인물이나 구체적 지명이 언급되지 않기에 그들의 회귀가 절실하게 다가오지 않는다.

이것은 필자가 보기에 당시 상황에서 이런 언급이 없더라도 작품 속에서 그것은 당연히 전제되어 있다고 보아야 한다. 그래서 작가 허준은 이 부분을 생략한 것으로 보여진다. 또한 허준이 「잔등」에서 말하고자 하는 것이 서울에 도착하기 전까지 작중인물 '나'의 의식변화를 형상화하는 것이었기에 중요하지 않은 부분에 대해 자세한 언급을 하지 않았다고 보여진다. 그렇지만 후세에 이 작품을 감상할 때 이런 언급이 없기에 아쉬움을 느낄 수밖에 없다. 시간이 흐르면 흐를수록 문학작품은 텍스트만이 남아 있을 뿐 텍스트 외적 상황은 망각되기 마련이다. 그 결과 그 작품을 생성하게 만든 역사적 배경은 사상된 채 작품 자체로서 독자의 의지에 의해서 재해독하는 과정을 낳게 한다. 이런 관점에서 볼 때 허준의 「잔등」은 아쉬움을 던진다.

2. 자의식에서 역사의식으로 변모

허준은 「잔등」 이외에도 해방기에서 어렵게 생활을 꾸려나가는 작가인 '나'를 등장시켜 꿋꿋하게 문학적 자존심을 지키는 모습을 그리고 있는 「평때저울」이나, 고독에 갇힌 대학중퇴 지식인의 변모를 그린 「속습작실에서」를 발표했다. 이들 작품들은 모두 작가 허준의 자의식적 심리 세계가 정도의 차이는 있지만 반영되어 있다.

「평때저울」에서 주인공 '그'는 잡지사 기자가 원고료 선불 명목으로 던져준 천오백 원을 벌기 위해서 억지로 콩트 하나를 쓴다, 이것을 읽어본 '그'의 아내는 가위로 억지로 쓴 결론 부분을 잘라 버린다. '그'는 어려움 속에서도 나름대로 정도를 지키며 살아온 것이 지금의 자신을 구성하고 있음을 세삼 인식하면서 아내가 잘라 버린 원고뭉치를 그대로 잡지사에 넘겨버린다. 이것은 그의 자의식이 돈보다는 청빈하게 살겠다는 문학인의 자존심을 여전히 지키겠다는 각오를 암시하고 있는 것이다.

> 어쨌거나 이것이 안해가 갖인바 또한 나의 생활 태도에서임을 말할 것도 없었다. 그러나 그는 또한 새삼스런ㄴ 일처럼 어처구니 없서 웃지 아니할수 없었다. 그리고 덕(德) 독해야 단념(斷念)의 덕 밖에 더 큰 덕은 없스리라 새삼스러운것처럼 생각하며 이 큰 덕에 부축을 받지 아니할수 없슴을 그는 깨다랐다. 이리하여 이 덕으로 당연히 그의 행불행(幸不幸)의 두 접씨를 올려놓은 평때저울도 어느쪽으로 더 기우러짐도 없시 <u>근근하게나마 깟닭없슬 힘으로 그 평형(平衡)을 보전할수 있섰든 것이다.</u>9) (밑줄:인용자)

「평때저울」에서 보여준 허준의 평형 능력은 바로 작가 허준의 독특한 능력이기도 하였다. 조선문학가동맹에 가담하여 그 노선을 따를 수밖에 없었지만 다른 좌익 측 작가들에 비해 허준은 자신의 자의식을 지키려는 안간힘을 다하였다. 그는 정치적 이데올로기보다 자신의 소설미학을 더 중시했던 것이다. 그것이 바로 해방기까지 그를 지탱할 수 있도록 만든 근원적 힘이기 때문이다. 하지만 이런 안쓰러운 균형감각의 유지 노력은 변화되는 역사적 상황에서 실패할 운명에 처할 수밖에 없었다. 「속 습작실에서」 작가 허준은 자의식과 역사의식 사이에서 지켜온 균형의식을 버리고 역사의식으로 옮겨갈 것임을 암시한다. 그리고 뒤이어 나온 「역사」에서 허준은 자의식과의 결별을 시도한다. 이것을 좀 더 구체적으로 살펴보자.

---

9) 허준, 「평때저울」, 『개벽』, 1948.1. 121면.

해방 전 「습작실에서」 일본 유학생의 방황과 하숙집 주인인 일본노인의 외로움을 형상화했다면 이것의 연장적 성격인 「속 습작실에서」는 작가 허준은 대학을 중퇴하고 시를 쓴다면서 놀고 있는 '나(남몽)'를 등장시키고 있다. 작가 허준의 분신격이라 할 수 있는 주인공 '나'는 여관업을 하는 할머니를 도와 일을 한다. 할머니는 손님이 많을 경우 내가 거처하고 있는 방까지도 손님을 맞이할 것을 요구하지만 주인공 '나'는 그것을 거부한다. 그 방이란 공간은 주인공 '나'의 휴식처인 동시에 자의식적 공간이기 때문이다. 이 공간에서 허락받지 않고 타인이 침범하는 것은 결코 '나'의 자의식이 용납하지 못한다. 이것은 결국 주인공인 '나'는 남과 더불어 있기 보다는 혼자 있기를 좋아한다는 말이고, 더 나아가 이런 성격은 민중과 더불어 있기를 어렵게 만든다. 이것이 바로 과거의 허준 자신의 모습이었다고 작가는 암시한다.

이런 '나'는 음습한 방에서 주로 칩거하며 고독을 씹고 있는 답답한 상황이다. 어느 날 나는 여관에 들린 이씨와 같이 한 방에 머물게 된다. '나'는 처음에 거부감을 느끼지만 그와 이야기하면서 마음의 위안을 받는다. 하지만 그는 이내 떠나고 나는 다시 고독의 닫힌 공간인 여관에 갇힌다. 나중에 '나'는 여관으로 찾아온 한 남자를 통해 이씨가 독립운동의 혐의로 인해 일경에 의해 붙들렸음을 알게 되고, 그것을 통해 '나'는 자신의 삶에 대해 반성을 하게 된다. 그 결과 그는 고독과 허무의 세계인 닫힌 공간인 여관에서 나와 열린 공간으로 나갈 가능성을 보여준다.

그리고 인제는 자꾸만 눈 속으로 형지를 감추어 들어가는 그 한 벌

옷을 향하여

「당신이야말로 당신이야말로 정말 새롭고 새로운 봄의 상처를 받아
나오기 위해 무수한 허물을 나날이 벗어 나온 분입니다.」

「이게 다 무어냐 이게다 무어냐 아아 저는 아무것도 아닙니다. 저는
아무것도 아닙니다. 저야말로 의외로 아무것도 아닌 <u>단순한 말의 사기
사를 지향(指向)하고 나가던 사람이 였는지도 모릅니다.</u>」10)(밑줄:인용자)

앞의 지문에서처럼 나는 현실세계와 담을 쌓고 고독을 씹으며 문학
을 한답시고 했던 행동들이 소시민적 겉치레였음을 명확히 인식한다.
그래서 작중인물 '나'는 자신을 '말의 사기사를 지향'하고 있다고 자인
하도록 만들었던 것이다. 즉 '나'의 자의식이 개인적 세계에서 벗어나
역사의식을 갖고 사회적 세계에 대한 책임감을 인식했다는 것을 의미
한다.

이런 그의 변모 양상이 명확하게 드러난 작품이 바로 「역사」이다.
이 작품에서 허준은 작중인물의 자의식보다는 농촌 지역에서 일어난
민중들의 삶을 그리고 있다. 어머니와 같이 사는 '덕'이라는 소년의 집
에 우연히 육순 노인이 찾아온다. 소설의 전반부는 그의 과거 행적이
서술되고 있다면, 후반부는 덕의 회상을 통해 집을 나가버린 자신의
부친에 대한 이야기를 언급한다. 그 이후의 것은 이 작품이 미완성으
로 끝났기에 알 수 없다. 만일 이것이 계속 되었다면 농촌에서 벌어지
는 모습들을 더 구체적으로 볼 수 있었을 것이다. 하지만 이 소설은
끝내 미완성인 채로 끝났다.

---

10) 허준, 「속 습작실에서」, 『문학』, 1948.7. 41면.

허준이 「역사」에서 보여준 세밀한 삶의 묘사는 그가 예전에 보여주지 못한 모습이었다. 동시에 그것은 다른 작가에 비해 독특함을 가졌던 허준의 위치를 상실함을 의미했다. 그는 자의식적 심리세계를 포기한 대신에 보다 현실감 있는 세계를 그릴 수 있었지만 그것은 허준 소설미학의 붕괴였던 것이다.

Ⅲ. 균형의식의 상실과 허준 소설 미학의 붕괴

해방기는 극심한 혼란의 시기였다. 그것은 36년간 일제의 압제하에 있었던 한민족이 당연히 치러야할 과정이었다. 그렇지만 국제정세는 우리 자체의 역량으로 이것을 극복할 여유를 주지 않았다. 물론 이것은 상당 부분 외세를 이용해 자신의 패권을 확립하려 했던 민족 구성원 일부의 잘못도 있었기에 가능한 것이었다. 결국 남과 북은 다른 정권을 세우고 1945년에 미군과 소련군에 의해서 그어졌던 38도선을 고정화시켰다. 이런 점에서 해방기는 분단의 비극을 알리는 서막이었다고 할 수 있었다.

그렇다면 이때 허준은 어떤 위치에 자신을 설정하고 있는가. 그가 처음 작품활동을 시작한 시기는 1930년대 중반이었다. 이 시기는 점차 일제가 제국주의적 성격을 드러내면서 한민족의 수탈에 박차를 가했던 때였다. 이 무렵에 발표된 「탁류」, 「야한기」, 「습작실에서」는 민족의 참상을 드러내기보다는 개인의 자의식적 심리를 파고들어간 작품이었다. 「탁류」에서는 현철이란 작중인물이 주인집 딸 채숙과 아내 사이에서 방황하는 심정을 그리고 있고, 「습작실에서」는 하숙집 노인의 외로움을 관찰하는 '나'를 등장시키고 있다. 이처럼 그는 소소한 일상사에서 나타난 작중인물의 심리를 자의식적으로 천착하면서 세상과 대응했던 것이다. 물론 이것은 일경의 검열로 인해서 불가피한 면도 없지 않았다고 보여진다.

그렇지만 동시대에 채만식이 「탁류」나 「태평천하」에서 풍자로서 보여주었던 소설의 세계와 비교해볼 때 작가 허준의 현실인식은 소설 속에서 미약하다는 인상을 준다. 즉 허준은 개인적 관계에서 작중인물이 자의식적으로 인식하고 행동하고 있음을 지루할 정도로 세세하게 그려내고 있다. 이것은 당시 허준의 역사의식이 투철하지 못했기 때문인지도 모르지만 필자가 보기에 작가 허준의 문학적 원동력이 바로 자의식이었음을 반증한다.

자의식(自意識)이란 외계의 의식과 대립하여, 자아가 자기를 느끼고 생각하고 의지하고 행위하는 다양한 작용을 통일하는 자기동일적인 주체로서 인식하는 것을 의미한다. 그 결과 타인이나 집단에 대해 자기를 강력히 주장한다. 이때 자의식은 자존심과 밀접한 관련성을 가진다. 만일 자존심이 없다면 자의식은 성립하지 못한다. 이런 자의식은 안으로 향해진 냉철한 의식이지만 자의식과잉이 일어날 때는 종종 심한 비활동성을 가져오거나 병적인 고독감과 결부된다. 특히 자의식은 거대한 외부적 압력으로 인해 자신의 존재의의를 상실할 위기에 닥쳤을 경우 그것에 저항한다. 이때 대부분의 자의식은 일종의 과잉상태로서 비활동성이나 병적인 고독감에 쉽게 빠진다. 이상의 「날개」 등 은 그런 대표적인 예이다. 허준의 소설은 이런 정도에까지 이르지는 않지만 나름대로 비활동성과 고독감을 형상화하고 있다.

허준이 등단한 30년대는 일본제국주의가 허준의 존재의의를 빼앗으려는 때였다. 그때 허준은 개인적 세계에 칩거하는 자의식으로서 그것과 대결한다. 작가 허준은 일본에서 대학까지 나온 식민지 지식인으로서 부조리한 현실에 대해 불만을 느낀다. 그렇지만 그의 자의식은 아직까지는 부조리한 대상에 대한 저항을 본격적으로 시도하지 못한다. 그는 그것에 대해 부끄러움을 느낀다. 그것이 그를 고독하게 만들고 고립하도록 한다. 그래서 허준은 자신의 작품에서 고독을 형상화함으로써 자신을 지탱시킨다. 허무감을 깔고 있는 이 고독한 자의식은 현실세계와 유리된 것이지만 친일문학이나 안이하게 현실을 그리지보다는 내면세계의 형상화를 통해서 식민지 지식인의 소외현상을 간접적으로 보여주었던 것이다.

이처럼 자의식을 통해 자신의 세계를 지키려고 했던 허준은 해방의 상황을 맞으면서도 쉽게 자의식적 세계를 버리지 않는다. 그는 고독한 자신의 자의식 세계를 유지하면서 변화하는 사회에 대응한다. 그것이 그를 다른 작가들과 다른 시각으로 해방기의 상황을 쓸 수 있는 힘을 주었던 것이다.[11] 비록 허준 자신이 해방 후에 결성된 좌익 측의 단체

---

11) 권성우는 이 부분에 대해서 필자가 제시한 '자의식' 대신에 '고독'을 언급하면서 그의 독특한 위치를 설명하고 있다. 즉 그는 '허준 소설의 미학적 현대성'연구」(『한국학보』, 1993 겨울, 40~41면)에서 "어떤 집단으로부터도, 또한 어떠한 이데올로기부터도 자유로운 이 철저한 '고독의 사상'이야말로 몇 년 후의 '해방공간'이라는 중대한 역사적 공간에서 허준을 정치적인 흐름에 맹목적으로 휩쓸리지 않게 하면서 당시의 가장 우수한 소설들이라고 할 수 있는 「잔등」과 「속 습작실에서」와 같은 작품들을 탄생케 한 세계관적 기반이자 미학적 단초였다."라는 말을 하고 있다.

인 '조선문학가동맹'('조선문학동맹'에서 개칭한 것임)에 가담하여 서울시지부 부위원장과 문학대중화운동위원회위원을 역임하기는 했지만 해방 이전부터 작품 창작력의 원동력이었던 자의식을 완전히 벗어버릴 수 없었던 것이다. 즉, 그는 자신의 현재 정치적 입장과는 다른 세계관을 해방기 소설 속에서 보여주었던 것이다. 이것은 작가 허준이 친일경력이 없기에 무리해서까지 현실 사회활동을 통해 자신의 죄를 속죄할 행동이 불필요했었기 때문에 가능했던 것이다. 이처럼 친일을 하지 않을 정도의 강고한 자의식은 그를 다른 작가들과 다른 시각으로 해방기의 상황을 쓸 수 있는 힘을 주었던 것이다. 아래에서 보이는 것처럼 허준 자신도, 작품집 『잔등』의 서문에서 자신의 왜 다른 작가와 다른 면을 보여주었는지에 대한 심정을 피력하기도 하였다.

> 허지만 너의 文學은 어째 오늘날도 興奮이 없느냐, 왜그리 喜悅이 없이 차기만 하냐, 새 時代의 擧族的인 鬪爭속에 자그마한 感激은 있어도 좋을것이 아니냐고들 하는사람이 있는데는 나는 반드시 진심으로는 感服하지 아니한다. 民族의 生理를 文學的으로 感得하는 方途에 있어서 반드시 나는 그들과 같은 方向에 서서 같은 眺望을 가질수 없음을 아니 느낄수 없는 까닭이다.
> 이것은 영영 어찌하지 못 할 <u>不得不한 나의 宿命的인 것이오, 不得不한 나의 資質的인것인지도</u> 모른다.12)」 (밑줄:인용자)

작가 허준이 해방기에 흥분과 희열, 감격을 하지 않았던 것은 아니다. 다만 그는 숙명적이고도 체질적인 자신의 자의식을 통해 세상을

---

12) 허준, 『잔등』, 을유문화사, 1946, 小序.

보기 때문에 냉정한 시선을 유지할 수 있었던 것이다. 그것은 다른 작가들이 보지 못하는 현상을 포착할 수 있다는 것을 의미한다. 물론 허준만이 자의식이 강한 것은 아니었다. 다만 허준은 자신의 자의식을 해방기 때 냉큼 버리는 것이 아니라 냉정한 세상보기를 시도하면서 점차 자신의 자의식 세계에서 벗어나고 있던 것이다.

한편 그가 사물을 인식하고 사유하는 방식은 상대적으로 감성적이라기보다는 이성적이다. 그것은 그가 받은 고등교육에서도 기인하지만 체질적으로 사물을 논리정연하게 보려는 그의 성격에서도 기인한다. 그래서 그는 처음 시를 썼다가 소설로 방향전환을 했던 것이다. 시라는 장르가 주관적 감성을 많이 요구한다면 상대적으로 소설은 객관적 이성을 더 필요로 하기 때문이다. 그의 문학적 재능은 시보다는 소설에서 더 찬란히 피어날 수 있었던 것이다. 그 결과 허준의 소설에는 감각적 문장보다는 심리적 세계를 침착하게 묘사한 문장이 나오고 있다. 이런 문장으로 그는 해방 전에 식민지 현실의 모순을 들추어내는 것이 아니라 개인관계에서 일어나는 문제들을 다루었다.

이처럼 자의식과 이성적 사유방식이 결합된 것이 허준의 본질이라고 할 수 있다. 이중에서 더 강력하게 그를 움직이도록 했던 것은 자의식이었지만 이성적 사유방식도 무시할 수 없다. 그의 작품은 이러한 자의식과 이성적 사유방식이 사회현실과 부딪쳐서 생기는 밀고당김에 따라 작품의 내용이 편차를 드러냈다. 즉 작가 허준이 해방 이전에 쓰여진 작품은 전자에 무게 중심이 있었다면, 해방기 초기에 쓰여진 「잔등」에서는 어느 정도 균형을 이루었던 것이다. 그러했기에 다른 작가들이 해방의 감격을 격정적으로 외칠 때 허준은 냉철하게 해방정국의 실상을 그릴 수 있었던 것이다. 그러나 점차 허준은 사회현실로 자신의 무개중심을 이동했다.

이런 허준의 의식 변모 양상을 공간을 통해서 살펴보면 크게 집안과 집밖 공간으로 구분할 수 있다. 그는 집안이란 개인적 공간에서 점점 나와 사회적 공간인 집밖으로 이동하는 변모 양상을 보여준다. 일제 암흑기에 어쩔 수 없이 자폐적 공간인 집안에 칩거할 수밖에 없었지만 해방과 함께 찾아든 변화는 그를 다시 집밖으로 내몰았던 것이다. 허준은 「잔등」에서 집안에서 나와 집밖의 세계를 여행하는 것을 통해 자신의 자의식적 한계를 잠시 벗어나 냉정한 시선으로 해방정국을 관찰한다. 그는 자의식과 역사의식의 균형 속에서 인도주의적 해법을 독자에게 제시하고 있는 것이다.

그러나 그가 완전히 자의식의 세계인 집안에서 벗어날 수 없었다. 글서 작가 허준은 「평때저울」에서 다시 집안의 공간으로 들어가 자신의 자의식 세계를 점검한다. 그리고 이어 나온 「속 습작실에서」 허준은 개인적·자의식적 공간인 집안에서 벗어나 집밖의 세계로 나아가야 한다는 결론을 얻게 된다. 그것은 허준 자신이 지닌 세계관이 소시민적 세계관임을 인식한 것이었다. 결국 허준은 농촌개척사를 미완적으로 그린 「역사」란 작품을 통해서 단대현실과 구체적으로 만나는 시도를 한다. 그는 집밖을 선택한 것이었다. 이런 점은 「역사」에서 보여주는 문체가 예전 작품과는 달리 사실적으로 명료하게 제시되고 있음에서도 알 수 있다. 그는 집밖이라는 공간에서 자신의 실존을 확인하고자 했던 것이다.

그러나 허준은 자의식 세계에서 벗어난 대신 그는 더 이상 소설 속에서 독특한 자신의 색체를 드러낼 수 없었다. 해방기에 자의식 및 이성적 사유방식이 역사의식과 만나서 빚어내는 갈등과 긴장 속에서 미학성을 획득한 그였기에 한쪽으로의 완전한 이동은 작품의 미학성 자체도 붕괴시켰던 것이다. 특히 그가 문학을 하게 만든 원동력이 자신의 자의식을 불신할 때 그의 문학자체도 존립할 수 없었던 것이다. 따라서 그가 완전히 자의식과의 결별을 시도했을 때 허준이 작품에서 보여준 긴장성은 파괴되고 새로운 시각은 구태의연함으로 대처된다.

그런데 그는 자신의 자의식적 세계관을 완전히 벗어버릴 수도 없었다. 달리 말한다면 그는 소시민적 세계관을 완전히 벗어날 수 없었던 것이다. 그는 민중의 고통을 온몸으로 느껴서 행동하는 것이 아니라, 자신의 자의식에 비추어 보아 자신의 자존심을 더욱 높이는 경우에 한해서만 어떤 소재나 문제에 접근했던 것이다. 그러기에 그가 월북하여 거의 작품 창작을 하지 않았던 것은 이런 자신의 취약점을 잘 알고 있었기 때문으로 보여진다. 만일 그가 계속 창작을 하였다면 작품에 나타난 사상문제로 큰 곤욕을 치렀을 것이라고 보여진다. 왜냐하면 허준은 본질적으로 자의식에 바탕을 둔 개인적 세계에 보다 큰 관심을 둔 모더니즘적 작가였기 때문이다. 이것은 북한 사회에서 결코 용납될 수 없는 것이다.

이러한 허준의 변모양상을 도식화하여 보면 일본제국주의의 폭력 → 고독한 자의식의 세계로 대응 → 해방 → 허무감을 깔고 있는 소시민적 자의식에 대한 반성 → 자의식과 역사의식의 균형 시도 → 변화되는 시대적 상황 → 자의식을 버리고 역사의식으로 귀결 → 허준소설 미학의 파괴 → 절필로 이어지고 있음을 알 수 있다.

Ⅳ. 허준이 제시한 해법의 패배와 월북

허준은 해방 이전의 작품인 「습작실에서」, 「야한기」 등에서 모순된 현실세계에 대응하는 방법으로 자신의 자의식 세계가 반영된 작품을 썼다. 그가 대부분의 문인들이 친일문학을 할 때도 그렇게 하지 않았던 원동력은 바로 남다른 허준의 자의식이 있었기에 가능한 것이었다. 이러다가 해방이 되고 상황이 변화하지 그는 점차 자신의 자의식 세계를 벗어나 사회적 문제에 관심을 갖는다. 이 시점에 발표된 작품이 「잔등」이다. 이 작품에서 허준은 자신의 자의식과 역사의식을 균형감 있게 조절하여 반영하고 있다. 하지만 세상은 허준의 자의식을 포기하도록 만들고 있었다. 그는 「평때저울」에서 자신의 위치를 재점검한다.

그 결과 점점 변화되어 가는 정치적 환경 속에서 작가 허준은 좀 더 현실에 대한 발언을 해야 된다는 의식을 갖게 된다. 그것은 그의 자의식이 남달리 강했기에 더욱 그러하였다. 그래서 허준은 「속 습작실에서」 자신이 문학을 하게 만든 원동력이라 할 수 있는 자의식적 세계를 혹독하게 비판한다. 결국 허준은 「역사」란 작품에서 자의식적·개인적 세계를 버리고 역사에 동참한다. 그래서 작품제목도 '역사'였던 것이다. 그렇지만 그것은 허준 소설 미학의 붕괴를 의미했다.

허준 소설 미학이란 자의식에 바탕을 두고 세부적인 심리묘사로 인간의 모습을 심층적으로 파고 들어가는 것과 남들처럼 단순하게 흥분하기보다는 타인들이 보지 못한 부분을 예리하게 표출해내는 것에 있었다. 즉, 허준의 작품은 자의식과 역사의식이 빚어내는 갈등과 긴장 속에서 자신의 위치를 자리매김하려는 몸부림 속에서만이 그 의의를 획득할 수 있었던 것이다. 이때 바탕으로 깔려 있는 것은 우리 모두는 같은 인간이라는 인도주의적 입장이었다. 그런데 이러한 것들이 변화되는 해방기의 정치적 상황에서 반강제적으로 해체되었던 것이다.

문학이란 홀로 존재하는 것이 아니라 끊임없이 사회와 교류하면서 자신의 정체성을 확립해나간다. 그러기에 어떤 시기에는 개인적인 문제보다 사회적인 문제에 더 천착할 시기가 있을 수 있고, 그렇지 않을 때도 있다. 해방기는 사회적 현실이 작가에게 현실적 참여나 현실적 삶을 그리도록 하는 압박감이 유난히 강했던 때이다. 그렇다고 해서 이것이 한 작가가 작품을 어떻게 써야할지 세세하게 제약을 둔다면 문제가 아닐 수 없다. 그러나 불행하게도 해방기에 이런 강요를 벗어버리기에는 세상은 긴박하게 돌아가고 있었고, 그것은 어느 한쪽의 선택만을 강요했던 것이다.

이런 상황에서 해방기 초기에 다른 작가들이 해방의 간격이나 도식적 현실을 그려내고 있을 때 허준은 치밀한 심리 묘사를 바탕으로 하여 해방기의 현실을 예리하게 포착해내었다. 특히 그가 「잔등」에서 보여준 인도주의적 자세는 당시 일본에 대한 극도의 혐오감이나 증오감이 팽배했을 무렵에 나왔다는데서 놀라지 않을 수 없다. 국밥집 할머니를 통해서 갈등보다는 화해로 가는 그의 해법은 분명 가치를 지닌 것이다. 그러나 해방정국은 그것을 충분히 수용할 만한 태세가 되어 있지 못하였다. 결국 그가 제시한 해법은 흔적도 없이 사라졌다. 이런 상황 속에서 허준은 양자택일의 기로에 설 수밖에 없었던 것으로 보인다. 그는 자신에게 더 적합하다고 판단되었던 북한을 택해 월북을 감행했던 것이다.

그런데 그가 북한에 올라가서 좀 더 진전된 창작활동보다 정치에 몸을 던졌던 것은 그가 끝내 자신의 자의식을 청산할 수 없다는 것을 누구보다도 잘 알고 있었기 때문이다. 즉 그의 청산되지 못한 자의식의 흔적들조차 북한체제에서 결코 용납될 수 없음을 허준은 잘 알고 있었던 것이다. 또 하나는 자신이 「잔등」에서 제시한 인도주의적 해법이 무산되었을 때 그의 문학 자체도 공중분해 되었다고 판단해도 좋으리라고 본다. 결국 그의 월북은 개인적인 허준의 행위로 그치는 것만은 아니다. 그가 「잔등」에서 제시하였던 인도주의적 해법이 적용될 수 없는 그 시대의 비극성을 냉혹하게 드러낼 뿐만 아니라 독특한 세계를 구축하려 했던 작가를 결코 용납할 수 없었던 그 시대의 이념적 편협성을 말하는 것이다.

1930년대 후반기 모더니즘 소설의 '정치적 무의식' 읽기

— 최명익과 허준을 중심으로

1. 문제제기와 연구방법론

최명익과 허준은, 1930년대 후반기 한국 소설 문단의 두 줄기라 할 수 있는 구카프 작가들과 신진 작가군 중에서 후자의 집단을 대표했다고 할 수 있으며, 이 글은 바로 이들 두 작가의 소설[1]이 지니는 문학

---

* 김민정 / 포스텍 교수

1) 최명익의 작품 중 본고가 대상으로 하는 것은 「비오는 길」(『조광』, 1936.5~6), 「무성격자」(『조광』, 1937.9), 「폐어인」(「조선일보」, 1938.2.5~25), 「역설」(『여성』, 1938.2~5), 「심문」(『문장』, 1941.1) 등이며, 그리고 허준의 작품으로는 「탁류」(『조광』, 1936.2), 「야한기」(「조선일보」, 1938.9.3.~11.11), 「습작실에서」(『문장』, 1941.

사적 의의를 재평가하는 데 그 목적을 두고 있다. '조선현대문학의 분해기'2)라 불리는 1930년대 후반기(1936~1941)에 본격적인 문학 활동을 시작한 이들은, 당시 기성 비평가들과의 세대논쟁을 통해서 드러난 바와 같이 신세대 작가군 중에서도 특히 새로운 미의식을 갖춘 작가로 주목받았으며, 뿐만 아니라 당대 지식인들의 내면세계를 밀도 있게 천착했다는 점에서 오늘날까지도 많은 연구자들의 관심의 되어 왔다.

과거 프로 작가들의 전향소설이 현실에 대한 불안의식을 구체적인 생활로의 복귀를 통해 해결하려 했으며, 현실을 총체적으로 해석, 반영할 가능성을 상실하고 일상의 단면들을 묘사하는 데 귀결되고 말았던 반면, 최명익과 허준의 경우 작품의 다양한 계기들을 통하여 현실과의 타협을 거부하고 내면화된 부정성(die Negativität)의 의식을 보여 주었다. 즉, 이들은 1930년대 초반까지 현실에 대한 총체적인 인식의 가능성을 전제로 하여 리얼리즘 문학을 추구했던 이전 세대 카프 작가들에 대해 전면적으로 반발함과 동시에 이후 구카프계 작가들과도 다른 세계를 유지하면서 자신의 독자적인 작품세계를 이루어 내었던 것이다. 그럼에도 불구하고 최근까지 지속되어 온 이들에 대한 연구는 30년대 후반기 논자들의 권위로부터 크게 자유롭지 못했다. 다시 말해서, 당대 논자들의 부정적 평가를 그대로 답습하거나 또는 기법적 새로움에 대한 당대의 주목을 무비판적으로 수용하는 경향을 에서 벗어나지 못한

---

2) 등이다. 그런데 최명익의 「봄과 신작로」를 본고의 연구대상에서 제외한 이유는 이 작품이, 주로 지식인의 자의식을 탐색한다는 그의 작품세계의 본령에 직접 닿아 있지 않기 때문이다. 이점에 대해서는 김남천의 「신진소설가의 창작세계」(『인문평론』, 1940.2)를 참조할 수 있다.
2) 백철, 『조선신문학사조사』, 백양당, 1948, 254면.

양상이 있었음을 부인하기 어렵다. 이러한 기존 평가의 이면에는 대부분 최명익과 허준의 작가의식을 허무주의적인 것으로, 즉 당대 사회를 변화 불가능한 것으로 받아들임으로써 현실 모색의 노력을 포기한 것으로 파악하려는 전제가 깔려 있는 듯하다. 그 결과 이제껏 최명익과 허준의 작품에 대해 변화된 현실 속에서 역사적인 재평가를 해내지 못함으로써 오늘날까지 그 문학사적 의의를 제대로 부여하지 못했던 것이다. 이에 본고는 다양한 층위와 방식으로 형상화될 수 있는 작품 내의 부정적 계기들에 대해 더 객관적인 의의를 부여함으로써 최명익과 허준 소설의 문학사적 위치를 재고해 보고자하며 이를 위해 주요하게는 '정치적 무의식'(The political unconscious)이라는 프레드릭 제임슨(Fredric Jameson)의 비평범주를 적용할 것이다.

인간이 현실원칙에 의해서 억압될 때 그는 일종의 결핍의식을 형성하게 되는데, 이때 그 억압된 것은 어떤 욕망의 근원이 되어 인간의 무의식 속에 자리 잡게 된다. 즉 현실에 의해 억압된 것이 무의식화되고 이 무의식은 바로 욕망의 숨겨둔 장소가 됨으로써 이 욕망과 무의식의 주인은 의식주체가 아니라 그가 의식하지 못하는 자기 속의 '타자'가 되는 것이다. 따라서 무의식은 곧 '타자의 담론'이라 할 수 있다. 결국 인간은 그 한편에는 의식 현실에 적응하고자 하고 때로는 그것을 동경하기도 하는 주체를 지니고 있고, 또 다른 한편에는 그 의식주체에 의해 존재 지어짐과 동시에 잊혀진, 그리고 현실을 경멸하면서 동시에 현실에 의해 좌절된 자신의 신념에 집착하는 무의식의 타자를 지니고 있는 것이다. 이렇듯 인간은 '일관된 의식을 지닌 존재이기보다 무의식에 의해 근본적으로 규정되는 모순된 존재로 분열[3]'되어 있다.

따라서 억압되고 망각되었던 욕망이 드러나는 이 무의식의 언어, 혹은 무의식적 타자의 발화가 오히려 '진정한 발화'라고 할 수 있는 것이다. 제임슨은 역사의 과정에서 억압되고 좌절된, 그러나 죽지 않고 부단히 그 성취를 추구하는 이러한 인간의 욕망과 무의식을 '정치적 무의식'(Political Unconscious)이라 부르고, 이를 '필연에서 자유로 나아가려는' 집단 서사(歷史)의 추동력으로 이론화한 바 있다.

이때, 결핍을 그 전제조건으로 깔고 있음으로써 충족을 끊임없이 지연시킬 수밖에 없는 욕망의 메커니즘이야말로 '역사'에 대한 새로운 해석을 가능케 하는 중요한 근거가 된다. 제임슨에게 있어서 역사란 '필연에서 자유의 영역으로 나아가려는 거대한 집단적 투쟁'으로 이해되는데 여기서 역사는 결코 자유의 영역을 보증받은 유토피아로의 움직임이 아니다. 오히려 역사는 인간에게 상처를 입히는 것이며 또한 그를 좌절시키는 것이다. 이런 점에서 본다면 카프작가들을 지탱했던 주요한 원리인 '역사적 필연성'이라는 맑시즘의 발전사관은, 다가올 혁명의 승리에 대한 무조건적인 확신이 아니라, '역사적 사실들이 왜 꼭 그러한 방식으로 일어날 수밖에 없었는가', 또는 '인간의 역사에서 발생한 모든 혁명의 필연적 실패에 내포되어 있는 냉혹한 원리'[4)에 대한 명확한 인식으로 재해석될 수 있다.

한편 제임슨에 의하면 서술 행위는 '현실' 혹은 '역사'의 알레고리적

---

3) 손병우, 「라깡(J. Lacan)의 주체이론과 이념작용 분석에 관한 연구」, 서울대 신문학과 석사논문, 1988, 80면.

4) Fredric Jameson, *The Political Unconscious : Narrative as a Socially Symbolic Act*, Methuen, 1981, 102면.

형상을 통해 역사적 문제를 '상상적'으로 해결하려는 '사회적으로 상징적인 행위'이다. 문학텍스트가 사회의 실재적 모순을 상상적으로 해결한다고 할 경우 이것이 의미하는 것은, 실제 모순은 텍스트 바깥에 외부적 실재로 미리 주어져 있고 문학텍스트는 그것을 반영한다는 식의 정태적 관계가 아니다. 예술이 궁극적으로 세계를 변화시킨다거나 정치적 실천으로 전화될 수 있다고 보지 않는[5] 제임슨은 상징적 행위로서의 예술이 직접적으로 현실에 영향을 미친다기보다, 외부적 현실을 문학텍스트의 내적 형식으로 끌어들임으로써—이러한 과정을 통해 제임슨은 역사를 하위텍스트로 간주한다—'역사에 대한 이야기'를 들려주는 것으로 예술을 파악한다. 제임슨은 프로이드와 라깡의 심리분석학적 개념을 그의 서술이론에 적용시키면서, 서술의 행위는 의식의 행위가 아닌 무의식의 산물이라고 주장한다. 따라서 문학텍스트는 현실 혹은 역사의 문제를 여러 가지 무의식의 전략을 통하여 해결하려고 하는 것이다. 이러한 주장을 통해 제임슨은 특히 서술화의 과정에 나타나는 역사적 모순의 '억압'을 강조한다. 즉 그에게 있어서, 꿈이 '현실'에 대해서 '상징적' 의미를 갖는 것처럼, 서술은 역사에 대해서 '사회적으로 상징적인 행위'로서의 관계를 갖는 것이다. 이러한 이론적 배경에서 제임슨은 모더니즘에 대해서도, "그것이 자본주의의 물신화에 저항하는 것이며, 일상생활의 차원에서 일어나는 점증하는 탈인간화의 전체적인 유토피아적 보상을 포함하는 상징적 행위가 되는 경로들을 보여 주는 것"이라 하여 적극적으로 수용하고 있다.[6] 여기서 '정치적 무

---

5) *Ibid.*, 234면.
6) 위의 책, 42면.

의식'이란 문학작품의 제한된 영역에만 적용되는 것이 아니라 보편적인 서사 양식에 적용될 수 있는 범주이다. 예컨대, 문학의 경우에 이 개념은 유기적 작품에서부터 비유기적 작품에 이르기까지 적용될 수 있는 해석학적 범주라 할 수 있다. 이러한 '정치적 무의식'의 범주를 적용하여 최명익과 허준 문학을 해석하는 것은 본고가 의도하는 바, 이들 작품이 지닌 부정성(否定性)의 적극적 의의를 평가하는 데 유용할 것이라고 판단된다.

2. 현실에 대한 부정적 인식의 형상화

1) 부정성의 계기로서의 죽음 이미지

최명익과 허준의 작품들을 통해서 가장 두드러지는 것은 바로 '죽음' 또는 '어둠'의 이미지이다. 이러한 점은 최명익의 본격적인 문단 데뷔작이라 할 수 있는 「비오는 길」의 주인공 병일의 의식 에서부터 뚜렷이 나타난다. 병일은 도스토예프스키가 혈담을 뱉는 꿈을 꾸는가 하면, 니체가 푸른 이끼 돋힌 바위를 안고 이마를 부딪치는 것을 상상하는 등 심한 신경쇠약에 시달리고 있다. 그런데 이런 환상은 바로 병일이 자신의 어릴 적 기억에 남아 있는 아버지의 죽음에 대한 연상으로 말미암은 것이다. 또한 큰 구렁이가 나타나 성문 위 기왓장이 떨어졌다는 말조차 병일이에게는 '육친의 시체'를 보는 듯한 침울한 인상을 준다. 한편 이러한 죽음의 연상은 병일이가 외부세계를 바라보는 의식을 통해서도 여실히 드러난다. 예컨대, 병일이가 2년 내내 매일같이 걸어

다니는 출퇴근길은 '검은' 또는 '어두운' 분위기에 휘감겨 있으며 그 양 편에 서 있는 집들은 '고분' 혹은 '무덤'으로 인식되고 있는 것이다.

「무성격자」에서는 죽음을 예감하는 문주의 히스테릭한 음성과 아버 지의 병실에 자욱한 '주검의 냄새'가 시종일관 작품을 압도하고 있다. 아버지의 병세가 위독하다는 소식을 듣고 고향으로 내려가던 정일이 는 기차 안에서 죽음의 상황을 떠올리며 '감정유희'를 하고 있다. 「폐 어인」의 경우도, 어느 날 여름 피를 흘리며 생쥐를 잡아먹은 고양이가 내장이 모두 쏟아져 나온 듯한 것을 무드기 게워 놓은 채 죽었다는 것 과, 폐결핵 말기로 죽음을 목전에 둔 현일의 병세를 병치시킴으로써 이후 진행될 작품의 전개를 암시하고 있다. 「심문」에서도 예외 없이, 주인공 명일은 하얼빈으로 가는 열차의 식당칸 안에서 마주앉은 한 중 년여인의 신약전서를 통해 목적지에서 맞이하게 될 '죽음'이라는 무서 운 숙명을 예감한다.

이러한 '죽음'으로의 경도는 인간관계를 규정하는 계기가 되기도 하 는데, 이는 바로 「무성격자」에서 정일과 문주의 관계를 통해서 명백히 드러난다. 정일[7]은 문주와 자신의 생활과 패잔한 자기의 영상을 눈앞 에 바라보며 자연히 눈살을 찌푸리게 되면서도 퇴폐적 도취를 그리워 하며 아편굴을 찾아가는 중독자가 되어 버렸다. 교문을 나서자 어느덧 그의 발걸음은 문주의 처소로 찾아가는데 이는 바로 문주로 표상되는 '죽음의 이미지'를 쫓아가는 것이다. 이 관계에서 정일이 처음 문주에

---

7) 최명익, 「궁금한 사람들의 소식－작중인물지」, 『조광』, 1940.12, 240면. 작가가 정일에 대해 설명하기를, 허무감에 사로잡힌 인생낙오생으로서 한 시대의 병리학 적 현상의 누형(縷刑)을 창조한 것이라 하였다.

게 이끌린 것도 그녀에게 드리워진 '죽음'의 그림자 때문이었으며 이들이 관계를 지속시킬 수 있었던 것 또한 서로를 통해 '죽음'을 확인할 수 있었기 때문이었다. 즉 "같이 죽어 달라고 조르면 언제든 들어줄 것 같아서 좋다."는 문주의 말이 정일을 감격시켰던 것이다. 정일은 교양 없이 퇴폐적인 문주의 히스테리로 이끌리는 자신의 생활을 "외따른 맑은 물에서 헤엄칠 수 없게 된 고기가 잘 뜬다는 사해로 찾아가는"[8] 일종의 자학 행위로 인식하고 있으면서도, 동시에 문주와의 관계를 통해 자신의 의식 속에 내재된 죽음에 대한 욕구를 확인할 수 있었다.

그런데, 「무성격자」의 정일과 데카당스적인 문주의 관계에서 보이듯이, 최명익과 허준의 작품에서는 지식인과 창부(또는 기생, 마담)와의 관계, 나아가서는 그들이 부부로 관계를 맺게 되는 현상이 자주 등장하는데 이것 또한 '죽음'의 이미지와 무관하지 않다. 즉 이러한 관계는 '문명사의 한 전환점을 목격하고 있다는 느낌에서 비롯'되는 '몰락의 도취경'[9]으로 해석될 수 있다. 데카당스라는 것이 무엇보다도 문화의 몰락과 위기라는 느낌, 즉 흥망성쇠라는 한 생명과정의 종말에 서 있으며 한 문명의 해체에 직면해 있다는 의식을 포함한다고[10] 할 때, 이는 '죽음'에 대한 갈망과 관련되어 있는 것이다. 다시 말해서, 데카당스한 것에의 도취에는 삶의 불안과 '어디로 향할지 모르는 막연한 전율'에서 비롯된 (자기)파괴의 쾌락이 내재되어 있다고 할 수 있다. 「무성격

---

8) 최명익, 「장삼이사」, 『북으로 간 작가선집』, 을유문화사, 1988, 34면.
9) Arnold Hauser, 백낙청・염무웅 공역, 『문학과 예술의 사회사 : 현대편』, 창작과 비평사, 1991, 187면.
10) *Ibid.*, 187면.

자」에서 나타나는 정일과 티룸의 마담 문주의 데카당스적인 관계뿐만
아니라, 정일과 어느 창부의 관계, 그리고 「심문」의 명일과 다방의 마
담 여옥의 관계, 「탁류」의 철과 순이(아내)의 관계 들이 바로 그러하다.
이와 같이 창부와의 관계가 자주 등장하는 것은 데카당스한 이미지를
좇는, 그리고 때로는 그녀를 동정하고 이해하는 성격에서 기인하는 것
으로, 무엇보다도 부르주아 사회 및 부르주아적 가정에 기초를 둔 도
덕에 대한 저항을 표현한다. 창부는 한편으로 부패한 자본주의 사회의
필연적 산물이기도 하지만, 또 다른 한편으로는 뿌리 뽑힌 자요 사회
에서 쫓겨난 자이며, 사랑의 제도적·부르주아적 형태에 반항할 뿐 아
니라 사랑의 '자연적'인 정신적 형태에 대해서도 반항하는 반역아이다.
그들은 감정의 도덕적·사회적 조직을 파괴할 뿐 아니라 감정의 근거
자체를 파괴하기까지 한다. 또한 창부는 격정의 와중에서도 냉정하고
자기가 도발한 쾌락의 초연한 관객으로 남아 있으며, 남들이 황홀해서
도취에 빠질 때조차도 고독과 냉담을 느끼는 인물이다. 그들은 스스로
어떻게 몸을 팔고 자신의 비밀을 팔아넘기는지를 알고 있는 것이다.11)
따라서 이러한 '창부와의 연대감'의 형상화는 사회로부터 소외된 인간
의 극단적인 삶의 모습을 드러내는 방식이라 할 수 있다. 이렇듯 작품
을 지배하고 있는 '죽음'의 분위기는 인물의 죽음이라는 현실적인 사건
으로까지 나아가게 된다. 즉 「야한기」의 은실 모의 죽음, 「습작실에서」
의 노인의 죽음, 「비오는 길」의 칠성의 죽음, 「무성격자」의 문주와 정
일 아버지의 죽음, 「심문」의 여옥의 자살 등이 바로 그것이다.

---

11) *Ibid.*, 188~189면 참조.

이상에서 확인되는 바와 같이 작품에 등장하는 다양한 '어둠'과 '죽음'의 이미지는 결국 현실에 대한 '죽음의 알레고리'로 나타나는데, 이는 바로 '예술적 부정성'의 한 극단적 방식이라고 할 수 있다. 인간의 욕망이 현실세계에서 타협점을 찾지 못하면 인간이 죽음을 향한 충동에 빠질 수 있듯이, 이들에게 있어서도 절망적인 현실 속에서 욕망을 충족시킬 수 있는 궁극적이면서도 유일한 방식은 '죽음'뿐이었던 것이다. 말하자면 "삶의 내용으로서 아직도 남은 것은, 다만 아무것도 생동하는 것이 없다는 사실일 뿐"[12]임을 자각한 이들에게 있어서 삶이란 곧 '죽음'의 의미를 갖는 것에 다름 아니다.

아도르노에 의하면, 예술이 현대사회에서 취할 수 있는 가장 단호한 태도는 '죽음'이다.[13] 외부세계의 강제성이 인간에게 죽음을 불러일으킬 정도에까지 이르게 되었을 때, 인간은 죽음을 불러일으키는 것에 자신을 비슷하게 하는 방법 외에는 그 어떤 다른 선택을 할 수 없다. 따라서 문학이 단순히 현실에 대한 위안이나 무기력함을 상징하는 것이 아니고자 한다면 그것은 현실의 가장 극단적이고도 어두운 상태에 동화되지 않으면 안 된다. 다시 말해서, 현대의 예술작품은 죽음의 원칙인 물화에 미메시스적[14]으로 따르게 되어 있으며 이로부터 도피하

---

12) Theodor W. Adorno, *Noten zur Literature*, Gesammrlte Schriften 2, Frankfunt am Main : Suhrkapm, 1974, 215면.
13) *Ibid.*, 214면.
14) 여기서 전통적인 미메시스 개념은 변형된 형태로 등장한다. 전통적으로 미메시스가 어떤 본원적인 것 또는 현실에 대한 맹목적인 모방이었다면 아도르노에게 있어 정신은 미메시스에 의해 현실에 대한 역사적인 태도표명을 하게 된다. 정신은 자신과는 다른 현실에 아무런 미련 없이 동화되고 구체적인 것들 앞에서 현실이 갖는 제압에의 욕구를 그대로 드러낸다. 그런 점에서 아도르노의 미메

는 것은 예술에 있어서 환상적 계기에 불과하다. 즉 주문을 외워 두려운 것을 쫓아버리는 것과 마찬가지로, 파멸과 죽음을 형상화함으로써 그러한 파멸과 죽음의 힘을 약화시킬 것을 의도하는 것이다. 그 결과 새로운 예술은, 현실적인 인간관계가 그러하듯이 추상적인 성격을 띠게 되며 또한 죽음과 유사해질 수밖에 없다. 요컨대, 최명익의 작품을 지배하고 있는 '죽음'과 '어둠'의 이미지는, 1930년대 후반이라는 야만적인 현실 즉 거대한 파시즘의 지배 아래 존재하는 세계가 바로 '죽음'의 형상을 띠고 있는 데 대한 미메시스라 할 수 있다.

미메시스적인 행위는 이러한 파멸의 절대적인 부정성을 통하여 말로 표현할 수 없는 것, 즉 유토피아를 표현하게 된다. 새로운 예술에 등장하는 혐오스럽고 무시무시한 모든 것들은 그러한 형상 주위에 모인다. 새로운 예술은 화해의 가상을 단호히 거부함으로써, 화해되지 않은 것 가운데에서 화해를 견지한다. 이는 유토피아의 현실적 가능성, 즉 생산력의 수준에 비추어 볼 때 지구가 지금 이 자리에서 당장 유토피아가 될 수 있는 가능성이, 다른 극단에서는 총체적인 파멸의 가능성과 결합하고 있는 이 시대의 올바른 의식이다.[15]

한편, 이러한 문학의 미메시스적 행위는 역설적이게도 '유토피아적' 요인을 지니고 있다. 실제로 이들 최명익과 허준의 작품에서는 전망의

시스 개념은 루카치의 반영론과 대립되는데 현실예술에 있어 미메시스는 이미지를 인식으로 대체하고 폭로가 아니라 은폐를 추구하는 것이다. : 방대원, 「예술의 부정성—아도르노의 소재 개념」, 서울대 미학과 석사논문, 1985, 41~42면 참조.
15) Theodor W. Adorno, 홍승용 역, 『미학이론』, 문학과지성사, 1984, 62면.

구현이나 유토피아 같은 것이 더 이상 가능하지 않은 것으로 보인다. 오히려 그것을 '죽음'과 '어둠'의 분위기가 대신하고 있는 것이다. 그렇지만 다른 한편으로 작품 내부에는, 아직 존재할 수 없는 유토피아가 숙명처럼 내재되어 있다. 바로 이러한 역설은, 작품 속에 미메시스적으로 존재하는 '파멸'이라는 것이 하나의 형상이면서도, 또한 단순한 모사가 아니라 그 시대의 잠재력에 대한 암호임을 생각할 때 그 의미가 더욱 분명해질 것이다. 아직 실현되지 않은 욕망은 아직 실현되지 않은 것으로서만 기존 문화에의 편입을 면할 수 있고 또 영원히 지연됨으로써만 참된 유토피아적 힘을 드러내게 되는 것이다. 따라서 예술은 아무리 매개되어 있을지라도 현실에 반대하는 것이 될 수 있다. 이러한 의미에서 바로 '죽음'과 '어둠'의 이미지라는 예술적 부정성은 끊임없는 파국으로 점철되어 있는 현실에 대한 예술의 긴장관계를 보여 주는 중요한 원리가 되는 것이다.

2) 불구적 인물을 통한 몰락의 형상

최명익은 전망이 부재한 현실에서 연유하는 답답함과 그것 때문에 절망하고 의지력을 잃어버린 지식인의 고뇌를 주로 형상화하고 있는데, 이들 지식인들은 사회적으로 무용한 존재가 되어 버렸을 뿐 아니라 사회적 역할을 거부한다는 점에서 공통점을 지닌다. "일제식민지 치하에서 한국 지식인들은 비판 행위와 사상의 창조, 전달, 적용행위를 중심으로 한 본래적 소임을 제대로 행사할 수 없었을 뿐만 아니라 당시 대다수 한국 지식인들이 전문교육을 받은 데 대한 보상을 제대로 받을 수 없었다는 사실은 식민지 치하에서의 한국 지식인들이 물질적, 정신적 양면에서 소외당하고 있었음을 일러주는 것이다."16)라는 지적에서 알 수 있듯이, 최명익과 허준의 소설에 등장하는 지식인 주인공들은 일제 말기 지식인들이 처해 있던 공통된 운명을 보여 주는 것이라 할 수 있다. 또한 당대의 작가들은 지식인의 삶을 제재로 창작활동을 할 경우 "비참하고 어둡고 막막한 색조 혹은 분위기를 작품의 밑바닥에 깔아 놓음으로써 어느 정도 작가로서의 소명을 수행해 나갈 수 있었던"17) 것이다.

「비오던 길」의 병일은 고학을 통해 상당한 수준의 교육을 받은 바 있고, 한때 독서와 도서관 드나드는 행위가 자신의 삶의 전부였으며 니체와 도스토예프스키에 대한 상당한 독서편력을 보여 주기까지 한다. 그러나 그는 취직한 지 2년이 되건만 신원보증인을 얻지 못했다는 이유로 사무실 주인에게 항상 인격적인 모독을 받아야만 했다. 그리고 그가 사무실에서 한다는 일은 고작 "사무실 마루를 쓸고, 훔치고 손님에게 차와 점심 그릇을 나르고, 수십 장의 편지를 쓰고, 장부를 정리하는 등 소사와 급사와 서사의 일을 한 몸으로 치르는" 단순한 육체노동에 불과하다.

「무성격자」의 정일18)은 불과 3, 4년 전까지만 하더라도 패기에 넘치

---

16) 조남현, 『한국지식인소설연구』, 일지사, 1984, 236면.
17) 조남현, 위의 책, 9면.
18) 작가 최명익은 「궁금한 그들의 소식─작중인물지」(『朝光』 62, 1940.12.)에서 정일과 문주에 대한 자신의 생각을 다음과 같이 피력한 바 있다. "정일의 처지와 심경을 좀더 잘 알게 된다면 그를 동정하게 될 것이다. 그런 동정은 정일이 일 개인에 대한 것은 물론 아니고 한 시대의 병리학적 현상의 한 누형(縲刑)으로서

는 대학시절을 보냈으나 그 후로는 "권태를 잊기 위한 술이라든가 취하여서라도 잊어야 할 우울이라든가 하여 자기가 마시는 술을 변호하기보다는 이러한 권태와 우울이 오히려 술에 목마른 현상인 듯이 생각되는"[19] 알콜 중독자가 되고 만 것이다. 이제 정일은 최근 2, 3년간의 생활과 문주와의 퇴폐적인 관계를 생각하면 이미 자존심이란 것이 날아가 버린 맥고모같이 썩을 대로 썩었음을 인정하지 않을 수 없었다. 최명익 소설의 중요한 부분을 차지하는 지식인의 형상이 주고 그렇듯이, 자신의 행위의 목적을 망각한 채 자포자기의 삶을 살아가고 있는 그는 이미 사회적 역할을 망각하고 사회적으로 쓸모없어진 과거화된 지식인일 뿐이다. 문주는 어떠한가? 정일의 친구의 사촌동생인 그녀는 '의학을 전공하다 무용 예술로 일대비약을 이룬' 소녀였지만 그 후 3년이 지난 지금에는 티룸 알리사의 마담으로, 그리고 '교양 없이 데카당(퇴폐적)인' 히스테리밖에 남은 것이 없는 정신분열증 환자로 전락하고 말았다.

또한 「폐어인」의 현일은, 홀어머니의 헌신적인 노력으로 보통학교의 훈도가 된 인물이다. 훈도생활 근 10년만에, 교육자라는 특전으로 입학할 수 있는 대학 철학과에 선과생으로 들어갔을 때, 이미 현일의 나이는 삼십에 가까웠다. 3년 후 대학을 졸업한 후 학교에서 시간교사로

의 동정이다…… 오직 孃은 같이 죽자면 의례이 죽어줄 정일이를 애인 연인으로보다는 앙징스런 모성애로 어여비 여겨온 탓일 것이다. 사실 정일이는 퇴폐적 젖이 흐르고 절망으로 냉각한 문주의 품속을 퇴폐적 향수의 고향으로 기어들었든 것이다. 그런 관계로 보다 孃은 확실히 연장자(年長者)로 그보다 정일의 어머니였다."
19) 최명익, 앞의 책, 32면.

수신을 가르치게 되었고, 그 이듬해에는 훈도 시절 때부터 10여 년간 독학으로 공부하여 영어 자격 검정을 치러서 M학교의 전임교원이 되었다. 교단에 서는 현일에게 수신은 열과 신념의 시간이었고 영어는 긍지와 자신감의 시간이었던 만큼, 교사로서의 그의 자부심은 대단한 것이었고 그에게 교육은 천직이나 다름없었다. 그런데 지금의 현일은 어떠한가? 그는 단지 '경험도 자본도 건강도 없는 사람이니 다른 무엇을 할 수 없어서 어쩔 수 없이'[20] 교직에 매달려 있는 것이다. 본래적으로 한 시대와 사회의 문제에 본질적인 관심을 지니고 민감한 반응을 하는 계층[21]의 한 사람인 현일은, '세상의 분위기가, 그리고 절박한 현실이 인텔렉트를 버리고 직업을 바꾸라고 강요'하는 시대에 '한 사회인으로 무엇을 해보겠다는 희망도 야심도 잃어버린 채, 모든 것이 귀찮아지고 세상이 어둡고 인생을 저주하고 싶은' 그러한 절망과 비관을 체험한다. 그리고 이제는 '반신 물에 잠그고 반신 바람에 불리면서도 두 가지 호흡의 기능을 다 잃고 죽어 가는' 폐어의 신세가 되어 목전에 다가온 죽음을 내다볼 수밖에 없는 처지이다. 이렇듯 절망조차 남지 않은 현일의 모습은 당대의 지식인들이 자신의 신념을 지켜 나간다는 것이 얼마나 어려운 일이었는가를 뚜렷이 보여주고 있다.

「역설」의 문일은 '일찌기 문단의 대가이던 영문학자'였지만 지금은 문학 활동을 그만두고 문단을 떠난 지 오래된 교원이다. 그는 이전 교장이 별세한 후 동교의 교장 후보자 중에 자신이 가장 유력하다는 신문기사를 보고는 그것이 비록 '고십파들의 껌'에 불과하더라도 이런 풍

20) 최명익, 「폐어인」, 「조선일보」, 1939.2.16.
21) 조남현, 앞의 책, 8~9면.

설을 자신의 인망의 덕이라고 생각하고 스스로 긍지를 느끼고 있다. 그는 부와 명성을 얻기 위해 교장 자리를 탐하는 K씨를 경멸하면서도, 그러는 자신 또한 아무런 책임감도 가질 줄 모르고 오히려 보잘것없는 자기의 긍지를 만족시키고 있을 뿐이다. 말하자면 자기의 자존심과 결벽성은 어느덧 세속에 더럽혀져서 고십파들이 씹다 버린 껌과 같은 '인망'이라고 생각하면서도 그것을 슬며시 집어서 씹어 보는 것으로 굶주린 긍지를 만족시켜 보려고 하는 것이다. 그는 기생 계향과의 탱고 춤으로 소일할 뿐 삶에 대한 어떠한 적극성도 보이지 않는다.

「심문」의 명일은 3년 전 아내와 사별하고 가족이라고는 중학교에 다니는 딸 경옥이가 있을 뿐이다. 이전에 도화 선생이었던 그는 상처 후 직장마저 그만두고 팔리지 않는 그림을 몇 폭 그렸을 뿐인 무직업 자와 다름없는 화가이다. 그는 가끔 그림을 그리긴 하지만 재취도 하고 싶지 않고 다른 방식의 삶에 대한 의욕도 없이 지내고 있으며 지금은 직업과 주소도 없이, 남아도는 시간을 방탕, 술, 늦잠, 계집 등 퇴폐적인 행위로 소일하고 있는 무위도식자이다. 한편 현혁은 한때 젊은 투사로서 좌파이론의 헤게모니를 잡았을 정도로 지하운동의 유력한 활동가였지만 지금은 아편중독자가 된 낙오자이다. 그는 단지 모르핀 연기와 과거의 추억의 꿈을 먹고 사는 사람일 뿐이다. "반성에는 지쳤고, 자책에는 양심이랄 게, 이성이 마비되고 말았지만, 옛날 자신의 명성을 더 히로익하게 꾸미고, 그리 풍부하달 수도 없는 로맨스를 영문학적으로 과장해서 씹어 가며, 호수 같은 시간 위에 떠도는,"[22] 그야말

---

22) 최명익, 앞의 책, 143면.

로 이 시대의 '타락한' 전향자의 전형인 것이다. 단지 지금의 그를 지탱해주는 것은, 자신이 감방에 있는 동안 떨어져 있었던 여옥이가 과거 현혁의 그 패기와 극복력에 이끌려 되돌아왔다는 자부심, 그리고 그로 인해 자신의 기억을 더 찬란하게 만들고 그것을 행복하게 느끼는 자기도취의 심정이다. 현혁이 청년투사이던 시절부터 그의 연인을 자처하였던 여옥이 또한 그러한 지식인의 형상으로부터 벗어나지 않는다. 그녀는 한때 동경유학을 거친 문학소녀였으나 지금은 하얼빈의 초라한 여급이자 캬바레의 댄서로 전락하여 현혁에게 아편 먹일 돈을 벌어다 주고 있으며 자신 또한 현혁의 강요에 못 이겨 아편중독자가 되어 버리고 말았다.

또한 최명익의 작품에 보이는 주요인물들은 거의가 극심한 자의식에 시달리고 있으며 한결같이 사색과 독서를 좋아하는, 내성적인 인물들이다.[23] 이들은 어딘가 육체적인 병에 걸렸거나 아니면 정신적인 결함을 갖고 있다. 먼저 「비오는 길」의 병일은 각기병을 앓고 있을 뿐 아니라 불합리한 망상에 시달리는 등 극도의 신경분열 증세로 고통 받고 있다. 그리고 권태나 우울을 잊기 위하여 술을 마시는 것이 아니라, 이제는 아예 술에 목마른 인간이 되어 버린 알콜 중독자이면서 무절제와 방탕에 젖어 있는 「무성격자」의 정일, 자아분열적인 히스테리와 죽음에 대한 강박증에 시달리는 폐병환자 문주, 정일의 아버지의 서사 노릇을 하다가 차차 신임을 받아 애꾸눈인 정일의 누이동생과 정략결혼을 한 용팔, 직장을 잃은 것에서 비롯된 불안의식과 결벽증, 폐결핵에 시

---

23) 전영태, 「최명익론 : 자의식의 갈등과 그 해결의 양상」, 『선청어문』, 서울대 국어교육과, 1979.11, 101면.

달리는 「肺魚人」의 현일과 도영, 생활에 대한 의욕을 완전히 상실하고 산책과 명상 등으로 소일하는 「역설」의 문일, 그리고 어두운 단칸방에서 4년째 잠시도 쉬지 않고 시계추와 같이 몸을 좌우로 흔들고 있는 상동병자인 계향의 아버지와 오빠, '한때 젊은 투사로서 좌익이론의 헤게모니를 잡았을 뿐만 아니라 심각한 지하운동의 활동가'였으나 지금은 아편중독자이자 자신에 대한 극심한 모멸감에 시달리는 「심문」의 현혁, 동경 유학까지 거친 문학소녀로 그 당시 현혁의 연인이었지만 이제는 하얼빈의 초라한 여급이면서 카바레의 댄서로 전락한 아편중독자 여옥 등은 그들에 대한 명명(appellatio), 예컨대 병일, 정일, 문일, 명일, 현일이라는 이름이 암시하듯이, 서로 유사한 의식과 삶의 방식을 지니고 살아가는 인물들이다. 즉 이 인물들은 무한히 전개되는 사회적 지배 권력에 대한 무력한 개인의 불안을 형상화하고자 한 작가의식의 소산이다. 나아가, 이러한 불구적인 인물들의 잦은 등장은, 항상 동일한 것의 반복이 지배의 원리로서 전면에 나타나는 자본주의사회에 대한, 그리고 무미건조한 일상 속에서 기계와 같은 존재로 전락해 버린 인간들에 대한 예술적 형상인 것이다.24) 이와 같이 최명익의 작품이 보여주는 지식인의 비극적 운명은 "지식인의 절망과 불안과 무기력에 대한 지식인의 동병상련적인 자위"25)에서 비롯된 것이라고 할 수 있다.

---

24) 최명익, 「소설 창작에서의 나의 고심」, 『나의 인간수업, 문학수업』, 인동, 1990, 225면. 최명익 자신도 「비오는 길」을 "일제 통치하의 암흑세계에서 고민하는 젊은 인테리의 형상을 빌어서 그 당시의 나의 심정을 토로한 작품"이며 "그 후에 발표한 「무성격자」, 「역설」 등등 일련의 작품도 모두가 나약한 젊은 인테리의 고민상을 그린 것"이라 밝히고 있듯이 작자 자신이 인물의 형상화에 얼마나 의식적이었는가를 보여 주고 있다.

또한 허준 소설에서도 이러한 모티프가 거의 예외없이 반복해서 등
장하는데, 「탁류」의 채숙과 그의 아버지, 「야한기」의 은식(맹인)의 불구
성(또는 열등함)이 바로 그것이다. 먼저, 채숙은 그 생각이 마치 어른을
방불케 할 정도로 조숙하지만, 아홉 살이라는 늦은 나이에 학교에 들
어가서도 학교생활에 적응하지 못한다. 학교에서는 선생과 생도들을
상대로 닥치는 대로 싸움만 할 뿐 아니라 "한두 해는 낙제를 한 병신
같은 아이"이다. 이러한 채숙의 모습은, 자신의 현실적 삶을 받아들이
지 못함으로써 집단으로부터 소외된 형상이라 할 수 있다. 그 아버지
의 말로는 딸아이의 "성미가 사납다 할지 고집스럽다 할지 어찌도 괴
팍스러워서 선생님도 그만 동무들도 그만 영 나분나분하지 않다."고
하지만 아이의 학교생활을 들어 보면 그것이 반드시 아이를 나무랄 일
만은 아닌 것을 알 수 있다. 이런 측면은 가령 채숙의 학교 선생들이
자기 반의 성적을 올리기 위해 경쟁을 하는 통에 아이들에게 부정을
강요하지만 채숙은 이에 강하게 반발하는 모습을 보인다는 사실에서
확인된다. 바로 채숙에게서 보이는 소속된 사회와의 부조화, 그리고 더
나아가 그에 대한 강한 거부감은 자신에게 주어지는 현실과 타협하지
않으려는 건강성[26]이라 할 수 있는 것이다. 또 채숙의 아버지는 가업
으로 내려오는 갓바치의 일을 하는데, "한편쪽 눈을 쓰지 못하는 사
람"[27]으로, 그의 겉모습이 남과 다르기도 하지만, 학교에 적응하지 못

---

25) 조연현, 「자의식의 비극—『장삼이사』를 통해 본 최명익」, 『문학과 사상』, 세계
　　문학사, 1949, 107~108면.
26) 채호석, 「허준론」, 『한국학보』, 1989, 가을, 134면.
27) 허준, 「잔등」, 『북으로 간 작가선집』, 을유문화사, 1988, 116면.

하는 딸아이에 대한 근심으로 "넘쳐흐르는 자기의 생각이 터져 나갈 곳 없이 어느 무거운 추에 눌려 있는 듯이 매양 침울"[28]하기만 하다. 이는 바로 사회의 권력에 의해 관리되고 또한 파멸되어 가고 있는 인간의 형상으로서, 사회를 지배하고 있는 권력과 이 권력의 거짓됨을 고발하고 있는 것이라 할 수 있다.

이렇듯 최명익과 허준의 소설에 등장하는 인물들의 신체적 또는 정신적 불구성과 무능력함에 대한 형상은 전체주의적인 지배 체제에서의 개인의 운명, 특히 지식인의 '몰락'의 형상과 동일시될 수 있다. 우리는 이러한 인물들의 형상을 통하여 개인의 무력감을, 그리고 동일한 인간형의 반복을 통하여 '사물세계의 권력'과 '개인의 소외된 주체성'을 읽어 낼 수 있다.

3) 익명성에 의한 자기구원의 지향

허준 소설의 주인공들에게서 특히 두드러지는 것은 '익명성'이다. 「탁류」의 철, 「야한기」의 남우언, 「습작실에서」의 남목 등 이들 주인공의 이름은 소설 속의 다른 부수적인 인물들에 비하여 거의 드러나지 않는데, 가령 「야한기」에서 보면 '남우언'이라는 이름은 단 한 번 언급될 정도이다. 또한 그들의 개인사나 직업은 거의 밝혀져 있지 않다. 단지 소설을 압도하고 있는 것은 어디서 비롯되었는지 알 수 없는 그들의 무력과 자조뿐이다. 이러한 점은 이 소설들의 시점이 전지적 작가 시점임을 생각해 본다면 매우 특이인 현상이다. 이와 같은 인물의 익명

---

28) 허준, 앞의 책, 120면.

성은 바로 인간의 본질적 동일성의 상실과 그가 맺고 있는 사회적 관계의 무의미함을 보여 주는 것이라 할 수 있다.

> 현대문학에서는 개인이 익명의, 몰개성적 사회적 배경에서 나타나며, 이 세상의 어느 곳에도 분명히 속하지 않으며 어떠한 사물이나 사람과도 관계가 없는 개인으로 묘사되고 있다. 그는 완전한 이방인이며 과거도 없고 일반적으로 미래도 없는, 문학적인 표현을 빌리면 '추방인'(displaced person)이다. 그와 같이 타인과는 관계가 없고 시간적으로 한정되지 않는 인물은 카프카의 작품 속에 가장 극단적으로 묘사되어 있다. 그의 작품의 주인공은 이름도 가족도 없는 것이 특징이다. 그는 사회적으로 추방되어 있을 뿐만 아니라 시간적으로도 추방되어 있다.[29]

이러한 면모는 주요인물의 가족이 부재하다는 점과 설사 가족이 있다 하더라도 전혀 무의미한 존재라는 사실로 드러나는데, 이는 모더니즘 소설에서 자주 등장하는 '익명성'의 우회적 표현이라고 할 수 있다. 예컨대, 「비오는 길」의 병일은 아무 가족도 없이 음침한 하숙집에 혼자 기거하며, 「무성격자」의 정일은 고향에 부모님과 아내, 누이동생이 있긴 하지만, 아버지에 대한 경멸감, 조강지처에 대한 역겨움, 눈빛이 잔인스러운 누이에 대한 소원함 등에서 알 수 있듯이, 그에게 있어서 가족이란 물질적인 지원자로서의 역할 외에는 별의미가 없는 존재이다. 「폐어인」의 현일은 극심한 폐결핵으로 인해 서로 가까이 할 수 없는 '삭막한 부부관계'에 만족해야 하며, 「역설」의 문일은 어머니, 처, 딸, 식모가 있는 것으로 언급될 뿐, 그들과의 관계는 전혀 나타나 있지

---

29) Hans Meyerhoff, 김준오 역, 『문학과 시간 현상학』, 삼영사, 1987, 156면.

않다. 「심문」의 명일은 상처한 후, 남은 딸을 기숙사로 들여보내고 자신은 일정한 주소지 없이 방랑하는 생활을 하고 있다. 또한 「탁류」의 철은 과거 창부였던 순이와의 첫 만남이 결혼으로 이어져 그를 아내로 맞이했으나 아내의 오해와 불신으로 결국 파탄을 맞게 되며, 「야한기」의 남우언도 부정한 아내 춘자와의 결혼을 파국으로 끝맺고 만다.

허준 소설의 인물들은 자신이 처해 있는 상황에 대해서 인식하려 하지 않는다. 그들은 자신의 의지로도 어쩔 수 없는 것이 인간의 운명이라 생각하고 사람들이 현실을 살아가면서 가치의 판단에 굳이 골몰할 필요가 없다고 여긴다. 그들은 극도의 무기력함에 빠져 있어, 현실에 무관심한 채 자신의 내부에 시선을 돌리면서 필연적으로 발견하게 되는 홀로 있다는 고독감을 음미하며 살아가는 것이다.[30] 그들은 사회와 그 속에 존재하는 개인의 문제, 그리고 인간이라면 부딪칠 수밖에 없는 생사를 둘러싼 수많은 문제들로부터 관심을 돌림으로써, 행동의 세계 나아가 지성적 사고의 범주에서까지 해방되고자 한다. 이는 결국 내적 자아의 지속을 가능하게 하고 사물의 참된 인상을 파악할 수 있게끔 하는 계기가 된다. 이렇듯 현실에 대한 인물들의 무기력함은 행위에 대한 무관심에서 비롯된 것으로[31] 어느새 '해결성 없는 지속의

---

30) 최혜실, 『한국모더니즘소설연구』, 민지사, 1992, 176면.

31) 김진성, 『베르그송 연구』, 문학과지성사, 1985, 130면. "우리가 해야 할 어떤 절박한 행동에 구속을 받지 않을 때이며, 따라서 실리적인 지성의 활동이 둔화되어 자아의 내면과 사물의 참된 인상을 바라볼 수 있는 순간인 것이다. 따라서 프루스트의 소설에서는 적극적인 행동과 생간적인 사회 활동은 내적 자아의 세계보다 훨씬 비실재적이며 의미없는 것으로 보인다. 스페인의 현대 철학자 오르테가 가세트 O. Gasset가 프루스트의 소설에 나타난 〈나〉의 삶은 실물적 삶이며 그의 문학의 〈나태의 쾌락의 문학적 개척〉이라고 말한 것은 바로 이 점을 지시

버릇'이 되고 만다.

「야한기」의 남우언은 아이의 죽음을 보면서도 피로를 느낄 뿐 아니라, 그를 둘러싼 모든 사건들에 대해 그저 무심하다. 그런데 이러한 남우언이라는 인물은 극도로 타락한 인물들 사이에서 자신의 내면을 보존해 가는 과정을 보여주고 있다. 또한 「탁류」와 「야한기」의 경우, 그 주인공들은 아내의 부정을 보면서도 그녀를 멸시하지도 혹은 미워하지도 않는다. 가령, 「탁류」의 철은 과거에 창부였던 아내 순이가 채숙과 소학교 여선생에 대한 자신의 관계를 오해, 질투하고 발악하는 것을 보면서 오히려 자기 자신을 아내보다 더 비하시키는 방식을 취한다. 이러한 맥락에서 비로소, 남편의 무능력함과 나태함을 보지 못하는 순이를 "겉으로 보기에는 눈동자가 멀쩡하나 앞을 보지 못하는" 청맹과니와 같은 인간이라고 하는 것이 이해될 수 있다. 결국 '철'의 가슴 속에는 "내가 누구를 멸시할 수가 있을 것이며 누구를 미워할 수가 있는가"라는 자기 질책의 소리가 울리면서 그 얼굴에는 '통쾌한 미소', 즉 자기조소[32]가 떠오르는 것이다.

그런데 「탁류」와 「야한기」에 드러나는 인물의 익명성, 그리고 고립된 개인의 형상화는, 바로 "(모더니즘에서의) 인간은 영원히 고독한 개인으로서 모든 사회적 관계로부터 유리된 채 존재한다."[33]라고 지적한

한 것이다."
32) 김남천, 「신진소설가의 작품세계」, 『인문평론』(1940.2.), 61면. "물론 이러한 '미소'가 어떤 것인지를 작자는 충분히 이해하고 있을 것이라고 생각한다. 퇴폐를 형식적으로 청산은 해 보았으나, 그 다음 그의 얼굴에 떠오른 '미소'는 그러한 상태를 넘어설 수 없는 자신에 대한 변함없는 자기조소는 아니었을까."
33) Georg Lukàcs, 황석천 역, 「모더니즘의 이데올로기」, 『현대리얼리즘론』, 열음사,

루카치의 견해와 달리, 개인과 사회의 부조화라는 구체적이고도 역사적인 현실의 결과로서 현대의 인간 및 인간관계의 중요한 특징을 반영한 것이라 할 수 있다. 아도르노에 의하면, 현대예술의 고독 자체는 개인주의적인 현실 속에서 사회적으로 매개된 결과이기에 본질적으로 사회적인 내용을 지니는 것이다.[34] 즉 그는, 루카치처럼 현대예술에서 나타나는 고립, 의미의 붕괴, 비의성, 인공성을 시민 예술가의 이데올로기적인 몰락으로 보는 것이 아니라, 물화에서 초래된 의식적이고도 객관적인 귀결이라고 본 것이다. 따라서 역설적이게도 고독한 독백은 대화보다도 당대 사회에 대해 더 많은 것을 말해 줄 수 있는 것이다.

이렇듯 경험적 현실과의 거리를 유지하려는 시도는 바로 표현주의에 대한 아도르노의 옹호를 연상시킨다. 표현주의를 사회와 주체 간의 모순된 관계에서 비롯된 불협화음의 형상화로 해석하는 아도르노는, 보편적인 것과 특수한 것을 억지로 화해시키려 하지 않으며, 주체와 객체의 단절을 극복한 듯한 외양을 취하는 미적 총체성 대신 그 내부의 불안한 충동적 움직임과 불규칙성에 오히려 주목한다.

> 불협화음은 모더니즘에 있어서 불변요인이라고도 할 수 있다…… 주체의 자율성에 평행하여 외부 현실이 주체에 대해 지니는 힘도 증가하였다. 보들레르 이래로 현대예술에서 불협화음적인 요인이 예측할 수 없는 영향력을 지니게 되었다. 이는 그러한 용인 속에서 예술작품의 내재적 힘의 유희와 외부 현실이 서로 상응한다는 사실에 기인한다. 불협화음은 통속적인 사회학이 작품의 사회적 소외라고 칭하는 요인을 내부

1986, 20~21면.
34) *Loc. cit.*

로부터 작품에 부여한다.[35]

아도르노는 그러한 표현의 객관적인 내용을, 역사적으로 사회체계에
의해 억압되어 온 무의식의 살아있는 움직임으로 파악한다. 불협화음
의 주체는 해방되었지만 그럼에도 불구하고 그는 자본주의사회의 고독
한 주체이기도 한 것이다. 이처럼 고독한 인간이 느끼는 불안이 미적
형식언어의 규범이 된다는 점에서 그 '고독'의 형상화는 개인의 실존적
고뇌를 넘어서는 사회적인 것이라 할 수 있다. 이러한 '고독'에 대한 자
각은 「습작실에서」에서도 예외 없이 소설 전체를 압도하고 있다.

> 정말 홀로 혼자 되는 것이 좋아서 그랬든지, 그렇지 아니하면 나 혼
> 자라고 하는 의식 속에 놓여 있기를 원함이어서 그랬든지, 어쨌든 고독
> 이라 하는 것이 그처럼 사치한 물건인 것을 알게 된 것은 나와 같은 청
> 춘에 있어서는 여간한 은근한 기쁨이 아니었읍니다.[36]/ 사람이 고독한
> 것은 그것만으로 옳은 일이요, 또 옳게 사는 사람은 고독한 것이 당연
> 한 법이니라고 생각하게까지 이르른 그때의 내 생각조차도, 사실은 나
> 만으로 안 것일 수 없으리라는 추억은 도무지 나를 쓸쓸하게 하여서 못
> 견디게 하는 겁니다.[37]

이러한 독립된 개인의 모습은, 허준 소설의 '익명성'과는 또 다른 방
식으로 최명익 소설에 자주 등장한다. 먼저 「비오는 길」의 병일의 의

---

35) Theodor W. Adorno, *Philosophie der neuen Musik*, Frankfurt am Nain : Suhrkamp,
1975, 33면.
36) 허준, 앞의 책, 89면.
37) 허준, 앞의 책, 91~92면.

식을 통해서 보자면, 그가 매일같이 반복해서 대하는 인간과 사물세계
는 그에게 단지 낯설고 소원하게 느껴질 뿐이다. 그는 인구 20만의 도
시 속에 존재하는 사람들을 자기와는 무관한 '보다 자기네 일에 분망
한 사람들'일 뿐으로 인식하고 있는 것이다. 그러나 그의 심리 상태는
그리 단순하지 않다. 한편으로는 무관심하려 하지만 다른 한편으로는
도시인이면서도 번잡스런 시가의 분위기 속에 편입하지 못하는 것에
대해 심한 고립감을 느끼고 있는 것이다. 이러한 양면성, 즉 도시 혹은
그 속의 군중과 자신을 동일시하면서도 동시에 거리를 둘 수밖에 없는
불가피성은 현대 소설의 특징적인 현상으로, 비극적으로 존재하도록
운명 지워진 현대인의 이중의 얼굴을 연상시킨다.

도시 거리의 혼잡 속에는 이미 무엇인가 인간의 본성에 거슬리는 면
이 있다. 각양각색의 계층과 신분에 속하는 사람들이 서로를 지나치며
몰려가고 있다. 동일한 특성과 능력, 동일한 이해관계를 지닌 이들은 모
두가 행복해지기 위한 사람들이 아닌가? …… 그런데도 그들은 마치 서
로 아무런 공통점이 없으며 아무런 상관도 없는 것처럼 서로 치닫듯 스
쳐 지나가고 있는 것이다. 그들 사이에 유일한 합일점이 있다면 그것은,
각자는 보도를 거닐 때에 우측통행을 지켜야 하며, 그럼으로써 서로 지
나치는 두 무리가 서로 통행에 지장을 받지 않도록 해야 한다는 묵약이
다. 그렇지만 어느 누구도 다른 사람들에게 단 한번만이라도 시선을 던
져 줄 생각은 하지 않는다. 이러한 개인들이 작은 공간으로 밀집해서
밀어닥치면 밀어닥칠수록 잔인한 무관심, 즉 자신의 사적인 관심사에만
무감각하게 고립되는 현상은 그만큼 더 역겹고 자존심을 상하게 하는
것으로 나타나게 된다.[38]

그는 도시에 대한 깊은 동경을 간직하고 있지만, 동시에 단 한 번의 경멸의 시선을 던짐으로써 부지불식간에 그것을 무가치한 존재로 내팽개쳐 버리기도 한다. 또 병일은, '외짝거리 점포의 유리창 안에 앉아 있는 노인의 얼굴을 그 곁에 쌓여 있는 능금알과 다를 바 없이' 바라보고 있는데, 이는 바로 자신의 자의식 이외의 모든 것에 대한 물상화39)를 보여주고 있는 것이라 할 수 있다.

2년 동안 같은 길을 거닐어 출퇴근을 하면서도 길가에 있는 사진관을 알아보지 못했던 병일은 비가 부슬부슬 떨어지는 어느 날, 사진관 아래에서 비를 피하는 중에 한 겹 유리창을 사이에 두고 사진사와 얼굴이 마주친다. 그런데 이때 사진사 이칠성의 얼굴이 병일의 눈에는 바로 '희화된 초상화'40)로 보일 뿐이다. 또 '비를 놓고 부채로 쇼윈도 안의 하루살이와 파리를 쫓아내는 그의 혈색 좋은 커다란 얼굴은 직사되는 광선에 번질번질 빛나' 보였고, '그의 미간에 칼자국같이 깊이 잡힌 한 줄기의 주름살과, 구둣솔을 잘라 붙인 듯한 거친 눈썹, 인중에 먹물같이 흐른 커다란 코 그림자는 산 사람의 얼굴이라기보다, 얼굴의 윤곽을 도려낸 백지판에 모필로 한 획씩 먹물을 칠한 것같이 보이었다.' 이렇듯 외부 세계로부터의 고립감에서 발생하는 '소외의식'41)은 병

---

38) Walter Benjamin, 「보들레르의 몇 가지 모티브에 관해서」, 반성완 편역, 『발터 벤야민의 문예이론』, 민음사, 1990, 132면, 139면.
39) 채호석, 「리얼리즘에의 도정－최명익론」, 김윤식·정호웅 편, 『한국문학의 리얼리즘과 모더니즘』, 민음사, 1989, 200면.
40) 최명익, 앞의 책, 90면.
41) 정문길, 「프롬에 있어서의 소외와 그 극복」, 정문길 편, 『소외』, 문학과지성사, 1984, 122면. "소외란 인간이 그 자신을 이질적인 존재로서 경험하는 경험의 한 유형을 의미한다."

일이가 근무하는 사무실 주인과의 관계에서 적나라하게 드러나는데, 이러한 감정은 급기야, 자신을 끊임없이 감시하는 주인에 대한 극도의 불쾌감으로 인해서 '신경에 헛구역의 충동'을 일으킬 정도까지 이르고 만다.

병일이는, 한편으로는 '셋집이나 아니구 자그마하게나마 자기 집에 장사면 장사를 벌리구 앉아서 먹구 남는 것을 착착 모아가는 살림이 세상에 상재미'라 생각하는 사진사 이칠성에게 일종의 경멸과 불쾌감을 느끼면서도 다른 한편으로는 이러한 삶의 희망이 병일이 자신도 운명적으로 예속된 사회층의 관념화한 행복의 목표라는 것을 긍정할 수밖에 없다. 병일은 자신의 희망과 목표는 무엇인가라고 생각할 때에 그의 내장을 얼어붙은 듯이 대답이 없다. 이와 같이 삶의 별다른 희망과 목표를 찾을 수 없는 그는 자기가 속해 있는 사회층의 사람들이 희망하는 행복을 행복이라고 믿지 못하는 이유 또한 알 수 없는 것이다. 그리고는 희망과 목표를 향하여 분투하고 노력하는 사람들의 물결 가운데서 오직 병일이 자기만이 지향 없이 주저하는 고독감을 느낄 뿐이다.

이렇듯 관계로부터의 이탈과 거기서 비롯되는 소외는 「무성격자」의 정일과 문주와의 관계를 통해서도 확인된다. 정일은 "문주와 자기의 생활에 자연히 눈살을 찌푸리게 되면서도 퇴폐적 도취가 그리워 패잔한 자기의 영상을 눈앞에 바라보며 아편굴로 찾아가는 중독자가 되어버린"[42] 것이다. 또 이들의 관계는 처음부터 순수한 애정에서 비롯된 것이 아니라 서로에 대한 공감대, 다시 말해서 서로의 모습을 통해 동

---

42) 최명익, 앞의 책, 36면.

질감을 확인하는 데서 시작되었고 지속되어 왔던 것이다. 따라서 정일이 문주의 호소를 교양 없는 '데카단의 히스테리'로 인식할 뿐만 아니라, '손톱을 깎던 면도'로 자신을 가해할지도 모른다는 위기의식과 불안감을 그녀에게서 느끼게 되는 것을 통해서 알 수 있듯이, 정일의 문주에 대한 외면적 사랑은 자기 모습의 확인임과 동시에 자학의 표현이기도 하다. 결국 이와 같은 사실로써 확인할 수 있는 바는, 작가가 그들의 관계를 통해 당시의 시대적 상황 속에서 지식인의 지적 욕구나 자기 구현이 무용지물이 될 수밖에 없다는 것, 그리고 그러한 지식인들의 공통된 운명을 보여주고자 했다는 점이다.

이러한 정일의 진실하지 못한 인간관계는 문주에게만 국한된 것이 아니다. '오직 돈을 위하여 분망한 인생'을 살아온 아버지와의 갈등, 아내에 대한 경멸, 처남 용팔에 대한 혐오감 등 그는 가족구성원 누구와도 정신적 유대를 맺지 못하고 있다. 특히 그는 죽음을 목전에 둔 아버지를 마지못하여 보러 가면서도 '처음으로 죽음을 견학한다는 호기심, 아버지의 죽음을 보아야 한다는 의무감'만으로 마음이 어둡고 무겁다. 정일은 만수노인의 외아들이지만 무위도식하는 생활에 대한 자의식으로 집에서조차 떳떳하지 못하다.

그런데 이러한 소외현상이 그 자체로 인간과 사회의 '현대적인 것'과 관련되어 있는 이상, 문학에 있어서도 '소외'의 형상화는 문학의 '현대성'의 지표가 될 수 있다. 또한 소외는 인간 정신의 자기분열, 자기부정, 자기극복의 필연적인 계기이며 이를 통해 자유로운 인간으로서의 존엄성을 회복할 수 있다[43]고 할 때, 문학 속에 담긴 개인주의와 소외의 형상화는 부정적으로만 해석될 수 없는 것이다.

「장삼이사」[44]에서는 유독 '나'만이 기차 속의 다른 일행들과 관계 맺지 못하고 스스로 소외된 모습을 보여 준다. '나'는 우연히 한 젊은 여인을 동반한 중년 신사와 동석을 하게 되는데 얼핏 보아도 두꺼비를 연상시키는 이 신사는 처음에 약간 별난 행동으로 기차 안의 사람들에게 불쾌감을 주지만, 그가 권하는 술로 인하여 분위기는 바뀌고 술잔과 더불어 허심탄회한 대화가 오고간다. 술을 못하는 '나'는 술자리에 끼어들지 않고 그저 관찰자적 입장에만 머문다. 기차에서 오고가는 이야기를 통해 '나'는 신사와 젊은 여인이 포주와 창녀의 관계로 엮어져 있음을 짐작할 수 있게 되고 게다가 그 젊은 여자는 도망쳤다가 다시 붙잡혀 가는 길이라는 사실도 알게 된다. 그런데 이 사실을 알게 된 주위 사람들은 모두 중년 신사의 편이 되어 '여인의 얼굴을 보이지 않는 말의 채찍으로 후려갈기는' 언동을 서슴지 않는다. 열차가 계속 나아가면서 주위 사람들은 하나둘씩 내리고, 그 중년 신사 또한 어느 정거장에서 기다리고 있던 자기 아들에게 여자를 맡기고 내린다. 떠나면서 그는 여자를 잘 관리하지 못했다는 이유로 아들을 때리는데, 그 아들은 화풀이로 데리고 가는 여자의 뺨을 세 번씩이나 연달아 때린다.

---

43) 신오현, 「소외이론의 구조와 유형」, 정문길 편, 앞의 책, 36면.
44) 조남현, 「어둠의 시대와 삶의 빛」, 『우리소설의 판과 틀』(서울대출판부, 1991, 21~22면)에서는 최명익의 소설을 사실적인 계열과 지식인의 내면 심리 묘사를 보여 주는 계열로 나누고 「장삼이사」를 전자의 계열에 포함시킴으로써 이를 최명익 소설의 본류에서 제외시키고 있다. 그러나 「장삼이사」 또한 인간의 내면과 자의식을 다룬다는 최명익의 본령에서 제외될 수 없다. 왜냐하면 이 작품에서 관찰자적 자세가 전반부를 지배하고 있기는 하지만 이는 '기차'라는 극히 제한되고 특수한 배경공간의 설정으로 인한 극히 자연스러운 현상이며 특히 후반부의 '나'의 내면 묘사는 「장삼이사」를 최명익 문학의 중심부에 세우기에 결코 모자람이 없기 때문이다.

여러 사람들 앞에서 심한 모욕과 폭행을 당한 팔려온 술집색시는 눈물을 흘리며 화장실로 뛰쳐나간다. 이때 '나'는 그 여자가 화장실에서 혀를 깨물고 죽을지도 모른다는 불안에 사로잡힌 채 갑자기 심신의 피곤이 몰려옴을 느끼며 심한 현기증에 시달리게 된다. 그러나 '나'의 이러한 불길한 예상과는 전혀 달리, 잠시 후에 나타난 여자는 언제 울었냐는 듯이 뺨에 난 눈물 자국과 손가락 자국을 화장으로 고쳤을 뿐만 아니라 '당장이라도 직업 의식적인 추파로 내게 호의를 표할 듯한 눈짓'45)을 던지고 자기를 때렸던 남자와 태연하게 이야기를 주고받는 것이었다. 이러한 과정을 죽 지켜보던 '나'는 이제껏 그녀에게 무한히 동정을 보내던 자신의 감정이 과도한 감상적 유희이자 주관적 관념이었음을 알고는 '껄껄 웃어 보고 싶은' 자조의 충동을 느끼게 된다. 이는 '반전'(peripeteia)46)을 통하여, 지식인으로서의 막연한 관념이나 피상적인 동정심 따위가 자신이 몸담고 있는 현실세계와 얼마나 동떨어진 것이었나를 깨닫게 해주는 대목이라 할 수 있다. 이러한 '반전'은 그 수법이 대담할수록 우리의 순진한 기대가 갖는 평범한 균형을 뒤집을 수 있고, 그 결과 우리로 하여금 진정한(real) 무엇인가를 발견케 해준다는 점에서 그 의미가 크다. 더 나아가, 이러한 '기대의 어긋남'이라는 수법

---

45) 최명익, 앞의 책, 190면.
46) Frank Kermode, 조초희 역, 『종말의식과 인간적 시간―허구 이론의 연구』, 문학과 지성사, 1993, 31면. "반전(peripeteia)은 내러티브에서 수사법의 아이러니에 해당한다…… 오늘날 반전은 우리가 결말을 신뢰하는 심리에 의존한다. 반전은 조화가 뒤따르는 무효화이다. 우리의 기대가 어긋남으로써 느끼는 흥미는 예상치 않은 교훈적인 경로를 통해 발견이나 깨달음에 도달하려는 우리의 욕구와 분명히 관계가 있다."

은, '종말'에 대한 좀 더 습관적인 자세 때문에 우리가 눈감아 온 무엇인가를 발견해 내는 방법이 될 수 있다.[47]

한편 「장삼이사」의 '내'가 느끼는 소외감은 스스로 타인과의 관계를 거부하는 '자발적 소외'라는 점에서, 그리고 다른 한편으로는 그것이 본의 아니게 '강요된 소외'라는 점에서 '나'가 맛보는 이중적 소외의 면모를 보여 주고 있다.[48] 이러한 측면에서 「장삼이사」의 '나'의 자조적 웃음은 최재서가 지적한 '자기풍자'와 연관이 있다. 여기서 자기풍자의 수법이란 주로 소외와 허무의식에 갇혀 있는 지식인 자신에게 향한 것으로, 주체의 분열을 그대로 표현함으로써 현대인들로 하여금 신념의 상실과 허무주의를 강요하는 현실에 대해 "소극적 파괴"를 일으키도록 하는 것이다. 즉, 자기분열을 강요한 현실에 대해 일종의 소극적 복수를 감행하자는 것인데, 이때 풍자의 대상은 사회나 외부정세가 아니라, 사회로부터 생겨난 인생에 대한 실망이나 허무주의이다. 그러나 이러한 자기풍자는 역설적이게도 인간의 분열된 상태를 지속시키는 결과를 가져올 뿐만 아니라 허무를 동반하는 웃음으로 귀결된다.

> 현대인의 심리를 짙게 물들이고 있는 공통적 특색은 인생에 대한 실망 그리고 거기에서 생겨나는 허무감과 무가치감이다…… 이리하여 그는 이를 악물고 풍자의 길로 들어갈 것이다. 이것은 소극적이나마 일종의 복수이다. 인생에서 모든 것을 잃어버렸다 할지라도 그가 만일 그 실망을 해부하여 그 허무를 폭로하고 아울러 그 무가치를 냉소할 지성

---

47) *Ibid.*, 32면 참조.
48) 이동하, 「세계의 폭력과 지식인의 소외」, 권영민 편, 『월북문인연구』, 문학사상사, 1989, 142~143면.

을 가졌다면 그는 아직 그 자신의 주인이라고 할 것이다./ 자기풍자는 무엇보다 현대의 산물이다. 전대엔 생겨날 수 없었던 현대의 독특한 형식이다. 왜 그러냐 하면 자기풍자는 자의식의 작용이고 자의식은 자기분열에서 생겨나는데, 이 자기분열은 현대에 와서 비로소 결정적으로 형태화하였기 때문이다.[49]

위 인용문은, 정치적 상황의 악화와 그로 인한 문단 전체의 침체, 지배적인 비평이론의 부재, 비평에 대한 불신감 팽배, 비평가와 작가의 반목 등으로 요약되는 1930년대 중반의 상황 속에서 새로운 논리와 방향성을 제시[50]하고자 했던 최재서의 '풍자문학론'의 일부이다. 여기서 알 수 있듯이, 지성이란 인생에 대한 실망을 해부하고 허무를 폭로하며 무가치함을 냉소하는 일종의 자의식이다. 결국 풍자는 자의식의 운용방식인 셈이다. 따라서 최명익과 허준 작품에서 보이는, 불안과 허무의식에서 기인한 자기분열의 양상은 최재서가 나름의 문단 위기의 타개책으로 제시한 '풍자문학론'이 갖는 의미와 동일한 양상을 보인다고 하겠다.

바로 이러한 주인공의 소외, 고독, 혹은 혼자 있음이야말로 최명익과 허준 소설의 근대성을 해명하는 가장 중요한 척도이다.[51] '고독'에 대한 자의식, 즉 한 자립적인 주체에 대한 자각이야말로 근대적인 삶의 감각이자 느낌의 구조인 것이다. "현대에는 고독한 주체가, 고대에

---

49) 최재서, 「풍자문학론」, 「조선일보」, 1935.7.14~29.
50) 김동식, 「최재서 문학비평 연구」, 서울대 석사논문, 1993, 62면.
51) 권성우, 「허준 소설의 '미학적 현대성' 연구」, 『한국학보』 73집, 1993, 겨울, 39~40면 참조.

는 공동체가 주체로 등장하고 있다.”[52]라는 지적처럼, 개인에 대한 명료한 자각, 그리고 그 자각에서 스며 나오는 '고독'에 대한 의식은 근대와 전근대를 준별하는 가장 중요한 문화적 상징이자 표지인 것이다. 이와 같이 자아의 동일성뿐만 아니라 사회적 관계의 무의미함에 대한 알레고리로 등장하는 '익명성'과 '고립'[53]은 자기자신을 그저 무비판적으로 보존하고 싶지 않다는 자아의 자기망각을 의미한다.[54] 그런데 이때 자기를 망각한다는 것의 함의는 자아를 단순히 맹목적으로 포기하는 것이 아니라 자아의 지배욕을 거부함과 동시에, 이처럼 지배적인 주체에 의하여 작동되는 경험적 세계의 진행을 비판하는 모멘트를 포함하는 것이기에 이를 “적극성 수동성”(aktive Passivität)[55]이라 할 수 있다. 자기망각의 대가로 자기소외에 이르게 되는 이러한 자아는, 세계를 특정 목적에 따라 대상화시키는 것으로부터 자기자신을 구출해 내는 원동력을 지닌다는 점에서 그 형상화의 힘을 지니게 되는 것이다.

---

52) 서규환, 『현대성의 정치적 상상력』, 민음사, 1993, 111면.
53) Malcolm Bradbury and Jameson McFarlane, *Modernism*, London : Penguin Books, 1976, 423면. 이 책에서는 모더니즘, 특히 내성소설(introverted novel)에 자주 등장하는 익명성과 고립을 근대적 수법으로의 죽음으로 파악하고 있다.
54) 문병호, 『아도르노의 사회이론과 예술이론』, 문학과지성사, 1993, 225면.
55) Theodor W. Adorno, *Noten zur Literatur*, Gesammelts Schriften 2, Frankfurt am Main : Suhkamp, 1974, 126면.

3. 침묵에 내재된 정치적 무의식의 복원

1) 욕망의 좌절로서의 역사인식

최명익과 허준이 본격적인 창작활동을 하던 1936년 이후의 시기는 조선에 문화나 문학이 정상적인 발전을 꾀할 수는 없는 시대였다. 민족적인 반일 사상은 물론이고 현실에 대한 비판적인 발언 자체가 일절 허용되지 않음으로써 오랜 식민지 치하에서도 문학은 가장 힘든 시련기에 도달한 것이다.[56] 이러한 30년대 후반의 사회적 상황을 억압했던 가장 결정적인 힘은 무엇보다도 '파시즘'이라 할 것이다.[57] 파시즘은 당대 문인(지식인)들의 정신세계를 지배하게 됨으로써 그들은 맑시즘이라는 이념적 지표를 상실할 수밖에 없었다. 이는 바로 지식인들이, 30년대 후반에 밀어닥치기 시작한 파시즘의 기세에 의해, 자본주의의 모순이 인간의 실천에 의해서 극복될 것이며 따라서 자본주의 이후에는 사회주의가 올 것이라는 그들의 출발점을 순식간에 지워 버릴[58] 수 있는 현실의 위기에 대해서 인식을 공유했기 때문이다. 제임슨에 의하면, "마르크스주의적 이데올로기에 있어서의 위기란 근본적으로 다른 사회는 어떤 것이어야 하는지에 대한, 그리고 그러한 체제에서 상상할 수 있는 새로운 사회적 관계의 성격에 대한 진정으로 유토피아적인 개념

---

56) 백철, 『조선신문학조사』, 백양당, 1948, 256면.
57) 백철, 위의 책(254~255면)에서는 1930년대 후반기의 한국의 현식을 '위기의 세계정세', 즉 세계정세의 파시즘화에 대한 반영으로 규정하고 있다.
58) 김윤식, 「한국 근대문학 교육의 어떤 좌표」, 『한국문학의 근대성 비판』, 문예출판사, 1993, 53~59면.

구상에 있어서의 위기의 문제"인데, 바로 이러한 인식은 파시즘의 지배 하에서 당대 지식인들이 겪었던 위기의식과 거의 일치하는 것이라 할 수 있다.

'말할 내용' 곧 자신의 이념에서는 어떤 근본적인 오류를 발견할 수 없는데 '그리려는 현실'에서는 그 이념을 실현할 수 있는 가능성조차 발견되지 않는 상황, 이것이 1930년대 후반 작가들이 서 있던 자리라 할 때,[59] 나아가 이들에게 있어 객관적 진리, 객관적 현실 같은 것이 부재하다고 인식되었을 것이고 적극적인 현실의 재현 양식은 더 이상 적합하지 않은 것이 되었을 것이다. 이와 같이 현실에 대한 총체적 인식의 불가능성과 그에 따른 미래의 예측 불가능성은 당대 문인의 현실관과 미의식에 결정적인 영향을 끼쳤다. 그렇다면 이에 기반하여 최명익과 허준의 문학에 가로놓여 있는 마르크스주의에 대한 인식은 어떻게 파악될 수 있을까? 작가의 시대적인 인식, 나아가 역사에 대한 해석은 제임슨의 "정치적 무의식"이라는 비평 범주와 관련지음으로써 더 적극적인 평가가 가능하다.

제임슨은 『정치적 무의식』에서 자신이 수행할 해석 작업을 "더 근본적인 해석약호라는 강한 언어로 텍스트의 표면적 범주들을 다시 쓰는 일"[60]이라 정의하고 있다. 이때 더 근본적인 해석약호란 다름 아닌 '정치적 무의식'을 의미하는 것이다. 정치적 무의식을 복원하는 과업은 텍

---

59) 류보선, 「환멸과 반성, 혹은 30년대 후반기 문학이 다다른 자리」, 『민족문학사연구』 제4호, 민족문학사연구소, 1993, 223면.
60) Fredric Jameson, *The Political Unconscious : Narrative as a Socially Symbolic Act*, Methuen, 1981, 60면.

스트의 표면으로부터 '억압'(repression), '신비화'(mystification), 또는 '위장'된, 그리하여 침묵과 부재의 방식으로 내재되어 있는 "역사의 실재"를 회복해내는 일이다. 억압, 신비화, 위장 등등의 용어가 함축하듯이 정치적 무의식이란 근본적 언어는, 결코 우리들의 눈에 보이지 않는 억압과 부재(absent)의 형태로 텍스트의 내면에 잠재되어 있기 때문에, 텍스트의 표면에서 직접적으로 얘기하지 않는다. 텍스트의 표면을 형성하고 있는 의식적인(coscious) 목소리는 눈에 보이지 않는 침묵의 무의식을 그 심층에 깔고 있는 것이다. 그런데 이때 텍스트의 표면을 구성하고 있는 의식적 목소리가 이러저러한 억압 장치와 방어기제를 동원하여 무의식적 언어를 억압하려 하면 할수록 침묵의 무의식은 더 큰 폭발적 힘으로 텍스트를 전복할 뿐이다.

제임슨은 상부구조와 하부구조의 관계에 있어서 구조적 인과론을 자신의 인식론적 기반으로 삼고 있다. 이는, 원인과 결과 사이를 외부적 결정 관계로 설정하는 기계적 인과론과, 또 원인을 내적 본질을 가진 관념론적 실체로 상정하는 표현적 인과론으로부터 벗어난 것이다. 이때 효과를 일으키는 원인으로서의 구조는 효과 바깥에 설정된 어떤 것도 아니고 그렇다고 효과 속에 내재해 있음으로써 효과를 일으키는 내적 본질도 아니다. 구조는 부재원인(absent cause)으로 효과 속에 내재해 있으면서 동시에 그 어느 부분에도 완전한 형태로 들어가 있지 않다. 즉 구조는 효과 바깥에 있는 것이 아니라, 효과들의 총체로 존재하는 것이다.[61] 이러한 부재원인으로서의 구조란, 구성요소로서 어디에

---

61) Louis Althusser, 김진엽 역, 『자본론을 읽는다』, 거름, 1991, 231~242면 참조.

서도 경험적으로 존재하지 않으며 전체의 일부나 여러 수준들 중의 하나가 아니라 그러한 수준들 사이의 관계들의 전체 체계인 것이다. 이러한 구조적인 사회적 총체성 개념은 한 사회구성체 안의 모든 요소들, 즉 정치, 경제, 이데올로기, 과학이라는 네 가지의 실천 영역들이 궁극적 동일성에 의해서라기보다는 각각의 요소들이 서로 환원될 수 없는 상대적 자율성을 지님으로써 구조적 차이와 서로간의 거리를 통해서 그 요소들을 연관시키고자 한다. 따라서 총체성이란 "상이한 시간들의 결함 유형, 즉 구조와 상이한 수준들에 의해 생산된 상이한 시간성의 '탈구(dislocation)'와 '왜곡(torsion)'의 유형이며, 그것의 복합적 조합이 과정의 전개에 특유한 시간을 구성"62)하게 되는 것이다.

총체성의 범주가 이와 같이 부재원인의 형식을 띤다면 이는 '총체성'이라는 범주 자체를 부정하는 것이 아니라, 그것이 우리에게 결코 완전히 접근될 수 없는 유토피아적 이상향으로 남아 있음을 의미한다. 이렇게 유토피아적 미래로 상정되면서 동시에 언제나 실현이 불가능한 이상향으로 남아 있어야 한다는 점에서, 다시 말해서 욕망을 배태하는 동시에 그것의 실현을 영원히 지연시켜야 한다는 점에서, 제임슨의 탈실체화된 총체성은 구체적 추진력을 내포한 범주는 아니며 바로 이 지점에서, '歷史' 개념이 재정의될 수 있는 것이다. 다시 말해서 '역사'라는 것은 "필연에서 자유로의 거대한 흐름"을 의미하는 것으로 재정의될 수 있는데, 이때의 '필연'이란 물론 역사의 발전론적 승리의 법칙을 말하는 것이 아니라 역사적 사실들이 왜 꼭 그러한 방식으로 일

---

62) Fredric Jameson, *op. cit.*, 116~128면 참조 : Alex Callinicos, *Against Postmodernism*, Polity Press, 1989, 128~132면 참조 : Fredric Jameson, *op. cit.*, 36면, 40~42면.

어날 수밖에 없었는가 하는, 역사적 사건들에 부과된 냉혹한 논리[63]이며, 또한 '자유'란 불행한 현재를 직시하면서 그 현재를 불행한 것으로 판단할 수 있고 더 유토피아적인 상태를 바라볼 수 있는 형식이 될 것이다. 따라서 '목적론적'이라 불렸던 맑시즘은 차라리 '반목적론적'인 것으로 불려져야 한다.[64] 목적론적 유토피아로 상정되었던 루카치의 총체성 범주가 오히려 반목적론적 부재원인으로 재해석되기까지 제임슨의 '역사' 범주는 유토피아로 향한 길을 끝내 닫아버리지 못한 채 다른 한편으로 욕망의 좌절을 끊임없이 반복할 수밖에 없는 메커니즘으로 떨어지게 된다. 그에게 있어서 역사란 "상처입히는 것이며 욕망을 거부하고 집단적 실천뿐 아니라 개인적 실천에도 가차 없는 제한을 가하는 것이다. 따라서 역사의 간계란 그것의 명백한 의도를 뒤집어엎는 무시무시한 아이러니컬한 반전으로 변하게 된다."[65] 그럼에도 불구하고 이런 '필연의 체험'으로서의 역사에 혁명적 충동을 불어넣기 위해서는 부재원인의 형태로라도 총체성, 유토피아 등의 미래를 남겨둘 수밖에 없다. 왜냐하면 유토피아적 사유에 대한 공격은 이론적 논증의 문제가 아니라 근본적 사회변화에 직면하여 모든 사람이 겪어야 하는 깊은 공포감의 증상이기 때문이다.[66] 그러나 유일한 현실적 대안인 총체

---

63) Fredric Jameson, *op. cit.*, 102면

64) Fredric Jameson, *Interview, Diacritic*, XII. No.3, fall, 1982, 80면, 이명호, 「서사, 욕망, 그리고 역사 : 프레드릭 제임슨의 해석론 연구」, 경희대 석사논문, 1987, 81~82면에서 재인용.

65) Fredric Jameson, *The Political Unconscious : Narrative as a Socially Symbolic Act*, Methuen, 1981, 102면.

66) Fredric Jameson, *Interview, Diacritic*, 84~86면, 이명호, 「서사, 욕망, 그리고 역사 : 프레드릭 제임슨의 해석론 연구」, 경희대 석사논문, 1987, 82면에서 재인용.

성 범주 또한 부재원인의 형태로밖에 존재할 수 없다는 점에서 제임슨의 유토피아란 혁명의식을 장전시킨 희망찬 미래라기보다는 혁명적 불행의식에 사로잡힌 자의식적 범주임에 분명하다.

파시즘의 지배 그리고 맑시즘이라는 이념적 지표의 상실로 요약되는 당시의 현실 속에서 최명익과 허준이 보여준 문학적 경향은, 제임슨이 이해하는 '총체성'—역사 혹은 실재를 '부재원인'으로 파악하는 의미와 결합된—의 개념 및 해석론과 밀접한 관련을 가질 뿐만 아니라, 그러한 연관을 파악하려는 시도를 통하여 문학작품의 해석에 새로운 가능성까지 부여할 수 있게 된다. 즉, '총체성'이라는 것이 어떤 절대적 진리의 형태 혹은 절대정신의 계기로 포착하기 힘든 만큼 그것을 재현한다는 것이 불가능하다고 할 때, 구조적 인과성이 지닌 해석의 사명은 작품 내의 균열과 불일치로부터, 나아가 궁극적으로는 예술작품을 하나의 이질적이고 정신분열적 텍스트로 보는 개념으로부터 자신만이 특권을 가지고 다룰 내용을 찾아내는 일이 될 것이다.

그렇다면 이러한 사실에 기반하여 1930년대 후반기라는 현실 속에서 본격적인 작품 활동을 했던 최명익과 허준의 역사인식을 이끌어낼 수 있을 것이다. 그들은 바로 '역사'라는 것을 "끊임없이 발전하는 과정"으로 단정 짓지 않고 "미래의 새로운 것에 대해 예측하는 일은 억압되었던 과거를 기억함으로써만 실현가능한 것임"67)을 인식의 토대로 삼았던 것이다. 즉 역사라는 것을, 역사적 사실들이 왜 꼭 그러한 방식으로 일어날 수밖에 없었는가 하는 '역사적 사건들에 부과된 냉혹한

---

67) J. Habermas, *The Philosophical Discourse of Modernity,* Polity Press, 1987, 12면.

논리'[68]로서 수용할 줄 알고, 불행한 현재를 직시하면서 그 현재를 불행한 것으로 판단할 수 있으며, 나아가 더 유토피아적인 상태를 바라볼 수 있는 형식을 갖추는 것이 바로 이들에게 있어 '역사'에 대한 새로운 해석이었던 것이다. 여기서 불행한 현재는 파시즘이 지배하는 자본주의 현실을 말하는 것이고, 또한 그것이 총체성을 상실한 상태라면 자유란 그 잃어버린 총체성의 다른 이름이다. 물론 이러한 자유는 추상적일 수밖에 없지만 그 추상성은 나름의 힘을 가지고 있다. 왜냐하면 개개인을 즉각적인 현실 대상에 매몰시키고 '파편화된 것을 물신화하는', 그럼으로써 전체를 바라볼 수 있는 힘을 상실케 하는 자본주의의 상황에서는 이러한 추상으로의 움직임, 즉 텍스트의 배후에 있는 좀더 포괄적인 비유적 의미나 일반화에 의해서 텍스트를 팽창시키는 것이 오히려 욕망의 지향을 읽어내는 새로운 방식이 될[69] 수 있기 때문이다.

그렇다면 이러한 역사관, 그리고 거기에 내재된 비판정신이 머무는 곳은 어디인가? 그것은 바로 「비오는 길」의 병일의 독서, 「역설」에 나오는 문일의 동면, 즉 '침묵'이라 할 수 있다. "셋집이나 아니구 자그마하게나마 자기 집에다 장사면 장사를 벌리구 앉아서 먹구 남는 것을 착착 모아가는 살림"을 세상사는 재미로 아는 사진사 이칠성의 신념과 행복감을 볼 때, 병일은 그를 참으로 행복한 사람이라고 생각했다. 이렇게 사진사를 행복자라고 생각하는 병일이는 그러한 현실타협적 사

---

68) Fredric Jameson, 앞의 책, 102면.
69) Fredric Jameson, *Marxism and Form,* Twentieth Century Dialectical Theories of Literature, Princeton Univ. Press, 1971, 112면.

유 앞에 여지없이 굴복하는 듯했다. 그러나 그는 진심으로 그 행복관념에 복종할 수는 없었다. 자신이 그러한 세속적 행복관념에 굴복하고 말 경우, 그는 반역하는 노예와 같이 운명이 내리는 고역과 매가 자기에게 한층 더 심할 것 같았기 때문이다. 그는 '일상적 삶의 희망과 목표를 향하여 분투하고 노력하는' 사람의 물결 가운데서 오직 자기자신만이 지향없이 주저하는 고독감을 느낀다고 여긴다.

병일이는 이렇듯이 '발걸음 하나나마 자신있게 내집을 수 있는 명일의 계획도 세우지 못하고 오직 가혹한 운명의 채찍 아래서 생명의 노예가 되어 언제까지 살지도 모를 일생'을 생각할 때, 깨어날 수 없는 악몽에서 신음하듯이 짓눌리는 강박관념으로 전신에 땀이 흘렀다. 한때는 생활인에 대한 일시적인 동경에 이끌려 사진사를 찾아가는 것을, 마치 땀 흘린 말이 누워서 뒹굴 수 있는 몽당판을 찾아가는 것이라고 생각한 적도 있었으나 그 곳도 마음 놓고 뒹굴 수 있는 곳은 아니었음을 깨닫게 된 것이다. 병일은 다만 일생의 목표를 그리 소홀하게 결정할 것이 아니라고 간신히 자기에게 귓속말을 하여 보았다. 그리고 지금부터는 더욱 독서에 강행군을 하겠다고 계획한다. 즉 생활인에 대한 그 인격의 울분한 반항은, 모두 자기네 일에 분망한 세상에서 나도 결국 내 생활을 위하여 몰두하는 시간을 가져 보겠다는 것으로서 '독서'를 선택한 것이다. 따라서 이때 '독서'로 드러나는 무언의 행위는, 세속화된 욕망의 추구에 대한 부정의 의미이며 '생활인'으로 상징되는 현실의 논리에 대한 '부정성'과 그 극복의 의지를 담고 있는 것이라고 볼 수 있다.

「역설」의 문일은, 유력한 교장 후보자이자 이미 내정된 후보나 다름

없는 S씨가 교장 자리를 양보하겠다고 찾아오지만 그는 끝내 교장 자리를 거부한다. 문일은 학교를 참으로 걱정하는 S씨의 진지한 태도를 보고는, 조건이나 활동력이 없어서 풍설로 그치고 말 것 같은 자기의 '인망'을 아깝게만 생각했던 자신의 가볍고 속물적인 태도를 반성하며 이때만이라도 '자기의 자존심과 결벽성을 지키기 위해' S씨의 간곡한 교장직 권유를 끝내 거절하는 것이다.

> 文一은 옴두꺼비의 안내로 의외로 발견한 무덤가에서 생명체이던 형해조차 이미 없어진 지 오랜 빈 무덤 속에 드러누웠거나 앉아 있을 옴두꺼비를 생각하며 자기 방에 누워있을 자기를 눈앞에 그리어 보았다. 옴두꺼비는 지금 무덤 속에 들어간 채로 오랫동안의 동면을 시작할 작정인지도 모를 것이다. 동면이란 꿈을 먹고 사는 것이 아닐까? 동면 기간의 양식이 되는 꿈은 그의 생활기인 봄, 여름, 가을 동안에 축적한 생활경험의 재음미일 것이다. 그러면 재음미로서 낡은 껍질을 벗고 새로운 몸으로 새 봄을 맞으려는 꿈은 결코 악몽이 아닐 것이라고 文一이는 생각하였다.[70]

따라서 이러한 '침묵'은 현실로부터의 도피라고 부정적으로 해석될 수만은 없다. 즉 문일의 이러한 동면은 지식인의 맹목적 결벽성과 자존심의 발로라고 단정지을 것이 아니라, 나름대로 더 이상 속물화되거나 퇴폐적이지 않겠다는 진실된 의지의 산물로 볼 수 있는 것이다. 문일은 이렇게 얘기하고자 한다. "우연한 행운을 좋은 기회라거나 당연한 일같이 받아들이기까지는 아직도 나의 자존심이나 결벽성은 그렇

---

70) 최명익, 앞의 책, 23면.

게 더럽혔거나 마비된 것은 아니라고!"[71]

아우슈비츠의 대량학살 이후에 서정시를 쓰는 것이 야만적인 행위일 수밖에 없듯이, 현실의 극심한 고통 앞에서 침묵을 지키는 것은 일종의 저항으로서의 의미를 지닐 수 있다. 즉 부정적 현실에 대한 침묵적 대응의 방식인 것이다. 그리고 이러한 '침묵'으로써밖에 대답할 수 없었던 고통을 그들은 바로 '죽음'에 이르기까지 감수해야 했던 것이다. 즉 「무성격자」의 문주, 「심문」의 여옥의 죽음이 바로 그것이다. 여옥의 죽음(자살)은 현혁의 자굴심으로 인해 주어진 갱생의 길을 포기하고 "뜻밖에서 현혁의 마음을 확인하게 됨으로써 자신의 진실성을 입증"[72]하기 위한 필사적인 최후의 수단이었던 것이다. 어제 본 여옥의 눈물이 "병적 권태에 물들고 니힐한 웃음에 떨리는 눈물"이었다면, 죽음에 직면한 여옥은 한 초점으로 통일된 의식과 순화한 정서로 맺힌, 맑은 눈물을 흘리고 있는 것이다. 한때는 갱생을 꿈꾸기도 하였으나, '지금의 병―중독―을 고친댔자 다시 맑아진 새 정신으로 보게 될 세상은 생소하고 광막하기만 하여 더욱 외로울 것만 같은' 자신의 처지를 견디지 못하고 그녀는 죽음을 선택하였던 것이다. 여옥은 실현 불가능한 '갱생'을 향한 꿈을 잠시나마 꾸어 보았으나 역시 그것은 거짓된 환상이었다. 외부세계의 강제성이 죽음을 불러일으킬 정도에까지 이르렀을 때, 그녀는 그러한 현실에 자신을 동화시킴으로써 고통을 포용해야 함을 깨달았으며, 비로소 자신의 삶을 '죽음'으로써 실현시켰던 것이다. 이를 통해 그녀는 생전의 분열된 의식을 극복하고 갱생에 대

---

71) 최명익, 앞의 책, 20면.
72) 신수정, 「'단층'파 소설연구」, 서울대 석사논문, 1992, 35~36면.

한 열정과 동경을 한 초점으로 통일시킬 수 있었다.

2) 부정적 현식인식에 의한 문학사적 새로움

1930년대 한국근대문학을 특징짓는 주요현상 중의 하나인 모더니즘
은 기본적으로 현대문명의 위기와 현대적 삶의 무의미성, 인간의 비인
간화에 대한 인식, 불안과 소외 등의 비관적 세계관에서 비롯되었다.
이를 좀 더 구체화하면 1935년 이후의 식민지 파시즘이라는 극도로 악
화된 시대현실과 이에 따라 당대 문인 일반이 지식인으로서 가졌던 정
신사적인 문제와의 깊은 관련 속에서 발생한 것이었다. 이러한 인식은
당대 비평가 최재서에게서 보이는데, 심리소설은 서구 심리소설의 기
법에까지 천착해 들어갈 여유와 의의를 갖지 못하고 현실에 직면한 지
식인의 자의식과 연결될 수밖에 없었음을 그는 인지한 것이다. 이렇듯
최재서는 영미의 심리소설이 아닌 한국의 심리소설을 정확히 파악함
으로써, 지식인의 분열된 자아에만 논의를 국한시켜 심리소설을 현대
소설(모더니즘)이라 부를 것을 주장[73]하기도 했다. 따라서 서구의 경우
와는 달리 한국의 모더니즘은 특히 현실에 고민하는 지식인의 자의식
에 천착해 들어감을 본질로 하고 있는 것이다.[74] 이러한 사실에 근거
하여 최명익과 허준이 자신의 작품을 통해 형상화하고 있는 구조적인
내성화의 면모는 단순히 자아도취적인 심리탐구에 머무는 것이 아니

---

73) 최혜실, 「1930년대 한국심리소설연구─최명익을 중심으로」, 서울대 석사논문,
    1986, 17면.
74) 최혜실, 앞의 논문, 18면.

라 그것을 넘어서서 독창적인 자기인식과 세계인식을 획득[75]하고자 하는 치열한 노력의 소산이라 할 수 있다.

임화는 "나아가 젊다든가 문단 경력이 짧다든가 하는 것이 신인의 요건이 되지 않을 바에는 자연 신인의 본질이란 그 써내는바 문학의 새로움에 있지 아니할 수가 없다."[76]라고 신인을 정의한 바 있다. 1930년대 후반기 당시 최명익과 허준의 작품이 그 문학사적 새로움이란 측면에서 문단의 주목을 끌었었다는 점은 주지하는 바이다. 그런데 임화의 지적이 보여주는 바와 같이, 당대 신진작가들은 기성작가들과는 "각각 다른 시대의 정신적 아들로 태어나", "한 개의 조류로서 기성문학에 도전하는 상당한 문단 내 세력"을 형성했음에도 불구하고 그들의 미의식은 기법적인 측면에서만 어느 정도 그 새로움을 인정받았을 뿐, 그 새로움에 대한 정당한 평가는 아직까지 거의 없었던 것이다. 특히 외부세계나 시대적 환경보다 인물의 심층세계에서 일어나는 자의식의 반응에 초점을 맞춘 이들의 문학이, 당대의 파시즘이라는 거대한 억압 조건과 이전 카프문학에 대한 반발심리로 탈정치화, 탈사회화 경향을 보임으로써 추상적 편향을 넘어서지 못했다는 점이 계속적으로 이들의 한계로 지적되었는데 이는 최명익과 허준에 대한 전반적이고도 정당한 평가에 질곡이 되고 있는 것이다.

모더니즘에서는 현실을 투명하게 그리고 총체적으로 재현하겠다는 기획을 버리고 파편화된 감각들을 다양한 기법의 제시를 통하여 형상

---

75) Malcolm Bradbury and Jameson McFarlane, *Modernism*, London : Penguin Books, 1976, 414면.
76) 임화, 「신인론」, 『문학의 논리』, 학예사, 1940, 475면.

화하고자 한다. 그러나 이와 같이 총체성에 대한 부정이 형상화의 원칙으로 된다 하더라도 비록 불안정하나마 어떤 통일을 생각할 수 있어야 한다. 다시 말하면 이러한 작품도 해석학적으로, 즉 하나의 의미체로 이해될 수 있으며 단지 작품의 통일성이 모순을 자체 속에 받아들이고 있을 뿐이라는 것이다. 이때 한 작품 전체를 구성하는 것은 더 이상 개개의 부분들이 아니고 오히려 이질적인 부분들 사이의 모순적인 관계이다. 또한 이질적인 단편들을 모순적 '관계'로 묶어 주는 것은 당대의 현실이거나 이에 대응하는 작가의 자세이다.[77] 물론 이러한 텍스트를 통해 현실에 대한 자신의 적극적인 저항이나 전망을 찾아보기는 힘들다. 왜냐하면 그들의 욕망이라는 것은 '욕망이 부정된 현실에 대한 부정'이라는 형식, 즉 부정의 부정으로 나타나기 때문이다. 말하자면 역사, 현실이 직접적으로 드러나는 것이 아니라 왜곡된 방식으로 혹은 굴절된 방식으로만 드러나게 되는 것이다.

주지하다시피, 모더니즘 소설이 내포한 문제의식이 단순한 기법의 차원이 아니라 바로 한 작가의 작품의 근간이 되는 세계관에 놓여 있다고 할 때, 기존의 부정적 평가는 재고되어야 할 것이다. 다시 말해서 30년대 후반기에 본격적인 작품활동을 시작한 신진작가들, 특히 최명익과 허준에 대해서는 단순한 기법적 차원의 새로움보다, 그러한 새로움을 낳은 세계관적 기반이라 할 수 있는 작가들의 문제인식이라는 차원에서 더욱 적극적인 문학사적 자리매김이 필요한 것이다.

새로움이란 것이 '과거에 대한 부정의 의미를 함축하면서 미학적으

---

77) 신수정, 앞의 논문, 46면.

로 개인과 사회를 맺어주는 것'이라 할 때, 이것은 분명히 역사적으로 불가피한 것이 지니는 문학적 권위를 내포하게 된다. 따라서 당대 파시즘으로 대표되는 극단적인 상황에서 최명익과 허준의 작품이 보여주는 새로움이란 당연히 '몰락의 형상'일 수밖에 없었다. 그리고 이러한 '새로움'의 추상성은 일면 필연적이었다. 바로 이 추상성 속에 내용적으로 무엇인가 결정적인 것이 숨어 있다. 즉 추상성의 잔재는, 어떤 식으로든 사회적으로 반응할 수밖에 없었던 이들 문학의 새로움에 불가피하게 따라다니는 요인이다. 더 구체적으로, 그것은 아직도 참된 삶이라는 것이 존재하는 듯이 여기는 착각을 깨뜨리며, 또한 전통적인 환상을 통해서는 결코 이루어질 수 없는 미학적인 거리획득을 가능하게 하는 것이다.[78] 더 나아가 이것은 그 절대적인 부정성을 통해, 말로 할 수 없는 것, 즉 유토피아를 보여준다. 말하자면 화해의 가상에 대한 비화해적인 거부를 통해, 이들은 비화해된 것 속에서 현실에 대한 올바른 의식을 견지하고 있는 것이다.[79]

4. 맺음말

1930년대 후반기에 본격적인 창작활동을 전개했던 최명익과 허준은, 당시 새롭게 문단에 진출한 신진작가군의 문학이 안고 있는 역사의식과 미의식이 당대문단의 중요한 과제였던 문학사적 '새로움'을 어떻게

---

78) Theodor W. Adorno, 홍승용 역, 『미학이론』, 문학과지성사, 1984, 42~44면 참조.
79) Theodor W. Adorno, *op. cit.*, 62면.

일구어 내었는지를 살펴보는 데 있어서 매우 문제적인 작가들이라 할 수 있다. 이들 두 작가는 당시 기성 비평가들과의 세대논쟁을 통해서, 그리고 구카프계 작가들의 문학세계와 비교되면서 긍정적인 또는 부정적인 평가를 받았으며 또한 새로운 미의식을 지난 신세대 작가군의 대표적 인물로 주목받아 왔다.

본고는 과거 프로작가들의 전향 소설이 현실에 대한 불안의식을 구체적인 생활로의 복귀를 통하여, 그리고 현실을 총체적으로 반영, 해석할 가능성을 상실하고 일상의 단면들을 묘사하는 데에 귀결되고 말았던 반면, 최명익과 허준의 경우에는 작품의 다양한 계기들을 통하여 현실과의 타협을 거부하고, 내면화된 불안성의 의식을 보여 주었다는 문제의식 아래 글을 전개하였다. 그 결과 '현실도피'니 '자의식에의 침거'니 하는 기존의 부정적 평가를 극복하고 최명익과 허준의 문학사적 위치를 그 역사적 새로움에 기대어 더 적극적으로 평가할 수 있다는 결론을 이끌어 내었다. 지금까지의 고찰을 통하여 알 수 있듯이, 이들의 소설은 파편화된 현실을 치밀하게 읽어 내고 그것을 담아 낼 새로운 서사의 형식과 틀을 모색하고 확보해 내고자 한 노력의 결실이라 할 수 있다. 따라서 '새로운 서사'의 가능조건에 대한 이러한 자기의식은, 거대서사의 틀을 상실해 버린 1930년대 후반의 현실에 대한 비판적 인식을 통해 도달할 수 있었던 미학적 성취라 할 것이다.

이제까지 살펴보았듯이 본고는 가급적 문학 텍스트를 통하여 현실에 대한 작가의 역사적 인식태도와 미의식을 살피는 데 주력하였다. 그런데 최명익과 허준과 같이 '역사적' 새로움을 의식적으로 추구했던 당대 많은 작가들을 통해 더 논의해야 할 과제는 그들의 문제의식이 어떻게 형식으로 발현되었으며 그러한 형식이 어떠한 현실적인 의미를 부여받을 수 있는가에 관한 보다 더 심도 깊은 논의일 텐데, 이점은 추후의 과제로 남겨 두고자 한다. 예술에 의한 저항이 사회구조에 직접적인 힘을 가할 수 없다고 할 때, 문학의 역할과 소임은 바로, '진보적 의식에 의해 이루어진 형식'으로써 가능하다. 즉 현대예술의 역사성은 유기적인 예술작품의 추구에 의해서만이 아니라, 자신의 기법에 대해 의식적인 태도를 가짐으로써 더 높은 차원을 형상화해 낼 수 있는 것이다. 문학의 인식적인 기능은 바로 사회에 대해 직접 말을 하거나 그것을 그대로 반영함으로써 가능한 것이 아니라, 문학이 바로 사회의 본질을 건드리고 그것에 동화됨으로써 그 사회가 지닌 잠재력을 암시할 수 있기 때문에 가능한 것임을 다시 한 번 더 떠올리게 된다. 이러한 인식에 기반했을 때, '문학'이라는 매개체를 통해 간접적인 방식으로 현실을 고발, 폭로함으로써 역사에 대한 항의를 의식적으로 추구해 왔던 최명익과 허준의 주체적인 노력이 정당한 문학사적 재평가를 부여받을 수 있을 것이다.

해방기 문학의 내적 형식과 길 모티프 연구
─ 이용악의 시와 허준의 「잔등」을 중심으로

1. 서 론

해방 직후에 서정 장르가 서사 장르에 비해 압도적인 모습을 보인
까닭은 서정 장르와 서사 장르의 장르적 성격에서 연유한다. 흥분과
격정으로 격앙된 서정 장르와 달리 현실과의 객관적 거리를 필요로 하
는 서사 장르는 흥분 상태에서는 형상화되기 어렵기 때문이다. 따라서
식민지 시대의 체험은 고통의 실상이 객관화되지 못한 채 심정적인 차
원에서 거칠게 나열되었고, 해방기의 현실적 혼란은 작가 자신의 정신
적 혼돈 속에서 더욱 그 총체적인 인식을 불가능하게 하고 있었다. 해

---

* 노용무 / 전북대학교 강사

방공간을 문학적으로 형상화한 많은 작품 중에서 주목할 만한 것들은 귀향의 문제를 다룬 작품들이라고 할 수 있다.

타향이 전제된 귀향은 떠남을 동반한다. 그것은 한 지점(타향)에서 다른 지점(고향)으로의 이동을 나타내는 여로이며 길 따라가기라 할 수 있다. 해방의 의미는 되돌아옴의 뜻과 통한다. 잃었던 땅, 잃었던 조국으로의 귀환은 소설에서뿐만 아니라 해방 직후의 시단에서도 중요한 문학적 소재로 다루어졌던 문제이다. 이것은 해방공간에 대두된 귀향의 의미를 묻는 문제와 관련된다. 왜냐하면, 귀향이 당대 해방의 의미를 함축하고 있기 때문이다.

이와 같은 맥락에서 본고는 이용악의 시편과 허준의 「잔등」을 다음과 같은 이유에서 주목한다. 첫째, 이용악과 허준은 해방공간의 흥분과 격정을 냉철하리만치 객관적으로 형상화했다는 점이다. 식민지 시대를 경험해야 했던 대부분의 작가들에게 해방은 '감격'과 '흥분'으로 요약되는 격앙된 감정상태로부터 자유롭지 못했다. 해방공간을 문학적으로 형상화하고 있는 작품들은 식민 체험을 말하고자 하거나 해방기 현실의 혼란함을 그려내고자 했지만 대부분 감정의 과잉에 기초한 것이었기 때문이다.

둘째, 그들은 각기 다른 장르의 작품을 통해 당대 현실을 형상화했지만 공통적으로 길 모티프를 내적 구조로 사용했다는 점이다. 문학 내적 형식으로서의 길은 문학 작품 속에 예술적으로 표현된 시간과 공간 사이의 내적 연관을 의미하는 크로노토프(chronotope:時空間)와 긴밀한 관련을 가지면서 해방 공간의 귀향 모티프와 연결될 때 당대 해방의 의미를 함축하게 된다. 왜냐 하면 길의 크로노토프가 귀향을 목적으로 할 경우 그 여로의 목적지는 고향으로 설정되기에, 문학 작품 속의 길은 고향이 지닌 형이상학적 의미에 접근하는 미적 장치로써 기능하기 때문이다. 따라서 문학 작품 속에 등장하는 문제적 인물은 역사적 시간 위에서 전개되는 길에 놓임으로써 고향을 찾아가는 과정을 통해 고향의 의미를 탐색하는 자이다.

셋째, 그들은 모두 이북 출신으로 해방 후 고향을 등지고 서울로 향하는 여로를 선택했다는 점과 공히 한국전쟁을 전후로 월북했다는 점이다. 이러한 점을 들어 본고는 이용악의 시와 허준의 「잔등」에 나타난 길 모티프를 주목하여 길 따라가기의 수행 방식과 그 내면세계를 고찰하고자 한다.

2. 두 작가의 길 떠나기와 그 여로

문학은 근본적으로 인간과 인간의 삶에 관한 이야기이다. 따라서 문학은 인간을 중심에 놓고 다양한 소재를 통해 인간과 인간의 삶에 관해 무언가를 이야기하려 한다. 그때 문학은 자신의 미적 구조를 갖가지 방식으로 구조화함으로써 인간군상의 제 모습을 드러내려는 속성을 지닌다. 서사 장르가 인간의 삶을 구조화시켜 보여 주는 속성을 가진 반면 서정 장르는 생의 순간만을 포착하여 형상화하려는 속성을 특징으로 한다. 전자가 총체성을 지향하는 모습을 보여준다면 순간 또는 직관을 바탕으로 생의 단면을 의미 있는 전체로 지향하는 특성을 지닌 것이 서정 장르이다.

서정 장르의 특성이 생의 단면을 형상화하는 속성으로 규정할 때 시인의 작품 하나하나는 전체 시편을 구성하는 부분이자 시세계를 이루는 원천이다. 하나하나의 작품과 전체 작품은 유기적으로 조직되어 있기에 총체성을 이룬다. 즉, 전체 작품은 개별 작품의 총합이자 한 시인의 시세계를 규정하는 필요충분조건인 셈이다. 이런 관점에 설 때 개별 작품의 의미를 규정하고 그 연결고리를 찾는 작업과 작품 자체로서 '문학의 내적 형식'[1]은 긴밀한 관계를 맺게 된다. 따라서 문학 작품은 작품 내부의 구조적 형식을 이루는 문학 내적 형식의 구조화를 통해 인간과 인간의 삶을 드러내게 된다.

문학작품 속에 역사적 시간과 공간의 실상을 담는 과정은 그 시간과 공간에 실제로 살았던 역사적 인물들을 표현하는 일이 그러하듯 복잡하고 부정확한 역정을 그리고 있다. 그러나 시간과 공간의 개별적인 측면들, 즉 인류발전의 각 단계에서 그 시대에 접할 수 있었던 시간과 공간의 일정한 측면들을 반영하고 예술적으로 흡수하기 위한 장르적 기법들도 이에 상응하여 고안되어온 것 또한 사실이다.[2]

바흐친은 문학작품 속에 예술적으로 표현된 시간과 공간 사이의 내

---

1) '형식화된 내용' 또는 '내적 형식'은 내용과 구분되는 단순히 외적·기교적 차원의 것이 아니다. 내적 형식은 내용과 형식을 분리시키지 않고 하나로 아우르는 통합적인 개념이다. 그것은 작가가 자신의 주위에 아무렇게나 널려 있는 세계에 질서를 부여하기 위해 선택하게 되며, 내적 형식에 의한 형상화의 과정을 거침으로써 흩어진 세계는 하나의 질서 속에 통일되어 그 의미와 함께 실체를 드러내게 된다. 김윤식·정호웅, 『한국소설사』, 예하, 1993, 4~5면.
2) 미하일 바흐찐, 전승희·서경희·박유미 역, 『장편소설과 민중언어』, 창작과비평사, 1988, 260면.

적 연관을 '크로노토프'라 명명하고, "문학예술 속의 크로노토프에서는 공간적 지표와 시간적 지표가 용의주도하게 짜여진 구체적 전체로서 융합된다."고 설명한다. 이러한 관점은 문학예술 작품의 구조에 근본적인 영향을 미치는 내적 형식에 대한 언급이다. 바흐친의 이러한 언급은, 문학작품 속의 크로노토프는 본질적으로 장르를 규정하는 의미를 지닌다는 점과 기본범주를 시간으로 하고 있다는 점 그리고 문학작품 속에 형상화된 인물은 언제나 본질적으로 크로노토프적이라는 점 등을 통해 나타난다.

바흐친의 문학내적 형식에 대한 언급은 시간과 공간의 결합 방식 또는 시간과 공간이 사용되는 비율에 의하여 세계관의 차이가 생겨나는 것으로, 세계관의 변화, 시대정신 파악의 한 방법이 될 수 있다.[3] 이런 맥락에서 길은 문학작품 속에 역사적 시간과 공간을 담고자 할 때 문학 예술 속의 크로노토프를 통해 시간적 공간적 지표를 용의 주도하게 교차시키면서 구조적 전체로서 융합된다. 따라서 길 그 자체는 상징성을 지니게 된다.[4]

길 위에 놓여진 인간은 자신의 삶을 파편화시킨 시간과의 싸움을 통해 과거의 기억과 미래의 희망인 서사적 시간의 교직을 이루고자 한

---

3) 김욱동, 『대화적 상상력』, 문학과지성사, 1994, 208~218면 참조.
4) 길 모티프와 관련된 길의 상징성은 여로의 의미를 동반하며, 다음의 글을 참조할 수 있다.
   조남현, 「반복 모티프의 기능과 의미」, 『한국문학이란 무엇인가』, 민음사, 1995.
   이대규, 『한국 근대 귀향소설 연구』, 이회, 1995.
   노용무, 「이용악의 「북쪽」 연구」, 국어문학회, 『국어문학』38집, 2003. 12.
   노용무, 「이용악 시에 나타난 길의 의미」, 『현대문학이론연구』21집, 현대문학이론학회, 2004. 4.

다. 이때 길은 여로의 의미를 동반하며, 여로는 "새로운 것에의 기대와 실망과 우연성을 함께 포괄하면서 끊임없이 긴장으로 충전된 가장 확실한 공간"[5]으로 대두된다.

길은 중층적이고 다의적이다. 길은 물리적이고 관념적이기에, 외면적으로는 가시적 거리 또는 목적지로 인도하는 지표이지만 비가시적인 진리 또는 인간의 성숙 등의 내면적 면모를 나타내기도 한다. "길은 恒時 어데나 있고, 길은 결국 아무데도 없다."(서정주, 「바다」에서)는 인간의 본질적인 삶의 여로를 함축적으로 제시해주는 시구이다. 떠남과 돌아옴 또는 출발과 도착이란 계기를 통해 나타나는 길은 인간이 어머니로부터 부여받은 삶을 시작하는 시간이자 모성이 충만했던 자궁으로부터 타락한 세계로 내던져진 공간이다. 그곳은 길이 시작하는 곳이자 끝이기도 하다.

길은 시작과 과정 그리고 끝을 필연적으로 수반하게 되는 하나의 내적 형식이며, 그 자체로서 작품의 구조가 된다. 길의 구조는 시간적·공간적 진행에 따라 자연스럽게 당대의 다양한 사회상과 함께 숨겨진 진실과 삶의 총체성을 드러내 보여주는 대표적인 형상화 방식이자 구조화의 원리가 되는 것이다. 따라서 길 또는 여로는 인물과 외부세계와의 관계 양상과 이에 대응하는 의식의 문제를 다루는 데 매우 적합한 형식이다. 여행의 과정을 통해 인물들의 의식세계와 외부세계에 대한 객관적인 재현이 가능한 여로는 작품 내적 세계와 외적 세계를 연결해주는 형식원리로 작용한다.[6]

---

5) 김윤식, 「허준론:소설의 내적 형식으로서의 '길'」, 『한국 근대리얼리즘 작가 연구』, 문학과지성사, 1988, 216면.

이 길로서 표상되는 여로는 문학의 본질적 형식으로서 "근원적인 존재의 고향을 향한 동경의 열정이며, 그 열정의 강렬성, 맹목성에 의해 허무가 상대적으로 증대되어 대립하며, 찾던 길이 나타났을 때 여행은 필연적으로 끝나게 된다."[7] 이것은 곧 "길이 시작되자 여행은 끝났다."라는 명제로 표현되기도 한다. 루카치의 명제는 작품 속의 주인공이 언제나 무언가를 찾는 자임을 전제한 것이다. 여기서 찾는다는 단순한 사실은 목표나 그 목표에 이르는 길이 직접적으로 주어질 수 없다는 것을 의미한다.[8] 그것은 작품 속 문제적 개인이 자신을 찾아가는 여행이며 타락한 세계 내에서 자기 인식으로 향하는 길이다. 루카치에 의하면 타락한 세계란 근대 자본주의 사회와 문화의 경제적 토대를 역사 철학적 관점에서 성찰하여 근대적 인간들의 삶을 압축적으로 제시한 것이다.

그러한 관점이 제1세계의 근대적 세계를 기조로 한 성찰이라면 식민지 조선의 타락한 세계에 놓여진 길은 복합적이며 이중적이다. 왜냐하면 루카치의 주된 성찰이었던 근대 자본주의의 타락은 우리의 경우 근대적 자본주의가 일본을 전신자로 하는 수용이었다는 점과 근대 자본주의의 수입과 더불어 식민지의 굴레를 당해야 했다는 점에서 변별적이기 때문이다. 일제의 천황제로 인해 왜곡된 근대적 자본주의는 군국주의로 인해 또 다시 뒤틀려 식민지 조선에 이입되었다. 이러한 이

---

6) 김동환, 「소설의 내적 형식과 문학교육의 한 가능성」, 『국어교육』, 한국국어교육
   연구회, 1994.6, 35~36면 참조.
7) 김윤식, 『한국현대문학사』, 일지사, 1976, 203면.
8) Georg Lukacs, 반성완 역, 『소설의 이론』, 심설당, 1985, 77면.

중의 질곡은 이용악과 허준을 비롯한 당대 식민지 조선의 지식인에 부과된 천형과도 같았으며, 그들의 문자행위는 비어있는 땅 또는 미개지에서 길을 마련해야 하는 운명이자 길 없음 혹은 억압된 식민지의 외형 속에 부재한 길을 인식하는 것이었다.

이용악의 시세계에서 나타나는 길의 여로는 그의 생애와 상동성을 갖는다. 그는 함경도 경성 출신으로 「패배자의 소원」을 『신인문학』(1935)에 발표하면서 등단한 후 도일하여 동경 삼문사에서 『분수령』(1937)과 『낡은 집』(1938)을 간행했다. 첫 시집인 『분수령』의 첫 면을 장식하고 있는 「북쪽」은 이용악의 시세계를 압축적으로 제시하고 있는바, 북쪽을 향하는 시적 화자의 시선과 남쪽에 위치한 공간 설정을 통해 길의 상징성과 그 여로를 형상화한 작품이다. 이 시에서 '북쪽'은 물리적 고향인 함북 경성을 지시하기도 하고 '그 북쪽'을 통해 국경을 넘나들었던 이용악의 가족사와 겹쳐지면서 민족사적 수난으로 확대되어 나타난다.

한국현대문학사에서 길의 여로를 내적 구조로 하는 문학 작품은 대개 떠남과 돌아옴 또는 이향과 귀향의 구조를 보이고 있다. 그러나 이용악의 경우, 그의 초기시가 대부분 포함되어 있는 『분수령』과 『낡은 집』이 일본에서 간행되었다는 점을 감안할 때 이향의 부분이 생략되어 있다. 즉 일본에서 어렵게 고학하는 과정에서 고향을 바라며 그곳으로 돌아가고자 하는 귀향의 이미지가 대부분을 이루고 있다는 점이다. 감태준이 지적한 '막막한 고향 → 떠남 → 막막한 타향 → 고향으로 귀환 → 막막한 고향 → 떠남'9)의 심리 구조는 이용악의 생애를 중심으로 해석한 결과라 할 수 있다. 따라서 이용악의 생애를 중심으로 할 때 이향에서 귀향, 또 다른 이향으로 이동하는 반면 작품에 나타난 여로는 귀향에서 이향, 또 다른 귀향으로 이동하는 크로노토프를 지닌다. 이를 작품 발표 년대와 길의 상징성을 중심으로 여로를 재구성하면 다음과 같다.

북쪽은 고향/ 그 북쪽은 女人이 팔려간 나라(「북쪽」):일본 동경에서 북쪽(고향) 바라보기→ 나는 항상 나를 모험한다/ (……)/ 기약 없는 여로를/ 의심하지도 않는다(「쌍두마차」):길 떠나기의 회상→ 우리를 실은/ 차는 남으로 남으로만 달린다(「그래도 남으로만 달린다」): 남쪽을 향한 욕망→ 수염이 길어 흉한 사내는/ 가을과 겨울 그리고 풀빛 기름진 봄을/ 이 굴에서 즘생처럼 살아왔단다(「밤」):일본 유학 시절→ 나는 그리워서 모두 그리워서/ 먼 길을 돌아왔다(「고향아 꽃은 피지 못했다」): 북쪽(고향)으로의 귀향→ 멀어진 서울을 그리는 것은 도포 걸친 어느 조상이 귀양 와서/ 일삼든 버릇일까(「두메산골3」): 서울에 대한 그리움→ 내사 서울이 그리워/ 고향과는 딴 방향으로 흔들려 간다(「하나씩의 별」): 해방 후 남행→ 고향으로 통하는 단 하나의 길(「38도에서」): 북쪽(고향)으로 난 길 혹은 월북

이용악의 시세계에 나타난 여로가 그의 생애와 크게 다르지 않듯, 허준의 「잔등」에 나타난 여로 역시 허준의 해방 후 귀향 과정과 일치한다. 그러나 이용악의 여로가 그의 전 작품을 중심으로 재구성한 반면 「잔등」은 작품 자체 내에서 드러나는 여로일 수밖에 없다. 허준의 「잔등」이 지니는 여로는 '장춘서 회령까지 스무하루를 두고 온 여정'이

---

9) 감태준, 『이용악시연구』, 문학세계사, 1990, 156면.

다. 1인칭 서술자이자 화자인 '나'는 해방을 맞아 그의 친구 미스터 방과 귀환한다. 소설 속에 드러난 여로는 장춘(長春)－길림(吉林)－금생(金生)－회령(會寧)－수성(輸城)－청진(淸津)－서울이다. 여로의 시작은 장춘으로 중국이지만 여로의 끝은 식민지에서 해방된 조선의 수도인 서울로서 타향 또는 타국에서 귀향 또는 귀국의 상징성을 내포한다.

① 우로를 막을 아무런 장비도 없는 무개화차 속에서 아무렇게나 내어팽개친 오뚝이 모양으로 가로 서기도 하고 모로 서기도 하고 혹은 팔을 끼고 엉거추춤 주저앉아서 서로 얼굴을 비비대고 졸다가는 매연에 전 남의 얼굴에다 거언 침을 지르르 흘려주기질과 차에 오를 때마다 떼밀고 잡아채고 곤두박질을 하면서 오는 짝패이다가도 하루아침 홀연히 오는 별리(別離)의 맛을 보지 않고는 한로(寒露)와 탄진(炭塵) 속에 건너 매어진 마음의 닻줄이 얼마만한 것인가를 알고 살기 힘든 듯하였다.[10]
② 이날도 여느 날과 달라야 할 일이 없어서 이 세 대 유개차 지붕 위에는 벌써 빽빽히 사람들이 올라가 앉아서 팔짱을 낀 사람, 무릎을 그러안은 사람, 턱을 받치고 앉은 사람, 머리를 무릎 속에 틀어박은 사람, 이런 사람들이 끼이고 덮이고, 밟힌 듯이 겹겹이 앉아 있어서 어디나 더 발부리를 붙여 볼 나위가 있을 것 같지 아니함도 일반이었다.
입은 것 쓴 것 신은 것 두른 것 감은 것 찬 것, 자세히 보면 그들의 차림차림으로 하나 같은 것을 찾아낼 수가 없겠건만, 그러나 그들이 품은 감정 속의 두서너 가지 열렬한 부분만은 색별하려야 색별할 수 없는 공동한 특징이 되어서 그 가슴속 깊이 묻히어 있음을 알기는 쉬운 일이었다.[11]

---

10) 허준, 『한국소설문학대계』24, 동아출판사, 1996, 292면.
11) 허준, 위의 책, 297~298면.

216 허 준

인용문은 작가 스스로 밝힌 자기 자신 또는 동료인 미스터 방을 포함한 '피난민'에 대한 묘사이다. 인용문 ①은 여로의 전반적인 여정을 암시하는 역할을 한다. '홀연히 오는 별리'와 '한로와 탄진'에 대한 암시는 장춘에서 서울에 이르는 여로의 내용이며 불확실한 여로에 대한 불안감과 공포이기도 하다. 그 불안감과 공포는 돈과 추위 그리고 기차 때문이다. 그러나 서술자이자 작중 화자인 '나'를 가장 불안하게 한 것은 기차이다. 기차는 '수로 본다든지 편리로 본다든지 닥치는 그 시각시각마다가 극상(極上)의 것이어서 닥치는 순간을 날쌔게 붙잡아야 할 행운도 당장 당장이 마지막인 것 같은 적어도 더 나아질 희망은 없다는 불안과 공포심'의 대상이다.

인용문 ②는 피난민들의 '색별하려야 색별할 수 없는 공동한 특징'에 대한 묘사이다. 피난민들의 외모는 각양각색으로 다양하지만, 그들의 속마음은 '열렬한 부분'이 '가슴속 깊이 묻히어 있'다. 피난민들의 '공동한 특징'은 '무슨 소리를 기대하는 것이었다.' 그것은 기차 화통소리이며 지리한 기다림 후에 수반되는 환희와 언제 떠날지 모르는 불안의 양면성을 띤다. 인용문 ①과 ②의 공통점은 피난민의 형상에 대한 묘사이자 기차에 대한 기대감과 불안감이라 할 수 있다.

언제 떠날지 모르는 기차에 대한 불안감은 일종의 체념으로 이어지고, 기다리던 기차가 왔지만 맴돌 뿐 다시 떠날 기약이 없음에 푸념이 섞여 있다. 이러한 '나'의 자의식은 자신을 '체념을 위한 행동자'이며 고독적이고 내연적이며 돌발적이자 답보적인 성향의 인물이라 규정한다. '나'는 끊임없이 생각하고 판단하고 유보한다. '나'는 미스터 방과의 뜻하지 않은 별리를 당하면서 '보복은 무슨 보복, 인과는 어디서 오는 인과'라는 독백을 통해 자신의 정합성을 자기 세뇌시킨다.

'이인삼각 선수'였던 미스터 방과의 별리는 '나'에게 '운명에 대한 미미한 의식'을 일깨운다. 그것은 여로에 혼자 남게 된 불안감으로 '무슨 크나큰 보복이나 당한 사람처럼 방과 나의 교유관계에서 오는 인과'에까지 이른다. 미스터 방과 헤어짐은 '나'의 여로와 그 여로의 의미를 새롭게 인식하는 결정적인 계기성을 띤다. 즉 회령에서 청진으로 가는 기차를 타지 못한 것이다. 그러나 혼자 남게 된 '나'는 두 사람의 삶의 방식을 발견하게 되고, 식민지 체험과 그 체험에서 벗어남이 갖는 의미의 커다란 간극을 깨닫기 때문이다.

「잔등」의 여로는 대부분 기차에 의지하고 있으며 철로에 따른 선조성에 기반한다. 여로의 선조성은 "잘못하다간 서울까지 걸어간다는 말 나지이(296면) → 그렇게 되면 그렇게 된 대로 또 어떻게라도 되겠지(296면) → 어떻게 하자는 웃음이며 어디 와서 머무를 맴돌이야(298면)"등을 통해 '나'의 독백적 서술과 일치한다. '나'의 독백적 서술은 여로의 과정 속에 기차가 차지하는 비중을 단적으로 보여준다. 이러한 점은 이용악의 시편을 통해서 나타나는 여로의 수단으로써 기차가 지니는 의미와 더불어 근대적 풍물로 다가왔던 기차의 상징성과 겹친다. 현해탄을 건너 제국의 중심으로 이르는 길은 일차적으로 철도를 통한 욕망의 레일로 그물망처럼 엮여져 있었기 때문이다.

철도는 자연이 인간 위에 군림하는 세계를 막 내리고 인간이 자연 위에 등극하는 세계를 열었다.[12] 이용악이 말했던 '찻길이 뇌이기 전'(「낡은

---

12) 박천홍, 『매혹의 질주, 근대의 횡단』, 산처럼, 2003, 5면.

집」)과 후는 철도가 지니는 근대적 상징성을 정확히 읽어낸 것으로 보인다. 일본을 통한 근대적 풍물의 조선적 풍경화는 근대성과 식민성을 동시에 삽입하는 이중적 소묘였다. 근대적 풍물의 상징인 철도는 식민의 본국인 일본과 식민지 조선의 경우 그 관계를 상징적으로 보여준다. 제국의 중심을 향하는 레일로드는 일본의 동경을 종착역으로 하는 상행선이었고, 동경으로부터 멀어지는 모든 철로를 하행선이라 했다. 그것은 제국 중심의 열차시각표이자 행선 표지였었다. 따라서 식민지 조선의 경우, 서울을 중심으로 이루어지는 상·하행선의 개념이 존재하지 않았기에 상행선이란 곧 남쪽을 향한 길이자 일본의 동경으로 이어진 의미였다. 따라서 그 길의 역은 북쪽이자 고향으로 향하는 길이 된다.

3. 길 위의 두 작가와 그 내면풍경

이용악의 남쪽을 향한 길은 두 번에 걸쳐 이루어졌다. 첫 번째가 식민지 시절 일본의 체류 기간을 말하고 해방이 되자 조국의 심장부인 서울로 향하는 여로가 두 번째이다. 일본의 동경과 조국의 서울은 모두 중심에 대한 은유이다. 전자가 후자에 비해 식민지 시절 더욱 강력한 유혹을 발산하는 공간이었지만 해방된 조국에서 서울은 자신의 열정을 펼칠 수 있는 유일한 통로였다.

무엇을 실었느냐 화물열차의/ 검은 문들은 탄탄히 잠겨졌다/ 바람 속을 달리는 화물열차의 지붕 위에/ 우리 제각기 드러누워/ 한결같이 쳐다보는 하나씩의 별

두만강 저쪽에서 온다는 사람들과/ 쟈무스에서 온다는 사람들과/ 험한 땅에서 험한 변 치르고/ 눈보라 치기 전에 고향으로 돌아간다는/ 남도 사람들과/ 북어쪼가리 초담배 밀가루떡이랑/ 나눠서 요기하며 내사 서울이 그리워/ 고향과는 딴 방향으로 흔들려 간다

푸르른 바다와 거리 거리를/ 설움 많은 이민열차의 흐린 창으로/ 그저 서러이 내다보던 골짝 골짝을/ 갈 때와 마찬가지로/ 헐벗은 채 돌아오는 이 사람들과/ 마찬가지로 헐벗은 나요/ 나라에 기쁜 일 많아/ 울지를 못하는 함경도 사내

-「하나씩의 별」13)에서

인용시는 해방 후 조국으로 돌아오는 귀향민들의 모습과 그들을 바라보는 시적 자아의 내면풍경을 보여주는 작품이다. 이용악의 시편에서 북쪽을 향한 길은 고향이외에 유이민의 유랑을 직·간접으로 형상화한 여로가 나타난 반면 이 시는 역으로 남쪽으로 향하는 '설움 많은 이민열차'를 통해 당대 흥분과 감격으로 넘쳐 났던 『해방기념시집』과 달리 해방의 기운을 놀랍도록 객관적으로 그려내고 있는 작품이다. 화물열차에 화물처럼 칸에 타지 못한 사람들은 지붕 위에 제각기 드러누워 한결같이 자신의 별을 바라본다. 그들은 두만강 너머에서 혹은 쟈무스 등지에서 '험한 땅에서 험한 변 치'뤘던 사람들로 모두 식민지 조국을 등질 수밖에 없었던 유이민이었지만 이젠 해방된 조국에 '눈보라 치기 전에 고향으로 돌아'가고자 하는 귀향객들이다.

이 시는 「잔등」의 여로와 흡사하다. 그것은 기차를 이용하여 남행하

---

13) 이용악, 『낡은 집』, 미래사, 1991.

고 있다는 점과 서울을 종착역으로 하고 있다는 점 그리고 여로의 과
정에서 느끼는 시적 자아와 서술자인 '나'의 내면풍경을 그리고 있다는
점 등이다. 「잔등」의 여로는 회령에서 청진까지의 시공간 속에 놓여
있다. 회령에서 청진까지의 여로는 서울에 이르기 위한 과정이라 할
수 있다. 작품 속에 내재된 서울의 의미는 이용악의 시와 마찬가지로
해방된 조국의 심장부를 뜻한다.

「잔등」의 서술자인 '나'는 서울에 가려는 사람들을 피난민이라 규정
한다. 피난민은 일 강점하 조선에서 만주로의 유이민적 성격을 내포하
지만 「잔등」에서는 그 역으로 나타난다. 즉 타국에서 해방된 고국으로
귀환하는 여로를 피난이라 한 것이다. 피난민들의 길 떠나기는 이름
그대로 피난길이다. 피난길 형식의 길 떠나기는 소위 '피난민 의식으로
서의 자의식'14)이라 할 수 있다. 일인칭 서술자이자 화자인 '나'는 누구
와 다를 바 없는 피난민이다. 피난민 '나'가 듣고 보고 이야기하는 것
은 피난민들의 군상이다. 곧 객체로서 객체보기에 다름 아니다. 이러한
이중의 객체성은 관찰자인 '나' 또한 피난민이라는 점과 피난민들의 군
상 역시 역사의 주체가 되지 못한 '내어 팽개친' 존재로서 '떼밀고 잡아
채고 곤두박질을 하면서 오는' 객체일 뿐이기 때문이다. '일본인에 대
한 열등감과 동포인에 대한 우월감'이 지식층의 세계관이라 할 때, 열
등감은 '내어 팽개친' 존재에 대한 연민으로, 우월감은 해방이 되었음
에 불구하고 역사의 주체로 다가서지 못한 민족에 대한 모멸감으로 나
타난다.

---

14) 김윤식, 『한국근대리얼리즘작가연구』, 문학과지성사, 1988, 211면.

　　이러한 이중의 객체성을 내포한 '피난민으로서의 자의식'은 역사에
의 거리 띄우기라 볼 수 있다. 역사에의 간극을 유지하는 '나'는 피난
민 또는 해방의 주변부로서 귀환의 여로가 흥분과 감격의 여로가 아님
을 역설한다. 피난민의 여로 즉 피난길은 해방의 감격도, 고통스러웠던
식민지 시대의 체험에 대한 푸념도, 새로운 삶에 대한 각오나 희망도
끼어 들어갈 틈을 허용치 않는다. 그것은 해방을 맞이할 때 감격이 아
닌 현실에 대한 혹은 미래에 대한 인식이나 전망의 제시가 여로의 형
식을 통해서 나타나는 것이기 때문이다.

　　이러한 「잔등」에서 보여주는 자의식은 이용악이 해방의 의미를 천
착하여 형상화했던 「하나씩의 별」에 등장하는 귀향객과 다르지 않다.
"그저 서러이 내다보던 골짝 골짝을/ 갈 때와 마찬가지로/ 헐벗은 채
돌아오는" 길은 이향과 귀향 또는 해방 전과 후가 별반 다르지 않음을
의미한다. 그들은 식민지 조국을 떠나 만주나 간도 등지로 떠날 때의
행상과 해방이 되어 조국의 품으로 돌아올 때에도 마찬가지인 것이다.
그러나 제각기 염원하고 있는 하나씩의 별은 해방이 되었다는 막연한
기대감일 뿐 그 이상도 이하도 아니다. 시적 자아는 그들의 무리에 섞
여 남쪽을 향한 길 위에 있다. 길 위의 사람들이 고향을 찾아가는 귀
향이라면 시적 자아는 고향과는 정반대의 방향으로 나아가는 이향의
여로이다. 자신의 고향으로부터 멀어지는 길은 남쪽으로 나 있는 철도
위에 몸을 싣는 것이고, 그것은 "서울이 그리워/ 고향과는 딴 방향으로
흔들"리는 것이다.

　　서울에 대한 그리움은 피난열차의 사람들이 헐벗은 대로 제각각의
염원을 안고 남쪽으로 가듯, 시적 자아에게도 '나라에 기쁜 일'이 너무

커 울지도 못하는 감격의 '별'을 품고 가는 것으로 나타난다. 나라와 관련된 기쁨이란 해방의 의미이고 자신의 별을 쳐다보는 것은 해방과 연관된 무언가를 희망하는 정서와 관련되어 있다. 그것은 서울에 대한 그리움을 충족하기 위한 행위이자 첫 번째의 남행에서 좌절되었지만 이용악의 무의식에 내밀하게 자리한 중심 또는 근대적 질서에 대한 욕망이라 볼 수 있다. 따라서 식민지 시절 남쪽의 의미가 일본 유학을 통한 근대적 질서를 향유하기 위한 것이었듯 해방된 조국에서 남쪽의 의미는 서울로 모여드는 중심에 대한 동경과 급격하게 재편되어 가는 혼란한 해방공간의 상황논리와 맞닿아 있다.

> 너의 문장은 어째 오늘날도 흥분이 없느냐, 왜 그리 희열이 없이 차기만 하냐, 새 시대의 거족적인 열광과 투쟁 속에 자그마한 감격은 있어도 좋을 것이 아니냐고들 하는 사람이 있는 데는 나는 반드시 진심으로는 감복하지 아니한다. 민족의 생리를 문학적으로 감득하는 방도에 있어서, 다시 말하면 문학을 두고 지금껏 알아오고 느껴오는 방도에 있어서 반드시 나는 그들과 같은 방향에 서서 같은 조망을 가질 수 없음을 아니 느낄 수 없는 까닭이다.15)

인용문은 '민족의 생리를 문학적으로 감득하는 방도'에 대한 허준의 입장을 서술한 대목이다. '어떤 것이 가치 있는 삶이냐'의 명제와 '인간은 어쨌든 사는 것이다'라는 명제로 인용문을 설명한 바 있는 김윤식은 일본인에 대한 열등감과 동포인에 대한 우월감에서 오는 미안함에

---

15) 허준, 『잔등』, 을유문화사, 1946, 서문. (김윤식, 앞의 책, 재인용, 211~212면)

의해 지식층의 세계관이 자기 분열을 일으켰고, 여기서 빚어진 세계관이 생에 대한 적극적 상실로 분석한다.[16)]

허준이 문제시했던 "민족의 생리를 문학적으로 감득하는 방도"는 "문학을 두고 지금껏 알아오고 느껴오는 방도에 있어서 반드시 나는 그들과 같은 방향에 서서 같은 조망을 가질 수 없"다는 점이다. 흥분과 희열이 넘치는 해방공간의 정치적 상황에서 허준은 흥분과 희열의 또 다른 측면인 내적 조망을 통해 현실을 총체적으로 인식하고자 한다. 이점은 한국문학을 논의하는 자리에서 화두를 차지하는 '문학적 근대성'과 닿아있다. 그것은 리얼리즘과 모더니즘의 연관관계 혹은 미학적 창작방법과 문학사상의 측면에까지 맥을 같이하는 원형질 같은 것이다. 문학과 현실 혹은 현실의 문학적 형상화란 측면에서 문학의 정치적 역할과 현실성의 구현을 중심으로 이루어졌던 리얼리즘이 이용악이 「기관구에서」 등의 시편에서 추구하고자 했던 정치적 근대성이었다면 그로부터 일정하게 거리를 두고자 했던 모더니즘의 미학을 잇는 계보가 허준의 「잔등」에서 보여주는 미적 근대성이라 할 수 있다.

> 핏발이 섰다 집마다 지붕 위 저리 산마다 산머리 우에 헐벗고 굶주린
> 사람들의 핏발이 섰다

> 누구를 위한 철도냐 누구를 위해 동트는 새벽이었나 멈춰라 어둠을
> 뚫고 불을 뿜으며 달려온 우리의 기관차 이제 또한 우리를 좀먹는 창고
> 와 창고 사이에만 늘여놓은 철길이라면 차라리 우리의 가슴에 아내와

---

16) 김윤식, 앞의 책, 212면.

어린 것들 가슴팍에 무거운 바퀴를 굴리자

　피로써 무르리라 우리의 것을 우리에게 돌리라고 요구했을 뿐이다
생명의 마지막 끄나푸리를 요구했을 뿐이다

　그러나 아느냐 동포여 우리에게 총부리를 겨누고 다가서는 틀림없는
동포여 자욱마다 절그렁거리는 사슬에서 너희들까지도 완전히 풀어놓
고자 인민의 앞잽이 젊은 전사들은 원수와 함께 나란히 선 너희들 앞에
일어섰거니

　강철이다 쓰러진 어느 동무의 소리가 바람결에 들릴지라도 귀를 모
아 천 길 일어설 강철 기둥이다

　며칠째이냐 농성한 기관구 테두리를 지키고 선 전사들이어 불 꺼진
기관차를 끼고 옳소 옳소 외치며 박수하는 똑같이 기름 배인 검은 손들
이어 교대시간이 오면 두 눈 부릅뜨고 일선으로 나아갈 전사 함마며 피
켓을 탄탄히 쥔 채 철길을 베고 곤히 잠든 동무들이어

　핏발이 섰다 집마다 지붕 위 저리 산마다 산머리 우에 억울한 모든
사람들이 우리의 승리를 약속하는 핏발이 섰다

-「機關區에서-남조선 철도파업단에 드리는 노래」 전문

　남쪽을 향한 길이 다다른 자리는 「하늘만 곱구나」에서 보여주듯 '집
도 많은 남대문'이 놓여 있는 서울이었다. 그러나 해방된 서울의 하늘
은 그 하늘 밑에 놓여진 움 같은 집에 사는 사람들을 외면한 채, 유이
민 생활을 겪고 고향으로 돌아온 거북이에게 집도 고향도 안겨주지 못
한다. '거북이'가 화물열차의 지붕 위에서 바라본 저마다의 '별'이었던,

남쪽으로 돌아오면 '빼앗겼던 땅에서 농사지으며 가 갸 거 겨 배운다'던 희망은 집도 고향도 없는 현실에 무너질 수밖에 없는 것이었다.

시적 자아에게 해방공간의 서울은 "예서 아는 이를 만나면 숨어바리지/ 숨어서 휘정휘정 뒷길"(「뒷길로 가자」)로 내몰 뿐 광화문 네거리로 나갈 수 없게 만든 또 다른 억압이었다. 시인은 탁 트인 광장으로 나아가지 못한다. 뒷길로만 맴돌게 하는 억압은 마치 일본 유학 시절의 풍경과 별반 다르지 않았기 때문이다. 따라서 이용악이 선택한 길은 누구를 위한 철도인가와 누구를 위한 새벽인가를 적극적인 실천을 통해 반문하는 것이었다.

「기관구에서」는 해방 직후 이용악이 자신의 전존재를 걸고 선택했던 남쪽을 향한 길의 중심에 놓여 있던 서울을 무대로 하는 작품이다. 해방공간의 서울은 이데올로기와 정치적 구호만이 난무한 근대의 실험장이었지만 그만큼 민족국가 수립을 위한 절호의 기회로 충만한 곳이기도 했다. 1946년 9월 총파업 당시 용산 철도 노동자들의 파업을 격려하고 있는 이 시는 지금까지 시 속에 드러난 시적 화자를 통해 자신의 목소리를 전달하려 했던 전략에서 벗어나 시적 화자와 시적 주체를 일치시킴으로써 현실에 대한 실천의 의지를 직접 전달하는 이야기의 방식으로 선회한 작품으로 평가된다. 그것은 당시 이용악이 남쪽이란 또 다른 고향을 통해 실현하고자 했던 욕망을 엿볼 수 있게 하는 구체적인 근거이자 그의 세계관 속에 내포되어있는 정치적 이념이나 사회적 안목을 느끼게 하는 것이다.

전자와 후자는 근대적 이념 또는 질서에 대한 그리고 중심에 대한 동경이란 관점과 더불어, 열강으로 인해 근대의 실험장으로 변모해 가는 서울의 모습을 통해 민족국가 수립이란 실천의 영역으로 대별된다. 그러한 관점은 좌우의 이데올로기 대립으로 나타난 혼탁한 정국 하에서 자신의 정치적 입각점을 극명히 보여주는 세계관의 문제이다. 이런 맥락에서 「다시 오월에의 노래」, 「거리에서」, 「빗발 속에서」 등의 시에서 나타난 선명한 선전선동성은 당대의 시대적 과제와 열망을 시적으로 형상화하고자 했던 이용악의 시 정신으로 볼 수 있다. 따라서 이용악이 적극적 현실 참여를 통해 정치적 근대성을 실현코자 했다면 허준의 경우, 이질적 두 만남을 통해 당대 해방의 의미를 내면화시키면서 미적 근대성에 도달하고자 한다. 정치·경제·사회의 각 층위에서 작동되는 근대성의 반영이자 저항이기도 한 미적 근대성은 근대성에 대한 본원적 반성이나 비판으로 기능하며, 순간성과 영원성의 동시적 추구를 지향하는 개념이다. 허준이 도달하고자 하는 미적 근대성의 세계는 해방 공간에 놓인 이질적 성격의 소년과 노파를 통해 해방의 당대성과 현재성을 교직하면서 격앙된 현실의 또다른 의미를 추적해 들어가는 것이었다.

① "……"
"그 중에서도 외목 나쁜 것만 해온 놈들은 돈이 있어 도리어 뭘 사먹기들이나 하지만 그렇게 아이새끼들만이 낳은 거야 업구, 지구, 걸리구 해서 당기는 게 말이 아니랍니다. 저어번에 또 한 놈은 다다미를 들추구, 판장을 제치구, 그 밑에 흙을 두 자나 파고, 돈 십만 원인가 이십만 원인가 감춘 걸 알아낸 것도 내가 알아냈지요. 그런 놈들이 벌떡 일어나지 못하게는 해야겠지만요…… 그 밖엔 정말 다 죽었습니다. 죽은 것 한가집니다."17)

② "부질없는 말로 이가 어째 안 갈리겠습니까……하지만 내 새끼를 갔다 가두어 죽인 놈들은 자빠져서 다들 무릎을 꿇었지마는, 무릎 꿇은 놈들의 꼴을 보면 눈물밖에 나는 것이 없이 되었습니다그려. 애비랄 것 없이 남편이랄 것 없이일어버릴 건 다 잃어버리고 못 먹고 굶주리어 피골이 상접해서 헌 너즐때기에 깡통을 들고 앞뒤로 허친거리며, 업고 안고 끌고 주추 끼고 다니는 꼴들―어디 매가 갑니까. 벌거벗겨 놓고 보니 매 갈 데가 어딥니까."

"……"18)

①은 「잔등」의 서술자인 나와 소년의 만남 중 소년의 목소리이고 ② 는 국밥집 노파의 목소리이다. '나'는 청진 근처의 시냇가에서 만난 소년과 해방 이후 일본인의 행적에 대한 대화를 한다. 소년은 새로운 세대, 일제의 압박을 직접 체험하지 않은 세대의 표상이다. 그런 의미에서 소년의 세대는 새로운 민족 국가 건설이라는 민족적 과제를 능동적으로 수행할 잠재 능력을 가지고 있다. 아직 세계를 논리적으로 볼 수 있을 만큼 성숙하지는 못했으나 순수성을 지닌 인물인 것이다. 그런 의미에서 일인들에 대한 소년의 증오는 해방의 역사성에 연결되어 있으면서도 본능적이고 무조건적인 증오의 성격을 띠고 있다.19) "건 정말 다들 죽은 거 한가집니다."라는 소년의 말은 해방 후 일본인의 상황을 집약적으로 드러낸다. 해방공간의 일본인에 대한 묘사는 소년의 눈을 통해 나타나며 '나'는 말 없음의 대화만이 이어질 뿐이다.

---

17) 이용악, 앞의 책, 324~325면.
18) 이용악, 위의 책, 348면.
19) 이대규, 앞의 책, 185면.

소년의 서정이 증오의 형태로 해방공간의 서사와 맞닿아 있다면, 국밥집 노파는 연민으로 이어져 있다. 그녀는 식민지 시대의 직접적인 피해자이며 소년과는 달리 체험자이기도 하다. 그녀의 아들은 일제시대에 사상 운동을 하다 잡혀 가 죽었으며, 이제는 홀홀단신으로 밤에 잠을 못 이루는 습관을 얻어 밤새 국밥을 팔고 있다. 소년과 동일한 서사를 지닌 그녀의 서정은 증오의 대상과 연민의 대상을 구분할 줄 아는 따스한 인간애의 소유자로 형상화되어 있다. 소년과 국밥집 노파와의 대화는 '나'와는 다른 관점에서 해방의 의미를 묻고 있다. 특히 '나'의 대화는 일방적으로 듣는 형태를 취하고 있다. 소년의 경우, '나' 는 '생선의 단말마적 발악'을 '그들의 운명'으로 단순 비유하여 치부하지만, 국밥집 노파의 경우는 다르다. 작가는 소년과 노파를 대비하여 해방의 의미를 서로 다른 시각에서 열어 보려는 의도를 담고 있다. 그러나 서술자의 객관적 시각은 국밥집 노파의 인간애를 형상화하는 부분에서 경사를 보인다.

피난민도 형지 없이 어지러웠고 일본 사람들도 과연 눈을 거들떠 보기 싫게 처참하지 아니함이 없었으나 생각하면 이것을 혁명이라 하는 것이었다. 혁명은 가혹한 것이었고 또 가혹하여도 할 수 없을 것임에 불구하고 한 개의 배장사를 에워싸고 지나쳐 간 짤막한 정경을 통하여, 지금 마주 앉아 그 면면한 심정을 토로하는 이 밥장사 할머니에 이르기까지 그것이 어떻게 된 배 한 알이며, 그것이 어떻게 된 밥 한 그릇이기에, 덥석덥석 국에 말아 줄 마음의 준비가 언제부터 이처럼 되어 있었느냐는 것은 나의 새로이 발견한 크나큰 경이가 아닐 수 없었다. 경이 보다도 그것은 인간 희망의 넓고 아름다운 시야를 거쳐서만 거둬들일

수 있는 하염없는 너그러운 슬픔 같은 곳에 나를 연하여 주었다.[20]

'혁명은 가혹한 것이었고 또 가혹하여도 할 수 없'는 것이지만 그러한 혁명관을 넘어 설 수 있는 하나의 가설은 국밥집 노파의 세계관을 받아들일 때이다. 노파의 세계관은 배 한 알과 밥 한 그릇을 덥석덥석 줄 수 있는 마음의 여유를 내포한 인간애라 할 수 있다. 이점은 '나'의 의식이 반역사적이며 해방의 주체가 아닌 객체로서 남을 수밖에 없는 방관자적 태도에 기인한다. 서술자인 '나'의 방관자적 태도는 자신을 현실에 투여하지 않는 '제삼자의 정신'이 다다른 지점으로 '인간 희망의 넓고 아름다운 시야를 거쳐서만 거둬들일 수 있는 하염없는 너그러운 슬픔 같은 곳'에 동화하는 것이기도 하다. 허준이 도달한 미적 근대성이 인간 내면의 무의식에 잠재된 휴머니즘을 발원시키는 언술에 기초할 때 이용악이 선택했던 정치적 근대성의 영역은 현실의 흐름을 정확히 읽어내는 정치적 감각의 세계였다.

누가 우리의 가슴에 함부로 금을 그어 강물이/ 검푸른 강물이 굽이쳐 흐르느냐/ 모두들 국경이라고 부르는 삼십팔도에 날은/ 저물어 구름이 모여

물리치면 산 산 흩어졌다도/ 몇 번이고 다시 뭉쳐선/ 고향으로 통하는 단 하나의 길

철교를 향해/ 철교를 향해/ 떼를 지어 나아가는/ 피난민의 행렬

－「38도에서」에서

20) 이용악, 앞의 책, 354면.

한국전쟁 훨씬 이전에 창작(1945.12)된 이 시는 해방직후 이용악의 문학적 예지력을 보여주는 작품이다. 해방을 일컬어 '도적같이 온 해방'이거나 '어느 派나 어느 인물의 노력에서 온 것이 아니요, 순전히 하늘에서 떨어져 온 것임을 인정'[21]하는 태도는 해방을 바라보는 수많은 시각의 하나 일 것이다. 이용악이 바라본 해방 정국은 "모두 어질게 사는 나라"를 향한 나라 만들기의 욕망과 "부끄러운 나라"(「슬픈 일 많으면」)가 보여주는 좌절의 상황이었다. 그 두 나라 사이에서 갈등해야 했던 이용악, 소년과 노파가 간직한 세계관의 괴리를 통해 자신의 정서를 갈무리해야 했던 허준, 그들은 각기 다른 방식으로 해방의 의미를 자신의 작품으로 묻고 있다. 그러나 그들의 화두였던 혹은 여로의 종착역이라 생각했던 해방 정국은 "고향으로 통하는 단 하나의 길"을 예비하고 또 다시 "피난민의 행렬"에 끼워들게 했다. 그것은 이용악과 허준 모두에게 고향을 등지게 했던 남쪽을 향한 길을 되돌리는 새로운 여로의 시작이기도 했다.

4. 결 론

본고는 이용악의 시와 허준의 「잔등」을 해방기 한국문학의 내적 형식으로서 길의 상징성과 그 여로를 중심으로 고찰하고자 하였다. 그들은 해방의 감격을 즉자적으로 받아들이는 대신 해방의 의미를 각각의 장르적 관점을 빌어 객관적으로 형상화하고자 노력했던 작가였다. 또

---

21) 함석헌, 『성서적 입장에서 본 조선역사』, 성광문화사, 1954, 280면.

한 그들은 이향과 귀향의 여로를 중심으로 작품의 내적 형식을 구조화하여 해방기 일반적으로 나타났던 감격과 흥분을 배제하고자 하였다.

해방기 민중들의 여로가 일반적으로 고향을 향하는 길 위에 놓여 있었지만 이용악과 허준은 자신들의 고향을 등지고 서울을 향한 여로를 선택한다. 일제 강점 하 지신인의 길 떠나기가 돌아옴을 전제로 가능한 것이었다면 민중의 그것은 기약 없는 별리였다. 그러나 해방이 되었을 때, 소수의 민중은 자신들의 고향으로 귀향할 수 있었다. 대다수의 유이민이 타향을 고향삼아 살아갈 수밖에 없었던 시대적 정황에 비해 소위 지식인의 귀향은 그보다는 안전한 여로였다.

이용악은 타향에서 고향으로 향하는 민중의 여로를 따라 이동하며 그들의 정서를 객관적으로 형상화할 때 허준은 해방된 서울로 향하는 여로 위에 놓여진 간이역의 내면 풍경을 해방의 감격보다는 그 의미를 추구하는 방향으로 나아간다. 이용악의 경우, 일련의 강한 현실지향성의 시편을 통해 보여주듯 민족국가 수립이란 나라 만들기의 욕망과 '부끄러운 나라'의 좌절 사이에서 그의 정치적 근대성에 대한 염원은 좌초할 수밖에 없었다. 허준의 경우, 소년과 노파가 드러냈던 이질적 세계관과의 만남은 당대 해방의 의미를 내면화시키며 미적 근대성에 도달하고자 했다. 일인에 대한 소년의 증오와 노파의 연민은 방관자적 서술자의 객관적 조망을 통해 너그러운 슬픔에 동화되는 양상을 보여준다.

이는 허준이 도달한 미적 근대성이 인간의 내면에 무한히 잠재되어 있는 너그러운 슬픔 같은 연민을 불러 일으켜 해방기 해방이 지니는 또 다른 의미를 조망했다면 정치적 근대성 혹은 중심에의 동경을 통해

이용악이 선택했던 지향은 현실의 흐름을 정확히 읽어냈던 정치적 감
각의 세계였다. 그러나 그들 각각의 근대적 지향성은 혼탁한 해방정국
을 돌파하지 못하고 자신들이 걸어왔던 여로를 북쪽을 향한 길로 되돌
려야만 했다.

제 3 부
작품론 ; 허준 소설의
현실대응양상

허준과 윤리의 문제
―「잔등」을 중심으로

1. 「잔등(殘燈)」, 난시(亂時)를 사생하다

해방 이듬해인 1946년 1월부터 『대조(大潮)』라는 잡지에 나뉘어 실리는 허준(許俊)[1]의 중편소설 「잔등(殘燈)」[2]은 해방을 맞아 장춘(長春)에서 서울을 향하는 두 청년의 여정을 스케치한 '로드 픽션'이다. 두 청년은 작가의 자기상을 비춰냈다고 여겨지는 '나'와 그의 친구 '방(方)'인데, 정

---

* 신형기 / 연세대학교 교수
1) 1910년 평북 용천 출신으로 일본의 호오세이(法政) 대학 졸업, 조선일보사 기자를 역임. 해방 후 조선문학가 동맹에 가담하였고 월북함.
2) 이 소설은 『대조(大潮)』 창간호(1946.1)와 2호에 연재되었고 이후 을유문화사에서 나온 단행본 『잔등』(1946)에 수록되었다. 여기서는 두 텍스트를 참조했다. 이후 인용 부분은 을유문화사 판 단행본의 쪽수임을 밝혀둔다.

작 그들이 왜 그때 장춘에 있었는지에 대한 정보는 구체적으로 제시되어 있지 않다.3) '구상 중인 그림을 위한 사생첩 두 권'(18)을 넣어 다니는 소설의 서술자 '나'는 허준의 다른 소설들에서도 그려진 바 있는 동경에 유학한 화가 혹은 화가지망생인 듯하다. 그러나 '방'이 그저 친구인지 아니면 동료이기도 한지, 왜 그가 '나'의 동행자가 되었는지에 대해서는 역시 어떤 설명도 없다.

'오족협화(五族協和)'를 외친 만주국의 수도가 되어 신경(新京)으로 불렸던 장춘은 일본의 도시계획자들에 의해 세계 수준의 미래주의적 도시로 설계되었던 곳이다. 아시아의 맹주를 자처한 일본제국에게 이 도시는 세계사적 플랜을 실현하기 위한 거점이었고, 그런 만큼 일본의 진보성을 세계에 과시하는 진열장4)이어야 했던 것이다. 두 식민지 청년은 새 메트로폴리스를 경험하려 했던 여행자일 수도 있고 그 곳을 생업의 터전으로 삼은 일시적 이주자였을 수도 있다. 그런데 이 소설이 그리는 역사적 시간은 신경이 소련군의 갑작스런 참전에 의해 전화에 휘말리는 비상한 전환점이다. 만주에서의 '해방'을 그린 다른 작가의 한 소설5)은 소련군이 대일선전포고를 하는 1945년 8월 8일, 새벽 2시경 신경에 소련군 비행대의 공습이 있었다는 것, 이튿날 '관동군의 야마다 사령관

---

3) 해방 후 허준은 『개벽』(1946.4)에 「장춘대가(長春大街)」라는 제목의 시 한편을 발표하고 있다. 장춘이라는 대도시에 대한 절망적 비애감을 표현한 이 시 말미에는 그것이 1945년 5월 11일에 씌어졌다고 부기되어 있다. 아마도 허준은 5월 11일 이전부터 장춘에 있었고 해방과 함께 귀국한 듯하다.
4) Prasenjit Duara, *Sovereignty and Authenticity; Manchukuo and the East Asian Modern*, Rowman&Littlefield Publishers, Inc., 2003, 71면.
5) 이금남(李琴男), 「이향(異鄕)」, 『민심(民心)』, 1946.3.

238 허 준

이하 막료들이 만주국 황제를 데리고 통화(通化)의 산 속으로 피난을 하였고, 관동군 장관과 만철(滿鐵)의 가족을 비롯한 일본인들 역시 피난을 떠났다'는 것을 전하고 있다. 당시 신경에는 10여만의 일본인과 약 2만의 조선인이 살고 있었는데, '심상치 않은 행동을 보이는' 중국인들을 피해서라도 일본인들과 조선인 대부분은 신경을 '탈출'하지 않을 수 없었다는 것이다. 두 청년 역시 신경, 아니 장춘에서 무엇을 하였든 전쟁을 피해 도망쳐야 했던 전재민들 가운데 하나였다.

그러나 조선인들에게 피난길은 해방된 고국으로 돌아가는 귀환의 행로가 될 수 있었다. 일본인들의 상당수가 귀환을 위하여 오랫동안 만주와 북한 지역을 떠돌아야 했던 것6)과는 달리 조선인들의 귀환은 상대적으로 수월하게 이루어졌던 듯하다. 「잔등」의 '나'에게도 귀환의 여정은 갖가지 우여곡절이 있지만 목숨을 걸어야 할 만큼 긴박한 것은 못되었다. 물론 조선인이라고 해서 모두가 두 청년과 같이 여행이라도 떠나듯 할 수 있었던 것은 아니다. 만주 지역에는 수전(水田)을 개척하여 '북향(北鄕)'을 일구려 한 식민지의 이주 농민 수십만이 살고 있었다. 이들 정착민들은 아무래도 몸을 움직이기가 쉽지 않았을 것이다. 소설 속의 '나'가 자신의 입장을 설명하기 위해 사용한 '제3자의 정신'이란 자신의 처지조차 방관하는 수동적 관찰자로서의 자세를 이르는 것일 텐데, 그만큼 그는 한낱 떠돌이 인물이었다. 요컨대 그는 여행자였고 몸

---

6) 일본인들을 실은 '최후의 피난 열차'가 청진의 전쟁 지대를 뚫고 서울을 향해 남하한 것은 8월 16일 오전이었다. 이후 38선이 봉쇄되면서 일본인들의 이동은 금지되었다. 미군정청에 의해 일본인들의 총 인양(引揚)이 지시된 것은 1946년 1월 22일이었다. 森田芳夫, 『朝鮮終戰の記錄; 米ソ兩軍の進駐と日本人の引揚』, 嚴南堂書店, 1964, 54, 225면.

가볍게 이 '난시(亂時)'를 사생할 수 있었다. 그가 그려내는 귀환자−피난민의 정경이 어느 정도 표피적인 것일 수 있었다는 의미이다.

장춘을 떠난 두 청년의 목적지는 서울이다. 그런데 왜 장춘에 갔었는지가 제시되지 않은 것처럼 서울을 향하는 이유도 밝혀져 있지 않다. 서울이 그들의 고향일 수도 있었지만 아마도 그들을 포함한 많은 '귀환동포'들에게 서울은 재집결해야 할 새 수도였을 것이다. 귀환자들은 고국, 혹은 고향에 대한 향수에 이끌리기도 했으리라. 그러나 향수라는 감정은 실상 분명한 대상을 갖는 것이 아니다. 노스탤지어의 어원인 희랍어 nostos는 '빛과 삶으로의 귀환'7)이라는 의미이거니와, 향수의 대상이 되는 과거의 고향이 이미 훼손되거나 사라지고 없다면 향수는 오히려 불가피하게 미래를 향하게 마련이었다. 즉 새 수도로의 귀환은 광복의 빛과 새로운 삶으로의 감격적인, 그러나 현재로선 아직 성취되지 않은 '귀향'을 뜻했다.

소설은 두 청년이 청진을 떠나는 데서 끝난다. 요컨대 이 소설은 서울로의 귀향을 그려 보여주지 않는다. 그러고 보면 소설의 앞머리 또한 그들이 회령에 닿은 시점에서 시작되고 있다. 신경에서 회령에 이르기까지, '무개화차에 실려 스무 하루 동안 만주를 가로지른' 여정은 단 몇 마디로 짧게 언급될 뿐이다. 물론 여행은 종착지에 이르는 것만이 목적일 수 없는 과정이다. 그래서 여행에는 언제나 간단히 설명되지 않는 잉여가 있다. 게다가 모든 것이 불확실하고 예측할 길 없는 피난길이란

---

7) Svetlana Boym, *The Future of Nostalgia*, Basic Books, 2001. 7면.

240 허 준

그 자체가 하나의 판타스마고리아8)일 수 있다. 전화를 피해 탈출하는 피난민의 시점이란 현재를 감각하기에도 벅찬 것이 아니었겠는가. 그렇게 보면 이 여정이 일관한 전체로서가 아니라 '혼란하고 무질서한 것들의 풍성한 파노라마'9)로 나타나는 것은 이해할 만한 일이다. 피난의 여행기가 전말이 잘린, '불충분한 재현'의 형식을 취하고 있는 점은 일단 이러한 경험의 양상과 관련된 '효과'로 읽을 필요가 있다.

그러나 가히 모더니즘적이라고 말할 수 있는 이 소설의 형식을 규정한 것은 또 귀환에 대한 서술자의 고민이 아니었을까 하는 추측도 해볼 만하다. 피난길이 판타스마고리아로 경험되는 만큼 귀환은 어렵고 먼 길이었다. 그들의 여행은 고국으로의 귀환을 위한 것이었지만, 귀환이 새로운 미래로의 귀환이어야 했다면, 귀환은 고국으로 들어오는 데서 끝나지 않고 고국에 들어오면서부터 시작될 일이었다(소설이 회령에 닿은 시점에서 시작되는 이유는 이렇게 설명될 수 있다). 회령에서 청진행 기차를 놓친 '나'가 망연자실하여 "세상이 무한히 넓고 먼 것이라는 느낌"(13)을 피력하는 장면, 애상에 잠겨 그를 버리고 떠난 기차를 향해 '한없이 모자를 흔드는' 장면은 그의 귀환이 이루어지지 않았고 또 쉽게 이루어지지 않을 것임을 암시한다. 소설의 말미에서 '나'는 서울에

---

8) 판타스마고리아(phantasmagoria)란 모호한 감각적 인상들이 불연속적 환몽(幻夢)과 같이 어지럽게 연이어지는 것을 가리킨다. 그것은 안정된 시점이 확보되지 않아 끊임없이 미끄러지며 중심이 계속 흩어지는 파노라마로 나타난다. 판타스마고리아의 이심성(離心性 eccentricity)은 외현(外現)과 심부, 보이는 것과 숨겨진 것의 경계를 허물며, 이로써 장소와 시간의 구속을 벗어나게 한다.
9) Malcolm Bradbury, James Macfarlane, "The Name and Nature of Modernism", *Modernism*, Malcolm Bradbury, James Macfarlane eds., Penguin books, 1976, 26면.

가기 위해 청진을 떠나고 있지만 서울에 닿는다고 해서 귀환의 이야기가 종결될 수 있는 것은 아니다. 이렇게 보면 이 소설은 귀환의 여정을 그린 것이 아니라 귀환의 문제를 다루고 있는 것이다. 이 소설의 형식을 이렇게 읽으려 할 때 먼저 꼼꼼히 돌이켜 보아야 할 것은 귀환의 의미이다.

2. 귀환의 의미

신경에서 일본군이 패퇴한 뒤 이어진 일본의 항복은 식민지 조선의 해방을 뜻했다. 그렇기에 조선인 전재민(戰災民)은 동시에 '귀환동포'가 되었다. 「잔등」의 서술자는 만주를 유랑과 유배의 땅으로 묘사하면서 귀환의 감격에 젖는다. "산도 없고 물도 안 보이는 광랑한 회색 벌판"(19)을 헤매던 사람들이 "봄가을 한참 때에 부는, 그 하늘이 빨개서 뒤집혀 들어오는 흙바람"(22)을 피해 이제 고국으로 돌아온다는 것이다. 비록 일본 제국주의의 정책적 선전의 문구였다 하더라도 만주가 흔히 풍요의 '낙토(樂土)'로 그려졌고 '복지만리(福地萬里)'를 구가하는 '낭만'의 대상이었던 점을 기억할 때, 이러한 묘사는 역시 극단적인 것이다. 특히 적지 않은 조선인들이 만주를 새로운 고향―'북향(北鄕)'으로 여겨 정착하고자 했다면, 그곳이 안주할 수 없는 타지일 뿐이었다는 것도 지나친 표현일 것이다. 만주를 황량한 타지로 여김으로써 고국은 '아름다운 고향'이 된다. "너 만주에서 이런 물 봤니?"(18), "너 만주서 저런 하늘 봤니?"(24). 서술자는 북지의 한 강변에 앉아 고국의 땅을 다시 밟는 귀환동포들의 대화 장면을 옮기며 눈시울을 적신다. 그들의 귀환, 아니 귀향은 아름다운 물과 하늘―'풍토'로의 귀향이었다. 그는 향수를 근본적인 감정으로 규정하며("향수란 이렇게 근본적인 것일까?"(23), 새삼스레 이를 강렬하게 표출한다. "나는 조선이 그처럼 그리울 수가 없는 나라인 것을 다시금 깨달았다."(24)

원하지 않게 고향을 등졌던 유이민(流離民)이 아니라 하더라도 해방을 맞아 고국으로 귀환하는 사람에게 조선이란 그 전체가 '고향'의 환유일 수도 있었으리라. 제국주의의 지배를 벗어난 조선이라는 고향은 다시금 순결함을 되찾아야 할 땅이었다. 그러나 목에 'Good morning 祝君무安'이란 붉은 글자가 새겨져 있는 상해(상하이) 산 타리수건10)을 동인' 친구 '방'의 행색이 말하듯, 고향으로의 귀환은 국제적 공간에서 지방(local)으로의 귀환이기도 했다. 귀향으로서의 귀환은 지방으로서의 고향이 순결함을 간직한 향토이기를 바라는 것일 수 있었다. 나아가 향수가 미래를 향한 것일 수 있다고 할 때, 귀환의 대상으로서의 고향은 과거를 간직하고 있을 뿐 아니라 쇄신(刷新)을 가능케 하는 장소로 기대될 수 있었다. 고향은 모든 것이 다시 시작되어야 할 새로운 출발점이어야 했던 것이다. 소설 속의 '나'는 '여유 만만한 소뇌주의(小腦主義)'일지 모른다고 하면서도, 국내로 들어오면 청진이나 주을에 들려 만주의 '때를 빼는' 것이 자신들의 계획이었음을 밝히고 있다. 만주는 소잡(騷雜)한 외지가 되고 조선은 몸을 깨끗이 하고 들어가야 할 집안이었던 셈인데, 정결함의 회복은 쇄신의 장소로 귀환하기 위한 조건이

---

10) 세수수건.

었던 것이다.

　일본제국주의의 패망에 따라 만주나 일본 등지에 있던 조선인들이 귀환한 것은 하나의 역사적 사건이다. 이 과정과 양상은 여러 소설에서 다루어졌는데, 귀환의 감격 때문인지 돌아간다는 사실 그 자체가 식민 기간의 '훼손'을 극복하는 의미를 갖는 것으로, 즉 귀환이 과거를 떨치고 새 삶을 보장하는 전기인 듯 그려지기도 했다.[11] 또 당시의 노동소설이나 농민소설들은 징용 귀환자들을 새로운 비전을 갖는 긍정적 인물로 여기는 기대를 표현했다. 그들이 어쨌든 넓은 세상을 보았고 고난의 경험을 했다는 이유에서였다. 그러나 염상섭의 단편소설 「첫걸음」(『신문학』, 1946.11)이나, 「이합(離合)」(『개벽』, 1948.1)에서 「재회」(『문장』, 1948.10)로 이어지는 계작은 만주로부터 38 이북을 거쳐야 했던 귀환의 여정이 이념적이나 도덕적으로 매우 소란(disquiet)한 것일 수밖에 없었음을 차근히 들추어낸다.[12] 더구나 채만식의 미완 장편 『소년은 자란다』(1949)에서는 귀환동포를 기다리고 있던 것이 환대가 아니라 빈핍과 혼란이었음을 보게 된다.

　귀환이란 무엇이었던가. 일본이 패망하지 않았더라면 귀환도 없었다. 일본의 패망은 여러 사람들의 '처지를 뒤바꿔'[13] 놓았고 귀환은 그 결과였다. 즉 귀환이란 자신의 위치와 설 자리가 조정되는 과정이었다.

---

11) 한 예로는 엄흥섭의 「귀환일기」, 『우리문학』, 1946.2; 「발전」, 『문학비평』, 1947. 6 연작, 이에 대한 지적은 신형기, 『해방기 소설 연구』, 태학사, 1992, 134~135면.
12) 『해방기 소설 연구』, 171~189면 참조.
13) 염상섭, 「첫걸음」, 『신문학』, 1946.11, 9면.

「첫걸음」에서는 일본인 여자와 결혼하여 그간 일본인 행세를 하며 살아온 조선 사람이 이제 '어엿한 조선 사람'임을 주장하며 자기 성(姓)을 찾으려 나서는 모습이 그려지고 있다. 미상불 해방을 맞은 조선인은 먼저 일본인들로부터 자신을 구별해내어야 했을 것이다. 조선인들은 제국의 신민으로 귀속되었었지만, 제국의 공간을 지탱하던 실제적이고 이념적인 기구들이 일시에 무너져 내린 상황에서 그들은 다시 조선인이 되어야 했다. 민족으로 귀환하고자 하는 조선인들은 자신이 더 이상 제국의 신민이 아니라고 외쳐야 했으며 자신의 과거를 부정해야 했다. 그러나 과거의 기억을 지우고 새롭게 자신을 바꾸는[쇄신] 것이 쉬운 일일 수는 없다. 기억이 정신과 신체에 새겨져 있었다면 이를 부정하려는 쇄신의 꿈은 거친 폭력으로 나타나게 마련이었고, 결과적으로는 오히려 과거의 억압적인 시간을 역설적인 방식으로 지속시킬 수 있었다. 민족을 앞세운 주체화의 욕망이 기왕에 경험한 타자화의 폭력을 반영하고 재생산하게 마련이었다는 뜻이다. 민족의 이름으로 모두를 불러낸, '진보적 이념'의 세례를 받아 거듭 나려는 열정이 유행병처럼 번졌던 해방직후는 사실상 유례없이 타자화─배제의 선이 복잡하게 그어진 때였다. 결과적으로 볼 때 쇄신의 꿈은 해방의 조건으로 주어진 한반도의 '분할'을 극복하기보다 오히려 그 반대의 작용을 했던 것이 분명하다. 남북에서 민족을 이끌 건국의 주체로 나선 정치지도자들은 '배제하는 통합'의 주인공이 되었다. 민족으로의 귀환은 타자화의 경계를 넘을 수 없었던 것이어서, 역설적이게도 '동족상잔'의 전쟁과 그 이후 오랜 시간 동안 남북이 대치하는 과정을 통해 지속적인 과제가 되었다.

귀환이 무엇으로의 귀환이어야 했던가는 그야말로 역사적으로 탐구되어야 할 문제이다. 일본의 패망으로 민족으로의 귀환은 마땅한 것이 되었지만, 민족의 아들딸로 다시 태어나고자 한 조선인들이 식민지의 시간뿐 아니라 그 시간을 살아온 자신의 과거를 부정해야 했다면 귀환의 향방은 심각하게 자문되었어야 했다. 과거를 외면할 때 과거는 오히려 지속될 수 있었기 때문이다. 과연 귀환의 문제에 관해 「잔등」이 보여주는 것은 무엇인가? 귀환의 향방 묻기는 다음과 같은 '놀라운' 만남의 장면으로 시작되고 있다.

3. '풍토'와 '우리들', 그리고 민족의 도덕

'소련병에게 군용차를 교섭'하고 '날쌔게 화차에 뛰어오르기도 해야 하는' 고생 끝에 다다른 고국의 아름다운 강가에서 그가 문득 발견하는 것은 "아인지 어른인지 사람인지 아닌지조차 분간ᄒ기 어려"(25)운 대상이다. 물론 그것은 사람이다. "진한 구리ᄉ빛으로 탄 얼굴과 윗도리는 아무 것도 걸친 것이 없이 해를 받아 번쩍번쩍 빛나는데, 히그므레한 사루마다 같은 것을 아랫도리에 감았을 뿐이었다."(25) '나'는 그것이 사람인 것을 깨닫는 순간 '직각적으로' 자신이 '떠나 온 이국인의 풍모를 연상'하고 '몇 번씩이나 몸을 소스라치게' 놀란다. 해방된 고국이 고국이 아닌 것처럼 느껴지는 시공간의 혼란이 일었던 듯하다. 순간적으로 '나'를 놀라게 한 '그것'의 행동은 여전히 거칠고 위협적인 박진감을 갖는 것으로 묘사된다. "히그므레한 사루마다를 두른 궁둥이가 영

246 허 준

화에서 보는 남양 토인의 춤처럼 몇 번인가 좌우로 이질거리었다."(26) 이내 이 토인은 강가에서 작살로 물고기를 찍어 잡는 불과 십사오 세쯤 되는 소년임이 밝혀지지만 그 형상은 여전히 위압적이다. 소년은 말을 걸어도 들은 체 만 체하는 '거만하고 초연한' 모습인데, '나'는 곧 소년의 모습에 대한 찬사를 늘어놓는다. 그에겐 "너무나 직선적인 굵이와 부러울 만한 열렬함이 있었다. 자아중심의 황홀이 있는 듯하였다."(28) 처음의 놀람은 사라진 것인가? 그는 소년이 강가 모래밭으로 잡아내어 놓은 물고기가 단말마적으로 버둥대어 다시 물을 향하는 것을 보며 '목숨에 대한 강렬한 집착'과 '본능의 정확성'에 감탄하는 동시에, 그런 물고기를 대수롭지 않게 다루는 소년에 대해서 역시 감탄을 표한다. 그는 마치 신선한 충격을 받았다는 식으로 자신의 감상을 적는다. "고국 산수의 맑고 정함과, 이 맑고 정한 물을 마시고 자라나는 사람의, 잡티가 섞이지 아니한 신선한 촉감이 흔연히 일치가 되어 나의 마음을 건들임은 심상한 것이 아니었다."(31) 마침내 그는 고국의 풍토가 낳은 '순수하고 근원적인 인간'을 발견한 것인가?

놀람과 두려움에서 찬탄에 이르는 과정은 분명히 자연스럽지 못하다. '사루마다 같은 것을 감은' 벗은 몸을 보고 이국인(중국인이 아니면 일본인)의 풍모를 연상했던 그가 이내 소년을 순결한 풍토의 조상(彫像)으로 우러른다는 것은 아무래도 비약이다. '존황(尊皇) 사상'과 '헌신의 도덕'이 전통적 근본성을 갖는 것이라고 말하며 '무사도(武士道)'의 정신을 고취하고자 했던 일본 총력전 체제의 이데올로그 와쓰지 데쓰로(和辻哲郞)는 일찍이 풍토에서 인간 연대성의 객관적 기반, 즉 존재의 시공간적 구조를 찾으려 했다. '나'를 '근원적인 사이(間—일종의 공동체성)'로서의 '우리들'이게끔 하는 근거는 바로 풍토라는 주장이었다. 즉 개별자는 풍토라는 기반을 통해 비로소 자신을 객관화할 수 있다는 것이었는데, 풍토가 존재의 구조로 객관화되는 양상은 다음과 같이 설명되었다. '우리'가 춥다는 것을 느꼈을 때 추위는 단순히 '우리'가 지각하는 대상이 아니라 '우리'의 구체적인 행위(가죽 옷을 입는다든지 아니면 두꺼운 지방층을 갖는다든지 하는 식으로)로 나타난다. 그의 표현을 빌면 '우리는 추위 가운데로 나와 있는 것'이며, 그 '나와 있는 것'이 바로 '우리들'인 '나', 혹은 '나'인 '우리들'을 규정한다. 와쓰지에게 존재의 객관적 기반으로서의 풍토는 '우리'를 우리이게끔 하는 '주체적인 육체성'이었다. 그는 육체의 주체성이 회복되어야 하는 것처럼 풍토의 주체성이 회복되어야 한다고 주장했다.[14]

특별한 공동체성의 근거로서의 풍토는 이내 민족과 국민성의 근거로 간주됨으로써 향토의 본질이 되었다. '주체적인 육체성'으로서의 향토를 지키는 것은 '우리들'의 윤리였다. 인간 연대성의 객관적 기반을 찾으려 한 와쓰지의 시도는 결국 '우리들'을 '우리들'이게끔 해야 한다는 민족 정체성의 정치학-윤리학으로 귀결된다. 민족을 "피와 흙의 공동에 의해 한계지워진 문화공동체"[15]라고 규정한 와쓰지의 비교 대상은 '유럽'이었고, 아시아에서는 중국이거나 인도였다. 풍토는 타자로부터 민족을 구획하는 것이었다. 와쓰지는 '우리들'의 윤리로서 '인륜적

---

14) 和辻哲郞, 『風土; 人間學的考察』, 岩波書店, 1940, 16~20면.
15) 和辻哲郞, 『倫理學(中), 和辻哲郞全集(11)』, 岩波書店, 1962, 585면. 사카이 나오키, 『번역과 주체; 일본과 문화적 국민주의』, 후지이 다케시 옮김, 이산, 2005, 175면에서 재인용.

전체성'론을 펼쳤지만, 자신의 제한된 입장을 초월하여 '자타합일의 절대적 부정성으로 돌아간다.'는 논리는 일종의 정신적 초월론과 결합하여 죽음으로써 주체성을 지킨다는 "일억 옥쇄(一億玉碎)의 윤리학"16)을 지지하기에 이른다.

작살로 고기를 잡는 소년에게서 고국의 풍토가 낳은 '순수하고 근원적인 인간'을 발견하는 비약에는 역시 '우리', 곧 민족의 주체적인 인간상을 그리려는 강압된 욕망이 작용했으리라 여겨진다. 민족적인 경계는 이미 생사를 가르는 선이 된 상황이 아니었던가. 사실 와쓰지의 경우에서 보듯 '인간 연대성의 객관적 기반'으로서의 풍토가 주체화의 욕망에 앞설 수 있는 것이 아니었다면, '우리들'을 규정한 것은 풍토이기 이전에 이러한 욕망이고 공포였다. 소설 속의 '나'는 이 욕망, 혹은 공포를 소년에게 투사한 것이다. 과연 이 소년은 보통 소년이 아니었다. 작살로 뱀장어를 찍어내듯 소년은 일본인들을 '여러 개' 잡았다고 자랑한다. "돈 뺏기기 싫어서 돈을 감춰 가지구 어떻게 서울로 달아나 볼가 하다가는 잡혀서 슬컷 맞구 돈 뺏기구 아오지나 고무산 같은 데로 붙들려 간 게 많았어요. 나두 여러 개 잡았는데요."(41) 그러면서 소년은 자신이 잡은 뱀장어를 도맡아 놓고 사먹던 일본인이 조선인 복장을 하고 도망치려 했는데 이를 알아채고 '위원회 김 선생'에게 일러 붙들리게 한 경위를 자세히 설명하기도 한다. 일본인들에 대한 소년의 증오는 단호하다. 일본인들은 다 죽었지만 확실하게 죽여 '다시 일어나지 못하게'(48) 해야 한다는 것이다.

---

16) 사카이 나오키, 『번역과 주체; 일본과 문화적 국민주의』, 188면.

소년이 잡아내던 물고기를 보며 서술자가 제시했던 감상―"애타는 목숨을 추기기 위해 물의 방향을 더듬어 날뛰던 적은 미물"(43)의 '단말마적 발악'은 살길을 찾아 도망치려는 일본인들의 모습과 겹쳐진다. 소년의 '거만하고 초연한' 모습은 마치 버둥거리는 고기를 다루듯 아무런 저어함 없이 일본인들을 잡아낼 수 있는 단순하고 냉혹한 면모와 다르지 않은 것이었다. 그는 '악'(일본, 혹은 일본인)이 구축되는 '사필귀정'을 무심히 수용하고 있는 것이다. '나'에게 그것은 강인함으로 비친다. '나'는 "소년의 이 강인한 촉지(觸指)가 언제든지 한번은 내게 능동적으로 와 작용할 날이 있을 것을 은연중에 기대"(37)한다고 말했지만 그러나 그것은 기대 이전에 두려움일 수도 있었다. 그가 처음 소년의 모습을 보며 잠시 가위눌린 것도 이러한 두려움 때문이 아니었을까?

일본인들과 '친일파'에 대한 응징은 일반적으로 38 이북에서 훨씬 적극적으로 이루어졌다. 해방의 소식을 들은 사람들은 우발적으로 '도리이(鳥い)'나 주재소를 부수었고, 곧 지방 인민위원회가 생겨나며 도처에서 '결사대'가 조직되어 일본인뿐 아니라 친일파와 '민족반역자'를 응징하려 했다.17) 소설에서도 일본인의 체포가 '감옥에서 나온 꽤 높은 사람'인 '위원회 김 선생'의 주도로 이루어지고 있음을 그리고 있는데, 그 '위원회'는 물론 인민위원회였을 것이다. 증오의 감정이 북돋워지고 테러가 정당화되었던 상황에서 일본인들은 아무런 저항도 할 수 없었던 듯하다. 소년이 전하듯 그들은 '도망치려다 잡혀 실컷 맞고 돈을 빼앗

---

17) Charles K. Armstrong, *The North Korean Revolution, 1945~1950*, Cornell University Press, 2003, 51~53면.

긴 다음 집단적으로 수용되어 아오지나 고무산으로 보내졌'(41)다. 진주한 소련군은 일본인에 대한 임의적인 처벌을 막았지만, 한편으로 친일 지주와 일제의 관속(官屬)들을 적발해 재판의 절차 없이 가족도 모르게 시베리아로 실어간다는 소문도 돌았다.18) '마땅한 응징'은 흉흉한 공포 분위기 속에서 이루어졌던 것이다.

이 소설의 무대가 되는 회령과 청진은 만주와 두만강 유역의 일본인들이 열차로 남하하기 위해 모였던 곳이다.19) 게다가 함경도 지방은 광공업 개발 때문에 일본인의 인구 비율이 높았고 또 청진은 만주로부터 오는 대두(大豆)와 같은 농산물을 일본으로 실어 나르는 항구였다. 소련군은 해방 전인 8월 9일 청진을 공습한 바 있고 13일 청진에서는 소련군 상륙부대와 일본군 간의 전투도 벌어진다. 일본군의 퇴각은 이미 이 시점에서 시작되었다.20) 군인과 관공리의 가족을 포함한 민간인들 역시 일찍이 피난에 나서지만 해방과 더불어 38선이 봉쇄됨으로써 상당수의 일본인들은 38 이북에서 발이 묶이고 말았던 것이다.

8월 21일 원산에 상륙한 소련군은 일본군을 무장해제하고 행정 관료들을 억류하였으며 기왕에 도지사가 가졌던 행정권을 조선인들에게 인계한다. 이런 상황에서 일본인들의 귀환에 대한 배려는 있을 수 없었다. 수천 혹은 수백 명의 단위로 이동하던 일본인들은 굶주림과 추위에 시달렸으며 살해되거나 약탈과 강간의 피해자가 되었다. 소련군

---

18) 김창순, 「친일파 청산, 북한에서는 어떻게 되었나」, 『북한』, 24권 5호, 1995.5, 41면.
19) 森田芳夫, 『朝鮮終戰の記錄; 米ソ兩軍の進駐と日本人の引揚』, 嚴南堂書店, 1964, 435면.
20) 森田芳夫, 위의 책, 37면.

이 일본군을 억류하기 위해 고무산(古茂山) 등에 만든 수용소에는 민간인도 수용되었던 만큼[21] 민간인 역시 포로나 전범에 준하는 취급을 받았던 듯하다. 패전 후 일본에서는 '사지(死地)'에 남겨진 일본인들을 구출한다는 뜻으로 '인양(引揚)'이라는 용어를 사용했고, 인양의 고난은 이후 일본인들로 하여금 자신들을 또한 전쟁의 수난자로 기억하게끔 하는 근거가 된다. 한편 패전에 따른 고생담과 힘들었던 피난길을 돌이킨 개인적 회고담으로서 여러 수기가 씌어졌는데, 만주에 있던 한 일본인 과학자의 아내가 패전 후 1년여에 걸쳐 북조선을 헤매다가 38선을 넘어 일본으로 귀환하기까지의 간난신고를 기록한 『흐르는 별은 살아 있다』[22]는 그 가운데서도 널리 읽혔던 것이다. 이 수기는 그 일부가 번역되어 국내잡지에 실리기도 했다(『민성(民聲)』, 37호, 1949.8). 아마도 일본인의 고생담을 듣는 것은 당시만 해도 미묘한 흥밋거리일 수 있었고 또 귀환의 험로를 경험해야 했던 여러 사람들은 그에 공감할 수도 있었으리라.

그러나 일본인을 잡아 가두고 친일파를 가차 없이 처단하는 것은 민족의 도덕이었다. 그것은 조선인들이 식민지의 시간과 그에 대한 기억을 지워버리는 간편하고 효과적인 방법일 수 있었다. 이런 방식으로 난시는 고국의 풍토와 '우리들'로의 귀환을 명령하고 있었다. 소년은 새로운 역사의 주체로 예감된 '강인한 우리'의 표상—민족의 주인공이었다. '나'는 그를 우러르며 그의 '촉지'에 의한 세례를 기대한다. 그것은 쇄신의 길이었다. 그럼에도 불구하고 소설 속의 '나'는 소년이 대담

---

21) 森田芳夫, 앞의 책, 197면.
22) 藤原 貞, 『流れる星は生きている』, 日比谷出版, 1949.

한 행동을 통해 던지는 동의의 요구에 대한 확답을 미루고 있는 듯하
다. 소년의 편에 서기를 주저하고 있는 것이다. 그가 소년에 대해 찬탄
하면서도 동의하지 못하고 있는 이유, '우리들'로 거듭나는 길을 앞에
두고 그가 망설이는 이유는 무엇인가?

4. 윤리의 문제

허준은 일찍이 「습작실에서」(1941)라는 소설에서 윤리의 문제를 제
기한 바 있다. 일본에 유학하던 시절의 삽화로 회고담의 형식을 취하
고 있는 이 소품은 죽음을 준비하는 하숙집 주인 노인을 통해 '제가
이 세상에서 아무 것도 아님을 깨닫는' 것이 '자기의 존재를 밝히는' 조
건이라는 명제를 언급한다.(123) 노인이 모사했다는 '無無明 亦無無明盡'
이라는 현판은 '근본적인 번뇌를 일으키는 어둠'[無明]과 대면하여 '자
신이 놓인 자리'를 인식하려는 마음의 경구이다.

윤리학의 어원이 되는 희랍어 ethos는 거주지의 뜻으로 인간이 서는
위치를 가리킨다(인간은 신의 가까이에 거주한다). 노인이 물은 것은 자기
라는 존재자가 놓이는 위치일 것이다. 하이데거에 의하면 존재자의 본
질은 그것을 존재하게 하고 전체적인 통일성과 질서를 부여하는 존재
전체에 의해 주어진다. 즉 존재자의 본질이란 그 존재자가 존재 전체
안에서 갖는 위치이다. 하이데거는 니힐리즘으로 가득 찬 현대라는 '궁
핍한 시대'가 존재의 본질을 망각한 공허와 불안감에서 비롯되었다고
보았다. 인간은 확대되어가는 현대 물화(物化)체계의 부속물로 전락해

가고 있다는 것이다. 이런 '의미상실'에 맞서려는 것이 하이데거의 '근원적인 윤리학'이었다. 여기서 윤리적 행동이란 자기 존재의 고유한 본질(거처)에 대한 인식을 전제한다. 하이데거에게 윤리학은 존재론과 다른 것이 아니었다.[23]

노인에겐 '자신이 아무 것도 아님을 깨닫는 것'이 윤리적 행동의 조건이었다. 존재자는 '존재의 진리'에 자기를 엶으로써 협소한 자기의 굴레를 벗어나 '자유롭고 절대적인 입지－열린 터'에 진입할 수 있다는 하이데거를 주장을 참고하면, 무명과 대면하는 것은 보편적이고 절대적인 진리의 장으로 진입하는 노인의 방법이었던 것이다. 이 존재론의 윤리학이 이르는 정점은 초월(transcendence)이다. 자기의 굴레를 탈각하는 초월은 진정한 자기와 근원적인 세계를 여는 사건으로서, 존재자 전체의 근거로 진입하는 것을 뜻한다.[24] 소설에서 마치 무(無)를 향해 담담히 걸어 들어가듯 그려진 노인의 죽음은 초월의 상징으로 읽힌다. 하이데거에게 역시 죽음은 존재자들의 '고유한 존재를 환히 드러내주는 것', 다시 말해 존재가 '무의 형태로 자신을 내보이는 것'이었다.[25] 노인은 죽음을 담담히 맞음으로써 '죽음으로 신호를 보내는' 존재의 소리에 응답한 것이다.

존재자가 존재 전체의 관점에서만 그것 자체로 나타날 수 있다는 논리, '보편적이고 절대적인 진리의 장'으로 진입하려는 존재 물음을 곧

---

23) 박찬국, 『하이데거와 윤리학』, 철학과현실사, 2002, 25~31면.
24) "존재와 존재 구조는 모든 존재자를 넘어서 있으며 한 존재자가 가지는 존재하는 모든 가능한 규정성을 넘어서 있다. 존재는 단적으로 초월이다.(…)" 마르틴 하이데거, 『존재와 시간』, 이기상 옮김, 까치, 1998, 61면.
25) 박찬국, 위의 책, 73~74면.

윤리학으로 여기는 입장, 그리고 무화(無化)를 통해 '진정한 자신과 근원적인 세계를 개현하는 사건'으로 간주된 초월론 등은 전체주의 정치철학에 의해 '전유'되었다. 예를 들어 '주객(主客)을 망각한' 참된 실재의 인식을 선행(善行)의 근거로 보았던(『선(善)의 연구』, 1911) 니시다 기타로(西田幾多郎)의 이상적 유토피아주의가 천황을 유토피아에 이르는 절대적 진리를 견지하는 존재로 형상화하게끔 하거나, '절대적인 무(無)'의 개념이 개인을 국가에 복속시키는 논리로 이용26)된 경우는 그 한 예다. 앞서 언급한 와쓰지 데쓰로의 풍토론 역시 고유한 본질로서의 존재의 조건을 객관적으로 규명하려 한다는 취지에서 출발했다.

물론 허준이 「습작실에서」를 통해 언급한 윤리학을 '무의 탐구'로까지 읽을 필요는 없다. '제가 이 세상에서 아무 것도 아님을 깨닫'고 담담히 죽음을 맞음으로써 삶의 의미를 말하는 윤리학은 자못 소박한 것이다. 하지만 허준이 이런 윤리학을 말하던 때는 무, 혹은 죽음의 수용이 역사와 국가의 대의를 실현하기 위해 모두가 자신을 버려야 한다고 종용하는 수단으로 이용되었던 시대였다. 과연 그 시대는 일본의 패전과 더불어 끝난 것인가? 청진에 닿은 「잔등」의 서술자는 회령에서 떠난 기차에 실려 들어오는 피난민의 정경을 회진(灰塵)의 행렬로 묘사한다. "불에다 먹을 것과 입을 것을 태워버리고 어버이와 동기를 잃어버린 금새 의지가지없이 된 가족들이, 회진이 다 된 무한히도 긴 차체의 운명을 함께 지니고 가려는 듯이, 오직 묵묵히 웅크리고 엉기어 앉"(68)아 있는 것이다. 누구도 '아무 것도 아닌' 상황이었다. 그들은 죽음의

---

26) Christopher S. Goto-Jones, *Political Philosophy in Japan; Nishida, the Kyoto School and Co-Prosperity*, Routledge, 2005, 129~130면.

길을 헤매어온 것이다. '나'는 이 가혹한 현실을 '혁명'에 따른 것으로 용인하고자 한다.(89) '우리'의 고난을 혁명의 대가로 본 것이다. 혁명은 단호하고 또 무심한 것이 된다. 과연 그는 물가 모래밭에 던져져 버둥거리는 물고기를 다루듯 일본인들을 잡아낼 수 있는 소년의 무심한 무자비함을 우러르지 않았던가! 새로운 주체의 길을 여는 과정에서 시련은 감내되어야 했으며 거추장스러운 장애물들은 제거되어야 했다. 그러나 여러 사람들의 고난이 미래를 위한 것이고 유토피아를 위해서는 많은 것을 버려야 한다는 혁명의 윤리학은 결코 새로운 것이 아니었다. 과연 '나'는 소년에 대해 전적으로 동의했던 것일까? 그러했다면 소설은 거기서 그치거나 그 이야기를 부연해야 했다. 그러나 이 소설은 다른 이야기로 이어진다. 이어지는 이야기는 인간의 거처를 다시 묻는 것이다. 이제 윤리는 모든 존재자를 존재하게 하는 '전체적인 존재'를 통해서 모색될 것이 아니라 내가 아닌 낯선 타자와 조우함으로써, 레비나스 식으로 말하면 타자의 생생한 얼굴을 대면함으로써 그의 고통을 이해하는 연대감과 책임감으로 실현될 것이었다. 「잔등」은 여기서 다시금 윤리의 문제로 돌아가며 이를 새롭게 한다.

이야기는 친구를 잃은 '나'가 청진의 거리 좌판에 앉아 음식을 파는 '할머니'의 사연을 듣는 장면으로 이어진다. '할머니'는 공장을 다니며 노동운동을 했던 아들이 5년을 복역하던 감옥에서 해방 한 달을 앞두고 죽었고 아들의 동무인 일본인 '가도오'가 역시 아들과 함께 죽은 사실을 말하며, 거지가 되어 떠도는 그 '종자'들로 인해 눈물을 흘린다. 그녀에게 일본인들을 향한 원한의 감정은 헐벗고 굶주린 그들의 정경에 대한 연민을 억누를 수 있는 것이 아니다.

> "부질없는 말로 이가 어찌 안 갈리겠습니까―하지만 내 새끼를 갔다
> 가두어 죽인 놈들은 자빠져서 다들 무릎을 꿇었지마는, 무릎을 꿇은 놈
> 들의 꼴을 보면 눈물밖에 나는 것이 없이 되었습니다그려. 애비랄 것
> 없이 남편이랄 것 없이 잃어버릴 건 다 잃어버리고 못 먹고 굶주리어
> 피골이 상접해서 헌 너즐떼기에 깡통을 들고 앞뒤로 허친거리며, 업고
> 안ㅅ고 끌고 주주 끼고 다니는 꼴들―어디 매가 갑니까. 벌거벗겨 놓고
> 보니 매 갈 데가 어딥니까."(81)

소설은 아이들을 동반한 일본인 아낙이 배를 파는 좌판 앞에서 망연
해 하고 아이들은 제 어머니의 손을 당기고 애걸하는 모습을 찬찬히
그려 보인다. 일본인을 향한 '할머니'의 연민은 일단 '가도오'와 관련된
것이다. 그녀에게 일본인들은 아들을 죽인 원수이지만 동시에 '가도오
의 종자'이기도 하다. "저것들이 저, 업고 잡고 끼고 주렁주렁 단 저 불
쌍한 것들이 가도오의 종자인 것을 모른다고 할 수 없겠으니 어떻게
눈물이 아니나……."(85) 그러나 '가도오의 종자'인 일본인과 원수인 일
본인을 간단히 가를 수는 없다. 결국 이러한 논리는 일본인이라는 타
자 역시 쉽게 규정해서는 안 된다는 뜻으로 읽힌다. 새삼스레 다가가
보는 그들의 얼굴은 낯설고 충격적이다. '할머니'에게 이끌려 '나'는 드
디어 그들과 대면하게 되는 것이다. 그는 타자의 얼굴을 봄으로써 비
로소 그들의 고통에 대한 책임감을 느낀다.

> 꺼풀을 뒤집어 쓴 혼령이면 게서 더 할 수 있으랴 할 한 개의 혼령이

문설주이기도 하고 문기둥이기도 한 한편 짝 통나무 기둥에 기대어 서 있었다. 더부룩이 내려 덮인 머리칼 밑엔 어떤 얼굴을 한 사람인지 채 들여야 볼 용기도 나지 아니하는 동안에, 헌 너즈레기 위에 다시 헌 너즈레기를 걸친 깡뚱한 일본사람들의 여자 옷 밑에 다리뼈와 복숭아뼈가 두드러져 나온 두 개의 왕발이, 흐늘거리는 희미한 기름불 먼 그늘 속에 내어다 보였다. 한 팔을 명치끝까지 꺾어 올린 손ㅅ바닥 위에는 응큼한 한 개의 깡통이 들리어서 역시 그 먼 흐물거리는 희미한 불 그늘 속에서 둔탁한 빛을 반사하고 있으며……"(86)

인간의 모습이 아닌 이 전락한 타자가 일깨우는 것은 인간이 지는 역사적 고통의 무게다. 그들의 고통을 일본인이 저지른 악행에 대한 마땅한 징벌로 여기는 것은 윤리적인 태도라고 할 수 없다. 윤리는 타자의 고통을 외면하지 않는 것이었다. '나'는 그들에게 밥을 말아주는 '할머니'에게서 경이(驚異)를 보며 "인간 희망의 넓고 아름다운 시야를 거쳐서만 거둬들일 수 있는 하염없는 너그러운 슬픔 같은 곳"(90)에 가 닿는다. 이 감정은 그의 귀환이 어디로 향해야 할 것인가를 다시 묻고 있었다. 해방과 더불어 민족으로의 귀환은 의심할 바 없고 마땅한 것이 되었다. 민족은 '조선인'들이 새롭게 거듭나는 거처로서 선과 악을 가르는 도덕의 근거였다. 그러나 민족으로 돌아가는 행로는 윤리의 문제를 간과하는 것이었다. '나'가 이 경이를 목도하며 가 닿는 '하염없이 너그러운 슬픔'은 주체와 타자를 선악으로 가르는 도덕론이 아니라 타자를 수용하려는 감정적인 접촉면일 것이고 타자를 향한 '그리움'이 가능케 하는 초월의 계기였던 것이다.

청진을 떠나는 마지막 장면에서 '나'는 다시금 현실의 악몽을 목도한다. '피난민'(귀환동포)들이 기차를 향해 달려드는 '음침 처절'한 장면 앞에서 그는 "SOS를 부르는 경종 속에 살ㅅ구멍을 찾아 허둥거리는 조난 군중의 참담한 광경은 이런 것이 아닐까 하는 환각"(100)에 사로잡힌다. 그것이 민족으로 돌아가는 행로의 실제 모습이었다. 그가 말한 '혁명'의 공간은 '황량한 폐허'(104)였다. 그 속에서 조선인과 일본인은 피차 피난민이고 조난 군중이었다. '나'는 떠나가는 자신의 등 뒤로 '한 점의 외로운 등불'(잔등)을 본다. '할머니'가 비추고 있는 등불이었다. 그 등불은 민족의 도덕에 입각한 쇄신의 꿈을 부정하는 것이었다. 하지만 그는 이미 기차에 올랐고 기차는 '민족의 집결지'를 향해 달려가고 있었다.

5. 판타스마고리아 혹은 '제3자의 정신'

「잔등」에서는 해방 이전의 기억이 사상되어 있을 뿐 아니라 이른바 해방의 객관적 현실과 역사적 상황 역시 설명되지 않는다. 이야기는 앞뒤가 잘린 채 회령에 닿아 청진을 떠나기까지의 파편적 경험들을 제시할 뿐이다. 즉 서술자가 직접적으로 자신에게 닥치는 사건과 상황들을 전하는 산만한 여행기의 형식인데, 대체로 이야기는 매번 우연한 조우 내지는 발견에 의해 전환된다. 인물의 행로가 우연적인 만큼 소설을 서술하는 데서 경험된 내용을 분절시켜 일관한 서사를 구성하는 세계관의 역할은 미약해 보인다. 세계관이 주체와 객관적 현실의 실천적 교섭을 통해 구성되는 것이라면 세계관의 미약은 적어도 이 경우, 주체뿐 아니라 객관세계의 부재를 뜻하는 것일 수 있다.

　이 '불충분한 재현'의 형식이 귀환에 대한 서술자의 고민과 관련된 것이라는 점은 앞서 지적한 바 있다. 귀환의 목적지는 실로 모호했으며 귀환의 여정 자체가 번번이 혼미한 악몽으로 전도되었던 것이다. 귀환자가 꿈속에 그리던 고향은 더 이상 존재하지 않는 것이기 쉬웠다. 민족으로 돌아가는 감격에 겨워했다 하더라도 고향을 떠난 지 오래인 귀환자들에게 분명하고 구체적인 목적지가 있기는 어려웠다. 게다가 이 소설이 그리고 있듯 귀환의 여정은 불확실하고 예측할 수 없으며 언제든 위험에 처할 수 있었다. '나'는 "짧은 여로가 일으키는 무쌍한 곡절전변"(65)에 스스로 놀라며 당황망조해 하는 것이다. 사실 어찌 보면 그것은 당연했다. 귀환이란 전쟁의 결과가 아니던가. 전쟁이라는 재난은 일상과 그것의 바탕을 이루는 모든 사회관계를 일시에 붕괴시킨다. 갑작스런 해체와 탈구(dislocation)가 진행되는 상황에서 혼란과 고통은 불가피하다. 최소한의 객관성조차 사라진 그야말로 난시(亂時)가 되는 것이다. 난시를 재현한다는 것은 어떤 점에서 가능하지 않다. 왜냐하면 객관세계가 사라져버린 상황에서는 그것을 재현할 주체 역시 구성될 수 없기 때문이다.

　이 소설이 곳곳에서 판타스마고리아를 보이는 이유도 그것이 난시를 그리는 불가피한 방식이었다는 식으로 설명되어야 할 사항이 아닌가 싶다. 대상은 객관적으로 파악되지 않으며 유동해 간다. 흔히 판타스마고리아는 주체가 대상(객체)에 대해 취하는 원근법이 확보되지 않아 대상이 장악되지 않는 상태에서 비롯된다. 대상이 이루 잡히지 않을 때 혼돈은 불가피하며 기약 없는 출발이 거듭되어야 하는 것이다. 그러나 간단히 식별되거나 규정되지 않는 대상의 유동성은 그것의 이면적 복합성을 드러낸다. 「잔등」에서 판타스마고리아는 매우 강렬하며 인상적인, 그러나 동시에 불확실하고 모호한 이미지들을 이어내며, 이로써 흔들리고 겹쳐지는 대상의 여러 모습들을 순간적으로 잡아낸다. 예를 들어 맑은 하늘과 깨끗한 물빛으로 표상된 고국의 풍토가 낳은 소년이 '사루마다같은 것을 아랫도리에 감은 남양토인'으로 보이는 장면은 정제된 순수성과 거친 혼종성간의, 혹은 낯익고 친근한 것과 위협적이고 이국적인 것 사이의 긴장된 모순적 관계들을 내포하고 있다.

물론 이 난시는 종말과 신생의 교차점이었다. 전쟁과 해방이 초래한 파열은 과거와의 파괴적 단절과 미래에 대한 급진적 기대를 부추겼다. 난시가 새로운 역사를 만드는 '혁명'의 시간으로 긍정될 수도 있었다는 뜻이다. 광복의 빛에 고무된 조선인들에게 귀환은 민족으로의 귀환이어야 했고 민족의 이름으로 요구된 쇄신은 주체화의 길로 간주되었다. 흔히 소년은 단호함과 활기, 혹은 헌신의 상징일 수 있었거니와, 이 소설이 그려낸 소년의 형상 역시 쇄신의 길을 가리키는 것으로 읽어야 할 듯싶다. 과연 서술자는 이 도덕적 밀고자에게 찬탄을 보내고 있다. 그러나 소설은 거기서 끝나지 않는다. 소설은 소년이 잡아내는 타자의 얼굴을 대면함으로써 윤리의 문제에 다가서는 장면으로 이어지는데, 이 두 이야기는 명백하게 불균등하다. 서술자의 관점은 내부적으로 괴리되어 있으며 분열적이다.

대상에 대한 직각적인 인상에 충실할 때 오히려 이면의 통찰이 가능할 수 있다. '흐물거리는 희미한 불 그늘 속의 왕발 혼령'과 만났던 서술자는 남행기차를 향해 달려드는 조선인 귀환자들에게서 'SOS를 부르는 경종 속에 살ㅅ구멍을 찾아 허둥거리는 조난 군중'들을 본다. 두 이

미지는 다른 것이라기보다 복합적인 조응의 관계를 갖는 것으로 읽힌
다. 조선인 귀환자들은 일본인과 달랐지만 조난자라는 점에서는 결국
또 다르지 않았다. 이러한 통합적 인식 또한 판타스마고리아의 효과다.

이 소설에서 판타스마고리아는 민족으로의 귀환과 이를 통한 주체
화의 요구, 혹은 민족이라는 주체가 열어갈 해방의 비전으로부터 눈을
돌리고 오히려 이 난시의 절단면을 읽는 또 다른 관점으로 기능한다.
그것은 기본적으로 의혹의 입장을 가지며 이미 부정의 형식을 취한다.
예를 들어 귀환동포들을 가득 싣고 역사로 들어오는 기차에서는 희망
이나 기쁨은 전혀 느껴지지 않는다. '나'는 '회진(灰塵)이 다 된 무한히도
긴 차체'와 그와 운명을 같이 해야 하는 지친 피난민들을 본다. 이 난
시는 이미 모든 것이 고갈된 회진의 상태였다. 번번이 서술자가 표하
는 '아득한 적막감'은 이를 감지한 피로감일 것이다.

해방 이후 여러 신생의 기획이 제기되었지만 과거를 떨칠 것을 외치
는 신생의 기획들은 그것이 새로운 객관적 세계를 생산하지 못한 상황
에서는 다시금 과거에 의거하지 않을 수 없었다. 왜냐하면 과거야말로
유일한 객관세계일 것이었기 때문이다. 인민의 해방과 민주주의를 앞
세운 '세계관'이 제국주의 총동원체제를 답습하기에 이르거나, '생(生)의
구경(究竟)'(김동리)을 말하는 오묘한 초월의 논리가 그저 주어진 현실을
수리하는 추상적 변론이 되고 마는 과정은 결국 이렇게 설명되어야 한
다. 즉 과거의 객관적 현실이 신생의 기획 안에서 작동하였으며 그럼
으로써 지속되었던 것이다.

「잔등」의 '나'가 자신의 '본성'이라고 말하는 "구슬픈 제 3자의 정

신"(102)이 국외적 입장에서 매번의 상황을 보려는 관찰자의 자세를 뜻하는 것이라면, 그것은 신생의 기획으로부터도 자신을 소격시키는 정신일 수밖에 없다. 여정 속의 '나'는 매번 놀라며 체념한다. '제3자의 정신'은 결국 주체화를 거부하는 것이 된다. 눌변의 어사나 불확정하고 비규정적인 긴 문장 역시 통합적 주체로 수렴되지 않는 혼란의 표지로 읽힌다.

그는 왜 (세계관을 갖지 않는) 제3자로 물러설 수밖에 없는가? 주체가 객관세계에 의해 구성되는 것이고 그 객관세계라는 것이 특별한 역사적 과정의 산물이라면27) 객관적 세계를 역사적으로 생산해내지 못한 가운데 주체란 역시 있을 수 없다. 「잔등」의 판타스마고리아는 객관세계가 부재하는 난시를 그렸다. 이 난시에 출몰하는 주체는 한갓 가상(假像)이었을 뿐이다. 판타스마고리아는 이 가상의 유인에 대해 저항하고 있다. 그러나 과연 그는 새로운 세상을 열 것이라고 주장하는 주체와 그것이 부추긴 급진적 기대를 거부할 수 있었던가?

6. 쇄신의 길?

1946년 9월 을유문화사에서 나온 단행본 『잔등』의 서문에서 허준은 다음과 같이 자신의 작가적인 입장을 피력한 바 있다.

"(……)너의 문학은 어째 오늘날도 흥분이 없느냐, 왜 그리 희열이 없

---

27) Fredric Jameson, *A Singular Modernity*, Verso, 2002, 44~45면.

이 차기만 하냐, 새 시대의 거족적인 투쟁과 열기 속에 자그마한 감격
은 있어도 좋을 것이 아니냐고들 하는 사람이 있는 데는 나는 반드시
진심으로 감복하지 아니한다. 민족의 생리를 문학적으로 감득하는 방도
에 있어서, 다시 말하면 문학을 두고 지금껏 알아오고 느껴오는 방도에
있어서 반드시 나는 그들과 같은 방향에 서서 같은 조망을 가질 수 없
음을 아니 느낄 수 없는 까닭이다."

민족으로의 귀환이 마땅한 것으로 종용되었던 상황에서 열정적인
주체로 거듭나야 한다는 세간의 요구에 대해 자신이 생각하는 문학의
'방도'와 '조망'은 다르다는 점을 밝힌 것이다. 그는 문학의 부정성(nega-
tivity)에 유의한 듯하며 그런 관점에서 자신의 작가적 입장을 차별화하
려 한 듯하다. 사실 처녀작이라고 할 「탁류」(1936)에서부터 그는 세상
일이 어떤 것도 간단치 않으며 누구의 잘못인가를 가르기도 어렵다는
생각을 표현했다. 이 공교롭고 혼돈된 세상일로부터 한 걸음 물러서려
는 것이 그의 입장이었다. 자신을 다수인 '그들'로부터 구분해낸 작가
적 선언은 이런 맥락에서 이루어진 것일 수 있다. 그러나 해방 직후는
모든 것이 좌우로 양분된 시기였다. 즉 한쪽이 아니면 이미 다른 한쪽
에 서게 되는 상황이었던 만큼 자신만의 차별화된 입장이라는 것을 견
지하기는 어려웠을 것이다. 허준은 「평때저울」(『개벽』, 1948.1)과 같은
소품에서 식민지 시대보다 사는 것이 더 어렵게 된 해방 후 남한의 사
회현실을 풍자적으로 비판한 바 있고, 서울 등에서 정치적으로 자행된
'인권탄압'을 문제시하는 '일기'[28]를 남기고 있기도 하다. 그의 입장은

---

28) 일기의 형식으로 쓴 「임풍전(林風典)의 일기」(상)(『경향신문』, 1947.6.12)는 잡지
  편집인과 소설가 등이 조선호텔을 방문하여 조선의 인권 상황을 알기 위해 서

소박하게 '양심적'이라고 말할 수 있는 것이었지만, 역시 이념적 이분법을 피하기는 힘들었다.

사실 「잔등」에서부터 그는 '해방군'인 소련군에 대한 막연한 호감을 표하는 데 그치지 않고 대슬라브주의를 간접적으로 찬양하기까지 했다. "영양에 빛나는"(51) 러시아 여군들의 '탄력'이야말로 그에겐 경이로운 것이었다. 그는 친구인 '방'과 더불어 "우리가 남과 같이 살아야 한다면 노서아 사람만큼 무난한 국민이 없을"(52) 것이라는 의견을 나누며, 그것이 20여 일의 피난길에 '수많은' 러시아 사람들을 만난 자신들의 결론이라고 밝힌다. 소련군의 인상이 러시아 국민성의 긍정으로 비약한 것이다. '나'는 소련군의 약탈 행위에 대해서도 놀랍게 관용적이다. 피난길 곳곳에서 '몇 푼 안남은 여비로 술을 사서 그들을 대접해야 하는 성화를 받았지만' 소련군의 폭력은 순진성의 표현으로 간주될 뿐이다. 즉 그들이 무시로 연발하는 '다바이'와 '다발총'을 들이댄 그들과의 '협의'에 대해서도, (약탈에) "우리가 순종하지 않으면 사실 그들은 쏘는 사람들이었고 또 다음 순간에는 그들은 당장에 후회할 수가 있는 사람들이었다."(53)고 말하고 있는 것이다. 그들의 '충동적' 면모까지가 소박함과 관련된 것이라는 해석이다. 그러나 이러한 민족성의 신화는 또 다른 주술에 불과했다. '나'는 소련군대 혹은 소련 국민이 여러 이민족으로 구성되어 있음을 지적하며 슬라브족의 개방성, 즉 "전 세계 인류를 포용할 수 있는 것은 오직 슬라브족이어야 한다."(53)는 염원에 대해 언급하기도 한다. 대슬라브주의가 민족적 국제주의를 표방했지만

울에 온 '인권동맹의 볼드윈 씨'를 만나 부패한 관리와 모리배들로 인해 '양심 있는 시민층의 생활과 문화활동이 불안하다.'는 점 등을 알렸다는 내용이다.

동시에 러시아 민족주의의 강화에 따른 것임을 간과한 생각이었다.[29]

청진을 떠나려던 '나'는 역 개찰구에서 '포승을 진 두 사내'를 데리고 여러 일행과 같이 나오는 낯익은 '더벙머리 소년'과 마주친다. 작살질을 하던 '풍토의 아들'이었다. 소년을 보며 '나'는 "어느 일본 놈을 또 잡아가는 것인가"(96)고 생각한다. 이 장면에서 그는 다시금 "소년의 싱싱한 맑은 두 눈알의 홍채가 산 자기의 실상(實像)을 만나 발한 찬란한 섬광"(97)을 기억하며 그것이 자신의 가슴 속에 부조되어 있음을 말한다. '풍토의 아들'을 향한 찬양은 그러나 아무래도 어색해 보인다. 일본인은 '확실하게 죽여야 한다.'는 가혹한 도덕론을 앞세우는 이 쇄신된 주체의 형상이 위협적인 경외의 대상이었기 때문일 것이다.

문학가동맹의 기관지 『문학』8호(1948.7)에 발표된 「속 습작실에서」는 허준이 자신의 선택을 스스로 확인하려는 일종의 고백 형식을 취한다. 식민지 시대의 어느 때를 배경으로 한 이 소설의 내용은 할머니가 운영하는 여관에 칩복하고 있는 고등룸펜이 우연히 "부드러운 견인력"[30]을 가진 혁명가를 만나 "인간세상의 대로"[31]로 나아갈 것을 스스로 다

---

29) 대 슬라브주의는 '위대한' 러시아 문화가 다른 민족문화들에 대해 심대한 인식적, 교훈적 영향을 끼쳐왔다고 주장한다. 소련 내의 여타 민족문화들 가운데 러시아문화는 특별하다는 것이다(A. M. Aslanov, "The Development of Socialist Culture and the Mutual Influence and Enrichment of National Cultures", *Marxist-Leninist Aesthetics and the Arts*, Progress Publishers, 1980, 53~56면). 대 슬라브주의는 러시아 민족주의가 특별히 강조되기 시작한 1930년대의 스탈린 시대로부터 2차 대전 직후 반서구 분위기가 고조되기에 이르기까지 소비에트 애국주의의 통합성분으로 작동했다(Gleb Struve, *Soviet Russian Literature 1917~50*, University of Oklahoma Press, 1951, 326~327면). 대 슬라브주의는 또 다른 민족주의라고 해야 옳을 것이다.
30) 허준, 「속 습작실에서」, 『문학』, 1948.7, 13면.

짐한다는 것인데, 작가적 입장을 대변하는 이 소설의 화자를 견인해내는 것은 말의 진정성이다. 화자는 혁명가의 정치적 식견과 열정 때문이 아니라 고상한 친화력 때문에 그에게 이끌린다. 마침내 자신의 말에 책임을 지려는 혁명가의 진정성을 확인함으로써 화자는 자신이 들쓰고 있던 낡은 '허물을 벗고' 열린 터로 나아갈 것을 스스로 다짐한다. 요컨대 이 소설은 진리가 인간을 통해 임재(臨在)하는 경험을 적은 것이다. 과연 진리가 그에게 닿은[촉지(觸指)] 것인가?

그가 기다린 진정한 말, 곧 진리는 세상으로 나아가기 위한 보증이었다. 그러나 화자가 말의 진정성에 집착하는 것은 그만큼 그가 거짓된 말과 참된 말이 식별되기 힘든 상황 속에 있었음을 의미하는 것이다. 그가 진정한 말과의 조우를 고대했다면 혁명가에게서 인간의 길을 가리키는 환한 진리를 발견하는 소설 속 각성의 장면은 소망충족적인 것으로 읽을 수도 있다. 그는 진리를 확인하고 싶었고 진리를 좇아 자신을 바꾸고[쇄신] 싶었을 것이다. 그러나 해방직후의 상황에서 그가 실제로 선택할 수 있는 문항은 매우 제한적이었다. 자기 소외를 극복하는 쇄신의 길, 그럼으로써 존재 전체의 관점에 이르는 윤리적 모색이 국가나 민족의 도덕론으로 귀결되기 십상이었다는 뜻이다. 그는 주체의 도덕론과 개별자의 윤리적 성찰 사이에서 실천적 선택을 종용받고 있었던 듯하다. 결과적으로 그의 '양심'은 북한을 선택하지만,[32) 그

---

31) 허준, 앞의 책, 38면.
32) 해방 직후의 북한 문학계의 추이를 소개한 한 책자는 허준을 이념 때문이 아니라 '양심' 때문에 월북한 문인으로 분류하고 있다. 현수, 『적치6년의 북한문단』, 국민사상지도원, 1952, 77, 153면.

의 경우 주체로의 귀환은 역시 이루어지지 않은 듯하다. 그는 월북 이
후 이렇다 할 활동의 흔적을 남기고 있지 않다.

식민지 체험과 식민주의 의식의 극복

― 허준의 「잔등」 연구

1. 들어가는 말

우리는 흔히 해방 직후의 풍경을 감격과 환희라는 말로 표현한다. 여러 기록사진들을 통해서 보아왔듯이 거리에 뛰쳐나온 수많은 사람들의 얼굴에는 이민족의 지배가 종식되었다는 기쁨이 아로새겨져 있다. 그래서 억압의 역사가 종식되고 새로운 역사가 시작되리라는 막연한 기대는 수 십 년간 억압되었던 욕망들을 자유롭게 분출하는 축제적 공간을 연출한다. 모든 갈등과 대립은 디오니소스적인 혼돈 속에서 사라지고, 축제에 참여하는 개인은 열광과 도취 속에서 탈개인화된다. 하

* 김종욱 / 세종대학교 교수

지만, 축제의 시간이 끝나고 일상으로 되돌아와야만 했을 때, 망각되었던 갈등과 대립은 여전히 완고하게 현실 속에 자리 잡고 있음을 보게 된다.

우리가 해방 직후를 다룬 많은 소설들에서 안타까움을 느끼는 것은 바로 이 점과 관련된다. 해방의 감격은 식민현실에 내재하고 있던 많은 모순들이 금방이라도 사라질 것 같은 환상을 조장했지만, 식민의 역사가 끝나고 민족의 역사가 시작되었다고 해서 삶의 갈등이 사라지는 것은 아니다. 그것은 새로운 갈등과 대립, 모순과 불합리를 낳을 뿐이다. 허준의 「잔등」이 주목되는 것은 해방이라는 민족사의 축제를 바라보는 독특한 시각 때문이다. 해방 직후의 감격과 흥분 대신에 현실을 냉철한 시선으로 바라보려는 보기 드문 작품인 것이다.

「잔등」의 문학적 성과에 대해서는 이미 많은 연구들이 진행되어 왔다. 「잔등」의 내적 형식을 이루고 있는 '길'의 의미를 '귀향'으로 규정하고 역사적 의미를 규명하고자 한 경우들이다.[1] 염상섭의 「삼팔선」, 「이합」, 「재회」, 김동리의 「혈거부족」, 계용묵의 「별을 헨다」, 정비석의 「귀향」과 함께 이루어진 이러한 연구는 주로 G.루카치의 소설론에 기대어 '여로'의 역사철학적 의미를 구명하려는 시도와 맞물려 있다.[2] 여행이

---

1) 권영민, 『한국 근대문학과 시대정신』, 문예출판사, 1983, 96~99면.
   이재선, 『현대한국소설사 : 1945~1990』, 민음사, 1991, 33~42면.
   이대규, 『한국 근대 귀향소설 연구』, 이회, 1995, 177~189면.
   안한상, 『해방기 소설의 현실 양식과 구조 연구』, 국학자료원, 1995, 243~273면.
   유철상, 「허준의 '잔등'고」, 『목원어문학』 14, 1996.12, 1~23면.
2) 김윤식, 「허준론」, 『한국 근대 리얼리즘 작가 연구』, 문학과지성사, 1988, 211~223면.
   채호석, 「허준론」, 『한국학보』, 1989. 가을, 124~143면.

라는 공간적 이동의 형식을 작중인물의 의식 변화라는 시간적 성장의 형식과 상동적인 것으로 이해하고자 하는 것이다. 그런데 길의 역사철학적 의미란 이념을 전제로 한 것이어서 허준의 독특한 내적 경험을 단순화하는 것처럼 보인다. 허준의 「잔등」은 인물의 이념 선택이 분명하게 제시되어 있지 않기 때문에, 등장인물을 통해서 작가의 이념적 지향을 재구성하려는 시도는 항상 '미달상태'라는 부정적인 평가로 귀착되고 마는 것이다. 작가는 초기작부터 일관되게 현실세계의 압박을 운명으로 환치시켜 거기에서 오는 허무주의를 간직한 주인공을 등장시키고 있는 까닭에, 「잔등」은 이념적 성장의 서사에 미치지 못하고 있는 것이다. 그래서 리얼리즘적 연구의 반대편에서는 「잔등」의 여러 미학적 측면에 주목하고자 한다. M.바흐찐의 크로노토프의 개념에 비추어 길의 구성적 성격을 밝히거나[3], 인물들의 내면 심리를 표출하는 기법을 분석하기도 하고[4], 더 나아가 타자성[5], 현대성[6], 다성성[7]등을 통해서 허준의 문학사적 의의에 대한 탐구로 나아간 것은 허준의 작가적 특성과 연관되었던 것이라고 할 수 있다.

「잔등」의 문학적 성과에 대한 기존의 연구는 이처럼 리얼리즘과 모

김성수, 「허준의 '잔등'에 대하여」, 한국 근대문학과 일본, 소명출판, 2003, 597~616면.
3) 이병순, 「허준의 '잔등' 연구」, 『현대소설연구』 6, 1997.6, 327~346면.
4) 김강진, 「허준의 '잔등' 연구」, 『대구어문논총』 13, 1995.6, 303~322면.
5) 김혜영, 「허준 소설에 나타난 타자 인식의 서사적 기능과 의미 연구」, 『현대소설연구』 14, 1996, 233~245면.
홍혜준, 「허준 문학 연구」, 서울대 석사논문, 1998, 1~84면.
6) 권성우, 「허준 소설의 미학적 현대성 연구」, 『한국학보』 73, 1993.12, 30~51면.
7) 우한용, 「소설기호론의 층위-허준의 '잔등'」, 『한국현대소설구조연구』, 삼지원, 1990, 287~318면.

더니즘이라는 큰 틀에서 벗어나지 못하고 있는 듯하다. 그것은 이 작품이 허준의 작가적 발전 과정에서 전환점에 위치하고 있는 까닭이기도 하다. 이 작품은 『대조』 창간호(1946.1.1 발간)와 제2호(1946.6.25 발간)에 연재되다가, 같은 해 9월 완성되어 첫번째 작품집의 표제작으로 선정된 작품이다. 주지하듯이 허준은 1935년 2월 『조광』에 시 「밤비」를 발표하며 등단하였다가, 이듬해부터 「탁류」, 「야한기」, 「습작실에서」 등을 발표하면서 소설가로 활동한다. 해방 전에 발표한 그의 작품들에는 인간의 존재론적 고뇌와 운명 의식이 섬세한 자의식으로 포착되어 있다. 그런데, 해방을 경험하면서 허준은 「속 습작실에서」, 「역사」 등의 작품을 통해 당대 현실에 관심을 갖기 시작한다. 「잔등」은 바로 허준의 변화되는 작가의식을 보여주는 작품인 것이다. 그래서 작가론으로 쓰여진 많은 연구논저에서 「잔등」은 작품 자체보다는 작가의식의 단절과 지속이라는 맥락에서 접근된다. 그 결과 해방을 전후한 작가적 변모를 설명하는 모델로 모더니즘과 리얼리즘을 선택했던 것이다.

본고는 이러한 작가론적 접근 대신에 「잔등」의 고유한 서사적 특질과 그 의미를 분석하는데 중점을 두고자 한다. 이를 위해 작품 속에 내재하는 공간 구조를 분석하고 그것이 갖는 정치적 함의를 탈식민주의적 맥락에서 재구성해보고자 한다. "여로"라는 「잔등」의 서사 구성 원리는 장춘-청진-서울이라는 공간 사이의 이동 속에서 현실화되고 있거니와, 이 공간은 만주와 조선이라는 지역적인 의미뿐만 아니라 식민과 해방이라는 역사적인 의미와 중첩된다. 그런데, 기존의 연구에서는 여행의 출발점이었던 장춘에서의 역사적 경험보다는 여행의 종착점이었던 서울의 미래지향적 가능성에만 주목했던 것이 사실이다. 하지만 주인공이 장춘 체험을 끊임없이 떠올리며 재의미화하는 과정은 「잔등」
이 해방 직후의 맹목적인 복수심으로부터 벗어나는데 매우 중요한 역
할을 담당하고 있다. 즉, 일본 제국주의의 지배 아래에서 이등국민으로
서 식민정책을 수행해야만 했던 조선인들의 특수한 사회적 위치가 되
물어지면서 식민지에서 벗어난 조선의 미래를 새롭게 구성할 수 있었
던 것이다. 따라서 만주국에서의 식민의 기억에 대한 관심이야말로 해
방 직후에 발표되었던 다른 귀향소설과는 다른 「잔등」만의 독특한 면
모라고 생각된다. 해방이라는 역사적 결절점이 식민 체험에 대한 민족
적 망각을 강제하고 있었던 것과는 달리 작가 허준은 만주국 체험을
식민의 기억으로 되살려냄으로써 새로운 민족국가의 모습을 상상할 수
있었던 것이다.[8] 이 과정에서 해방 공간에 나타났던 반제국주의적 투
쟁이 식민주의적 의식을 내밀하게 모방하고 있다는 사실을 보여준다.
이처럼, 해방 이후의 현실 속에서 새롭게 발견되는 지배와 복종, 폭력
과 반폭력, 원한과 복수 그리고 화해의 문제는 당대의 다른 소설에서
발견하기 힘든 「잔등」만의 고유한 성과이자 식민지적 의식에 대한 비
판과 반성을 담고 있는 것이다.

---

8) 포스트식민적 조건 아래에서 기억상실(amnesia)과 회상(anamnesis)의 의미에 대해
   서는 릴라 간디, 『포스트식민주의란 무엇인가』(현실문화연구, 2000, 13~32면)를,
   그리고 망각을 통해서 국가 내지는 민족을 상상하는 과정에 대해서는 우카이 사
   토시, 「르낭의 망각 또는 '내셔널'과 '히스토리'의 관계」(『국가주의란 무엇인가』,
   삼인, 1999, 298면)의 논의를 참조할 수 있다.

2. 귀환의 여로와 만주국 체험의 의미

「잔등」에서 주인공이자 초점 화자인 '나'의 여정은 다음과 같다. 장춘(長春)을 떠나 길림(吉林)을 거쳐 스무 하루 만에 회령(會寧) 인근의 금생(金生)에 도착한 '나'는 회령 도립병원 근처에서 하룻밤을 묵는다. 다음날 아침 회령역에서 출발하는 군용열차에 올라타지 못하고 '방'과 헤어진 나는 운 좋게도 트럭을 타고 청진(淸津) 인근의 수성(輸城)에 도착한다. 수성역 앞 다리목에서 뱀장어를 잡는 소년을 만나서 함께 청진 시내로 들어온다. 여관에 여장을 푼 '나'는 황혼 무렵 청진역에서 '방'을 기다리다 날이 어두워가면서, 여관에 다시 돌아온다. 저녁 8시 무렵 여관에 들어온 손님을 통해 '방'이 타고 떠난 열차가 늦게서야 도착한 사실을 알고 서둘러 역에 나가보지만 만나지 못한 채 국밥을 파는 노파를 만난다. 다음날 아침 우연히 '방'을 다시 만난 '나'는 그의 누님 집에서 이틀밤을 자고 사흘째 되는 날 신포동으로 내려와 목욕을 하고, 이튿날 저녁 무렵 군용열차를 타고 서울을 향해 출발한다.

이처럼 「잔등」의 여로는 공간적으로는 장춘에서 서울까지, 시간적으로는 26일 동안이다. 하지만 여행의 출발지인 장춘과 종착지인 서울은 서술되지 않는다. 만주에서 국경을 넘어 조선으로 귀국하는 과정은 소설의 첫머리에서 "장춘서 회령까지 스무 하루를 두고 온 여정이었다."(2면)로 요약되고 있으며, 청진역에서 방과 재회한 후의 3일 역시 "이틀밤을 方누님 댁에서 자고 사흘째 되는 날은 아침 간다고 신포동을 내려왔다."(92면)라고 서술될 뿐이다. 따라서 「잔등」에서 주인공의 여정은 장춘에서 회령, 회령에서 청진, 그리고 청진에서 서울로 분절된다.9) 그런데, 만주에서 회령까지의 길은 '방'과 함께 하는 귀환이었고, 회령에서 청진까지는 '방'과 헤어져 혼자만의 여행이었으며, 다시 청진에서 서울까지는 '방'과 함께하는 길이었다. 「잔등」에서 핵심적인 부분은 이처럼 시간적으로는 '방'과 헤어졌다가 다시 만날 때까지 만 하루 동안의 시간이며, 공간적으로는 회령에서 청진에 이르는 길이다.

그런데, 「잔등」의 주인공이 삶의 터전이었던 만주를 떠나 국내로 귀환하는 목적은 분명하지 않다. 그들은 서울을 목적지로 삼고 있지만, 서울은 누구의 고향도 아니다. 그들이 서울에 서둘러 가야할 만한 목적이 없는 것과 마찬가지로 장춘을 서둘러 떠나야할 개인적이고 구체적인 이유 또한 제시되어 있지 않다. 해방을 맞이하여 다른 귀환자들과 마찬가지로 돌아와야 한다는 강박을 보여주고 있을 뿐이다. 이처럼, 뚜렷한 목적 없이 이루어지고 있는 귀국은 '향수'라는 이름의 귀소본능으로 표현된다. '나'는 청진으로 향하는 길목에서 "깨끗한 산과 청명한 계곡의 맑은 공기"(15면)를 마시며 허기증을 느낀다. 그것은 언제까지나 이주민으로서 살아갈 수밖에 없는 불안과 결핍으로서의 만주 체험에서 비롯된 것이라고 할 수 있다. 20여 년 전 만주로 이사 간 매부가 "살만한 자리를 다 빼앗기고 발 들여놓은 흙 붙은 데도 없어서 고국을 떠나 산도 없고 물도 안 보이는 광량한 벌판에 서서 밭을 갈고 논을 일으키고 혹은 미천한 직업을 찾아 헤메이는"(19면) 동안 "농부에겐 있을 수 없는 소화불량"(22면)때문에 고통 받는 것도 고국에 대한 향수에서 기인한 것이라고 할 수 있다. 결국 '나'는 "심저에 가라앉아서 흔들

---

9) 이병순, 앞의 책, 330~331면.

리울 길 없는 한 방향으로 쏠리는 일정한 정서"(23면)를 통해 "조선이 그처럼 그리울 수가 없는 나라인 것을 다시금 깨달았다."(24면)

'나'는 이처럼 귀국의 의미를 본능적인 향수의 차원에서 설명한다. 이 상태에 놓이게 되면 왜 돌아와야만 하는가라는 질문은 의미가 없다. 그것은 논리로 설명할 수 없는 생리의 문제일 따름이다. '나'가 뱀장어를 보면서 떠올렸던 것도 바로 이러한 본능으로서의 향수라고 할 것이다. 목숨에 대한 뱀장어의 본능적인 집착처럼 인간 역시 고향과 고국에 대한 근본적인 향수를 간직하고 살아가는 것이다.

> 首部가 전면적으로 으깨어져 나간 나머지는 그저 고기요 뼈다귀요 피일 밖에 없는 생명이 어디가 붙었을 떼가 없는 이 미물이 가진 본능이라 할는지 육감 칠감이라 할는지 혹은 무슨 본연적인 지향이라 할는지 어쨌든 이 생명에 대한 강렬하고 정확한 求心力－나는 무슨 큰 哲理의 端初나 붙잡은 모양으로 흐뭇한 일종의 만족감을 가지고 동물의 단말마적 운동을 바라보고 있었다(29면)

'나'는 이처럼 물고기의 생명에 대한 본능적인 지향이나 이주민들의 고향을 향한 그리움을 모두 보편적인 "철리"로 받아들인다. 그런데 '나'가 수성역 다리목에서 만난 소년은 이러한 믿음을 깨뜨린다. 강가에서 만난 소년은 삼지창으로 뱀장어를 잡는다. 그가 뱀장어를 잡는 것은 팔기 위한 목적 이외에도 "어디다 숨겼던지 돈푼 있는" 일본인을 잡기 위한 술책을 포함하고 있다. 그는 도망가려는 일본인을 감시하는 역할을 담당하고 있었던 것이다. 소년에게 있어서 일본인은 한마디로 "미꾸라지 새끼"에 불과하다. 이 경우 미꾸라지는 소년의 삼지창 아래에서 무

276 허 준

참하게 죽어가는 뱀장어의 이미지와 중첩된다. 따라서 일본인, 그리고 그것의 은유적 등가물로서의 뱀장어에 대한 소년의 적개심은 '나'에게 모순적인 반응을 불러일으킨다. 이 땅에서 쫓겨나는 일본인의 모습이 만주에서 쫓겨난 고국으로 돌아오는 자신의 모습이기 때문이다.

사실, 일본 관동군이 건설했던 만주국에서 조선인의 위치는 이중적이다. 그들은 일본인의 지배 아래 놓여 있었지만, 다른 한편으로 일본인을 대신하여 만주인을 식민경영함으로써 자신들의 우월성을 증명하고자 했다. 식민지 조선에서 쫓겨난 조선 이주민들은 만주국에서 지배의 대상을 발견함으로써 권력의 의지를 획득했던 것이다. 만주는 조선이 일본인들에게 그러했던 것처럼[10] 낭만주의적 공간인 동시에 식민의 공간으로 발견되었던 셈이다.[11] 이처럼 일본인－조선인－만주인이라는 위계질서 속에서 그들은 지배자인 동시에 피지배자라는 속성을 지니고 있었다. 따라서 만주인들에게 있어 조선인은 일본인과 다를 바 없이 외부에서 강제로 이식된 존재들이었고, 또한 식민의 역사를 상징하는 존재들이었던 셈이다. 그런데, 일본의 대리인이었던 조선인은 태평양 전쟁의 종결과 함께 만주국에서 차지하고 있던 우월적 지위를 상실하게 된다. 만주 토착민에게 있어 일본의 패망은 괴뢰정권 만주국이

---

10) 고모리 요이치, 송태욱 역, 『포스트콜로니얼 : 식민지적 무의식과 식민주의적 의식』, 도서출판 삼인, 2002.

11) "만주국은 조선인에게 저항의 장일 뿐 아니라 지배의 기회를 부여하는 장이기도 했다. 특히 중일전쟁 이후 식민지 조선인에게 만주국은 기회의 땅으로서 새삼 부각되었고, 사회적 유동성이 낮은 조선을 벗어나 입신출세를 지향하는 상당수 조선인들이 만주행을 선택함으로써 공식적인 관료 인사 이외에도 조선인의 유입은 훨씬 두드러졌던 것이다" 임성모, 「식민지 조선인의 '만주국 경험'과 그 유산」, 역사문제연구소 심포지움 자료집, 2002, 71면.

붕괴되는 과정이었으며, 이에 따라 본래적인 질서를 회복하기 위해서 식민의 역사를 되돌리는 역사적 책무를 부여했다. 이제 조선인들은 일본인과 마찬가지로 서둘러 이곳을 떠날 수밖에 없었다. 이주민들은 축출되고 토착민들은 새로운 주인이 되어야만 했다. 옛 주인이 추방되면서 충직한 대리인들 역시 추방된다. 권력이 거세된 이주민들에 대한 토착민의 복수를 견디지 못한 조선인들은 이제 자신의 조국으로 돌아와야만 했던 것이다.

「잔등」에서 '나'가 소년에게 예전에 만주국의 수도였던 신경(新京)이 본래의 이름이었던 장춘으로 불린다는 점을 일깨워주는 것은 이러한 상황을 반영한 것이다. 당시 다른 소설들, 예컨대 김만선의 「압록강」 등에서는 여전히 신경으로 일컬어지고 있음에 비해 「잔등」에서 주인공이 굳이 신경이 원래의 이름대로 불려진다는 사실을 강조하는 것은 이 같은 맥락에서 이해될 수 있다. 또한 여행의 목적지 역시 제국주의 지배 하의 경성(京城)이 아니라 '서울'로 명명되고 있음도 이러한 상황을 예리하게 포착하고 있는 것이다. 신경이 다시 장춘으로 바뀌고, 경성 역시 서울로 바뀌었다는 사실은 공간의 주인이 달라졌다는 것, 그래서 토착민이 땅의 새로운 주인이 되면서 이식의 역사가 추방의 역사로 다시 쓰여지고 있음을 보여주는 것이다. 만주에 갔던 많은 '선량한' 조선인의 경우도 추방의 역사로부터 자유로울 수 없다. 사촌 매부처럼 일제의 수탈정책으로 말미암아 고향을 잃고 만주로 이주했던 많은 조선인들은 일본 제국주의의 피해자라고 할 수 있지만, 토착 만주인의 입장에서는 침략자 일본과 마찬가지로 자신들의 영토를 침해한 존재들이기도 했다. 그래서 일본의 패망과 함께 조선인들은 "무사할 길 없는" 존재가 된다.12) 그들은 결국 자신의 땅으로 돌아와야만 한다. 이것이 근원적인 장소로서의 고국에 대한 본능적인 그리움 내지 향수의 현실적인 의미인 것이다. 따라서 '나'가 서울로 돌아가는 지름길이었던 "안봉선(安奉線)을 택하지 않고 이렇게 먼 길을 돌아오는" 핵심적인 이유는 일본 관동군의 패망 이후 초래된 권력의 공백 상태에서 식민 대리자였던 조선인들이 "비교적 안전"(6면)하게 돌아갈 수 있다는 사실 때문이었다. '나'와 '방'의 초라하고 유머러스한 행색 역시 이러한 역사적 상황의 산물이다. '방'이 만돌린13)을 입고 '나'가 짐 속에 호복(胡服)을 감춘 것은 조선인 이주민이 겪을 수밖에 없었던 추방의 역사를 연상시킨다. 만주인들의 추방과 폭력의 대상이었던 조선인들이 목숨을 구하기 위해 어쩔 수 없이 선택했던 궁여지책이었던 것이다.

「잔등」의 주인공 '나'는 이러한 역사적 경험을 지니고 있는 까닭에 일본인을 향한 소년의 잔혹한 행동에 대해서 모순적인 반응을 보인다. '미꾸라지'와 같은 일본인을 향한 소년의 적개심은 삼지창 아래에서 무참하고 죽어가는 뱀장어를 통해 구체화된다. 그런데, 일본인에 대한 소년의 잔인한 복수가 용납된다면 만주에서 조선인에 대한 추방 역시 용

---

12) 「잔등」에서 일본의 패망 후에 사촌 매부가 맞이하게 될 불행한 운명에 대해서는 매우 암시적으로 언급되어 있다. '나'는 청진으로 향하는 제방에서 "매부의 일족은 어찌 되었을까"를 반복하다가 "만일 그들이 무사할 수가 있어 동 넘어 몽기어 밥 짓는 저 일행들의 행색을 하고라도 어느 이 고토의 흙을 밟고 있다 하면……"이라고 서술함으로써 그들이 삶이 평화로울 수 없음을 암시한다.
13) "만돌린"은 신해혁명 이전 중국의 고급관리를 가리키던 "만다린"을 의미한다. 「잔등」에서는 그들이 입었던 제복에서 볼 수 있는 칼라(목젖 부분을 중심으로 양쪽으로 갈라지며, 수직으로 서있는 형태이다. 보통 스탠딩 칼라, 차이니즈 칼라, 네루 칼라, 밴드 칼라 등으로 불리기도 한다.)를 가리킨다.

납되어야 한다. 반대로 만주에서의 조선인의 삶이 지속되어야 한다면 한국에서의 일본인의 삶 역시 보장되어야만 하는 것이다. 만주에서의 조선인들이나 조선에서의 일본인들이나 모두 식민의 역사를 상징하는 이주민들이기 때문이다. '나'가 소년을 향해서 가장 묻고 싶었던 질문이 "일본인"들의 거취에 관한 문제였다는 것이 바로 이것을 반증한다.

> 그런 것으로 허다한 시간을 잡히기에는 너무나 많은 궁금증과 질문이 남아 있었을 뿐만이 아니라, 지금 소년의 심리 중에 그만한 내 요구에 응할 준비만은 넉넉히 되어가고 있음을 짐작할 수 있었고, 짐작한 이상 또한 그 절대의 호기(好機)를 놓쳐서는 아니되리라는 성급한 요구도 없지 아니한 까닭이었다.
> "그럼, 일본사람은 다들 도망을 가고 지금은 하나도 없는 셈인가"
> 소년이 잠깐 잠깐 잠잠한 틈을 타서 나는 비로소 공세를 취하여야 할 것을 알았다.
> "도망도 가고 더런 총두 맞아 죽구 더런 남아있는 놈도 있지요"(40~41면)

여기에서 소년의 행위를 인정한다면 만주에서의 '난리'도 인정되어야 한다. 만주를 떠나 고국으로 추방되어야만 했던 슬픈 운명도 당연한 것이 되어야 하는 것이다. 그들은 만주에서 쫓겨난 피난민이었으며, 토착민들로부터 추방되었던 존재였다. 일본의 패망은 이러한 지배와 권력 관계의 붕괴를 통해서 토착민이 역사의 주체로서 정립되는 역사라고 한다면, 만주에서 쫓겨나는 조선인이나, 한국에서 쫓겨나는 일본인이나 동등한 차원에 속할 수밖에 없다. 이처럼, 일본인과 소년 사이의 갈등과 대립은 만주에서의 삶과 중첩됨으로써 복합적으로 구성된다. 염상섭의 소설에서도 우리는 이러한 상황을 엿볼 수 있다. 그런데, 이러한 만주국 체험이 「잔등」에서 암시적인 형태로만 드러난 것은 만주로부터의 추방이 일본인을 대신해서 식민정책을 수행했던 부끄러운 기억을 떠올리게 하기 때문이다. 그래서 '추방'은 항상 '향수'로 대체되어 의식의 수면 밑으로 깊이 은폐되기에 이른다. 만주국에서 있었던 식민의 기억은 억압되어 은폐되거나 혹은 일본 제국주의에 의한 피해의 민족사[14])로 재구성될 뿐이다.

3. 원한의 극복과 피난민 의식

「잔등」의 주인공 '나'가 바라본 해방의 첫 번째 모습은 기존의 지배자들이 사라진 공간 속에서 펼쳐지는 원한과 복수의 드라마라고 할 수 있을 것이다. 감격과 환희라는 축제적인 분위기는 이러한 잔혹한 폭력을 통해서 고취된다. 소년의 외모에서 풍겨 나오는 "자아 중심의 황홀", "오만한 태도", "직선적인 굵이와 부러울 만한 열렬함"(28면) 등등은 궁극적으로 민족적 타자로서의 잔류 일본인에 대한 적개심과 폭력 위에서 성립된 것이었다. 물론 이러한 폭력은 식민 이후 독립된 민족국가를 건설하기 위한 반제반봉건 부르조아민주주의혁명 과정에서 반드시 지나쳐야만 하는 것인지도 모른다. "피난민도 형지 없이 어지러웠고, 일본 사람들도 과연 눈을 거들떠보기 싫게 처참하지 아니함이 없었으

---

14) 졸고, 「역사의 망각과 민족의 상상―안수길의 '북간도'론」, 『국제어문연구』30, 2004.

나 이것을 혁명이라 하는 것이었다. 혁명은 가혹한 것이었고, 또 가혹하여도 할 수 없을 것"(69면)이다.

새로운 역사를 창조하기 위해서는 과거의 식민주의적 유산들을 청산해야만 하고, 그 첫머리에 놓인 것이 일본인과 친일파에 대한 숙청을 통해서 오랫동안 억눌려 왔던 민족정신을 고양하는 일일 것이다. 이제 과거와 결별하고 새로운 역사를 창조하려는 과정에서 '일본인'이라는 존재는 반드시 없어져야 할 존재이다. 일본인이 가시성의 영역에 존재하는 한 조선인은 자신들의 불행했던 과거를 상기할 수밖에 없다. 그들이 존재하는 한 식민주의적 상처는 영원히 아물지 않은 채 끝없이 되살아날 것이다. 따라서 억압의 기억을 제거하고 희망의 미래를 위해서 그들은 사라져야만 한다. 이처럼, 독립, 주체성, 민족, 역사 창조 등과 같이 화려한 "나라 만들기"의 수사학 뒤에 감추어져 있는 것은 의식적이고 물리적인 영역에서의 폭력이다. 물리적인 영역에서 일본인과 친일파들을 제거함으로써 의식적인 영역에서의 식민잔재는 망각되도록 강요받는다. 빛나는 새 역사를 구성하려는 욕망은 부끄러운 치욕의 역사를 현재로부터 단절시켜 망각하려는 강박관념으로 나타나는 것이다.

하지만, 식민지배자와 식민지인 사이에는 양가적이고 공생적인 관계가 나타난다. 과거의 식민지배자가 식민지인에 행사했던 폭력에 상응하여 식민 이후의 식민지인이 과거의 식민지배자에게 행하는 반폭력은 분명 타자에 대한 강제력의 행사라는 점에서 동일한 것이다. 「잔등」에서 이와 관련하여 주목해야 할 부분이 바로 소년을 지도하고 조종하는 위원회 김 선생의 모습일 것이다. 과거에 식민지배자에 대해 대립하고 투쟁하면서 옥고를 경험했던 김 선생은 어느덧 일본인이 살던 집에서

머물면서 잔류 일본인에 대한 감시와 폭력을 배후조종하고 있다. 그것
이 민족국가의 건설이라는 과제 속에서 정당한 것이라고 하더라도 다
른 한편으로 과거의 식민지배자의 폭력성과 적지 않은 친연성을 지니
고 있음을 무시해서는 안 될 것이다. 과거의 식민지배자가 떠난 자리에
새롭게 등장한 지배의 폭력성은 민족적 타자에 대해서만 나타나는 것
은 아니다. 작품의 말미에서 나타나듯이 이념적 타자 역시 제거되어야
할 대상으로 규정되어 폭력을 유발하기 때문이다. 따라서 해방이라는
디오니소스적인 혼돈의 축제 속에는 은밀히 분열과 갈등의 씨앗들이
배태되고 있었던 것이다.

'나'가 해방공간을 감격과 희열이 아니라 냉철하게 바라볼 수 있었던
것도 이러한 새로운 폭력에 대한 두려움 때문이었다. 일본의 패망으로
쫓겨 가는 일본인에 대한 관심은 청진 시내로 들어온 이후에도 지속된
다. 청진 시내의 일본인 특별 관리구역에서 우물물로 허기를 채우는
모습이라든가, 시장 좌판에서 일본 여인이 보여준 처량한 모습 등등이
그것이다. 감격과 환희는 원한과 복수라는 폭력의 과정으로 새롭게 문
맥화 된다.15) 청진역에서 소련 군복을 입은 한국 여성에 대한 관찰에

---

15) 일찍이 김남천은 「창조적 사업의 전진을 위하여」(『문학』, 1946.7)에서 해방공간
　　의 역사적 과제로 설정된 반제반봉건 부르조아민주주의 혁명이라는 대의 아래
　　문학적 실천을 강조하면서 「잔등」은 "너무도 감격이 없고 또 자기 변혁의 과정
　　이 보이지 않는다."고 비판한다. 이에 대해 허준은 작품집 『잔등』의 서문을 통
　　해서 불만을 제기한다. "너의 文學은 어째 오늘날도 興奮이 없느냐, 왜 그리 희
　　열이 없이 차기만 하냐, 새 時代의 擧族的인 熱狂과 투쟁 속에 자그마한 感激은
　　있어도 좋을 것이 아니냐고들 하는 사람이 있는데는 나는 반드시 진심으로는
　　感服하지 아니한다. 民族의 生理를 文學的으로 感得하는 方途에 있어서, 다시 말
　　하면 文學을 두고 지금껏 알아오고 느껴오는 方途에 있어서 반드시 나는 그들
　　과 같은 方向에 서서 같은 眺望을 가질 수 없음을 아니 느낄 수 없는 까닭이다."

서 비롯된 상념은 국밥집 노파를 만나면서 정신적인 안주처를 발견하기에 이른다.

국밥집 노파는 일찍이 아이들을 잃고 서른 되던 해에는 남편마저 잃고 오직 유복자인 아들에 의지하여 살아간다. 그런데, 단 하나 남은 유복자마저 사회주의 운동을 하다가 투옥되어 해방 직전에 옥사를 하고 말았다. 그녀가 남편을 잃은 것 역시 기미독립운동 때문인 것으로 보인다.16) 따라서 남편과 아들을 잃고 맞이한 해방은 환희와 희열이 넘치는 해방이 아니다. 그런데, 남편과 아들을 모두 일본제국주의에 의해 잃어버렸음에도 불구하고 일본인들에 대하여 누구보다도 증오하고 분노해야 할 할머니는 오히려 거지떼들에 불과한 그들에게 "어디 매가 갑니까?"(73~74면)라는 반응을 보인다.

자신의 유일한 희망이었던 아들을 잃었음에도 불구하고 일본인들에게 따뜻한 연민을 보여주는 노파는 일본인에 대한 맹목적인 적개심을 보여주는 소년과 뚜렷하게 대비된다. 노파의 이러한 태도는 아들의 동지였던 일본인 '가도오'의 존재에서 비롯된 것이다. "일본 사람은 일본 바다에서 나는 멸치만 잡아먹어도 넉넉히 살아갈 수 있다"라고 믿었던 '가도오'의 말의 의미를 오년 만에 해득했다는 노파는 결국 아오지에 끌려가는 일본인들이 '가도오의 종자'라고 믿고 그들을 위해 밤늦게까

허준, 「소서」, 『잔등』, 을유문화사, 1946.

16) 노파는 남과의 사별에 대해 묻는 '나'에게 "갓 설흔 나던 해 봄에 올해 스물여덟 났던 애가 뱃속에 든 채 혼자되었답니다."라고 대답한다. 「잔등」의 시간적 배경이 1945년이므로, 여기로부터 역산해보면 남편이 사망한 것이 1919년 봄이라는 사실을 알 수 있다. 1919년 봄에 유복자였던 아들은 그 해 겨울 무렵에 태어났을 터이고, 따라서 1945년에는 통상적인 나이로 28세에 해당하는 것이다.

지 국밥집의 불을 밝히는 것이다. '나'는 이러한 할머니의 연민과 동정의 자세에서 "크나큰 경이"이자 "인간 희망의 넓고 아름다운 시야(視野)를 거쳐서만 거둬들일 수 있는 하염없는 너그러운 슬픔"(90면)을 발견하게 된다.

'나'는 이렇듯 국밥집 노파와의 만남을 통해서 해방의 환희 속에 숨겨진 면을 발견하게 된다. 해방의 환희가 예전의 지배자였던 일본인에 대한 잔혹한 복수를 통해서 감득되는 것이라면, 해방의 이면에는 폭력에 대한 민감한 감수성을 지닌 예술가 '나'의 시선을 통해서 인간적 가치가 재발견되는 것이다. 국밥집 노파는 바로 이런 약자·피지배자에 대한 연민과 동정을 통해서 해방과 함께 새롭게 등장하는 강자·지배자·주인의 도덕적 허위를 비쳐준다. 소년이 표상하는 것은 앞으로 이 사회를 지배할 새로운 힘을 상징한다. 실제로 새로운 해방공간에서 지배적인 담론으로 부상한 것은 원한(ressentiment)에 가득찬 복수의 담론이다. 그것은 '나라 만들기'라는 이름 아래 또다시 지배와 피지배, 억압과 피억압의 역사를 반복한다. 노예의 반란은 새로운 주인의 등장일 뿐, 주인과 노예라는 권력구조 자체가 파괴된 것은 아니었던 것이다. 어느덧 일본인의 가옥에 들어가 지배자의 위치에 군림하고 있는 위원회 김 선생과 그로 인해 발생하게 되는 폭력의 경험들이 이를 증명한다. 동서양을 막론하고 '나라 만들기'는 항상 폭력을 동반했던 것이다.[17] 하지만, 문제의 심각성은 '나라 만들기'로서의 폭력적인 과정이 예전의 지배자를 향하는 듯이 보이지만, 식민주의 내부의 약한 고리였

---

17) 베네딕트 앤더슨, 윤형숙 역, 『민족주의의 기원과 전파』, 사회비평사, 1991.

던 피억압자·여성·어린이들을 향하고 있다는 점이다. 이 과정에서 '가도오'와 마찬가지로 일본인 여성과 어린이들 역시 제국주의적 억압의 희생자였다는 사실은 철저히 무시된다. 해방된 식민지 주체들은 제국주의 본국의 약자들을 억압하고 대상화함으로써 자신들의 주체성을 확인하려 했던 것이다.

허준은 「잔등」에서 소년에 대비되는 노파의 존재를 통해서 주체성 내지는 민족국가 건설이라는 과제를 수행하는 과정에서 나타나는 문제적인 현실, 곧 또 다른 의미에서의 토착민과 이주민 사이의 민족 갈등을 극복하고자 한다. 노파가 식민지 경험을 즉자적인 형태가 아니라 정신적인 형태로 승화시키는 과정에서 중요한 역할을 담당한 것은 탈민족 연대의 경험이다. 아들과 '가도오'의 연대 투쟁의 경험은 더 이상 민족적 차이에 근거한 맹목적인 적개심이 끼어들 여지를 제거해 버린다. 그가 청진역에서 "소련에 국적을 둔 조선 사람"의 모습을 보면서 제기한 민족 간의 공존이라는 테마가 단순히 사회주의적인 이념의 발로로 보기 어려운 점도 이 때문이다. 그것은 프롤레타리아 국제주의와 중첩되어 있지만, 허준이 궁극적으로 형상화하고자 했던 것은 소비에트 연방 내에서의 민족 간의 공존이었던 것으로 보인다. "믜 아드나 세냐(우리는 한 가족이 아니냐)."

> 순전히 겸허한 마음을 가지고 그러지 않고서야 어떻게 전 인류를 포옹할 수 있는 것은 오직 슬라브족이어야 한다는 넘원—연민(憐憫) 외에는 아무 것도 아니 섞인 이 위대한 넘원을 감히 품어볼 수가 있었으랴. 사실로 그들 군대에는 얼마나 많은 이민족(異民族)이 섞이어 있었던 것

인가—슬라브 그류지아 타타르 가즈백그 등.(53면)

　이처럼 소설 속의 주인공 '나'가 러시아말을 배우는 것은 서로 다른 민족 간에 갈등과 대립을 공존과 화해로 승화시키고자 하는 작가적 지향을 표현하는 것에 지나지 않는다. 그것은 또한 "일본 사람은 일본 바다에서 나는 멸치만 잡아먹어도 넉넉히 살아갈 수 있다"라는 '가도오'의 신념과 멀리 떨어진 것은 아니다.

　「잔등」에서 서술되는 것은 불과 하루 남짓한 짧은 시간이지만, 이 시간 동안 '방'과 함께 하는 여행에서 미처 보지 못했던 것을 발견할 수 있었던 것이다. '방'과의 이별의 시간 동안 나는 소년과 노파를 만나 예기치 못한 운명의 반전을 경험하는 것이다. 그것은 무엇이라 설명하기 힘든 "인간성의 個差이며 운명적인 것의 差別"(소서, 2면)이다. 이 독특한 경험이야말로 한 개인을 개인으로서 인식하게 만드는 본래적인 경험인 것이다. 그런 맥락에서 그것은 허준이 "예술가로서의 첫 발족점(發足點)"이라고 표현했던 "모뉴멘털한" 경험[18]이라고 할 수 있다. 본래적인 경험으로서의 청진 체험, 구체적으로 말해 소년과 노파를 만난 사건은 해방 공간을 바라보는 '나'만의 독특한 시각을 형성하게 한다. 그것은 "제삼자의 시선"으로 이름 붙여진 피난민 의식이다. 이제 '나'는 더 이상 자신의 고국으로 돌아온 존재가 아니라 "피난민"으로 인식된다. "참으로 오래간만에 보는 푸를 대로 푸르른 마가을 바닷ㅅ빛 모양으로 이곳이 고향인 사람의 맏 누님 집을 향하여 걸어 나가는 젊은 두 피난민

---

18) 허준, 「문예시평」, 『조선일보』, 1939.6.2. 이 글은 작품집 『잔등』의 서문에도 일부 인용되어 있다.

의 마음은 한없이 푸르르고 또 한 없이 부풀어 올랐다"(92면) 이제 '나'
는 주인의 자리를 되찾으려는 적개심 대신에 고국에 돌아왔음에도 불
구하고 여전히 피난민의 상태로 자신을 인식한다. 이것은 땅과 영토를
둘러싸고 벌어지는 민족 간의 투쟁과 갈등에서 벗어날 수 있는 가능성
을 보여준다. 동시에 식민의 기억을 제거한 채 타자에 대한 복수를 통
해 민족적 주체를 건설하려는 맹목적인 태도로부터 벗어나게 되는 것
이다. 이처럼 국밥집 노파와의 만남을 통해서 '나'의 내면적 여행은 끝
이 난다. '방'의 여행이 서울에 도달할 때까지 유보된 물리적인 것이었
다면 '나'의 여행은 청진에서 해방된 조국의 과거·현재·미래를 발견하
는 정신적인 것이었던 셈이다.

4. 맺는 말

「잔등」에서 주인공 나의 여정은 장춘-청진-서울의 여로 속에 구
성되어 있으며, 좀 더 포괄적으로 말한다면, 만주와 조선이라는 공간적
범주와 과거와 미래라는 시간적 범주를 가로지르면서 진행된다. 따라
서 회령에서 청진까지 '나'의 여행의 과정에서 만난 소년과 노파의 대
칭적 관계에는 수많은 의미가 삼투된다. 유년과 노년, 남성과 여성, 복
수와 화해, 가해와 피해 등의 대립적인 이미지들을 함축하고 있는 것
이다. 이것은 해방 정국의 여러 삶의 양상을 보여주는 장치들이다. 민
족성과 계급성, 폭력적인 것과 인간적인 것, 동일성과 차이 등 서로 대
립하는 개념들이 깊이 얽혀 있다. 그것은 또한 소멸하는 것과 출현하

는 것 사이의 역사성을 함축하고 있기도 하다.

소년은 식민지적 억압의 경험을 갖지 않음에도 불구하고 일본인에 대한 맹목적인 적개심을 보여준다. 독립된 국가의 건설이라는 주체화의 논리는 항상 예속적 존재, 억압받을 대상을 필요로 한다. 민족적 차이에 근거를 둔 이러한 국가 건설의 논리가 가져올 위험성은 명약관화하다. 그것은 제국주의로부터 독립이라기보다는 제국주의의 답습이다. 그것은 파생을 가장한 제휴의 전략에 지나지 않는다. 제2차 세계대전후 독립한 많은 제삼세계 국가의 경험이 이를 증명한다. 따라서 복수의 정념에서 벗어날 수 있을 때, 비로소 제국주의의 규정성 내지는 식민주의적 의식으로부터 자유로울 수 있을 것이다. 해방 직후의 문학 풍경 중에서「잔등」이 여전히 문제될 수 있다면, 바로 이러한 식민주의적 의식 속에서 감추어진 식민지적 무의식의 문제를 만주·조선·일본의 관계 속에서 섬세하게 제기하고 있기 때문일 것이다.

허준의 「잔등」 연구

1. 해방과 '길'의 의미

해방은 잃어버린 빛의 회복, 즉 광복이라고 부른다. 잃어버린 조국
의 되찾음은 가슴속에 묻었던 모국어의 회복과 함께 한민족으로서의
정체성을 다시 한 번 확인시켜주는 계기를 마련해 주었다. 해방은 외
연적으로는 조국을 찾아 떠나는 이국으로부터의 긴 귀국행렬로 가시
화되었는데, 이는 원점 회귀, 즉 장소애(Topophilia)의 절정[1]이라고 할

----

* 이병순 / 숙명여자대학교 한국어문화연구소 책임연구원

1) 이재선, 「해방과 교착시대의 소설」, 『현대한국소설사 1945~1990』, 민음사, 1991, 33
면. 이 글에서 이재선은 해방시기에 있어서의 공간 표상과 길의 의미는 주로 닫힘
에서 열림으로, 어둠에서 빛으로 그리고 출발과 유랑의 원점이었던 곳을 향한 내

수 있는 고향으로의 돌아옴을 표상하면서 해방기 문학 의식의 좌표를 마련한다.

귀환민들은 대부분 징용과 징병, 혹은 가난과 핍박을 견디지 못해 만주나 일본으로 떠난 이들로서, 해방을 맞아 이들은 자신의 삶의 근원지이자 정신의 뿌리인 고향으로 돌아올 수 있게 되었다. 즉 식민지 시대 문학의 대부분이 고향상실로 인한 유이민의 고단한 삶, 즉 실향성에 초점을 맞추었다면, 해방기 소설은 실향으로부터 귀향으로의 회귀, 곧 고향 찾기가 그 주제로 부각되었다. 이는 해방기 소설의 정신사적 측면에서도 중요한 틀을 제공해 준다.

따라서 해방기 소설 중에는 민족의 대이동인 귀향을 다룬 소설작품이 상당수 발표되었는데, 그 대부분에는 해방을 맞은 감격과 함께 귀향의 설레임, 그리고 귀향의 여로와 그 과정의 신산함이 교직되어 있다. 귀향을 주요 모티프로 설정한 작품으로는 김만선의 「압록강」, 허준의 「잔등」, 채만식의 「역로」, 정비석의 「귀향」, 김동리의 「혈거부족」, 엄흥섭의 「귀환일기」, 계용묵의 「바람은 그냥 불고」 / 「별을 헨다」, 염상섭의 「해방의 아들」, 박영준의 「환향」 등이 있다.

그러나 이들 작품에는 귀향의 과정, 즉 여로는 소략하게 제시되어 있는 반면, 귀향 이후 절박한 생존의 문제에 치중하고 있다는 공통점을 갖는다. 즉 생활기반의 부재로 인한 궁핍상이 소설의 주요 제재로 부각되는가 하면, 좌우 이념의 대립상에 환멸감을 드러내거나 그러한

향적인 되돌아옴 곧 회귀성으로 연결된다고 전제한 뒤, 이 시기 문학의 보편적 주제를 식민지 통치에서 기인하는 주변 장소와 대단위적인 실향과 향수의 상태로부터 내측으로 향한 귀환과 귀소의 문제라고 지적한 바 있다.

현실에 투쟁지향적인 성향을 보이는 과적응주의자 혹은 그 현실을 버거워하는 부적응주의자들의 삶의 양태에 초점을 맞추고 있다.

반면 귀향의 실현과정인 여로가 주요 시공간으로 설정되어 있는 대표적 소설로는 김만선의 「압록강」, 허준의 「잔등」, 채만식의 「역로」 등을 들 수 있다. 이들 작품에는 각각 만주와 서울에서 고향을 지향하고 떠난 여로가 주요 환경으로 제시되어 있다.

여로를 작품의 주요 환경(setting)으로 설정한 경우 시간과 공간의 연관성, 즉 시공간의식(Chronotope)[2)에 주목해 보지 않을 수 없다. 소설에서 길은 보통 만남의 장소로서 기능한다. 특히 길은 우연의 만남이 일어나기 좋은 장소이다. 길에서는 아주 다양한 사람들이 하나의 시공간적 지점에서 교차한다. 사회적, 공간적 거리에 의해 통상적으로 서로 떨어져 있던 사람들이 그 교차지점에서 우연히 만날 수 있으며, 따라서 온갖 대비가 노출되고 가장 다양한 운명들이 서로 충돌하고 얽힐 수 있다.[3) 뿐만 아니라 길은 인물의 '인간적인 성숙이나 인식의 세계를 확충'[4)시키는 의미작용을 하기도 한다.

다시 말해 길의 시공간의식은 시간과 시간, 공간과 공간이 교차 혹은 이동하는 지점에 작품의 계기성을 마련할 뿐 아니라, 무수히 많은

---

2) 바흐친은 "문학 작품 속에 예술적으로 표현된, 시간과 공간 사이의 내적 연관성"을 가리켜 크로노토프라고 규정한 바 있다. M.M.Bakhtin, "Forms of Time and of the Chronotope in the Novel", Translated by C. Emerson & M.Holquist, *The Dialogic Imagination,* Taxas Press, 1982, 84면.

3) 만남의 모티프를 소설에서 구성적 기능을 담당하는 요소로 본 바흐친은, 만남의 모티프가 길의 크로노토프와 관련을 가질 때, 시간적 지표와 공간적 지표 사이에 통일성을 유지할 수 있다고 보았다. M.M.Bakhtin, *op.cit,* 243~244면.

4) 김용희, 『현대소설에 나타난 '길'의 상징성』, 정음사, 1986, 183면.

사람과의 접촉이 불가피하기 때문에 이로 인한 작중인물의 의식전환을 꾀할 수 있다. 소설에서의 시공간상 특징과 작중인물의 의식의 변화는 작가의 의식세계를 반영하는 지표로서도 기능한다.

또 소설에서 시간은 공간보다 더 규정적[5]인데, 특히 길의 시공간의식에서 시간의 순서라는 개념은 인과율과 동등시[6]되기 때문에 객관성을 확보할 수 있다는 이점이 있다. 특히 지식인의 내면을 따라 의식의 여로를 보여주는 소설들에 있어서 시공간의식은 지속성과 비가역성[7]을 특성으로 하면서 등장인물의 의식 변화를 통해 작가의 현실독법을 제시해 주기 때문에 유용한 방법론으로 활용할 수 있다.

이 글에서는 허준의 「잔등」에 실현된 길의 시공간의식을 중심으로 등장인물의 현실인식 변화를 추적해 보고, 이와 함께 「잔등」에 나타난 '귀향'의 의미를 고찰해 보고자 한다.

2. 여로의 구조

허준의 「잔등」(『대조』 1946.1)은 해방을 맞아 장춘에서 서울까지 돌아오는 '나'와 '방'이란 두 인물의 여정을 담은 소설이다.

작품의 구체적인 공간으로 제시된 곳은 회령과 주을, 수성, 청진일 뿐, 정작 여행의 출발(장춘)과 끝(서울)은 부재한다. 즉 이 소설은 통상적

---

5) M.M.Bakhtin, *op.cit*, 89면.
6) H.Meyerthoff, *Time and Literature*, California Univ. Press, 1968, 이종철 옮김, 『문학과 시간의 만남』, 자유사상사, 1994, 37면.
7) 이승훈, 「이상소설의 시간 분석 Ⅰ」, 『문학과 시간』, 이우출판사, 1983, 331면.

인 여행의 목적의식적 지향성과는 달리 길을 따라 가는 여로 그 자체에 초점이 맞추어져 있는 것이다. 이 여로를 통해 초점화자인 '나(천복)'의 의식의 전환이 이루어지는데, 이는 동행자였던 '방'과의 헤어짐 이후에 만나게 되는 소년과의 만남, 그리고 국밥집 할머니와의 조우에서 비롯된다.

작품에 나타난 '나'와 '방'의 여로는 다음과 같다.

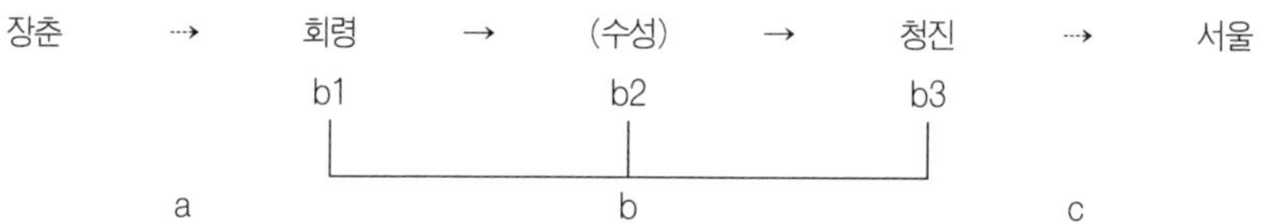

a와 c는 작품 전면에 나타나지는 않지만, 여로의 시작과 끝을 알리는 의미소로서 기능한다. a는 작품의 모두에 '장춘서 회령까지 스무 하루를 두고 온 여정이었다.'라는 화자의 직접적인 언술로 제시되어 있으며, c는 '서울까지 가시는 손님들이래요.'라는 어느 민가의 안주인의 입을 통해 간접적으로 밝혀진다.

결국 b가 이 작품의 주요 시공간적 배경을 이루는데, 이는 다시 b1, b2, b3로 나눌 수 있다. 이 세 가지 요소들은 각기 다른 시간적 틀 안에서 작품의 주요 계기를 이루는 사건들을 형성해 내게 된다. 즉 b1에서는 서울까지 동행하려던 친구 '방'과의 헤어짐이, b2에서는 뱀장어 잡이 소년과의 만남이, 그리고 b3에서는 국밥집 할머니와의 만남이 각각 설정된다. 또 b2에는 뱀장어 잡이 소년을 만나기 직전 사촌매부에 대한 회상과 간호부와 소학생의 시적인 대화를 추가할 수 있다.

b의 시간 설정도 주목해 볼만하다. b1의 시간적 배경이 아침이었던 데 비해, b2는 한낮, 그리고 b3는 밤으로 설정되어 있기 때문이다.

사람과의 이별은 보통 밤에 이루어지며 이는 고통과 슬픔을 동반하게 마련이다. 그러나 이 작품에서는 주인공 '나'의 유일한 귀향의 동반자인 방과의 헤어짐이 아침으로 설정되어 있다.

> 그러나 역시 운명은 손길이 아니 보이는 바람과 같다고나 해야 할 것처럼 바람에 불리우는 줄이야 누가 모를까마는 <u>아침이 아니고는</u> 어느 연로에 기쁨을 놓고 가고 어느 연로에 슬픔을 놓고 갔는지 더듬어 알기 힘든 것인가 하였다.[8](밑줄:인용자)

이는 방과의 이별보다는 그 헤어짐 뒤에 혼자서 겪게 되는 모험과 시련의 여정에 초점을 맞추고자 하는 작가의 의도라고 볼 수 있다. 사실 이 작품에서 주인공이 의식의 전환을 맞는 계기는 방과 동행했을 때보다는 오히려 혼자서 여행하며 만나는 사람이나 사물의 관찰 속에서 이루어지기 때문이다.

방과 헤어지고 소년과 만나기 전의 시간 동안 주인공은 만주에 살던 사촌매부 일족에 대한 회상에 젖는다. 이십여 년 전 만주에 들어가 갖은 풍상 끝에 논밭을 일구었으나 결국 일본 집단 개척자들에게 내쫓기고 만 서글픈 유이민의 삶에 대한 회고는 주인공의 '향수'를 환기시키는 역할을 맡고 있다. 이는 우연히 듣게 된 간호부와 소학생의 시적인

---

8) 허준, 「잔등」, 『북으로 간 작가선집 10』, 을유문화사, 1988, 12면. 이하 「잔등」의 작품 인용은 이 책의 쪽수만을 밝힌다.

대화를 통해 한층 강화된다. 이 향수는 '흙바람'과 '하늘', 그리고 '물'이라는 매개물을 통해 구체화된다.

① 예상했던 것보다 폭도 넓고 수량도 대단히 많은 청령한 맑은 물에 눈 허리가 시근거리도록 가을 햇볕이 찬란하게 반사하였다. (중략)
"너 만주서 이런 물 봤니."
"못 봤어요."

② "그런데 차차 한 해씩 나일 먹어 가느라니까 인젠 그 바람이 딱 싫어집데. 봄 가을 한참 때에 부는 그 하늘이 빨개서 뒤집혀 들어오는 흙바람—언제야 안 불었을 바람이련만 그 바람이 인젠 딱 싫어집데."(중략)

③ "너 만주서 저런 하늘 봤니?"
"못 봤어요."(중략)
비로소 눈몽아리를 뜨겁게 함을 깨닫는 이러한 연상들 속에서 나는 조선이 그처럼 그리울 수가 없는 나라인 것을 다시금 깨달았다.

따라서 작품 속에서 방과의 헤어짐이 주는 의미는 만주와 고국의 바람, 하늘, 물 등의 정서적 차원의 가치평가를 통해 고향에 대한 애틋한 그리움을 표출시키는 데까지 나아가고 있다. 즉 '해방'에 대한 의미 탐색과 함께 「잔등」의 배면을 가로지르는 또 하나의 의미축은 바로 고국에 대한 그리움, 즉 '향수'인 것이다.

한편 b2와 b3, 즉 소년과 할머니를 만나는 시간의 설정도 음미해 볼 만하다. 뱀장어 잡이 소년과의 만남이 오후로 설정된 것은 소년의 강렬한 생명성을 드러내고자 함이다. 사실 소년의 경우 화자를 고혹케

한 것은 그의 눈빛의 '찬란한 섬광'이나 '진한 구리빛 얼굴' 혹은 '직선적인 굵기'의 행동 때문이었음에 비해, 할머니의 경우 '무엇인지 한참 정신을 팔리'고 있는 모습에서 빚어져 나오는 '풍성한 의미'나, '떨리는 낮은 목소리' 혹은 그녀의 천막에 조용히 켜져 있는 '잔등'에서 그 의미를 들추어내고 있기 때문이다. 즉 소년의 경우 화자는 주로 그의 몸짓이나 외양을 통해 그의 성격을 유추하고 있는 반면, 할머니의 경우 그녀의 내면풍경의 응시를 통해 그녀의 삶의 고단함을 그려내고 있다. 다시 말해 그러한 소년의 실루엣을 형상화하기 위해서는 오후의 햇살이 필요했으나, 할머니의 경우 타인의 인생사를 엿듣기에는 오히려 밤이라는 시간적 배경이 더욱 적절했던 것이다.

국밥집 할머니와의 만남을 밤이라는 시간적 배경 속에 배치해 놓은 또 다른 이유는 '잔등'의 의미를 부각시키고자 함이다. 밤은 모략과 배신의 시간이기도 하지만, 한편으로는 화해와 용서의 시간이기도 한 것이다. 이는 이후 살펴보겠지만 낮과 밤의 상반된 시간성을 바탕으로 소년과 할머니의 미성숙과 초월, 혹은 증오와 관용의 세계인식을 대조적으로 조망하기 위해 의도적으로 마련된 장치이다.[9]

b1에서 방과 헤어진 뒤 '나'는 우연히 트럭을 얻어 타 세 시간 만에 b2에 도착하고, 이어 b3까지는 걸어서 한나절 만에 도착하게 된다. 즉 회령에서 청진까지는 하루가 걸린 것이다. 청진에서 '방'을 찾기 위해 하루를 더 머물렀으니 결국 b1에서 b3까지 공간적 이동을 위한 이 작

---

9) 이러한 시간의 배치는 '내용을 만들어가고 여러 재료(material)에 질서를 부여하여 작품의 각 요소에 자리를 마련해 주는 기능'을 수행한다. 오세영, 「문학에 있어서 시간의 문제」, 『한국문학』 1976.1, 270면.

품의 주요 시간적 흐름은 불과 이틀간인 것이다.

방과의 헤어짐과 만남이 극히 우연적으로 처리된다는 사실 또한 시간의 교묘한 안배와 함께 작가의 계산된 의도로 볼 수 있다. 우연의 시공간의식의 사용이 그것이다. 방과의 헤어짐과 만남의 장소는 둘 다 '역'(회령역과 청진역)이었으며, 둘의 만남은 극히 짧은 순간의 '우연'에 의존하고 있다. 작가는 이를 '운명의 손길'로 가장한다.

① 그러나 역시 운명은 손길이 아니 보이는 바람과 같다고나 해야 할 것처럼 바람에 불리우는 줄이야 누가 모를까마는 아침이 아니고는 어느 연로에 기쁨을 놓고 가고 어느 연로에 슬픔을 놓고 갔는지 더듬어 알기 힘든 것인가 하였다.

방이 천막친 차 언저리에 발부리를 붙이고 기어 올라갈 적에 차는 떠났다. 그리고 차 위에서 발 디딜 만한 데를 골라 디딘 뒤에 기립을 하여 몸을 돌이켰을 때, 비로소 그는 철로 한가운데 놓인 나를 보았다.[10]

② 몇 초만 밥을 늦게 먹었어도 물론 안 될뻔 하였지마는, 몇 숟가락 밥을 남겨 놓고 일어났더라도 방을 붙잡는 일은 어려울 뻔하였다. 양치를 하고 돈을 치르고 내가 일어선 것은 방이 막 나무판자로 된 정거장 임시 사무소 있는 짝 폼 마지막 기둥까지 왔다가 돌아서는 찰나이었다. 이 사무소와 기둥 사이의 불과 한 간이 될까말까 한 사이였으므로 나는 방이 걸어온 길을 돌아서서 그 사무소 뒤에 가려 없어지기 전에, 있는 소리를 다하여 부르지 안할 수 없었다.[11]

---

10) 허준, 「잔등」, 12~13면.
11) 허준, 위의 책, 77~78면.

①은 내가 방과 헤어지는 장면이고, ②는 우연히 방과 다시 만나게 되는 장면을 묘사한 부분이다. 위의 인용에서 보듯 '바로 그 순간' '바로 그 장소'에서 행해지는 우연의 성립은 시간과 공간의 일치를 특징으로 한다. 이 시공간은 불합리하고 비인간적인 힘이 주도권을 행사함으로써 계획적이고 정상적인 사건의 과정들을 교란시킨다. 즉 이는 그 자신이 일정한 논리를 지닌 채 열린 기회를 제공해 주는 역할을 맡게 되는 것이다.[12]

회령에서 방을 놓친 것과 청진에서 방과 조우하게 된 것은 화자의 말을 빌리면 '불과 12초의 간격'(77면)이었다. 이 12초씩의 간격은 이야기의 시작과 끝을 알리는 역할을 한다. 방과의 헤어짐으로 인해 나는 해방 현실에 대한 좀 더 객관적인 직시를 하게 되고 이를 통해 의식의 변화가 이루어지게 된다. 그리고 그것이 완결되었을 때 우연히 다시 방과 만나게 되는 것이다. 다시 말해 방과의 헤어짐이 없었더라면 나라는 인물이 현실에 대한 꼼꼼한 관찰을 하기 힘들었을 것이며, 소년과 할머니와의 만남 또한 불가능했을지 모른다. 그러므로 이 작품에서 우연의 시공간의식의 사용은 작품의 주제의식과 맞물려져 있다고 볼 수 있다.

그러므로 사실상 방과의 만남이 이루어지는 청진에서 작품은 완결

---

12) 바흐친은 "이 우연성(suddenly, at just that moment) 안에는 '그 이전(earlier)'과 '그 이후(later)'가 대단히, 심지어는 결정적인 중요성을 지닌다. 만약 어떤 일이 일 분 먼저 혹은 일 분 뒤에 일어난다면, 즉 시간상의 우연한 동시 발생이나 우연한 불일치가 없다면, 플롯(plot)이라는 것도 존재할 수 없고 소설을 쓸 이유도 없게 된다."고 말한다. 때문에 '우연은 필연성이 발현되는 한 형태'로 볼 수 있는 것이다. M.M.Bakhtin, *op.cit*, 92면.

되고, 나의 여로 또한 완결된 것으로 간주할 수 있다. 이는 여행을 지속시켜 보더라도 더 이상 주인공의 의식 변화는 기대하기 어렵기 때문이다. 이는 작중인물의 고백을 통해서도 드러난다.

> 방은 이 땅이 우리들 여정의 절반이라고 하였지마는, 설혹 지내온 것이 절반이 못 된다 하더라도 내게는 이미 내 가슴 가운데 그려진 이번 피난의 변천굴곡은 여기서 다 완결된 거나 조금도 다름이 없었다. 그리고 앞으로 이 이상 고생스러운 험로를 몇 갑절 더 연장해 나간다 하더라도 나로서는 이외의 더 색다른 의미를 찾기는 어려운 일일 듯하였다.13)

귀향을 '피난'으로 규정한다거나, 서울을 지향하고 떠난 이들의 목적이 실현되기도 전에 여로의 완결을 선언하는 주인공의 이러한 행위는 곰곰이 따져 볼 필요가 있다.

사실 이 작품의 작중인물은 당시 다른 귀향소설들에서 빈번하게 보이는 귀향에 대한 강렬한 집착이나 목적성을 지니지 않고 있다. 오히려 느긋한 심정으로 여행하는 듯한 태도까지 내보이고 있는 것이다.

이는 '나'가 그림을 그리는 예술가라는 점, 또 가족을 동반하지 않았다는 점이 가장 큰 이유일 것이다. 화가 되기를 결심한 뒤부터 생긴 대상에 대한 집요한 탐색벽은 현실에 대한 섬세한 관찰을 가능하게 했으며, 그 관찰이 여로를 지체하는 원인이 되었기 때문이다. 또 귀향행위에 있어 가족의 부재란 해방현실에 대한 직접적인 부대낌을 극소화하여 현실성을 떨어뜨리는 한편, 아이러니하게도 그 현실을 객관적으

---

13) 허준, 앞의 책, 86~87면.

로 바라볼 수 있는 시각을 제공해 주고 있다. 다시 말해 '생활이 부재하고 生만이 드러나는'14) 여행을 가능하게 해준 것이다.

　이러한 행위는 두 측면으로 나누어 살펴볼 수 있다. 하나는 다른 작품에서와는 달리 주인공이 대상을 탐색하며 한없이 시간을 지체하는 행위 자체가 이후 소년과 할머니와의 만남을 준비하는 역할을 하고 있다는 것이다. 즉 그들과의 만남에 필연성을 부여하기 위한 장치라고 볼 수 있다.

　다른 하나는 귀향의 의미가 딱히 서울에 도착해서만이 실현되는 것이 아니듯이, '해방이라는 것을 궁극적인 해결이나 종착지로 생각하는 것이 아니라 하나의 과정일 따름이라는 과도기의식의 발로'15)라고 해석할 수 있다. 당시 민족적 과제가 더 이상 나라 찾기가 아니라 새로운 나라 만들기였다는 사실을 감안해 본다면 이러한 작가의 냉연한 태도16)는 열려 있는 역사의식의 소산이라고 볼 수 있기 때문이다. 즉 일제 식민지 상태로부터 벗어나긴 했지만 새로운 국가의 건설은 아직 이

---

14) 김윤식, 「허준론:소설의 내적 형식으로서의 '길'」, 『한국근대리얼리즘소설연구』, 문학과지성사, 1988, 216면.
15) 우한용, 「한국현대소설의 기호론적 연구—허준의 '잔등'을 중심으로」, 『교육논총 8집』, 전북대 교육대학원, 1988, 52면.
16) 이 같은 태도는 이미 작가의 창작집 '序'에서도 충분히 엿볼 수 있다.
　"너의 문학은 어째 오늘날도 흥분이 없느냐, 왜 그리 희열이 없이 차기만 하냐, 새 시대의 거족적인 열광과 투쟁 속에 자그마한 감격은 있어도 좋을 것이 아니냐고들 하는 사람이 있는데는 나는 반드시 진심으로는 감복하지 아니한다. 민족의 생리를 문학적으로 감득하는 방도에 있어서, 다시 말하면 문학을 두고 지금껏 알아보고 느껴오는 방도에 있어서 반드시 나는 그들과 같은 방향에 서서 같은 조망을 가질 수 없음을 아니 느낄 수 없는 까닭이다." 허준, 『잔등』, 을유문화사, 1946, 序.

루어지지 않았다는 작가의 유보적인 시각을 보여주고 있는 것이다. 따라서 이러한 시각은 주인공으로 하여금 '해방'에 대한 '물불 가리지 못하게 하는 열광적인 환희와 동시에 일층 이상 정도의 초조와 불안과 그리고 얄궂은 체념을 동반하는 위구'[17]를 품지 않을 수 없게 하였고, 이는 다음 장에서 살펴볼 해방 현실에 대한 등장인물들의 시각의 다양함으로 드러나게 된다.

3. 해방현실에 대한 이중적 시각

작품의 주요 서사는 등장인물이 잠시 머무르는 장소에서 때로는 회상과 연상의 형태로, 때로는 타인과의 만남이나 그들의 행동에 대한 관찰로 형성된다.

「잔등」에서 전자에 속하는 사건으로는 방과 하룻밤 신세진 마나님에 대한 이야기, 소학생과 간호부가 나눈 시적인 대화, 사촌매부와 사촌아이에 대한 회상, 방과 나의 露人觀 피력 등을 꼽을 수 있다. 이러한 사건들은 시간외적 간격(extratemporal hiatus)[18]에 속하는 것으로 그다지 중요성을 갖지 않는다. 이야기 전개상 특별한 새로움을 첨가하지 않기 때문이다. 또 당시 현실에 대한 독법으로도 적당치 않다. 이는 단지 작가의 개인적인 감상이나 과거에 대한 추억을 담고 있기 때문이

---

17) 허준, 앞의 책, 12면.
18) 바흐친은 이렇게 주인공의 삶이나 의식의 변화에 아무런 영향을 주지 않고, 어떠한 새로움도 첨가하지 않는 시간을 '시간외적 간격'이라고 부른다. M.M.Bakhtin, *op.cit*, 90면.

다. 반면 후자, 즉 타인과의 만남이나 그들의 행동에 대한 관찰은 작중 인물의 의식 변화의 계기로서 기능한다.

「잔등」에서 '길'의 의미는 길과 길이 끊어지는 공간, 즉 잠시 멈추는 곳에서 오히려 부각된다.[19] 그곳에서 타인과의 만남이 이루어지고, 그로 인해 현실에 대한 주인공의 의식 변화가 시작되기 때문이다.

주인공의 의식변화의 첫 번째 계기는 뱀장어 잡이 소년과의 만남이다. 방과 헤어진 나는 수성까지 트럭을 얻어 타고 와 청진까지는 걸어서 가게 된다. 가는 도중 강가에 앉아 사촌매부에 대한 회상과 그에 따른 향수에 젖어 있던 나는 소년의 고기 잡는 소리에 놀라 그를 바라보게 된다. 나의 시선을 끈 '열 사오 세'밖에 안 되어 보이는 소년은 '오래도록 탐색의 논란의 태도를 갖게 하기에는 너무나 직선적인 굵기와 부러울 만한 열렬함'이 있어 마치 '자아 중심의 황홀이 있는 듯'하였다. 즉 작가가 그리고 있는 소년의 모습은 환희와 감격에 들뜬 해방기 현실의 외연적인 모습이라고 볼 수 있다.

---

19) 우한용은 이 작품에서는 "길이 멈추는 곳이 주요시공소(main chronotope) 역할을 하고 길이 진행되는 곳이 종속시공소(sub chronotope) 역할을 함으로써 주요시공소가 의미화된다."고 주장하며, "길의 현재성보다는 회상성이 강한 이유도 이러한 역할 전도에 기인"한다고 보았다. 따라서 「잔등」은 길의 구조로 되어 있기 하나, 스토리 전개상 회상과 관찰과 대화가 중첩됨으로써 길의 의미는 약화되고 있다는 것이다. 우한용, 앞의 글, 39면.
　해방기 소설 중 길의 크로노토프를 원용한 작품 중 채만식의 「역로」(『신문학』 1946.6) 역시 위의 논의와 같은 맥락에서 해석할 수 있다. 서울에서 이리까지 열차를 이용해 낙향하는 한 주인공의 여정을 따라 진행된 이 소설은 「잔등」과 마찬가지로 길이 진행되는 곳의 의미가 약화되어 있다. 이 소설에서 길의 의미는 간헐적으로 지명을 알리는 화자의 목소리를 통해서만 가능하며, 대부분의 스토리는 시공간이 부재한 채 여러 인물들의 대화 속에서 전개된다.

그러나 문제는 소년과 그가 잡아 온 뱀장어, 그리고 그것들을 관찰하는 나의 의식의 변화에 있다.

> 수부가 전면적으로 으깨어져 나간 나머지는 그저 고기요, 뼈다귀요, 피일밖에 없는 생명이 어디 가 붙었을 데가 없는 이 미물이 가진 본능이라 할는지 육감칠감이라 할는지 혹은 무슨 본연적인 지향이라 할는지 어쨌든 이 생명에 대한 강렬하고 정확한 구심력—나는 무슨 큰 철리의 단초나 붙잡은 모양으로 흐뭇한 일종의 만족감을 가지고 동물의 단말마적 운동을 바라보고 있었다.[20]

소년의 손에 잡혀 온 뱀장어의 생명을 향한 집요한 몸짓을 통해 나는 패망한 일본인의 운명과 함께 생명에 대한 외경심을 갖게 된다. 살고자 몸부림치는 뱀장어의 단말마적 지향성과 그를 응징하는 소년의 태도를 통해 잔류 일본인의 처벌 문제를 생각하게 된 것이다. 사실 소년은 뱀장어 잡이 이외에 요시찰 인물, 잔류 일본인들의 동태를 감시하는 임무를 맡고 있다. 해방 전 감옥에도 다녀왔다는 위원회 김 선생의 지도 아래 '죽은 사람이 벌떡 일어나'지 못하도록 감시 역할을 맡고 있는 것이다. 이 역할에 소년은 꽤 만족해하며 일견 자랑스러워한다. 그러면서 소년은 일인들은 이제 '정말 다들 죽은 거 한 가지'라는 판단을 내린다. 소년의 '싱싱한 맑은 두 눈알의 홍채'가 '발한 찬란한 섬광'으로 인해 그의 행동은 직선적이며 단호함을 견지한다.

이는 소년이 일제시대 현실의 유년체험세대로서 그만큼 해방을 맞

---

20) 허준, 앞의 책, 27면.

는 태도가 자유로울 수 있다는 사실을 보여준다. 즉 친일행위라는 역사적 죄목에서 벗어날 수 있었다는 것이다. 그 자유로운 태도는 일제 잔재 청산에 있어서도 오직 '증오'라는 기반 위에 단호한 처신을 할 수 있게 한 원동력으로 작용한다.

이는 당시 민족적 과제 중의 하나가 일제 잔재 청산이었고, 특히 북한에서 활발히 전개되었다는 역사적 사실을 전제할 때 현실성을 확보한다. 그러나 작가가 경계하는 것은 그러한 소년의 행동이 자칫 미성숙의 결과일지도 모른다는 우려이다. 이는 이후 국밥집 할머니를 만나 그녀의 대일본인관[21]을 살펴봄과 함께 할머니의 생각에 심정적인 동조를 하는 나의 의식변화를 통해 표면화된다.

역전에서 국밥집을 하는 할머니는 아들의 옥사와 아들의 친구 가도오라는 일본인 청년으로 인해 새로운 일인관을 내보이고 있다.

> "부질없은 말로 이가 어째 안 갈리겠습니까—하지만 내 새끼를 갖다 가두어 죽은 놈들은 자빠져서 다들 무릎을 꿇었지마는, 무릎 꿇은 놈들의 꼴을 보면 눈물밖에 나는 것이 없이 되었읍니다그려. 애비랄 것 없이 남편이랄 것 없이 잃어버릴 건 다 잃어버리고 못 먹고 굶주리어 피골이 상접해서 헌 너즐떼기에 깡통을 들고 앞뒤로 허친거리며, 업고 안고 끌고 주추 끼고 다니는 꼴들—어디 매가 갑니까. 벌거벗겨 놓고 보니 매 갈 데가 어딥니까."[22]

---

21) 작중에서 대일본인관을 살펴볼 수 있는 또 다른 인물로 주인공의 사촌매부를 들 수 있다. 만주에 살다 일본인의 집단농장 개척으로 인해 땅을 강제 양도당한 매부는, 그러나 그들을 원망하거나 저주하지 않고 현실에 대한 '체념' 혹은 '순응'의 태도를 보인다. 이는 물론 이 사건이 해방 전이라는 사실이 전제되어 있긴 하나 소년이나 할머니의 대일본인관과는 현격한 차별성을 보이고 있다.

이 대목은 할머니의 증오를 초월한 관용의 세계를 보여준다. 즉 일제시대 수난의 당사자였으면서도 가해자를 용서하는 태도는 인생의 깊이를 느끼게 하는 부분이라고 아니 할 수 없다. 게다가 이러한 할머니의 태도는 아들의 친구인 가도오의 삶에 대한 이해에서부터 비롯된 것이기에 객관성을 확보하게 된다.

할머니의 아들과 함께 노동운동을 한 가도오는 '일본 사람은 일본 바다에서 나는 멸치만 잡아먹어도 넉넉히 살아갈 수 있다'고 말한 것이 죄가 되어 수감생활을 한 인물이다. 자국의 제국주의적 행위를 비판한 가도오라는 인물의 설정은 할머니의 관용 철학이 추상화 혹은 이상화되는 것을 제어하는 역할을 한다. 결국 '저, 업고, 잡고, 끼고, 주릉주릉 단 저 불쌍한 것들이 가도오의 종자'이기 때문에 할머니는 잔류 일본인들에게 국밥 한 그릇을 넉넉히 내줄 수 있는 것이다. 그러나 이는 한 양심적인 일본인에 대한 애정이 너무나도 쉽게 모든 잔류 일본인들에 대한 연민으로 확대되고 있는 것이 아니냐라는 반대논리를 수렴하기에는 역부족이다. 역사적 사실에 대한 가치판단은 어느 한 개인에 대한 친화 내지 사랑의 힘에 의해 역전되거나 무화되는 것은 아니기 때문이다.

따라서 작가는 이러한 할머니의 사고와 행동에 정당성을 부여하기 위해 이미 할머니 가게의 기름불 잔등의 묘사를 통해 작품 전편에 그의 의도를 암시한 바 있다.

---

22) 허준, 앞의 책, 69면.

　　역시 바람이 있었던지 솥구막 가까이 납작한 종지에 피어나는 기름
불은 유달리 흐늘거려 앉은뱅이 춤을 추면서 제각금 광명과 그늘을 산
지사방 벽에 쥐어 뿌리었다. 불은 빛보담은 더 많은 그늘들을 일으키어
그것에 생명을 주어 무시로 약동하게 하고 또 무시로 발광하게 하는 듯
하였다. (중략) 그것은 남을 핧아 없애지도 아니하고 저 자신 꺼져 없어
지는 법도 없이 다만 사람의 가슴 속에 무엇인지 모르는 은근한 한줄기
불안을 남겨 놓으면서 조용한 가운데 타고 있을 따름이었다.[23]

　　주인공은 국밥집 할머니의 잔등을 통해 '빛보다 더 많은 그늘'에다
생명력을 불어넣어 약동하게 하고 발광하게 하는 힘, 남을 미워하지도
자기자신을 소멸시키지도 않는 힘을 보게 된다. 그 힘의 실체와의 직
접적인 대면은 바로 주인공의 의식을 변화시키는 결정적인 요인이 된
다. 즉 소년과의 만남을 통해 잠시나마 잔류 일본인에 대한 응징을 청
량하고 직명하게 여겨 '증오의 불길'을 느꼈던 자신의 태도를 되돌아
보게 하는 것이다.

　　방과 헤어진 후, 주인공이 혼자만의 여로에서 만나게 된 소년과 할
머니는 여러 면에서 대립적인 이미지를 드러내고 있다.

　　낮에 강가에서 만난 소년의 모습이 꿈틀거리는 뱀장어와 함께 싱싱
한 생의 의욕으로 가득 차 있는 것이었다면, 밤바람에 일렁이는 잔등
아래 할머니의 모습은 '인제 앞이 얼마나 남았는지 모'를 정도로 인생
의 깊은 인정을 머금은 '한 점 불그늘'로 인식되고 있다.

　　또 잔류 일본인에 대한 처리 문제에서도 소년은 증오에 찬 처벌을

---

23) 허준, 앞의 책, 65면.

행하는 한편, 할머니의 경우 인류애적 관용의 자세를 견지한다. 소년에게 잔류 일본인이 감시와 처벌의 대상이었다면, 할머니에게 그들은 불쌍한 피난민으로서 단순히 동정의 대상이었던 것이다. 즉 소년과 할머니는 낮/밤, 너른 강가/좁은 장막, 미성숙/초월, 섬광/잔등, 증오/관용 등 대조적인 비유를 통해 상반된 시각을 드러낸다.

주인공은 현실과 직접적으로 접촉하지 않고 소년과 할머니를 통해 해방기 현실과 대면함으로써 보다 객관적인 거리를 확보할 수 있게 된다. 이는 현실에 대한 대립적인 시각을 함께 보여주면서 좀 더 총체적 조감을 시도해 보려는 작가의 의도라고 풀이할 수 있다.

그러나 싱싱한 소년의 품성이 그에게 어쩔 수 없이 끌려 들어가게 하는 '고혹'적인 것이었음은 물론이었지만, 결국 주인공의 의식이 정착한 곳은 할머니의 삶에 이르러서이다. 그것은 증오가 아닌, 증오를 초월한 관용의 세계였기 때문이다.

> (상략) 그것이 어떻게 된 밥 한 그릇이기에, 덥석덥석 국에 말아 줄 마음의 준비가 언제부터 이처럼 되어 있었느냐는 것은 나의 새로이 발견한 크나큰 驚異가 아닐 수 없었다. 경이보다도 그것은 인간 희망의 넓고 아름다운 시야를 거쳐서만 거둬들일 수 있는 하염없는 너그러운 슬픔 같은 곳에 나를 연하여 주었다.24)

'인간 희망의 넓고 아름다운 시야'를 주시하게 된 주인공의 경이는 곧 증오 끝에 도달한 관용의 세계에 대한 긍정으로 볼 수 있다. 잔류

---

24) 허준, 앞의 책, 76면.

일본인에 대한 할머니의 인간적인 사랑의 힘이 주인공에게도 파장을 일으켜 내면의식의 변화를 겪게 하는 것이다. 나는 할머니와의 대화를 통해 '동화되어 가는 모습을 보임으로써 감정의 통제를 스스로 해체'[25] 시키게 된다. 다시 말해 지금까지 지켜왔던 현실과의 객관적인 거리 유지의 태도 혹은 관찰자적인 태도에서 벗어나게 되는 것이다.[26] 이는 '공포에 가깝다 할 심각한 인상', '가슴 한 구통이에 새로 돌아나오는 흥분', '넓고 너그러운 슬픔이 내 몸을 적셔 올라옴'이라는 구절을 통해서 충분히 확인할 수 있는 바다.

해방에 대한 주인공의 의식은 여행의 시작과 끝에서 이처럼 커다란 차별성을 보인다. 즉 모두에서 여타의 사람들처럼 환희와 불안, 그리고 초조가 혼재된 상태에서 해방을 맞은 그가 증오의 정서를 거쳐 너그러움과 화해, 그리고 용서라는 제 3의 정신을 확보하는 데까지 나아간 것이다. 즉 체념적이고 관찰자적인 아웃사이더에서 현실을 폭넓은 시각으로 포용하는 성숙된 의식인으로의 전환을 이루게 되었다. 이러한 의식 전환이 이념적 대립과 투쟁이 아닌 정서적 감응을 통한 변화라는 데 이 작품의 독특함이 있다. 즉 이는 이념을 배제한 철저한 주정적(主情的) 서술방식과 현실과의 일정한 거리 두기 묘사가 거둔 하나의 성과인 것이다.

이제 주인공은 여행을 마감하는 동시에 새로운 출발의 지점에 서게

---

25) 이대규, 「해방의 이중성과 허무주의적 세계인식」, 『한국 근대 귀향소설연구』, 이회, 1995, 186면.
26) 이같이 주인공이 고독이나 관조적 태도에서 벗어나 현실에 눈뜨게 되는 과정이 그려진 작가의 또 다른 소설로 「속 습작실에서」(『문학』 8호, 1948.7)를 들 수 있다.

된다. 그러나 이 여행은 이제까지와는 달리 좀 더 새로운 '자신'과 동
반하게 될 것이다.

    (상략) 그 할머니 장막의 외로운 등불이 먼 내 눈앞에서 내 옷깃을 휘
날리는 음산한 그믐밤 바람에 명멸하였다. 그리고 그 명멸하는 희멀금
함 불빛 속에서 인생의 깊은 인정을 누누이 이야기하며 밤새도록 종지
의 기름불을 조리고 앉았던, 온 일생을 쇠정하게 늙어 온 할머니의 그
정갈한 얼굴이 크게 오버랩되어 내 눈앞을 가리어 마지아니하였다. (중
략) 그리고도 웬일인지를 모르게 어떻게 할 수 없는 간절한 느껴움들이
자꾸 가슴 깊이 남으려고만 하여서 나는 두 발 뒤꿈치를 돋울 대로 돋
우고 모자를 벗어 들고 서서 황량한 폐허 위, 오직 제 힘뿐을 빌어 퍼덕
이는 한 점 그 먼 불 그늘을 향하여 한없이 한없이 내 손들을 내어 저
었다.[27]

    청진을 떠나는 마지막 장면이다. 이는 주인공에게 여행의 마감으로
서가 아니라 또 다른 시작의 의미로 다가온다. 주인공에게 할머니의
영상이 '한 점 불 그늘'의 발광체로 받아들여지는 것은 '단순한 추억의
불꽃으로서가 아니라 지향적인 가치의 불꽃임을 암시'[28]하기 때문이
다. 다시 말해 그 불꽃은 비단 할머니의 잔등만이 아니라, '일본인의
잔등, 그리고 그 다음 차원의 역사의 잔등'[29]으로 나아가는 가운데 전
체성을 제시하고 있는 것이다.

---

27) 허준, 앞의 책, 87~88면.
28) 이재선, 앞의 책, 41면.
29) 김윤식, 앞의 책, 220면.

4. 「잔등」에 나타난 '귀향'의 의미

지금까지 이 글에서는 허준의 「잔등」을 중심으로 해방기 소설에 나타난 길의 시공간의식이 작중인물의 의식변화에 미치는 영향에 관해 살펴보았다.

보통 여로형 소설에서는 여행 자체의 일정이 사실적이어서 그것이 소설의 시간적 진행 구성에 실질적이고 본질적인 중심을 부여한다. 「잔등」에서도 주인공의 귀향의 여로는 소설의 시간적 진행에 있어 본질적인 중심 역할을 맡고 있는데, 이는 작품의 개연성과 함께 구체적 현장감을 살리고 있다.

허준의 「잔등」은 만남의 모티프와 길의 시공간의식을 접목시켜 소설화한 작품으로 여기에서 길의 시공간의식은 작중인물의 의식의 변화와 맞물려 있다. 해방 현실에 관조적이고 관찰자적 거리를 유지하던 주인공은 길의 시공간의식이라는 장치를 통해 현실에 대한 좀더 객관적인 통찰에 이르게 되었다. 즉 이 작품을 지배하고 있는 시공간의식은 주제와 긴밀하게 결합되어 있어 해방기에 발표된 어떠한 귀향소설보다 효과적인 기법으로 채택되었다고 평가할 수 있다.

이로써 주인공의 귀향은 단순히 고향 찾기에 머무는 것이 아니라, 해방의 의미와 역사에 대한 객관적 시각을 확보하게 되는 계기로 자리매김할 수 있다. 환언하면 주인공에게 있어 해방은 단순히 돌아옴, 복귀로서의 의미만이 아닌, 지향적인 가치 설정을 통한 거듭나기의 의미를 지니게 되는 것이다. 환희, 불안, 초조→증오→관용의 정신에 이르는 주인공의 의식의 변화는 장춘에서 청진에 이르는 여정 속에서 주인공이 보고 듣고 느낀 것을 통해, 그리고 해방기 현실을 대하는 소년과 할머니의 대립적인 시각의 지양을 통해 얻어진 결과물이다.

그렇다면 해방기 소설에서 이러한 작품이 갖는 의미는 무엇인가. 이는 치열한 좌우익의 이념 대립을 그대로 반영하고 있는 당시 소설들의 편파적인 경향에 제동을 걸고, 현실의 다양한 국면과 그 국면에 따르는 인물들의 중층적 시각을 입체적으로 드러내어 성숙한 정신 세계를 보여 주었다는 데에 있다. 또 맹목적인 환희와 증오를 넘어선 자리에서 '해방'의 의미를 좀 더 진지하게 묻고, 또 그에 대한 답을 찾고자 한 점도 높이 평가할 만하다고 하겠다.

허준의 「속 습작실에서」(1948)론

1. 문제제기와 연구사 검토

계몽적 이성의 해방적 기획은 이성의 자기분열 속에서 좌초되었다. 독일의 비판이론가들은 이를 관리되는 사회 속의 이성의 도구화로 파악하였다. 그러나 이성의 해방적 기획이 가능하지 않으리라는 인식이 현실 속에서 확인된 것은 사회주의 국가의 붕괴와 관련이 깊다.[1] 한국 근대문학사에서 이성의 해방적 기획 속에서 문학의 정치화를 주장하고 나선 최초의 문학 집단은 카프였다. 카프계열의 작가들은 리얼리즘의 방법으로 한국 사회의 전체성을 묘사하고자 했다. 1930년대를 지나면

---

* 이도연 / 고려대학교 강사
1) 김우창, 『정치와 삶의 세계』 삼인, 2000, 256면.

서 이상, 김기림 등의 작가들과 '단층(斷層)'파의 소설가들은 모더니즘의 방법으로 인간의 삶의 미시적 세부들을 포착하고자 하였다. 이후의 한국 작가들은 리얼리즘과 모더니즘이라는 두 가지 문학적 대응방식의 자장 속에서 자신들의 위치를 설정했다. 이와 같은 이항적 대립구도는 문학 연구에서 심층적 차원에서의 텍스트가 지니는 복잡성을 충분히 고려하지 못할 가능성이 있다. 이런 의미에서 해방 이전의 문학적 구도 속에서 허준 문학이 차지하고 있는 위치는 매우 낯설어 보인다. 그의 문학은 모더니즘이나 리얼리즘의 어느 하나의 원리로 환원되기를 거부하고 있기 때문이다. 허준은 1935년 먼저 시로 등단한 이후, 1936년 소설 「탁류」를 시작으로 본격적인 작가의 길을 걸었다. 이후 인간 내부의 심리묘사와 근원적 고독을 자신의 문학적 주제로 삼아 모더니즘 성향이 강한 작품들을 창작하였다. 그러나 해방을 기점으로 그의 문학은 역사나 사회의 거시적인 차원으로 확장된다. 1946년 발표된 「잔등」과 1948년의 「속 습작실에서」, 같은 해의 미완성 장편 『역사』와 같은 작품은 그의 문학적 변모를 보여주는 작품들이다. 하지만 그 작품들도 통상적 의미의 리얼리즘의 원리로 환원되지 않는 구조적 복합성을 지니고 있다. 이는 정서적 긴장을 통해 깊은 울림을 주는 그의 문체가 지닌 힘과도 관련이 있다.

　허준과 그의 문학은, 허준을 최명익과 더불어 '보다 진정한 의미에서의 근대주의자'[2]라고 평가한 김윤식의 논의를 시작으로 많은 연구자들의 주목을 받아왔다. 그의 소설은 크게 심리소설로서 모더니즘 소설의

---

2) 김윤식, 『한국현대문학사』, 일지사, 1976, 188면.

측면에서의 논의3)와 해방공간의 정신사적 측면4)에서 주로 언급되어
왔다. 「속 습작실에서」를 직접적인 논의의 대상으로 삼고 있는 논문으
로는 이계열의 「허준의 「속 습작실에서」 연구」5)와 한성봉의 「"습작실"
연작을 통해 본 허준 소설의 서사공간」6) 등이 있다. 이계열은 작품에
나타난 주인공의 의식변화와 자기성찰의 도정에 주목함으로써 작품의
심층적 의미를 규명하고자 한다. 이를 통해 「속 습작실에서」가 해방
전의 「습작실에서」와 해방 후의 마지막 작품인 「역사」를 조망하는 데
있어 긴요한 역할을 한다는 점을 강조하고 있다. 한성봉은 '허준처럼
과작의 작가가 왜 이 작품에 집착했는가 하는 의문'에서 출발하여 두
작품의 연작소설로서의 성격에 주목한다. 그리고 '두 연작을 통해 자의
식의 변화가 생성될 수 있다는 전제'하에 두 작품의 정신사적 변모 공
간과 시학적 공간을 비교·분석하고 있다. 한편 허준 소설의 보다 일
반적인 관점에서 「속 습작실에서」를 검토한 채호석7)과 권성우8)는 주
인공의 자의식에 주목하여 허준이 자기 자신의 존재에 대해 근본적으
로 문제제기를 하고 문학하는 방식의 변화를 보이는 것으로서 자리매
김하거나, 역사적 균형감각을 확보하고 있는 수작으로 평가한다. 이 외
에 김윤식은 「속 습작실에서」를 '표현 하나하나에도 힘을 기울인 그러
한 작품9)이라고 평가하며, 박훈하는 이 작품에 드러난 '고독'의 문제에

---

3) 최혜실, 「1930년대 한국모더니즘 소설연구」, 서울대 박사학위논문, 1991.
　　김윤식·정호웅, 『한국소설사』, 1993.
4) 김윤식·정호웅편, 『한국근대 리얼리즘 작가연구』, 문학과지성사, 1998, 211~233면.
5) 이계열, 『현대소설연구』 9호, 1998.
6) 한성봉, 『한국언어문학』 36집, 1996.
7) 채호석, 「허준론」, 『한국학보』 56집, 1989.
8) 권성우, 「허준 소설의 '미학적 현대성' 연구」, 『한국학보』 73집, 1993.

논의를 집중하였다.[10]

본고는 이상의 문제의식을 기초로 하여 허준 소설이 지니는 복합적 구조와 문체적 특성, 그리고 그것이 한국 근대문학사에서 지니는 의미를 규명하고자 한다. 특히 김윤식의 최초의 논의를 확장하여 한국사회의 경험적 구체성을 소중히 여긴 체화된 근대주의자로서의 허준의 면모에 주목하고자 한다. 본고는 이를 위해서 허준 문학의 교차 지점에 있고 하나의 문학적 절정을 보여주고 있다고 판단되는 1948년 작,「속 습작실에서」를 연구의 텍스트로 삼고, 여기에서 나타나고 있는 '초월적 경험론'의 양상을 면밀히 분석하고자 한다.

2. 두 가지 계열과 내면의 절대성

주인공 '남몽'의 회상으로 시작되는 허준의 「속 습작실에서」는 1인칭 서술로 이루어져 있다. 1인칭 서술에서 서술자는 작중인물로 등장하기 때문에, 작품의 의미구조는 '서술하는 자아'와 '서술되는 자아(체험적 자아)' 사이의 긴장과 거리를 통해 결정된다고 할 수 있다. 1인칭 소설에서 서술하는 자아는 서술되는 자아에게 무슨 일이 일어났던가를 추적하며 시간을 거슬러 올라가게 된다. 한편으로 1인칭 서술은 서술하는 자아와 서술되는 자아가 밀착되어 있기 때문에, (내포) 작가와 작품 사

─────────────────

9) 김윤식·정호웅편, 앞의 책, 213~215면.
10) 박훈하,「허준 소설의 고독과 현실주의 문학과의 상관성 연구」, 부산대 석사학 위논문, 1991.(이상의 연구사 검토는 이계열과 한성봉의 정리를 참고하였다.)

이의 거리는 가깝다고 볼 수 있다. 따라서 서술자의 서술이 '신빙성 있는(reliable)' 서술일 경우 독자와 작품 사이의 정서적 거리는 매우 가까워질 가능성이 높다. 이와는 반대로 신빙성 없는 서술일 경우 1인칭 서술에서의 독자와 작품 사이의 관계는 급격히 이화된다고 할 수 있다. 자전적 성격이 강한 이 작품에서, 서술자의 가치 규범은 (내포) 작가의 그것과 일치하는 것으로 보아도 무방하기 때문에 독자는 우선적으로 그것을 신빙성 있는 서술로 받아들이게 된다. 다음 인용문은 소설의 첫 부분으로 '서술하는 자아'의 목소리가 그대로 드러나고 있다.

> 건드리면 푸슬푸슬 흙이 떨어지는 납작한 대로 퇴락하고 누추한 형지만의 대문을 허리를 굽혀 들어서서 가느다란 호리병 모가지를 깊숙이 중문까지 뚫고 들어와서도 또한 전정판같이 즈분즈분한 안마당을 지나 몇 고분쟁이로 꾸불꾸불하게 돌아든 운두란 한 끝에 납작하니 달라붙은 그 이상히도 축축하고 어둡고 습기로 뜬 객줏집의 한 간 뒷방—집을 닮아 역시 과도히 앞뒤만 두드러져 나간 앞짱구 뒤짱구의 기형아 머리와도 같이 생긴 이 우스꽝스러운 방 속에서 대학 문과를 중도에 그만두고 장차 어떻게 될지를 모르는 앞일이 어지러운 한 개 대학생이던 나는 그때 그 밑에 깔리고 뭉기는 어둑시근한 습기와 냉기와 곰팡이를 들이마시며 민민(悶悶)한 가운데 형편없는 '제멋대로의 청춘'을 저지르고 있었던 것이다.(366면.)[11]

한편으로 이 작품의 서술방식은 1인칭 자기서술(또는 주인공 시점)이나

---

11) 허준의 「속 습작실에서」는 1948년 7월, 『문학』에 발표되었다. 여기에서의 텍스트는 최명익/허준 외, 『한국소설문학대계 24—심문/잔등 외』(동아출판사, 1995)로 하였고, 이하 인용문의 쪽수는 이 책의 것이다.

타자서술(또는 관찰자 시점)의 어느 하나로 결정되어 있지 않다. 이 작품은 1인칭 서술자의 자기서술('나'-남몽)과 타자서술('나그네'-이병택)이 섞이고 겹쳐지는 방식으로 구성되어 있다. 좀 더 적극적으로 말한다면 이 작품은 1인칭 자기서술과 타자서술이 '어떻게 겹쳐지는가/겹쳐질 수 있는가'에 대한 서술 또는 소설이다. 여기에서 우리는 작품 속의 두 가지 이야기의 계열을 나누어 볼 수 있다. 하나는 서술자인 '나'의 이야기이다(이를 편의상 ㄱ계열이라고 하자). 이 계열은 실존적이고 고립적이며 내면적이고 공간적인 계열의 선이다. 다른 하나는 '이병택'의 이야기로, 사회적이고 개방적이며 외면적이고 시간적인 계열의 선이다(이를 ㄴ계열이라고 하자). 그러나 여기에서 어느 하나의 계열이 다른 하나보다 우월한 지위나 가치를 지니지 않는다. 그렇다면 먼저 ㄱ계열의 의미는 무엇인가. ㄱ계열은 무엇보다도 '방'이라는 공간으로 상징될 수 있을 것이다. 이는 '나'의 내면성의 표지이고 타자와는 절연된 고립된 공간을 의미한다. 그 공간은 과연 어떤 모습을 하고 있는가.

(1) 그러나 그 나에게도 다만 한 가지 고집과 버리지 못한 사치는 있었다. (중략) 어지러울 대로 어지러워도 좋게 곰팡이 필 대로 피어도 좋은 내 방의 혼자만이 느끼는 질서를 나는 사랑하는 사람이었다.(370면.)

(2) 그것을 혹은 생존의 이유로 붙잡아서 확실한 내 것으로 손에 쥐고 나설 것이 없었던 안타까움에서이었다 할는지 그다지도 안팎으로 매 사마다에선 트집이 생기기도 하니 혹은 그것을 반평생 동안을 만들어내려오는 몸의 어찌하지 못하는 *汚穢* 때문이라 할는지 청춘의 끝없는 나태와 무위의 흐름 속에서 그래도 몸을 부여잡고 이에 떠내려 보냄이 없이 참고 견디고 악을 쓰며 그것들을 씻어내지 못해 지긋지긋이 식은땀

을 흘려 내려오게 할 뿐만 아니라 그것들 때문에 항상 자기 자신에게 악을 쓰고 반발하여 절망하여 내려온 것-생각하면 앉았다 누웠다 하며 곰불락일락하는 가운데 이것들을 길러주고 흔들어주고 빚어내 준 그 이상한 어둠과 냉랭한 습기와 곰팡이의 한 때(366~367면)

  (3) 누가 문을 열고 들여다보면서 잠깐 그 곰팡이만을 마시고 나가도 이내는 돌아오지 아니할 비밀히 간직하여 두었던 무슨 내 방과 내 자신의 일부 질서조차 허물고 놓고 가는 것같이 싫어서 골살이 찌그러지던 터이었던 것이다. 이방에 그 낯선 사람이 들어온 것이다.(371면)

  인용문 (1)은 절대화된 내면성의 공간과 질서를 보여준다. 그것은 어떠한 타자의 틈입도 허용하지 않는 자폐적이고 고립적인 공간이다. '나'의 절대화된 내면성은 '방'이라는 공간성을 통해 표상된다. 삶의 변화의 계기들은 공간에서보다는 시간성 속에서 발견되기 마련이다. 시간의 무한한 흐름 속에서 변하지 않는 것은 없으며, 정태적인 것 역시 시간의 역동성 속에서 개방된다. 그러나 '방'이라는 '나'의 절대적 공간 속에서 시간의 계기들은 배제된다. 거기에서 시간은 어떤 의미의 생산과도 무관하며, 다른 대상들과 마찬가지로 시간 역시 하나의 대상으로서 타자화된다. 이처럼 '나'의 절대적인 내면성의 공간에 여타의 이질성은 개입되지 못한다. 이와 같은 구도 속에서 상호 주관성을 전제로 하는 대화적 지평이 열릴 수는 없다. '나'의 의식을 떠나지 않는 문제는 인간의 근원적이고 실존적인 '고독'이다. 어둠과 습기가 곰팡이를 키워내듯, 어둠과 습기와 곰팡이로 가득 찬 '방'은 나의 '고독'을 키워주었던 것이다. 인간의 근원적 어긋남과 존재론적 결여는 그 무엇으로 충족되거나 어떤 방식으로도 해결되지 않는 것이라는 점을 작가는 미려한 문체를 통해 섬세하게 묘사하고 있다.

인용문 (2)는 인간의 근원적인 결여감과 허무의식에 시달리는 '나'의 자의식을 보여준다. 이처럼 주인공의 내면성의 표지인 '방'은 절대적인 의미를 지니는 초월적인 주관성의 공간이다. 그것은 모든 것을 흡입해 버리는 강력한 구심력을 지니고 있으며 모든 것을 무화시키는 주체성의 검은 구멍이다. 그것은 1인칭 자기서술로 구성되며 일체의 타자서술을 용납하지 않는 체계이다. 이것이 ㄱ계열이 내포하고 있는 의미의 윤곽이라고 할 수 있다. 이처럼 ㄱ계열은 개인적이고 실존적이며 고립적인 성격을 띤, 주관적 초월성의 공간이라는 의미를 지닌다. 이처럼 공간적 계열의 선인 ㄱ계열에 시간의 계열인 ㄴ계열의 선이 끼어드는 것이다. ㄱ계열은 초월적이지만, ㄱ계열에서 ㄴ계열로의 변환과정은 초월적(transcendental)이기보다는 초재적(transcendent)인[12] 성격을 지닌다 (이

---

12) 이 작품에서 두 용어의 차이를 구별하는 것은 매우 중요한 의미를 지닌다. "초재적 실행 transcendent exercise 은 들뢰즈의 용어로, 능력들이 자신의 고유한 한계를 넘어서 활동함을 일컫는 말이다. 들뢰즈는 칸트의 세 비판서 가운데『판단력비판』에 독특한 지위를 부여한다. 처음 두 비판서인『순수이성비판』과『실천이성비판』은 경험과 독립하여 〈미리 생각된 결정〉을 통해서 능력들의 합법적 사용의 범위와 한계를 명시했다. 다시 말해 사유자는 참을 추구하려는 의지를 가지고 있고, 또 사유자의 다양한 능력들은 이런 사유자의 의지해 복종해 각각 자신의 합법적 사용의 범위 안에 머무르면서 서로 조화를 이루는 가운데 활동한다는 공리 위에 칸트의 작업은 근거지워져 있다는 것이다. 반면『판단력비판』의 숭고에 관한 분석은 자연 속의 무형 혹은 기형의 대상으로부터 자극받은 뒤에 비로소 실행되는 상상력과 이성의 활동을 보여준다. 여기서 상상력은 자신의 한계를 넘어서 이성과 싸우면서 활동한다. 이런 식으로 능력들이 임의적으로 〈미리〉 마련된 초월적 transcendental 규정에 종속된 채 활동하는 것이 아니라 경험으로부터 자극을 받은 〈뒤에〉 자신의 한계를 넘어서 사용되는 것을 일컬어 들뢰즈는 능력들의 초재적 transcendent 실행이라 일컫는다." 질 들뢰즈, 서동욱 외 역,『프루스트와 기호들』, 민음사, 1997, 148면, 역주 6) 참조

는 뒤에서 자세히 언급될 것이다).

인용문 (3)에서 타자의 틈입을 허용하지 않는, 절대적 공간인 '나'의 방에 '낯선 사람'이 들어왔다는 것은 따라서 '나'의 고립된 내면성에 균열이 생긴다는 것을 의미한다. 여기에서 그 균열의 과정을 추적한다는 것은 단순히 줄거리를 따라간다는 소극적인 의미를 넘어선다. 왜냐하면 그 균열의 과정이야말로 이 작품의 진정한 의미를 담고 있기 때문이다. 그 여로야말로 이 작품의 본질을 구성하는 부분이다. 그 균열의 과정은 한 정직한 인간의 내면적 성숙을 보여준다. 이 작품이 그 정확한 의미에서 '교양소설'의 구조를 지니는 것은 이 때문이다. 따라서 이 작품의 서술구조에서 서술하는 자아와 서술되는 자아는 질적으로 다르다고 할 수 있다. 서술하는 자아는 서술되는 자아의 경험을 통해서 성숙한 자아이고, 서술되는 자아는 그 이전의 미성숙한 자아이다. 그런 의미에서 이 작품에 드러나는 서술하는 자아와 서술되는 자아 사이의 긴장과 거리는 교양소설의 일반적 의미구조와 대응한다. ㄴ계열이 지니는 의미가 부각되는 것은 이런 맥락에서이다. '이병택'이라는 인물로 상징되는 ㄴ계열의 의미는 그 균열의 '과정'을 추적하다보면 자연스럽게 해명될 것이다.

3. 사유에 이르는 길과 겹침의 의미

ㄴ계열의 의미는 무엇보다도 '이병택'이라는 인물로 상징될 수 있을 것이다. 그러면 그 인물의 성격을 제시하고 있는 다음 인용문의 서술

을 보자.

> 단추를 달아입은 흰 옥양목 두루마기는 풀을 잘 먹인 티도 유난하게
> 발가닥거리며 진양달량 검정바지에 다듬이 자국 미끈한 것이 그 두루마
> 기 섶자락 사이로 엿보이며 신은 양말까지도 땀내는커녕 발구듬조차 떨
> 어질 나위 없는 산뜻한 것에다 짧게 기른 수염을 가쓴히 깎은 얼굴에는
> 검붉은 구릿빛 속에 꽉 자리를 잡고 앉은 두 눈이 잡티없이 이글이글 타
> 는 사람—보매 나이도 나의 갑절 연배를 훨씬 지났을 사람이요 수수함
> 으로 일층 단정함이 드러나는 그 차림차림과 매무시 가운데에는 거조와
> 거조를 이어 나가는 호흡마다에 사람의 마음을 저절로 느긋하게 하고
> 따르게 하는 자연성(自然性)과 친화력이 흐늘거림을 알았다.(371~372면)

우리말이 지닌 결의 아름다움과 그 유려함을 보여주기에 충분한 위
인용문은 그 자체만으로도 탁월한 묘사문이다. 인용문의 앞부분은 외
부묘사를 통해 인물의 성격을 간접적으로 제시하고 있으며, 뒷부분은
이에 대한 '나'의 서술과 평가로 인물을 직접적으로 제시하고 있다. '보
여주기'와 '말하기'를 통한 전형적인 인물제시라 할 수 있는 인용문의
정보만으로 독자는 '나그네'의 성격을 충분히 짐작할 수 있다. '나그네'
의 성격은 그의 외모에서 드러나는 것처럼 단정하고 강직하면서도 온
유하다. 그의 부드러운 성품에 '나'의 거부감은 사라지고 '나'는 그에게
서 '십년 된 친구의 체취'를 맡는다. '나'의 경계심이 그가 사온 능금과
연시에 완전히 사라지게 되는 장면을 살펴보자.

> 비로소 나는 처음으로부터의 미안한 인사를 드리고 권함을 받는 대
> 로 봉지에 담긴 싱싱하고 흐들흐들한 능금들과 꺼풀 채 하늘하늘하여

터질 듯이 무르녹은 단 연시들의 살에 코를 들이박을 대로 들이박아 가
면서 그것들의 단물을 빨아먹었다.(373면)

'나'의 심리적 거리감이 해소되는 순간을 묘사하고 있는 인용문은,
다양한 감각적 이미지의 사용으로 정서적 이완의 개연성을 높여주고
있다. '나그네'에 대한 이질감이 관념적으로 해소되는 것이 아니라, 풍
부한 물질적 상상력의 도움을 받아 해소되고 있는 것이다. 물질적 상
상력의 구체성은 관념의 추상성을 능가한다. '나'의 정서적 이완의 개
연성을 증가시키는 또 다른 소도구는 작품에 삽입된 한시(漢詩)이다.13)
인용된 시들은 두보의 것으로 식민지배기의 혼란과 빼앗긴 조국에 대
한 그리움을, 두보가 겪었던 전란의 고통과 향수에 빗대어 표현하고
있다. 시(詩)는 본질적으로 서정적이고 주관적인 장르이다. 시의 전제
중의 하나는 어떤 대상이든지 시적 자아의 주관 속에서 용해될 수 있
다는 것이고, 나와 타인이 구별되지 않고 동화될 수 있다는 것이다. 소
설 속에 삽입된 시는 작중 분위기와 감정을 고조시키고, 서사의 그물
로는 포착할 수 없는 미시적 리얼리티를 구현한다. '나'와 함께 술을

---

13) 우리는 여기에서 '전통'의 문제를 언급하지 않을 수 없다. 먼저 허준 소설의 문
  체가 지니는 언어의 연마와 세련성을 상기해보자. 허준의 소설은 평북지방의
  방언과 정갈하게 다듬은 우리말의 사용으로 그 문학적 감동을 배가시킨다. 허
  준은 문학의 언어적 조건을 늘 고민하던 작가였고, 이는 여러 가지 기록들과 그
  가 남긴 작품들로 입증될 수 있을 것이다. 그것은 백석이 초기에 서구의 이미지
  즘에 경도되었다가 이후 전통적 정서에 기초한 토속적 모더니즘의 경지를 보여
  주었던 것에 비견될 만하다. 백석과 허준은 실제로 절친한 친구였고 문학적 공
  감대를 깊이 공유하던 사이였다. 그리고 한시의 삽입만을 근거로 허준이 전통
  의 문제를 심각하게 고민했다고 확언할 수는 없지만, 최소한 그는 전통의 문제
  를 의식하고 있었다고 말할 수는 있을 것이다.

마시던 '나그네'는 '먼 높은 바람벽'을 올려다보며 어느 한시의 한 대목을 읊조린다.14) 이와 같은 소설적 장치들을 통해 '나'와 '나그네'의 마음이 회통(會通)할 수 있는 분위기는 한껏 고조된다. '나그네'의 한시에 화답하듯, '나' 역시 두 편의 자작시를 그에게 내놓는다. '나'와 '나그네'는 이 부분에서 문학에 대한 깊이 있는 사유들을 공유한다. 두 인물이 나누는 대화의 내용은 문학의 본질적 물음에 대한 사유를 담고 있다. 이런 맥락에서 이 작품은 예술가의 고독과 창작의 문제를 다루고 있는 '예술가 소설'로도 파악할 수 있을 것이다. 이 작품의 제목이 〈속 습작실에서〉임을 다시금 상기할 필요가 있다. 이제 두 인물의 대화 속에서 ㄴ계열의 의미가 조금씩 드러나기 시작한다.

(1) 하지만 아무리 놈의 조작성(操作性)에 치심유의(置心留意)하지 않는 체하자 하여도 역시 실제로 부딪쳐 보면 그놈의 요마의 법칙과 규구(規矩)란 그처럼 딱딱하고 강강하고 다만하지 않아서 뚫고 들어가 헤쳐 내 팽개치자 하여도 잘 안 되는 또 하나 그렇게 제대로의 불가침 세계인 것만은 몰랐던 것이다.(377면)

(2) 말의 사기사(詐欺師) 현황 찬란하고 기묘하게만 생각되는 옷을 입

---

14) 삽입된 두 편의 한시는 다음과 같다. 1) 三千不可到/ 歸路晩山稠/ 落雁浮寒水/ 飢鳥集成樓/ 市朝今日異/ 喪亂幾時休/ 遠愧梁江總/ 還家尙黑頭. (삼천에 이르지도 못하였는데/ 돌아오는 길의 저녁산은 빽빽하기만 하다/ 내려앉은 기러기는 찬 강물 위에 떠 있고/ 굶주린 새들이 변방의 수루에 모여 있네/ 시조가 오늘에 달라졌으니/ 상란은 언제 그치려나/ 멀리 양나라의 강총에게/ 아직도 검은 머리로 돌아감을 부끄러워 하네) 2) 落城一別三千里/ 胡騎長馳四八年. (서울을 떠나와 있기를 자그마치 있기를 자그마치 사천리요/ 오랑캐의 말발굽 길이 달려 날뛰기 오륙년) 두 편 모두 杜甫의 한시로, 1)은 「晩行口號」이고 2)는 「恨別」의 일부이다. 삽입된 시들은 모두 고향에 대한 향수와 귀향에의 소망을 드러내고 있다. 이병주, 『두보』, 민음사, 1993, 165면.

고 무대 위에 나서는 그것만으로 사람들의 마음을 이끌려는 광대 이상의 아무것도 아닌 거 아니겠습니까?"/ "그러니깐 시인의 조건을 잃지 않고 시를 만드는 것—시의 조건을 잃지 않고 시인이 되는 것—이 틈새에 끼여서 괴로워하시는 거란 말이겠지요, 그러신 거지."/ "네 그렇습니다, 그 말씀입니다. 그러길래 시작(詩作)의 재간(才幹)이란 말 쓰기를 저는 죽기보담도 싫어하면서 동시에 또한 그 재간의 힘이란 것을 시인하지 아니하면 안 되는 모순에 저는 어찌할 줄 모르는 겁니다. 말은 이렇듯 저에게 엄연한 것인 동시에 냉혹합니다."(378면)

(3) "…… 남형은 남형 자신을 너무 가두어 두고 가두어 둔 데서 괴롭히기만 할 것이 아니라 먼저 개방해 놓을 필요가 있지 아니합니까? 이 음습한 뜬 방과 또 그리고 자기 자신으로부터서요? (중략) <u>그것을 몸으로서 겪어 나오며 다시 재현시켜 남에게 전하는 사업</u>일 것 같으면 어느 것임을 물론하고 작은 일일 수는 있으며 뼈를 깎는 일이 아닐 수는 있습니까? 그 일을 한평생 감당해 나갈 이는 남보다도 몇 갑절 튼튼한 몸이 밑받침을 하고 있어야 할 것 아니겠어요?"(380~381면)

'나'의 작가적 고민은 문학의 언어적, 형식적 조건과 함께 '언어의 물질성'[15]을 아우르는 육화된 몸의 언어를 얻는 것이다. 이 때문에 '나'는 나만의 고립된 공간에 밀폐된 채 자의식의 과잉으로 괴로워했던 것이다. 그러나 그것은 '나'에게 절실한 것이었기에 진정한 것이었다. 그것

---

15) '언어의 물질성'은 푸코의 용어로, 언어를 둘러싼 '비언어적 토대'를 가리키는 말이다. "언어는 순수하게 언어적 차원에서만 기능할 수 없다. 그것이 사용되기 위해서는 많은 비언어적 토대들이 사용되어야 한다. 예컨대 저작들은 책을 생산해 내는 산업을 통해 형성되며 연극적인 언어는 무대의 장치들을 통해 형성된다. 롤랑 바르트는 언어의 이러한 측면을 표현하기 위해 '언어의 두께'라는 용어를 사용한다. 푸코의 '언어의 물질성'이라는 용어도 바로 바르트적인 의미의 '언어의 두께'를 말한다. 푸코, 이정우 역, 『담론의 질서』, 서강대출판부, 1998, 15면, 역주 5) 참조.

이 비록 유폐된 자의식이라 할지라도 스스로에게 정직한 것이기에 값진 것이었다. 그 내면적 고투의 진정성은 위악적 포즈로 폄하될 수 있는 것이 아니었다. 인용문 (1), (2)에 드러나듯이 '나'는 언어의 '조작성'과 형식적 조건들을 무시하지 않는다. 그래서 형식적 완벽성을 추구하려는 '나'에게 언어의 세계는 '불가침의 세계'처럼 느껴진다. 그러나 '나'가 보기에 작품의 형식과 기교에만 매달리는 것은 '말의 사기사'에 지나지 않는다. 그래서 '나'는 '시작의 재간'이라는 말을 그렇게 혐오하는 것이다. 그럼에도 불구하고 그 '재간의 힘'을 시인하지 않을 수 없기에, '나'는 말의 '엄연함'과 '냉혹함'을 동시에 느끼는 것이다. 그것은 〈시인의 조건을 잃지 않고 시를 만드는 것, 시의 조건을 잃지 않고 시인이 되는 것〉이라는 어찌 보면 모순된 명제로 집약된다.

인용문 (3)에서 '나그네'는 '나'에게 이에 대한 해결의 가능성을 암시해준다. '나그네'는 '나'의 고립된 자의식의 불모성과 위험성을 지적한다. 그것이 진정한 것일지라도 자기만의 성에 갇혀서 거기에 함몰되는 것은 몸을 위해서라도 바람직하지 않다는 것이다. '나그네'가 '나'의 건강을 걱정하는 것은 단순히 '나'의 몸의 육체적 건강만을 위함이 아니다. '나'가 진실로 체화된 몸의 언어를 얻으려면 그 언어의 지반인 몸의 건강이 전제되어야 한다는 것이다. 따라서 이것은 소박한 비유 이상의 진실을 담고 있는 것이다. 또한 나의 자의식은 자기 자신으로부터 개방되어야 한다는 것이다. 나의 실존은 고립되어서 존재하는 것이 아니라, 항상 다른 것들과의 관계 속에서 규정되는 것이다. 그것은 내 안에서 타자를 발견하는 것이고, 타자 속에서 나의 실존을 확인하는 일이다. 가시적인 나의 실존은 비가시적인 타자와의 관계의 일부이다.

실존적이고 고립적이고 공간적인 ㄱ계열이 '나그네'로 상징되는 사회
적이고 개방적이고 시간적인 ㄴ계열과 조우했다. 여기에서 어느 한쪽
계열이 다른 계열에 대해 가치 우위를 지니는 것은 결코 아니다. ㄱ계
열의 선에 주체성의 검은 구멍이 내재해 있는 것처럼, ㄴ계열에도 경
직된 집단화와 윤리적 고착화의 위험이 상존해 있다. 계열간의 관념적
인 조우는 '나'를 사유에 이르게 하지 못한다. 우정과 상호존중을 바탕
으로 한 주체간의 합리적 의사소통으로는 기만적인 화해에밖에 이르
지 못한다.16) 본질로서의 진정한 사유에 이르게 하는 것은 '기호의 폭
력과 상처'이다. '나그네'는 '나'에게 몇 가지 부탁을 하고 떠나지만, '나'
는 여전히 고립된 자아의 껍질 속에 웅크려 있기를 고집한다.

   (1) 시골의 집은 <u>여기</u>와 달라 아무리 넓고 해양한 방이요 밥도 <u>여기</u>
<u>보다는</u> 잘 해먹는 밥이라 하더라도 그런 곳으로 간다는 것은 <u>그때 나에</u>
<u>게는</u> 한쪽 음습한 방에서 다른 한쪽 음습한 방으로 이쪽 곰팡에서 저쪽
곰팡으로 옮겨 가는 의미밖엔 더 아무것도 아니었다. <u>내가 원하는 것은</u>
<u>만일 지금껏</u> 공팜과 음습을 떠난다면 아무도 인척관계의 사람도 아는
사람도 없는 외따른 곳에 들룽 떨어져 들어가거나 도회라면 누구도 내
생활을 간섭하고 엿보지 않는 큰 아파트 같은 데의 자그마한 한 간 방
을 빌려 죽이 되든 밥이 되든 들어박혀 헛헛이 살아가는 데에만 있었
다.(388면)
   (2) 왜 그런고 하니 뭐니뭐니 해도 <u>나는 고독하였고</u> 고독의 본능은
이것을 알아줄 만한 사람을 더듬어 마지 않았으니까. 하지만 다행히 어
머니 편지에 좋은 핑계를 얻어 미처 의식하지 못하였으니 망정이지 이

---

16) 질 들뢰즈, 『프루스트와 기호들』, 58~59면.

것이 여자를 접근하는 유일한 기회라는 스무남은 살 안팎 사춘기에 든 젊은 아이의 잠재욕망의 발동이 아니면 무엇이냐는 데 제 눈이 뜨이게만 되었던들 지금 생각하면 이것도 또한 자기 자신에게 반발하여 몸은 수행하지 못하고 움츠러 들어가고 말았을 종류의 행동이었을 것이다.(389면)[17]

인용문 (1)은 어머니에게서 고향으로 돌아오라는 편지를 받은 '나'의 반응과 심리를 서술하고 있다. '나'는 여전히 곰팡이로 가득 차 있는 음습한 자기만의 방을 고집하고 있어서, '나'에게 고향으로 돌아간다는 것은 '이쪽 곰팡에서 저쪽 곰팡으로' 옮겨가는 것 이상의 의미를 갖지 못한다. '나'가 원하는 것은 아무에게도 간섭받지 않고 '죽이 되든 밥이 되든 (방에)들어박혀 헛헛이 살아가는'것 뿐이다. '나'는 '나그네'와 약속한 낚시를 고대하며 탁 트인 바다와 그곳의 청신한 개방된 공기를 꿈꾸지만, 이는 현실에서의 구체적 실행이 아니라, 관념 속에서 '꿈'으로만 존재한다. 여전히 '나'는 자기만의 폐쇄된 공간에 머물러 있고자 한다. '나'에게 실존이라는 껍질의 두께는 그만큼 두텁고 견고하다. 이처럼 ㄱ계열은 시간의 의미들을 공간 속에서 무력화시키기 때문에, 여기에 시간의 계열인 ㄴ계열이 끼어들 틈은 없다. (2)에서도 여전히 고독에 침잠해 있기를 바라는 '나'의 심리가 묘사되고 있다. '나'는 '이병택'의 부탁으로 평양에 있는 그의 여조카를 찾아가는데, 이는 '나'의 '고독

---

17) 우리가 인용문에서 주의 깊게 살펴봐야 할 것 중의 하나는 서술방식이다. 즉 (1)과 (2)에서 우리는 서술하는 자아와 서술되는 자아의 공존과 긴장을 볼 수 있다. 서술하는 자아는 체험적 자아의 경험을 통해 성숙한 자아이기 때문에, 서술하는 자아가 보기에 서술되는 자아는 미숙한 것으로 보일 수밖에 없다. 그래서 (2)에서 보듯이 서술하는 자아의 목소리에는 부끄러움과 자괴감이 묻어나는 것이다.

의 본능'을 알아줄 사람이 필요하기 때문이다. 진정한 타자와의 만남을 통해 나의 고립된 내면성이 개방되는 것이 아니라, 그 타자성도 나의 내면으로 다시금 응결되는 주체의 자기 확인 과정에 불과했던 것이다. '나'의 여로를 계속 추적해보기로 하자.

어느 날 '나'에게 '이병택'의 동지인 '김아무개'라는 사람이 찾아온다. 그는 '나'에게 '이병택'이 맡기고 간 돈을 내놓으라고 협박한다. 그를 통해서 '나'는 '이병택'의 정체를 알게 되고 그가 서대문 감옥에 갇혀있다는 소식을 듣는다. '김아무개'라는 인물은 '나에게' 자신과 같은 운동가를 돕는 일은 '의무이자 당위'라고 역설한다. 그러나 '나'는 그를 회의와 의심의 눈초리로 바라본다.

> (1) 하지만 한편 생각할 날이면 이 김 무엇이라 하는 이의 인물 더구나 그 사람의 마지막 말들— 해주시오. 의무요. 또 그것이 당연하지 않소? 운운하던 몇 마디의 語喆들은 내 가슴 한복판에 걸리어 여간해선 잘 내리어가지 아니하였다./ 하지만 대체 그것이 어떻게 되었단 말이냐? 자기가 마땅히 해야 될 일 같은 일이라고 생각하고 덤벼든 일이라면 그 일 때문에 가령 제 한 몸 죽는 것이 어떻게 되었다는 말이며 또 대체 고생을 하고 안하고 죽고 안 죽는 것이 내게 어떻게 되었다는 말인가? (중략) 하거늘 동지가 아니면 동지의 일은 아무도 모른다는 그 좁고 독선적인 배타주의. 나는 그때 이래 이 김이란 사람 일이 생각나는 때마다 이렇게 생각하고는 꾸역꾸역 올라오는 쓰거운 침을 힘들여 목 넘어 넘기곤 하였다.(400면)
>
> (2) 우리 패엔 그런 잡법적인 사람은 없다고 호언장담이 안 나오는 것이나가 다 제 자신에게는 그런 위험성과 가능성이 없다고 자과(自誇)할 자격이 있는 것이랴 하는 스스로의 반문을 안 깨달을 수 없는 까닭이라

아옵시고 용서해 주십시오. 나조차는 또 무엇인데 함을 생각할 때 저 역
등골에 식은땀 흘러내림을 깨닫습니다.(404면)

(1)에서 '나'가 의심하는 것은 그가 사이비 운동가는 아닌가라는 점이
다. 그의 '大義'라는 것이 실은 '私利'가 아닌가, 그리고 그의 말에 숨어
있는 논리가 혹시 도덕적 배타의식은 아닌가하는 것이다. '김아무개'의
말에는 진리의 독점을 통한 억압과 배제의 논리가 숨어있다. 그것은
타인이나 자기 외부의 것을 배제하는 경직성과 배타성을 지니고 있다.
아무리 도덕적으로 정당한 것이라도 그것이 당위와 의무로서 강요되
는 것이라면 그것은 '나'에게 아무 런 의미를 지니지 못할 수도 있다.
자발적 욕망에 기초하지 않은 도덕은 거짓 윤리일 수 있다. ㄱ계열이
초월적 주관성의 함정에 빠질 위험이 상존하는 것처럼, ㄴ계열 역시
타자를 배제하고 개인의 자유를 억압하는 파시즘의 논리가 엄존하고
있다. 두 가지 계열 중 어느 것도 가치 우위를 주장하지 못하는 것처
럼, 두 가지 계열 모두에 경직된 선분화의 위험이 내재한다. 그러나
'나'의 시선과 판단은 냉정한 것이어서 진정한 것과 사이비를 분명하게
구별한다. 또한 ㄴ계열이 지니는 위험성은 '이병택' 자신에 의해서도
반성된다. (2)에서의 '이병택'의 뼈아픈 각성이 의미하는 바는 자기 안
에 내재된 파시즘, 도덕적 배타의식에 대한 경계와 자기반성이다. 이상
의 논의를 통해서 이제 ㄴ계열의 의미가 해명된 셈이다. ㄴ계열은 역
사적이고 개방적인 시간적 계열의 선이다. 이 계열의 개방성은 언제나
배타적인 자기 폐쇄성으로 변환될 위험이 존재한다. 그러한 변질을 막
기 위해서는 끊임없는 자기갱신이 필요하다. 이것으로 ㄱ계열과 ㄴ계

열의 의미가 모두 밝혀졌다. 이제 남은 것은 ㄱ계열과 ㄴ계열이 겹쳐지는 순간을 지켜보는 것이고, 그것이 의미하는 바가 무엇인지를 해명하는 일이다. 그리고 그 겹침이 어떻게 가능한 것인지를 고찰하는 일이다. 그것은 선험적 논리에 의해 초월적으로 수행될 수 없고, '초월적 경험론'을 통해서만 가능하다고 할 수 있다. 그러면 '나'의 상태를 다시 확인해 보자.

> (1) "그래 너같이 아무것도 모르는 뱃심 없는 것이 면회를 갔다니 그게 될 법이나 한 일이냐? 내가 걸 모르겠니? 그놈들이 국사범이라면 졸연하겠다고! 너 같은 실없는 건 백 개 달러 붙어 성화를 시켜도 이 옷 한 가지 차입 못 한다. 내가 가야지."(401면) (2) 한 소시민 청년에 불과한 나는 가까운 척분관계의 사람이 아니면 안 된다는 옥리의 단마디 핀잔에 넘어가 간단히 뚫고 들어갈 아무런 응수조차 해보지 못하고 쫓겨 나오고 난 다음날이었던 것이다. (중략) 옥리가 내 얼굴을 잊어버릴 때쯤 되기를 기다려 또 다시 가보더라도 하는 발명궂은 생각을 되뇌며 방에 돌아온 나는 그러나 주저앉은 길로 편지를 썼다.(402면)

'나'는 여전히 관념적 자의식에 갇혀 있다. 이는 인용문에서 면회를 둘러싼 '할머니'와 '나'의 대응방식을 살펴보면 보다 분명해진다. (1)에서 보이듯이, 삶의 구체적 현장에서 '나'는 무력한 반면 '할머니'는 현실적 실천력을 발휘한다. 지식인의 관념적 자의식이 얼마나 위선적이고 무기력한 것인가는 (2)에서 여실히 입증된다. '나'는 '옥리가 내 얼굴을 잊어버릴 때'만을 기다리며 소극적인 대응밖에 하지 못한다. 현실적 공간에서 '나'에 대한 '할머니'의 실천력의 우위는, 경험적 구체성의 관념적 추상성에 대한 우위에 다름 아니다. 경험의 구체성은 언제나 정신의 추상성을 능가한다. 이제 '나'가 사유에 이르는 길을 해명해야 할 차례이다. 이 부분은 소설의 결말부분이면서 작품의 가장 중요한 의미를 함축하고 있다. 그것은 물질적 상상력과 깊이 관련되어 있으며, 선수립된 사유에 의해 규정적 진리만을 지니는 대화성의 한계를 넘어서는 사유의 '초재적 실행'과도 연관된다. 이는 진정한 사유를 통해 의미의 본질에 이르는 길이다. 그 과정은 험난한 것이고 정신의 내면적 고투를 겪은 뒤에만이 가능한 고통스러운 경험이다. 다음은 문체와 그 의미 모두에서 가장 빛나고 있는 것으로 보이는 소설의 결말부분이다.

> 그것은 내가 할머니 방에서 구두를 벗고 들어가 들어앉아 중문 쪽을 향하여 밖을 내대보았을 때였다. 중문 쪽으로 훨씬 나가 붙은 콘크리트로 한 우물방틀 가장자리에 푸실푸실 내리고 있는 눈에 쌓여들어가며 낯익은 흰 저고리에 검정 바지 한 벌이 포개어 수채 가까이 빨래로 나와 있었던 것인데 이것을 나는 들어올 때 미처 보지 못하였던 것이다. (중략) 생각이 그러해서 그랬던지 여지껏 대단치도 않게 푸실푸실 내리던 눈은 이제 피날레를 향하여 두들기는 안단테 비바체의 템포로 내리퍼붓기 시작하였다./ 나는 눈이 내 눈에 시거웁게도 자극이 되어 펄떡 일어나서 방을 나왔다. 그리고 인제는 자꾸만 자꾸만 눈 속으로 형지를 감추어 들어가는 그 한 벌 옷을 향하여,/ "당신이야말로 당신이야말로 정말 새롭고 새로운 몸의 상처를 받아 나오기 위해 무수한 허울을 나날이 벗어 나온 분입니다." 하는 언젯날 부르짖음을 인제야 속으로 부르짖으며 이렇게 미칠 듯이 속으로 외치었다./ "이게 다 무어냐 이게 다 무어냐 아아 저는 아무것도 아닙니다. 저는 아무것도 아닙니다. 저야말로 의외로 아무것도 아닌 단순한 말의 사기사를 지향하고 나가던 사람이었는지도 모릅니다."(411~412면)

우리에게 사유하도록 강요하는 것은 선험적 선의지가 아니라 '기호의 폭력'이다.[18] 기호는 우연한 마주침의 대상이다. 그 마주침이 우연적이기 때문에 사유를 통해 본질을 인식하는 과정은 필연적이다. 왜냐하면 기호의 폭력이 사유를 '강요하기' 때문이다. '할머니'가 면회를 마치고 돌아오신 어느 날, '나'는 빨래터에 널려있는 '낯익은 흰 저고리와 검정 바지 한 벌'을 '우연히' 발견한다. 눈은 '이제 피날레를 향하여 두들기는 안단테 비바체의 템포로 내리 퍼붓기 시작'하고 그 옷 위로 눈은 쌓여만 간다. 그 옷은 '이병택'의 수의였다. '나'는 '자꾸만 자꾸만 눈 속으로' 사라지는 그 한 벌 옷을 향하여 속으로 부르짖는다. "당신이야말로 정말로 새로운 몸의 상처를 받아 나오기 위해 무수한 허울을 벗어 나온 분입니다. 저는 아무것도 아닙니다. 저야말로 아무것도 아닌 단순한 말의 사기사에 불과했습니다."

'나'가 ㄴ계열의 의미를 비로소 깨닫게 되는 것은 감각적 기호인 '흰 저고리와 검정 바지 한 벌'을 통해서이다. 선수립된 합리적 지성이나

---

18) "되찾은 시간의 라이트모티프는 바로 〈강요하다〉라는 낱말이다. 지성이 빛으로 가득 찬 세계 속에서 드문드문 직접적으로 파악하는 진리들은, 삶이 어떤 물질적 인상을 통해 건네주는 진리들에 비해 덜 근본적이고 덜 필연적이다. 이 인상은 우리의 감각을 통해서 들어왔기에 물질적이지만 우리는 그 인상으로부터 정신을 이끌어 낼 수 있다.(143면.) 사유하도록 강요하는 것은 바로 기호이다. 기호는 우연적 마주침의 대상이다. 그러나 마주친 것, 즉 사유의 재료의 필연성을 보장하는 것은 분명히 기호와의 그 마주침의 우연성이다. 사유활동은 단지 자연스러운 가능성에서 생겨나는 것이 아니다. 반대로 사유 활동은 단 하나의 창조이다. 창조란, 사유 그 자체 속에서의 사유활동의 발생이다. 사유함이란 언제나 해석함이다. 다시 말해 한 기호를 설명하고 전개하고 해독하고 번역하는 것이다. 번역하고 해독하고 전개 시키는 것이 순수한 창조의 형식이다." 질 들뢰즈, 『프루스트와 기호들』. 145면.

대화적 선의지가 아니라, 기호의 폭력과 상처가 사유를 작동시킨 것이다. '나'는 '이병택'이 떠난 이후로도 ㄴ계열의 의미를 제대로 파악할 수 없었다. 물리적 기호의 폭력이 '나중에서야' '나'의 사유를 작동시킨 것이다. 이는 관념적인 대화성보다 물질적인 '기호의 폭력'이 우선함을 증명한다. 주관은 감각적 기호의 폭력을 통해 작동된 사유를 통해 의미의 본질에 이른다. ㄱ계열의 의미가 '초월적 주관성'을 담고 있는 것이라면, ㄱ계열에서 ㄴ계열로의 이와 같은 변환은 사유의 '초재적 실행'을 보여준다. 이는 '초월적 경험론'이라 할 수 있는데, 그것은 주관이 내면적 고투를 겪고 나서 주관의 한계를 뛰어넘어서 사유하는 것이고, 동시에 경험의 구체성과 물질적 기호의 폭력을 통해 사유에 이르는 길이기 때문이다. 그것은 처절한 자기부정과 끊임없는 자기갱신을 통해서만 가능한 일이다. 그와 같이 내면적 각성을 통해 자기의 한계와 싸우며 주관을 뛰어넘는 것은 자신에게 정직한 인간만이 가능한 일일 것이다.

'나'는 그 옷 한 벌을 향하여 자신의 방에서 뛰쳐나온다. ㄴ계열의 의미의 본질을 깨닫는 순간이다. 여기에서 비로소 ㄱ계열과 ㄴ계열은 섞이고 겹치기 시작한다. 개인의 실존 속으로 역사가 스며들고, 폐쇄되었던 공간의 틈에 시간의 균열이 생기기 시작한다. 그 스밈과 균열의 결과가 무엇이 될지는 알 수 없다. 그러나 그것은 비본질적인 물음이다. 그 결과가 중요한 것이 아니라 거기에 이르는 '내면적 고투의 진정성'과 그 균열의 '과정'이 중요한 것이다. 작가로서의 '나'에게 그 겹침의 의미는 언어라는 '불가침의 세계'를 허물고 '언어의 물질성'을 인식하는 순간이라고도 할 수 있다. 그것은 아도르노의 표현을 빌리면, '어떠한 개인적인 작품 속에서도 결코 내가 아니라 〈우리 Wir〉가 말을 한다'는 것을 깨닫는 일일 것이다.[19]

4. 맺음말

　허준의 「속 습작실에서」는 삶의 경험적 구체성에 도달하고자 하는 시도를 보여주는데 그것은 내면적 고투를 겪은 자의 진정성을 담고 있다. 본론의 분석을 통해 살핀 것처럼, 그것은 하나의 초월적 경험론의 양상을 보여준다고 할 수 있을 것이다. 따라서 허준 문학이 차지하고 있는 문학사적 위치는 재고되어야 할 필요가 있지만, 여기에서 그가 과작(寡作)의 작가라는 것이 치명적인 결함이 될 수 있다. 하지만 그 작품들의 문학적 밀도는 어느 다작의 작가에 비해 손색이 없어 보인다. 그러므로 앞으로 필요한 작업은 그의 작품 전체를 통해서 이와 같은 사실들을 규명해 나가고 그의 문학사적 위치를 새롭게 자리매김하는 일일 것이다. 그는 경험적 삶의 구체성 속에서 부단한 자기부정과 갱신의 노력을 통해 20세기 전반기 한국에서 가능했던 근대주의의 한 절정을 육화된 언어로 보여주었다. 그의 문학을 정신적 고투로서의 모더니즘이라고 부르고자 하는 이유는 여기에 있다.

---

19) 아도르노, 홍승용 역, 『미학이론』, 문학과지성사, 1987, 264면.

허준 소설 연구
— 존재론적 자아 탐구의 여정

1. 개인적 실존 탐사와 자기 비평의 논리

허준은 문학에 대한 독특한 자의식을 지닌 작가였다. 그에게는 애초부터 문학이 사회 현실을 반연해야 한다거나 시대적 사회적 소명 의식을 지녀야 한다는 관념 자체가 희박했다. 또한 그는 문학의 형식과 문장의 아름다움에 대해 천착한 작가도 아니었다. 그렇다면 허준에게 문학이란, 문학의 진정성이란 무엇이었을까. 단적으로 말해서, 그것은 끊임없이 자기 내면의 세계를 파고드는 것, 집요한 자아 성찰과 자기 탐색을 통해서 '心面'의 '완전한 貌相'을 획득하는 데 있었다. 즉 문학을

* 황 경 / 고려대학교 민족문화연구원 연구교수

통해 자신의 내적 진실을 고구하고, 삶의 의미와 방향성을 모색하는 것, 그것이 허준 문학의 내용이자 형식이었다고 할 수 있다.

어찌 보면 허준은 별빛이 사라진 미로의 세계[1]에서 스스로 삶의 비전과 가치를 만들고자 했던 고독한 예술가였다. 허준의 글 어디에서도 그가 식민지 시대를 살았던 작가라는 자의식을 찾아보기 어렵지만, 그러나 그 또한 출구가 막힌 시대, 사회 현실의 중압감이 그 어느 때보다도 강력하게 문학의 자유로운 표출을 억압하던 1930년대 후반기의 시대적 자장과 분위기 속에 있었다는 사실을 간과할 수 없다. 30년대 후반에 밀어닥친 파시즘의 기세는 사회의 진보와 변혁에 대한 지식인들의 믿음 자체를 회의하게 만들었고, 진정한 가치와 의미를 지닌 것은 아무 것도 없다고 여기는 허무주의와 세계에 대한 환멸적 인식이 문학인들 사이에 팽배했다.[2] 이처럼 어떠한 이론이나 이념도 세상을 이해하고 분석할 수 있는 보편적 원리로서 기능하지 못하는 상황, 자아와 세계 사이에 메울 수 없는 심연만이 가로놓인 문학 정신의 空洞 지대에서 허준 또한 고심하고 있었다. 그는 자신의 작가적 입지를 '소위 지식의 溫室도 과학의 望樓도 다 없어진 무제한한 황량한 회의의 틀'[3]에서 '분열'을 거듭하고 있는 형국이라고 진단하고 있다. 자신의 문학적 이상이나 전범으로 삼을 만한 어떠한 문학적 전통도 방향도 부재한 상태, 이것이 허준의 눈에 비친 당대 문단의 모습이자 문학의 현실

---

1) G. 루카치, 반성완 역, 『소설의 이론』, 심설당, 1985, 41~45면.
2) 유보선, 「환멸과 반성, 혹은 1930년대 후반기 문학이 다다른 자리」, 『민족문학사연구』 제4호, 민족문학사연구소, 1933, 222~232면.
3) 허준, 「문예시평―비평과 비평정신」, 『조선일보』, 1939.5.31.

이었다.4) 외적 현실이 삶의 정당성도 문학의 진실성도 지지해주지 못하는 이러한 상황에서, 허준이 나아간 세계는 개인 체험의 내적인 영역을 중시하는 고립된 개체, 실존적 개인으로서의 삶과 문학이었다.

허준은 예술 혹은 문학이란 자기만이 알고 자기만이 느끼는 '본래의 경험'을 살려야 한다는 자각에서 비롯되며, 이러한 자각은 석가나 기독이 종교적 구도의 길로 나서던 순간의 내적 경험과 유사한 성격을 갖는 것이라고 주장한다. 그렇다면 '본래의 경험'이란 무엇을 말하는가. 그것을 그는 '인간성의 개차와 운명적인 것의 차별'에 대한 발견으로 설명하고 있다. 인간에게는 각기 다른 운명이 있고 인간성의 미세한 개차가 존재한다는 것, 그리고 그러한 차이와 개성에 대한 자각이 예술과 종교 형식에의 의욕으로 연결된다는 것이다.5) 여기서 주목되는 것은 허준이 문학을 주관적인 체험과 관념의 표현 형식으로 이해하고 있다는 점이다. 인간이란 구체적이고 역사적인 공동의 현실을 살아가는 사회 내적 존재가 아니라, 본질적으로 개별화된 개체로서의 운명을 타고난 존재라는 인식은 허준의 문학 논리의 중심에 놓여 있는 핵심적인 사항이다. 이처럼 인간을 각기 다른 운명과 준재 근거를 가진 개별체로

---

4) 기성문단에 대한 분신과 비판적 태도는 1930년대 후반에 높게 등장한 이른바 신세대 작가들의 공통된 경향이었다. 특히 이들은 프로 문학이 선규정적인 문학 원리와 이념에 지배됨으로써 문학을 물신주의의 노예로 만들고 인간성 옹호의 정신을 몰각했다고 비판하면서, 작가적 개성과 문학의 순수성을 주장했다. 기성 문단과 신세대 작가의 이러한 대립은 세대 논쟁으로 이어졌고, 김동리가 신세대의 기수로서 그 선편에 서 있었다. 허준 또한 사회주의 문학이 인간 본래의 복잡다단한 성능을 무시함으로써 인간성을 몰각하였다는 비판을 제기한바 있다. 강진호, 「1930년대 후반기 신세대 작가 연구」, 『한국근대문학 작가연구』, 깊은샘, 1995, 57~83면.
5) 허준, 「분예시평－비평과 비평정신」, 『조선일보』, 1939.6.2

서, 고유의 내적 영역과 경험을 지닌 존재로 규정할 때, 문학은 개인적
이고 주관적인 진실을 담는 형식이라는 논리가 가능해진다. 문학이 담
아내야 할 진정성을 외부 현실에 있는 것이 아니라, 개인의 내부에 있
다는 허준의 이러한 작가 의식은 눈에 보이는 현상을 그대로 모사, 재
현, 반영하는 것이 문학의 이상이 아니라는 논리로 연결된다. 「야한기」
에서 허준은 사진의 비유를 들어 이를 설명하고 있다. 있는 그대로의
대상과 사물을 찍어내는 사진사는 '진실의 貌相'을 획득할 수 없으며,
주체적으로 찾고 버리는 복잡한 수정의 단계를 거친 이후에야 비로소
대상의 참된 실체를 접할 수 있다는 것이다. 주관의 절대적 우월성을
강조하는 이러한 인식 태도는 작가 개인의 경험과 판단, 관념 세계에
대한 탐구와 표출이 곧 문학일 수 있다는 문학관으로 이어지며, 이는
자기 자신의 내부가 사회에 비해 우월하다는 자존 의식6)을 전제하지
않고는 불가능한 논리라고 할 수 있다. 이와 같은 맥락에서 허준은 문
학이란 '고독의 처소'에서 이루어지는 '허무 탐구'에 다름 아니라고 설
명한다.

---

6) 최혜실은 허준의 소설이 외계를 배제한 채 개인적 관념의 세계를 보편적 진리의
차원으로 치환하고 있으며, 이런 발상법은 자기 자신의 내부가 사회에 비해 우월
하다는 사고 방식을 전제하지 않고는 불가능한 것이라 본다. 허준이 자기 문학의
정당성이나 가치를 개인적이고 주관적인 경험과 관념의 탐구에 두고 있다는 점
에서 최혜실의 이러한 논리는 어느 정도 타당하다. 그러나 허준의 소설을 연애,
교우, 가정 생활 등 개인의 사생활을 있는 그대로 묘사하는 사소설과 동일한 것
으로 규정하는 것은 무리가 있다. 작가의 관념이나 내면이 강하게 드러난다 해서
사소설로 본다면, 사소설의 외연은 무한정 확장될 것이다. 최혜실, 『한국모더니즘
소설연구』, 민지사, 1992, 167~178면.

허무 탐구는 비극의 혼에 통한다. 철학은 도달하기 위하여 출발하는 허무다. 그러난 문학적 허무는 늘 출발하려고 도달함으로 거기에는 완성된 허무라는 것은 없다. 다음 순간에는 도달된 체계도 없애지 않고는 못 배기는 모색과 혼택이 있을 뿐이다. 그럼으로 철학에서와 같이 큰 문학에서 투명을 수하는 것은 잘못된 일이다. 그렇게 그 코스는 언제나 부정한 것임으로 일층 비극적이라 할 것이다. ─정신적 진공─엑스타시, 정신에 진공이 온다. 그러나 보통 진공은 아니다. 문학인은 이 진공을 만들기 위하여 화학에서와 같이 역시 복잡한 원소를 화합시키지만 실상 그 진공은 분열이요 분열의 극치 작용일 따름이다. 그는 항시 비극의 실험자이다. ─그는 본능적으로 그 심연에서 나오려고 한다. 그러나 동시에 보다 더 깊은 심연을 파지 않고는 못 배긴다. 보다 깊은 심연을 파기 위하여 다시 말하면 그는 그 심연을 재이기 위하여 나오는 것이다. 그러나 아무리 파들어간다고 하여도 거기에는 예술가를 질식시킬 아무런 독한 가스도 없다. 그는 고민할 것이다. 그러나 다시 소생한다. 이것을 나는 고독의 심연이라 한다.[7]

위 인용에 따르자면, '허무 탐구'와 '고독'이란 문학적 형식과 등가이다. 허무 탐구를 중단하거나 고독의 심연에서 벗어나는 것은 곧 예술가이기를 포기하는 것이며, 문학의 존재 기반을 버리는 것과 같다. 문학이란 고독의 심연에서 끊임없이 깊어지는 허무의 깊이를 재는 행위이기 때문이다. 따라서 그 허무와 고독은 외부에서 주어진 것이 아니라 자신의 선택한 자발적이고 능동적인 체계이며, 지속적으로 이어져야 할 문학의 방법적 형식이다.[8] 그렇다면 허무의 내용은 무엇인가.

---

7) 허준, 「나의 문학전」, 『조선일보』, 1935,8.2.8.4.
8) 이처럼 허준 소설에 나타나는 허무 의식은 30년대 후반기 문학사에서 일반적으로 드러나는 허무 의식과는 그 맥락을 달리하고 있다. 이른바 전향 소설이나, 최

그것은 허준의 논리에 의하면 개체로서의 운명을 타고난 자기 존재의 근원과 삶에 대한 사색과 성찰이라고 할 수 있다. 여기서 허준이 자신의 문학 행위를 종교적 형식에 맞먹는 성찰과 탐구의 차원으로 파악하고 있다는 점에 주목할 필요가 있다. 종교적 형식이란 근본적으로 구원에의 열망을 내포한다. 끊임없는 성찰과 응시를 통해서 삶과 인간 존재의 근원을 밝히고 깨달음에 도달하고자 하는 지난한 구도의 길, 일반적으로 종교의 본질을 이렇게 규정할 수 있다면 허준에게 문학은 이러한 자기 구원의 방법론이었다.

소설의 분석을 통해서 드러나겠지만, 허준 소설들의 지식인들은 하나같이 자신의 내면을 응시하고 자신의 존재 방식에 대해서 고민한다. 그것은 사회적 관계나 현실과 무관하게 진행되는 고독한 정신의 자기 전개이며 치열한 자기 성실성을 동반하는 것이다. 때문에 그들 지식인들은 허무와 절망을 경험하되 그 허무에 갇혀 허덕거리거나 자신을 포기하지 않는다. '버릇'처럼 '습벽'처럼 스스로를 '고독한 처소'에 가두면서 지속적으로 자기 탐구를 모색하는 것이다. 허준의 허무의 심연이 본질적으로 혼탁하고 암담하지만 그 '맥박은 희귀하게도 건실'하며 섣불리 '데카당'이나 '찰나주의'로 기울어지지 않을 것 같다는 동시대 작가 김동리의 지적9)은 그런 점에서 상당히 적확한 것이었다.

이처럼 개인적 경험과 실존의 의미 탐색을 수반하지 않는 문학 행위

명익, 유항림의 소설에서 드러나는 허무와 절망감은 일정하게 강압적인 시대 현실에 대한 반작용의 성격을 갖는 것이다. 그러나 허준의 허무 의식은 인간이란 본질적으로 부조리한 운명을 타고났다는 인식에서 비롯되면, 한편으로 극복과 지향에의 의지를 내포하고 있는 것이다.
9) 김동리, 「신세대의 정신」, 『문장』, 1940.5.

란 허준의 관심사 밖이었다. 인간이란 어디에서 왔으며, 왜 여기에 있는가, 또한 무엇을 해야 하며 어디를 향해 가고 있는 것인가, 인간 실존의 근원과 본질을 둘러싸고 있는 이러한 의문 앞에서, 세계란 본원적으로 이해될 수 없는 불확실성의 차원에 존재한다. 유기적인 인과 관계도 없이 우연성에 의해 지배되는 것으로 여겨지는 세계를 대상으로 어떠한 행동과 결단을 취하는 것은 실존적 개인에게 의미를 갖지 못한다. 세계 혹은 현실이란 그러한 개체의 힘으로 변혁되거나 구획될 수 없는 층위에 있기 때문이다. 따라서 역사의 진보라는 것도 존재하지 않으며, 타인과 유대 되는 공동의 삶의 방식 또한 거부된다. 그렇다면 이러한 세계 인식을 가지고 있는 실존적 개인들은 어떻게 삶을 살아가는가. 그들은 자신의 진정한 자아에 도달하기 위하여 내면을 향해야 하며, 자기 존재의 심연을 탐구해야 한다고 생각한다. 존재의 진리와 가치는 개인의 경험, 자기 발견, 본래적인 자아의 창조 안에서만 추구되고 발견될 수 있다고 믿어지기 때문이다.[10] 허준의 세계 인식은 실존주의자들의 이러한 논리와 유사하게 닮아 있다. 「탁류」나 「야한기」에서 묘사된 허준 소설의 지식인들은 대상도 형체도 없는 극심한 허무감에 시달리며, 현실에 대한 어떠한 가치 판단도 내리지 않는다. 설혹 현실의 세계가 자신들의 삶을 훼손할지라도 적극적으로 대항하지 않는다. 현실에 대한 적극적인 개입이나 대결 행위가 무의미하다고 판단되기 때문이다. 그들에게 문제가 되는 것은 항상 자기 자신의 의식이며 내부이다. 그래서 그들은 고독한 삶의 방식을 취하거나 타인과의 연대를 회피한다. 고

---

10) G. 노바크 엮음, 김영숙 역, 『실존과 혁명』, 한울, 1983, 318~327면.

독 속에서 자신의 존재를 탐구하는 이러한 삶의 태도는 「습작실에서」,
「속 습작실에서」의 주인공들에게서도 일관되게 드러나는 양상이다. 허
준 소설의 이러한 구도는 '자기 존재의 연유'를 탐구하는 '비평 정신의
자기 운동'만이 창작의 유일한 이유이자 목적이라고 밝혔던 그의 문학
론과 그대로 조응한다.

요컨대 자신의 주관적인 '기초 경험'과 '고독'을 전제로 해서 이루어
지는 '허무의 탐구', 이것이 허준의 문학적 출발점이었다면, 그의 문학
의 폭은 좁아질 수밖에 없다. 작가 자신의 의식 속에 갇혀 줄기차게
자신의 '존재의 연유'를 탐사하는 것 이외에는 별다른 문학적 원리나
대상이 부재하기 때문이다. 그의 소설들이 주로 자전적이고 내면적인
고백이나 기록의 형식으로 나타나는 것은 이러한 연유에서 비롯된다.
그러나 소설이란 궁극적으로 동시대의 구체적인 삶과 현실에 대한 다
양한 관심과 이해를 재료로 하여 만들어지는 것이고 그것을 떠나서는
성립될 수 없는 것이라고 한다면, 허준 문학이 지니고 있는 한계 또한
자명해진다. 해방 공간에서 허준은 스스로 자기 문학의 존재 방식을
부정하면서 실존적 의식 전이와 깨달음의 여정을 고스란히 반영하고
있다. 바로 여기에 허준 문학의 특이성이 내재하고 있다.

2. 절연과 유폐의 형식, 그리고 고독의 사상

해방 전에 발표된 허준 소설은 데뷔작인 「탁류」를 포함하여 「야한기」,
「습작실에서」 단 세편뿐이다.[11] 허준은 이 소설들을 통해서 실존적 고

뇌와 숙명론적 세계 인식에 사로잡힌 지식인의 존재 방식을 문제 삼고 있다. 「탁류」의 현철이나 「야한기」의 남우언은 모두, 생래적으로 주어진 운명의 비극성을 깊이 인식하고 있는 인물들이다. 그들이 파악한 운명의 비극성은 선천적으로 타고난 질병이나 죽음과 같은 거부할 수 없는 인간의 조건들로 묘사되어 있다. 「탁류」의 어린 소녀 채숙의 아버지는 애꾸눈으로 소외된 인생을 살고 있고, 「야한기」의 은실母는 죽음을 목전에 두고 싶은 슬픔에 잠겨 있으며, 은실은 '누구의 죄도 아니련만' 태어나자마자 앞을 제대로 보지 못하는 불행한 인생을 살고 있다. 인간의 의지나 능력으로는 감당할 수도 해결할 수도 없는 것이 인간 존재의 현실이고 운명이라면, 인간은 도대체 어떻게 살아야 하는 것인가. 이것이 바로 작가 허준의 문제의식이자 「탁류」의 현철이나 「야한기」의 남우언이 겪고 있는 고뇌의 핵심이라고 할 수 있다. 생로병사를 겪어야 하는 인간의 본질적 조건이 문제될 때, 그들 지식인이 택한 대응 노리는 현실의 삶에 대한 적극적인 행동이나 가치 판단의 유보이다.

　새삼스러이 다시 해결할 것도 없고 해결할 수 있는 것도 아니로되 그것은 모두가 의지라고 하는 한 큰 무덤에 입을 막아 넉넉히 고이 매장

---

11) 허준은 1934년 『조선일보』를 통해 시로 등단하였고, 1936년 『조광』에 소설 「濁流」를 발표하면서 이후 1948년 무렵 월북하기까지 총 9편의 작품을 남겼다. 해방 전에 발표된 작품은 「濁流」(『조광』, 1936.2), 「夜寒記」(『조선일보』, 1938.9.3~11.11), 「習作室에서」(『문장』, 1941.2) 세 편이며, 「殘燈」(『대호』, 1946.1~7), 「寒食日記」(『민성』 7호 1946.6), 「林風典씨의 日記」(『협동』, 1947.6), 「續習作室에서」(『문학』 8호, 1948.7), 「평때저울」(『개벽』 76호, 1948.1), 「歷史」(『문장』, 1948.10)은 해방 후에 쓰여진 것이다. 「寒食日記」, 「林風典씨의 日記」, 「평때저울」(『개벽』 76호, 1948.1)은 신변잡기적인 꽁트나 수필에 가까운 것으로 분석에서 제외한다.

할 수가 있었던 것들이었다. 왜 그러냐 하면 대상을 가지지 아니한 의
지 그것이라 하는 것도 결국은 또 무의지에 지나지 않으니까. 그러면
그 의지는 왜 대상이 없었는가 대상이 없지 아니하다면 그럼 의지를 버
리었던 것인가. 그렇지도 아니하다 하면 그런 것에는 관계도 없는 운명
에 대한 깊은 의식이 자기에게 이러한 결심을 주었던 것인가. 그렇다.
그 결심.—그 큰 청맹과니가 내게 가치에 대한 판단력을 거부하였고, 그
러므로 나는 무능력한 줄을 알았고, 나는 인생에 懈怠한 사람인 줄을 알
지 않았는가. 그것을 안다고 하는 것은 얼마나 무서운 일이냐.12)

더욱이 현철과 남우언을 둘러싸고 있는 일상의 현실이란 비속하기
짝이 없다. 늙은 창부 출신인 현철의 아내는 의심과 질투에 사로잡혀
현철을 괴롭히며, 남우언은 민보걸 형제의 음모로 살인 누명을 쓰기도
한다. 이처럼 부정적인 현실 세계에 대해서 적극적인 가치 판단을 행
하고 그 사회 속의 일원으로서 살아간다는 것은 이들 소설의 주인공들
에게 아무런 의미도 없는 것으로 인식된다. 때문에 그들은 외부 세계
에 대해서 철저하게 수동적이고 방관자적인 삶의 태도를 견지한다. 현
철은 아내의 오해나 불신을 해소하려는 어떠한 행동도 취하지 않으며,
아내와의 소통 자체를 거부한다. 이러한 태도는 「야한기」의 남우언에
게서도 마찬가지로 드러나는데, 그는 억울하게 감옥에 갇혀서도 세상
에 대한 대결 의식을 갖지 못한다. '대상을 가지지 아니한 의지' 곧 '무
의지'의 상태에서 수동적으로 주어진 삶을 견디거나, '태만과 곤비의
자세'로 '무한히 흘러가는 공간과 시간 가운데 자기의 부동하는 존재성
을 定置시키는 것, 그것이 현철과 남우언이 택한 그들의 존재 방식이

---

12) 허준, 「탁류」, 『월북작가대표문학 8』, 서음출판사, 1989. 119~120면.

었다.

 그러나 이러한 삶의 방식은 외부 대상과의 불화를 초래하는데, 아무도 그들의 삶의 태도를 이해하지도 받아들이지도 않기 때문이다. 결국 「탁류」나 「야한기」의 주인공이 대상과 겪는 불화와 소통의 부재는 자신들의 주관적이고 폐쇄적인 삶의 태도에서 연유하는 것으로, 그들이 일상의 삶을 수용하지 않는 한 화해란 불가능한 것이다. 「탁류」의 끝은 현철이 아내와의 관례를 모두 청산하고 떠나는 것으로 맺어진다. 그리고 현철은 '역시 나를 구원하는 것은 내 해결성 없는 지속의 버릇' 임을 스스로 확인한다. 현철의 떠나은 자기 관념 속으로의 유폐를 의미하는 데, 현철의 존재에 대한 불안이나 절망, 허무 등은 이미 그 자체로서 주어진 것으로, 현실의 관계 속에서 해결되거나 회복될 성질의 것이 아니었던 것이다. 「야한기」의 남우언 또한 모든 문제 해결의 화살을 자신에게 돌림으로써, 세상과 절연한 채 유폐의 세계로 들어간다.

> 다만 나는 이러한 사실들이 내 자신에 대해서 자꾸 무언인지 요구하고 있는 것을 깨달을 뿐이다. 내 자신에다 칼날을 자꾸 갖다 대이는 것을 나는 느끼듯 자꾸 죽고 자꾸 살아나기를 요구하는 것을 나는 안다. 그는 마음이 후끈후끈 달아오는 것을 깨달았다.[13]

 작가 허준이 「탁류」와 「야한기」에서 그리고자 했던 세계가 생의 본원적인 허무와 절망에 시달리는 지식인의 행방에 있었다면, 현철이나 남우언이 보여주는 바, 그 폐쇄적인 자의식의 세계를 빠져나와 구원을

---

13) 허준, 「야한기」, 『월북 작가대표문학 8』, 서음출판사, 1989, 250면.

얻는 길은 구체적인 생활의 현장이나 타인과의 관계 속에 있지 않다. 구원에의 길은 지향 없는 인생을 숙명론적으로 받아들이며, 자기 자신에게로 돌아가는 곳, 그 절연과의 유폐의 공간 속에서 끊임없이 자기 응시와 성찰을 수행하는 실존적 개인으로서의 삶에 있다. 절망과 허무로부터의 해방은 상황이라고 하는 외부적 조건이나 타인과의 관계와는 아무런 관련이 없다는 작가 허준의 이러한 사유 방식은 고독만이 가장 올바른 삶의 방식이라는 인식으로 이어지는 데, 이는 소설 「습작실에서」 분명하게 드러난다.

북지 어느 산골에 있는 T형에게 보내는 편지 형식으로 되어 있는 「습작실에서」는 고독한 개인으로서의 삶의 방식을 동경한 유학생 南牧과 하숙집 주인 노인의 죽음을 통해서 그리고 있는 작품이다. 주인공 남목은 고독을 줄기는 사람이다. 그는 고독하기 위해 적지 않은 돈을 들여 한적한 교외에 방을 얻어 혼자 생활한다. 남목에게 고독은 자신의 청춘을 '밝고, 슬프고, 화려하게' 꾸며주는 것으로 여겨지며, 스스로 선택한 쉽게 누릴 수 없는 '사치'이기도 하다. 그의 고독은 관계 속에서의 소외나 현실적인 조건의 어려움이나 고통에서 연유하는 그런 성질의 것이 아니라 일종의 감상벽의 소산이다. 그런 남목에게 고독의 진정한 의미를 깨닫게 해주는 계기로 작용하는 것이 하숙집 주인 노인의 죽음이다. 노인은 자살을 선택함으로써 자신의 죽음을 자연적이며 우연적인 것으로 받아들이기를 거부한다. 그는 남에게 의탁하거나 의지하지 않고 주체적이고 독립적으로 자신의 생을 살고자 하는 인물이다. 그러기에 노인에게 자살이라는 죽음의 방식은 자신의 삶의 방식의 자연스러운 귀결이다. 노인이 자신의 좌우명으로 삼는 '인욕'이라는 구절이 보여주듯,

노인의 삶은 모든 번민과 고뇌를 참고 견디며 '자신의 존재를 밝혀가
는' 과정이었다. 죽음마저도 주체적으로 인식하고 맞이하려는 노인의
태도는 철저하게 자신의 삶을 자신에게 귀속시키려는 실존적 개인의
모습이다. 주인공 남목은 노인의 이러한 삶의 태도, 죽음의 방식을 통
해서 '사람이 고독한 것은 그것만으로 옳은 일이요, 또 옳게 사는 사람
은 고독한 것이 당연한 법'이라는 인식에 이르게 된다.

　「탁류」와 「야한기」에서 집요하게 지식인의 내적 의식을 묘사하면서
삶의 절망과 허무를 결국 해결 불가능한 개인의 숙명으로 묘사했던 허
준은 「습작실에서」고독 속에서 철저하게 주체적으로 자신을 견디고
사는 것이 가장 정당한 삶의 방식이라는 나름의 결론에 도달하고 있
다.「탁류」와 「야한기」, 「습작실에서」의 인물들은 사회 현실이나 타인
과의 관계와 무관하게 자신의 힘 만으로나, 자신의 폐쇄적인 세계 속
에서만 살아가려고 하는 고독한 개인주의자의 모습을 하고 있다. 그들
에게 사회나 역사나 타인의 삶은 끼어들 여지가 없다. 중요한 것은 근
원을 알 수 없는 자기 자신의 허무요 절망이며, 그들이 선택한 삶의
방식은 철저한 고독 속에서 자신의 정신 세계를, 존재 의미를 밝혀가
는 데 있다. 본원적인 생의 비극적 인식을 벗어날 수 있는 구원의 길
이 바로 자신의 고독 속에 있다고 믿어지기 때문이다. 이처럼 해방 전
허준 소설의 경향은 무시간적이고 무역사적인 것으로, 작가 허준의 관
심사는 사회 현실이나 역사, 구체적이고 사회적인 인간의 삶에 있지
않았다. 그러나 해방 공간에 쓰여진 일련의 소설들은 구체적이고 역사
적 시간과 공간 속에 살고 있는 인물들을 등장시키고, 또한 그러한 역
사적 개인들과의 만남을 통해 변모해 가는 지식인들의 모습을 그리고

있다는 점에서 해방 전의 소설과는 변별된다.

3. 여로의 형식과 제삼자의 정신

허준 소설들이 대체로 자기만의 '방'에 갇혀 세상과 절연된 상태에서 자신의 내면을 들여다보는 지식인들을 그리고 있다면, 「잔등」은 여로 형식 속에서 세상을 관찰하는 지식인을 주인물로 설정하고 있다. 「잔 등」은 해방을 맞아 고향을 찾아가는 지식인 주인공의 귀환기이다. 「잔 등」의 '나'는 체념과 고독의 습성을 지닌 인물로 해방 전 허준 소설의 지식인들과 닮아 있다. 그러나 「잔등」의 '나'는 역사적인 시간대 속에 존재하며, 일정하게 시대 현실과 교접하고 있는 인물이라는 점에서 해 방 전 허준 소설의 지식인들과는 다른 면모를 보여준다.

「잔등」의 구조는 '나'가 귀향 여로에서 겪는 갖가지 사건들을 접하면 서 해방 직후 고국의 다양한 현실적 상황과 면모들을 경험하는 것으로 짜여진다. 화가인 '나'는 해방을 맞아 고국으로 돌아온다. '나'의 실제적 인 여로는 장춘에서 서울까지이지만, 그러나 소설에서 그려지는 것은 회령에서 청진에 이르는 거리이다. '나'는 회력에서 청진까지 이르는 여로에서 여러 가지 사건과 에피소드를 겪는다. 「잔등」에 이르러 허준 소설의 지식인 주인공은 해방 공간이라는 구체적이고 역사적인 현실 에 직면하게 되는데, 여기서 주목되는 것이 주인공 '나'의 눈에 비친 해방 공간의 가장 충격적인 현실은 귀향에의 염원과 의지로 무개화차 위에 빽빽이 올라앉은 '피난민'의 행렬과 쫓겨 가는 일본인 잔재민들의 비참한 생활상이다. '나'는 그들의 모든 것을 '恢燼'하고 일종의 '특수한 개념'을 형성하는 사람들로 파악한다.

> 기름기름히 쌓아 얹힌 각재들 사이에 끼인 사람, 부서지다 남은 걸상과 책상을 쓰고 자는 사람, 째어진 장막의 한끝을 잡아당겨 뼈가 들추이는 어깨를 가리운 사람, 이 사람들은 한 특수한 개념을 형성하는 사람들이었다.[14]

그들 '특수한 개념'을 형성하는 사람들을 바라보는 '나'의 시선에서 연민이나 동장 같은 것은 없다. 단지 '나'는 아직 '회신화'할 것이 남아 있는 사람이며, 또 '일층 높은 처소에서 회신화하고 있는 자기 자신을 내려다보고 방관할 수 있는 부류의' 사람으로 그들과는 다른 존재임을 깨달을 뿐이다. 그것을 '나'는 '애꿎은 제삼자의 정신'이라고 명명한다. 여기서 해방공간의 가장 핍진한 현실, 즉 귀환 동초와 일본인 잔류자들을 바라보는 '나'의 태도는 냉정하고 관찰자적인 것이며, 추상적이다. 해방공간에서 그들 '피난민'들이 갖는 역사적이고 사회사적인 문맥은 '나'에게 인식되지 않는다.

이러한 '나'의 현식 인식의 태도는 고기잡이 소년과 국밥집 할머니의 현실 인식 태도와 대비된다. 이 소설에서 '나'는 고기잡이 소년과 국밥집 할머니라는 두 인물을 만나는데, 일본인 잔류자들을 대하는 그들의 시선과 방식은 매우 대조적이다. 고기잡이 소년의 눈에 일본인 잔류자들은 '다 죽어버린 것'이나 다른 없는 존재들이지만, 일말의 동정이나

14) 허준, 「잔등」, 『월북작가대표문학 8』, 서음출판사, 1989, 65면.

용서 없이 여전히 감시당하고 탄압받아야 할 대상이다. 반면에 정거장 어귀에서 국밥집을 하고 있는 노인의 눈에 비친 그들은 불쌍하고 가엾은 존재들이며, 연민과 보살핌의 대상이다. 해방 공간의 현실에 비추어, 국밥집 노인과 고기잡이 소년이 보여주는 태도는 '나'에 비해 훨씬 더 구체적이고 현실적인 것이다. 이것은 두 인물이 보다 구체적이고 경험적으로 해방 공간을 현실을 살고 있는 역사 속의 개인들이라면, '나'는 일정한 거리를 두고 현실을 지켜보고 있는 '제삼자적' 지식인이라는 점에서 설명될 수 있다. 그러나 '나'의 이러한 '제삼자적' 태도는 국밥집 할머니의 삶의 모습을 접하면서 심한 충격을 받는다. 할머니와 '나'와의 만남은 이 소설에서 가장 핵심적인 부분이자, 이 소설의 주제의식이 드러나는 장면이라고 할 수 있는데, 이 노인이 일본인 잔류자들에게 베푸는 따뜻한 사람은 일제하에서 사회주의 운동을 하다가 옥사한 아들의 내력과 연결되어 있다. 해방 전 감옥에 갇힌 아들에게 면회를 가서 들은 바 있는 '가토'라는 일본인의 이야기가 해방 후 노인의 삶의 방식을 설명해주는 열쇠이다.

그때 우리 애 하는 말이 가토라는 사람은 집은 있으되 집이 없어서 온 사람이 아니요, 먹을 것이 있으되 제 먹을 것 때문에 애 쓸 수 없었던 사람이다. 그렇다고 물론 건달을 하려고 건너온 사람도 아닌 것이니 자기하고 같은 일에 종사했으나 거지도 아니요, 도둑놈도 아니요, 아무런 죄도 없는 사람이라고 그러지요. 그럼 무엇이 죄냐—일본 사람은 일본 바다에서 나는 멸치만 잡아먹어도 넉넉히 살아갈 수 있다고 한 것이 죄다. 어머니 멸치만 잡아먹어도 산다는 말을 아시겠어요, 하였습니다. ……누가 무엇 때문에 누구 까닭으로 싸웠는지 나는 모릅니다. 하지만

내 아들이 붙들려는 갔으나마 죄 아님을 못 믿을 나는 아니었으므로 응
당 당장에 해득했어야 할 이 말들을 오년 동안을 두고도 해득지 못하다
가, 이제야 겨우, 오늘에야 겨우 해득한 것입니다─그 종자들로 해서 어
떻게 눈물이 안 나옵니까.15)

소설 속의 여러 가지 정황으로 보아 노인의 아들과 가토는 이른바
사회주의 운동가로, 자신의 이념을 위해 싸우다 감옥에서 죽어간 사람
들이다. 노인은 오년을 두고도 이해할 수 없었던 '가토'의 삶의 방식을
해방이 되어 굶주리고 학대받는 일본인 잔류자들을 보면서 해득하게
되었다고 고백하고 있다. 대문에 노인은 그들 불쌍하고 가엾은 '가토의
종자들'을 위해 밤을 밝혀가며 국밥을 팔고 일본인 잔류자들에게 사랑
을 베푼다. 그렇다면 노인이 해득한 일본인 '가토'의 삶의 방식이 말하
는 바는 무엇인가? 추측컨대 그것은 억압받고 비참한 생활을 하는 사
람들, 「잔등」의 현실 속에서 보자면 노인의 연민의 대상이 되는 일본
인 잔류자들이나 '피난민'들을 위한 삶, 그들과 연대되는 삶이다. 이점
은 '나'가 '피난민'의 행렬을 보면서 느꼈던 '제삼자적 정신'의 장면과
대비하여 파악될 수 있다. '나'에게 국밥집 할머니의 삶의 방식은 '새로
이 발견한 크나큰 경이'이며, 또한 '인간 희망의 넓고 아름다운 시야를
거쳐서만 거둬들일 수 있는 한없이 너그러운 슬픔'으로 다가선다. 이
사건, 즉 국밥집 할머니를 통해 일어나는 '나'의 이러한 심정의 동요와
떨림은 '나'에게 매우 중요한 의미를 지니는데, 그것은 '내 가슴 속에
固有하니 잠복해 있는 구슬픈 제삼자의 정신'을 충격하는 강렬한 계기

15) 허준, 앞의 책, 76면.

로 작용하기 때문이다. '나'는 이제 청진을 떠나 다음 목적지를 향해 출발한다. 그러나 스스로 자신의 여정이 이곳에서 끝났음을 자각한다.

> 방은 이 땅이 우리들 여정의 절반이라고 하였지마는, 설혹 지나온 것이 절반이 못된다 하더라도 내게는 이미 내 가슴 속에 그려진 이번 피난의 변천굴곡은 여기서 다 완결된 것이나 조금도 다름이 없었다. 그리고 앞으로, 이 이상 고생스러운 험로를 몇 갑절 더 연장해 나간다 하더라도 나로서는 이외의 더 색다른 의미를 찾기는 어려운 일인 듯하였다.16)

여기서 '나'의 귀향 여정의 목적이 '서울'이라는 구체적인 지점을 향하는 데 있었다기보다는 실존적 개인의 현실 탐사를 통한 삶의 방향성 찾기에 있었음이 드러난다. 때문에 국밥집 할머니의 삶의 방식을 통해 이른바 '제삼자적' 태도로 명명되는 자신의 현실 존재 방식이 문제가 있었음을 자각하는 지점에서 '나'의 여정은 끝이 나고, 남은 여정이 자신에게 아무런 의미도 갖지 못함을 깨닫게 되는 것이다. 그리고 다음 목적지를 향해 멀어지는 차 속에서도 '나'의 뇌리에 깊이 각인되어 명멸하는 '할머니 장막의 외로운 등불'은 이제 심정적으로는 끝이 나버린 '나'의 여정의 유일한 의미이자 성과이다. 그런 맥락에서 이 소설의 제목 「잔등」은 사회 현실과는 무관하게 고독한 실존의 세계를 살아가던 지식인이 현실 사회로, 혹은 타인과의 관계 속으로 다가서도록 인도해 주는 고리로서 상징적 의미를 획득한다.

---

16) 허준, 앞의 책, 89면.

356 허 준

4. 자기 부정과 개방의 정신

「잔등」을 통해 구체적이고 역사적인 사회 현실 속에서의 지식인의
삶을 인식하기 시작한 허준은 「속 습작실에서」에서 다시 한 번 실존적
개인의 현실 존재 방식을 문제 삼는다. 「속 습작실에서」의 '남몽'은 시
인으로, 할머니의 객주집, 음습하고 곰팡내 나는 '뒷방'에서 '내 방의
혼자만이 느끼는 질서'를 사랑하며 자폐적인 자기 세계에 빠져 살고
있다. 그가 원하는 것은 '누구도 내 생활을 간섭하고 엿보지 않는' 공
간에서 '죽이 되든 밥이 되든 틀어박혀 헛헛이 살아가는 데' 있다. 말
하자면 「습작실에서」의 '옳게 하는 사람은 고독한 것이 당연한 것'이라
는 지식인의 존재 방식, 철저하게 고독한 주체로서의 삶의 방식을 체
현하고 있는 인물이다. 남몽에게 고독한 개인으로서의 자기 존재 방식
의 정당성은 문학과의 치열하고 성실한 대결을 통해 이루어진다. '말
(言語)의 엄연함과 냉혹함' 속에서 괴로워하면서도 '心面의 완전한 모
상이 제 옷을 찾아 입고 완전한 표현이 되어 나오게 하려는 노력'으로
이어지는 그의 창작 행위의 이면에는 '말의 사기사'가 되지 않겠다는
확고한 신념이 자리하고 있다. 그러나 남몽의 이러한 존재 방식은 그
와는 또 다른 차원에서 치열하고 성실하게 자기 삶을 추구하는 이병택
이라는 사회주의자와의 만남과 교류를 통해 재고되고 새로운 전환을
맞이하게 된다.

남몽과 이병택의 만남은 현실 세계와는 차단된 채, 개인 존재의 내
면을 향해 집중되어 있던 허준 소설의 지식인의 존재 방식이 또 다른
지식인의 삶의 방식을 통해 반성되는 계기가 된다는 점에서, 허준 소

설 전체를 통해 매우 중요한 의미를 지닌다. 남몽의 객주집에서 하룻밤을 같이 지내게 되는 항일 투사 이병택은 역사적 모순, 불합리한 구체적 현실의 '허울'을 벗기기 위하여 끊임없이 자신의 삶을 추스르고 다스려나가는, 남몽과는 또 다른 의미에서의 자기 삶의 성실성을 구현하고 있는 인물이다. 즉 남몽이 문학이라는 형식으로 자기 내면의 세계를 응시하는 고독한 실존적 개인이라면, 이병택은 구체적인 현실 속에서 자신의 생존 이유와 삶의 방향성을 추구하는 역사적 개인으로 대비된다. 이 두 인물의 만남에서 주목되는 장면은 남몽의 존재 방식을 바라보는 이병택의 시선이다. 이병택은 남몽의 자폐적이고 고독한 실존적 개인으로서의 생활, 창작의 고통과 괴로움을 대정어린 마음으로 이해하면서도 그 정당성에 대해서는 의문을 제기한다.

하지만 남형의 존재가 다시 나도 重生을 하고 三生 四生을 한다 하더라도 그건 그런 괴로움은 어찌하지 못할 종류의 것들인 것 아닐까요? 동서고금을 막론하고 지금껏 내려오는 허다한 문학적인 천재라 한들 과연 그런 게 없었을는지![17]

나는 참으로 깜짝 놀랐던 것이야요. 이 음습한 뜬 좀은 방에 자기 자신을 몰아넣고 또한 자기의 군색하고 어지러웁고도 자기 분열적인 생각에 자기 자신을 가두어 놓고 매질하여 괴롭히며[18]

이병택이 보기에 남몽의 고뇌와 절망은 거듭 태어난다 해도 해결할

---

17) 허준, 「속 습작실에서」, 『한국소설문학대계 24』, 동아출판사, 1995, 379면.
18) 허준, 위의 책, 380면.

수 없는 예술가적인 고통에 불과하며, 때문에 음습하게 뜬 방과 자기 존재의 심연에 갇혀 있는 그의 존재 방식은 그 치열함과 성실성에도 불구하고 가학적이고 소모적인 것이다. 그런 남몽에게 이병택은 후일 자신과의 바다낚시를 제의하고 떠난다. 이것은 남몽이 음습한 좁은 방의 세계, 자기 자신의 폐쇄적인 세계로부터 청신한 '대기' 속으로, 세상 밖의 현실 세계로 걸어 나올 것을 바라는 '이병택'의 간접적이지만 간절한 바람의 표현이다. 이제 허준 소설의 고독한 실존적 개인들은 자기 삶의 방식을 문제 삼는 또 다른 지식인의 애정 어린 충고와 감화에 의해 외의와 선택의 기로에 섰다. 「속 습작실에서」의 결미에서 이병택이 사회주의자이며 항일 투사라는 사실이 밝혀질 때, 남몽의 고독한 삶의 정당성은 집요한 회의 속에서도 흔들리기 시작한다. '근본적인 방향'이 서지 않았기 때문에, '독선적인 배타주의'자이며 사이비 사회주의자인 김 씨라는 인물을 향한 모면 때문에, 여전히 망설이고 있는 남몽에게 이병택은 다시 한 번 이렇게 충고한다.

> 형은 형 편지 속에 방향이 서고 안 서고를 말씀하셨지만 무엇을 어떻게 어떤 방향으로 굳이 나가라고 형에게 권하는 데 이 나의 소원이 있었다는 것보다는 향내가 나던 형의 그 곰팡이 묻은 방 창문이 열이어 지린내가 나든 향내가 나든 형의 발길이 인간 세상의 대로를 향하여 한 발자국 디뎌지는 데에만 있었다 할 것입니다. 그렇게만 되신다면 그 다음은 기다리지 않아도 물은 높은 데에서 낮은 데로 肥한데서 메마른 데로 흘러가고 번져나가 주는 것 아니겠어요?[19]

---

19) 허준, 앞의 책, 407면.

수감 중에 있는 이병택이 공판을 앞두고 남몽에게 보낸 이 편지는
역사의 진보와 인간의 삶에 대한 희망을 품고 살아가는 진정한 역사적
개인의 발언이다. 그러나 끝끝내 '가서 만난다기로 무슨 말을 하며 무
슨 낯으로 나만 다시 사바 세상에 돌아오는가'를 고민하며 면회를 미
루던 회의주의자 남몽은 마지막으로 그나 남긴 囚衣를 바라보며 자신
의 존재 방식에 대한 절절한 자책에 도달한다. 「습작실에서」의 지식인
이 하수집 주인 노인의 죽음을 통해 고독한 실존적 개인으로서의 삶의
방식을 더욱 굳혀나갔다면, 「속 습작실에서」의 지식인은 치열하게 현
실 관계 속의 삶을 살아가는 한 항일투사의 죽음을 통해 인식의 전환
점에 서게 되는 것이다.

> 나는 눈이 내 눈에 시가웁게도 자극이 되어 펄떡 뛰어 일어나서 방을
> 나왔다. 그리고 인제는 자꾸만 자꾸만 눈 속으로 형지를 감추어 들어가
> 는 그 한 벌 옷을 향하여, "당신이야말로 당신이야말로 정말 새롭고 새
> 로운 몸의 상처를 받아 나오기 위해 무수한 허울을 나날이 벗어 나온
> 분입니다." 하는 언젯날 부르짖음을 인제야 속으로 부르짖으며 이렇게
> 미칠 듯이 속으로 외치었다. "이게 다 무어냐 이게 다 무어냐 아아 저는
> 아무 것도 아니랍니다. 저는 아무 것도 아닙니다. 저야말로 이외로 암
> 것도 아닌 단순한 말의 사기사를 지향하고 나갔던 사람이었는지도 모릅
> 니다."[20]

자신의 고독한 개인으로서의 존재 방식이 '새롭고 새로운 몸의 상처
를 받아 나오기 위해 무수한 허울을 나날이 벗는' 치열한 것임을 자부

---

20) 허준, 앞의 책, 411~412면.

하고 있던 남몽은 이제 자신의 삶의 방식이 아무 것도 아니었다는 인식에 도달함으로써, 고옥한 실존적 개인에서 역사적 개인으로 다시 태어나는 그 출발의 지점에 서게 된다. 남몽의 이러한 인식의 변화는 해방 공간에서 작가 허준이 자신에게 던졌던 물음이자 결론이라고 할 수 있다. 자신의 소설 속의 지식인들과 마찬가지로 냉정한 회의주의적 자세로 자신의 문학 세계에 몰두해 왔던 허준은 해방 공간에서 자신의 문학과 삶의 방식을 궤도 수정하고 있다. '문학가동맹'의 회원으로 가입하고 이후 월북을 감행하기까지의 그 내밀한 허준의 의식 변화의 전모를 확인할 수는 없지만, 그의 소설을 통해 드러나는 바와 같이 그 과정이 실존적 개인의 삶에서 역사적 개인으로 나아가는 도정에 있었음을 추축할 수 있다. 허준의 이러한 작가 의식의 변모는 월북하기 전 1948년『문장』에 발표한 소설「歷史」에서 보다 명확히 드러난다. 허준의 월북과 함께 1회 연재로 중단된 이 소설은 이전의 허준 소설과는 전혀 판이한 세계로 나아가고 있다.「속 습작실에서」와 3달간의 간격을 두고 발표된 소설「역사」는 제목 자체가 이미 상징적이다. 소설「역사」속에서 작가 허준은 자신의 존재의 심연으로 파고드는 지식인의 세계를 벗어나, 현실의 삶, 타인의 삶이라는 서사의 세계, 이야기의 세계로 진입한다. 그러한 맥락에서 이 소설이 거둔 문학적 성과나 의미는 분석하기 힘든 상황이지만, 작가 허준의 문학에서 이 소설이 가지는 의미는 크다고 할 수 있다.

5. 허준 문학의 존재 방식과 그 의미

한국 소설사에서 지식인을 주인공으로 설정하고, 지식인의 갈등과 삶의 방식을 형상화한 소설은 적지 않다. 이광수의 「무정」에서 염상섭의 「만세전」, 유진오의 「김강사와 T교수」, 이기영의 「고향」에 이르기까지, 그 외에도 30년대 후반기에 쓰여진 많은 소설들이 지식인의 고민과 생활을 직간접적으로 다루고 있다. 이들 소설들은 대개 사회 현실과의 관련 속에서 지식인이 어떤 방식으로 대응하는가, 특히나 식민지라는 시대적 제약과 조건 속에서 지식인들이 부딪히는 내적, 외적인 문제들에 초점을 맞추고 있다. 대체로 지식인으로서의 시대적 소명 의식, 식민지 현실 속에서 겪게 되는 좌절감이나 모멸감, 혹은 현실 변혁에 대한 강한 희망과 의지가 이들 소설의 지식인들이 포지하고 있는 문제의식이라 할 수 있다. 또한 30년대 후반기 소설 속의 지식인들은 외적 장제 앞에서 느끼는 좌절감과 허무 의식에 사로잡혀 있거나, 또는 이념이나 이상이 더 이상 추구될 수 없는 상황에서 과거의 생황을 반추하고 생활 세계로 편입해가는 모습으로 묘사된다. 거칠게 보아 한국 소설에 나타난 지식인상을 대충 이렇게 정리할 수 있다면, 허준 소설의 지식인들은 다른 층위에 존재한다. 그들은 선험적인 인간 운명과 조건에 대해 좌절한 지식인들이며, 사회 현실과의 갈등이나 대립은 묘사되지 않는다. 때문에 그들이 경험하는 허무나 절망 또한 여타의 다른 소설의 지식인들과는 그 성격을 달리한다. 그들의 절망은 관념적이고 철학적인 문제와 연결되어 있으며, 추상적이다. 당대 지식인이 겪어야 했던 구체적인 생활이나 현실의 문제와는 멀리 떨어져 있는 것이다. 이들 지식인들의 사고는 존재론적 자아 탐구의 차원에서 진행되는데, 주체적인 진리나 절대성을 추구하려는 경향을 드러낸다. 여기에는 강항 엘리트 의식, 자신 스스로 자신의 삶의 의미와 가치를 발견하겠다는 의식이 그 바탕에 깔려 있다. 한편으로 이들은 추상적이고 보편적인 인간에 대한 연민을 지니고 있다. 그 연민은 인간이란 부조리한 운명을 타고난, 거역할 수 없는 숙명적 조건과 상황 하에 놓여 있다는 관념에 바탕을 둔 것이다. 허준 소설은 해방을 전후로 일정한 의식 전이를 보여주는데, 이는 인간 일반에 대한 연민이 구체적인 현실의 인간에 대한 연민과 관심으로 진전되는 양상을 보여준다. 허준 소설의 고독하고 폐쇄적인 지식인들이 현실 세계로 나아가는 과정에는 이러한 타인에 대한 연민이 하나의 내적 요인으로서 자리한다. 해방 전의 소설에서 엿보이는 추상적인 휴머니티가 해방 후의 소설 속에서는 보다 구체화되고 현실화되는 것이다.

허준은 어찌 보면 소설가로서 소설을 썼다기보다는 문학이라는 형식을 통해 자신의 존재성을 탐구한 지식인이었다. 그의 소설이 미적 형식에 대한 치열한 모색이나 실험이 부족하다는 평가나[21], 소설의 정도에서 벗어나 있다는 채만식의 발언은[22] 지식인의 관념이나 의식 세계를 직접적으로 표출하고 있는 허준 소설의 단면을 지적한 것으로 이해될 수 있다. 한국 소설사에서 李箱만큼 자신의 자의식의 세계를 소설로

---

21) 차혜영, 「1930년대 한국 소설의 근대성과 모더니즘적 전망」, 상허문학회.『1930년대 후반 문학의 근대성과 자기 성찰』, 깊은 샘, 1998, 143면; 최혜실,『한국모더니즘소설연구』, 민지사, 1992, 178면.
22) 「창작합평회」,『신문학』제2호, 1946.6.

치열하게 그려낸 작가는 흔치 않다. 그러나 이상은 다양한 형식과 기법을 구사하면서 소설을 만들어낸 작가였다. 그러니까 이상에게는 소설이라는 장르에 대한 객관적인 인식과 거리 감각이 있었던 셈이다. 반면 허준은 소설이란 자기 성찰과 자기 비평의 방법론이라는 사고에서 한 치도 벗어나지 못했다. 주관적인 자기 의식의 세계를 드러내는 것만이 소설의 목적이자 의미라는 인식이 그의 일관된 논리이자 창작 방법론이었다. 「탁류」에서 「속 습작실에서」에 이르기까지 허준은 그의 이러한 작가 의식을 그대로 밀고나갔다. 현철→남우언→남목→천복→남몽으로 이어지는 그의 소설의 주인공들은 자기 존재성의 탐구라는 동일한 주제를 반복해서 이어가고 있다. 그 과정은 이들 지식인들이 실존적 개인에서 역사적 개인으로 나아가는 변모를 수반한다. 허준 소설의 이와 같은 구도는 「속 습작실에서」에 이르러 철저한 자기 분정으로 귀결되면서, 문학을 통한 자기 존재 탐사의 여정은 여기서 일단 종결된다고 할 수 있다. 허준의 작가적 행적은 그의 소설의 이러한 전개 양상과 맞물린다. 그가 「속 습작실에서」에서 처절하게 고백하듯 자신의 문학적 행고, 혹은 존재 방식이 '단순한 말의 사기사'에 불과했다면, 그의 문학 세계는 이제 어디로 나아가야 하는가. 여기서 허준이 일관되게 견지해 온 문학 정신이나 작가적 태도는 일대 전환의 시점에 서지 않을 수 없다. 그 자기 부정과 갱생의 끝과 출발의 지점에 소설 「歷史」가 위치하고 있으며, 그의 월북이 자리한다.

요컨대 허준 소설은 전체가 마치 한편의 성장 소설처럼 읽힌다. 지식인의 정신적인 변화, 갱생의 과정이 작품 전반에 걸쳐 순차적으로 드러나고 있기 때문이다. 결국 자신의 삶의 존재 방식을 모색하는 지식인의 여로가 허준 소설의 서사 형식이라고 할 수 있는데, 30년대 후반기의 문학사적 구도 속에서 그의 작품을 평가하거나, 해방 공간의 문학사 속에서 그의 작품 세계를 논의할 때, 허준 문학의 특성이 온전히 드러나지 않는 것은 이러한 이유에서이다. 같은 맥락에서, 그의 소설을 심리 소설이나 모더니즘 소설이라는 틀로 접근할 경우에도, 허준 문학의 전반적인 의미를 포착하기는 어렵다고 할 수 있다. 허준 소설의 의의는 문학을 통해서 자기 존재의 의미를 밝히고 추구하려 했던 진지하고 성실한 실존적 개인, 작가 허준의 정신세계와 현실과의 대응 방식을 보여주는 데 있다. 그는 리얼리스트, 모더니스트로 규정되기에 앞서 철저하게 자기 자신과 대면해서 자신의 삶의 정당성을 확인하고자 했던 작가였다. 때문에 그의 소설들은 사회 현실에 대한 세세한 묘사나 시대 이데올로기의 표출이라기보다는 작가 자신의 삶에 대한 성찰의 기록이나 고백의 형식을 띠고 있다. 이러한 허준의 소설들이 우리 소설사에서 각별하게 읽히는 것은 격정기의 정치 사회 현실에서 깊이 있는 성찰의 기회나 시간을 제공받지 못했던 문학인들의 삶의 방식, 혹은 그의 반영으로서의 소설들과는 다른 미덕을 보여주기 때문이다. 그의 소설들은 식민지 말기 그리고 해방 공간이라는 역사의 격동기를 살았던 문학인의 고민과 거듭남의 고통스럽고 절절한 내면 기록으로서 다가온다. 즉자적이고 정치적인 시대 감각과는 거리를 두고 진지하고 냉정한 자기 성찰과 반성적 사고를 통해 지속적인 자기 탐구를 시도했던 허준의 문학 세계는 그 치열성과 성실성으로 인해 우리 소설사에 독특한 정신사적 궤적을 남기고 있다.

제 4 부
부 록

생애 연보

1910	2월 27일 평북 용천에서 아버지 허민과 어머니 정순민 사이의 5남 중 3남으로 태어남. 본관은 양천(陽川), 용천에서 유년기를 보냄.
1922	서울 낙원동 169번지로 이사. 서울 다동공립보통학교로 전학.
1923	다동공립보통학교 4학년 수료. 중앙학교(이후 중앙고보)입학.
1928	중앙고보를 졸업하고 도일(渡日). 와세다 대학 문학부 예과에 합격하였으나 호세이 대학에 입학.
1934	호세이 대학 수료 후 귀국. 『조선일보』에 시 「초」, 「가을」, 「실솔」, 「시」, 「단장」을 발표하며 등단.
1935	신현중(1910~1980)의 동생 신순영과 결혼.
1936	백철의 추천으로 『조광』에 『탁류』를 발표하면서 본격적인 작가활동을 시작. 조선일보 편집국 기자로 입사.
1938	『조선일보』 '신인 단편 릴레이'에 중편 「야한기」를 9월3일에서 11월 11일까지 37회에 걸쳐 연재.
1940	일본 잡지 『조선화보(朝鮮畫報)』에 일본어 콩트 「習作部室から」를 발표.
1941	『문장』에 「습작실에서」를 발표한 뒤 만주로 건너감.
1942	『국민문학』 주최의 좌담회 '군인과 작가, 징병의 감격을 말하다'에 참석.

1945 해방 직후 귀국. '경성조소 문화협회'의 발기인으로 참여.

1946 조선문학가동맹 주최의 '전국문학자대회' 참석. 조선문학가동맹 소설부 위원, 서
울시지부 부위원장. 소설집 『잔등』 간행.

1947 『민보』에 『황매일지』 연재.

1948 「일년간 문학계의 회고와 전망」을 『서울신문』에 발표. 최정희, 임학수, 설정식
등과 문인좌담회에 참석. 해주에서 개최한 '남조선인민대표자회의'에 대의원으
로 참석. 『역사』를 『문장』에 연재하다 중단.

1950 한국전쟁 시기 북한군을 따라 월남, 서울에서 머무름. 이후 행적 불명.

작품 연보

‖ 소설 ‖

「탁류」, 『조광』, 1936.2.

「야한기」, 『조선일보』, 1938.9.3~11.11.

「習作部室から」, 『朝鮮畵報』, 1940.10.

「습작실에서」, 『문장』, 1941.2.

「잔등」, 『대조』1~2, 1946.1~7. / 『잔등』, 을유문화사, 1946(재수록).

「한식일기」, 『민성』7, 1946.6.

「황매일지」, 『민보』, 1947.3.11~6.12.

「임풍전 씨의 일기」, 『협동』, 1947.6.

「續 습작실에서」, 『조선춘추』, 1947.12. / 『문학』, 1948.7.(재수록)

「평대저울」, 『개벽』76, 1948.1.

「역사」, 『민성』, 1948.2. / 『문장』(속간호), 1948.10.(재수록)

‖ 시 ‖

「초」외 4편(「초」, 「가을」, 「실솔」, 「시」, 「단장」), 『조선일보』, 1934.10.7.

「창」, 『시원』, 1935.8.

「모체」, 『조선일보』, 1935.10.20.

「밤비」, 『조광』, 1935.12.

「소묘」외 3편(「무가을」, 「기적」, 「옥수수」), 『조광』, 1936.1.

「장춘대가」, 『개벽』, 1946.4.

▌평론 · 수필 · 기타 ▌

「나의 문학전」, 『조선일보』, 1935.8.2.~8.4.

「오월의 기록」, 『조선일보』, 1936.5.27/28/30.

「유월의 감촉」, 『여성』, 1936.6.

「자서소전」, 『신인단편걸작집』, 조선일보사 출판부, 1938.

「신진작가좌담회」, 『조광』, 1939.1.

「문예시평 – 비평과 비평정신」, 『조선일보』, 1939.5.31/6.2.

「문예시평 – 근대비평정신의 추이」, 『조선일보』, 1939,6.4/6.6.

「문학방법론」, 『중앙신문』, 1946.4.7.

「軍人と作家, 徵兵の感激を語る」, 『國民文學』, 1942.7.

「해방 후의 조선문학 – 제1회 소설가 간담회」, 『민성』, 1946.6.

「민족의 감격」, 『민성』, 1946.8.

「문학적 기록 – 임풍전 씨의 일기 서장」, 『조선일보』, 1947.4.13.

「깃발을 날려라 – 공위 성공을 비는 작가 시인의 말」, 『문화일보』, 1947.5.25.

「임풍전의 일기 – 조선호텔의 일야」, 『경향신문』, 1947.6.12./6.15.

「일 년간 문학계의 회고와 전망 – 새 문화의 창조를 위하여」, 『서울신문』, 1948.1.6.

「문학 방담의 기」, 『민성』, 1948.2.

연구 목록

강상희, 『한국 모더니즘 소설론』, 문예출판사, 1999.
강진호, 「1930년대 후반기 신세대 작가 연구」, 『한국근대문학 작가연구』, 깊은샘, 1996.
강진호, 「자기 성찰과 주체 정립의 도정-허준의 삶과 문학」, 『한국문예비평연구』32, 2010.
구재진, 「허준의 『잔등』에 나타난 두 개의 불빛과 허무주의」, 『민족문학사연구』37, 2008.
권성우, 「허준 소설의 '미학적 현대성' 연구」, 『한국학보』19권 4호, 1993.
권영민, 『해방직후의 민족문학운동연구』, 서울대학교출판부, 1986.
김강진, 「허준의 『잔등』 연구」, 『대구어문논총』13, 1995.
김남천, 「신진소설가의 작품세계」, 『인문평론』, 1940.2.
김동리, 「신세대의 정신」, 『문장』, 1940.5.
김동석, 「해방기 소설의 비판적 언술 연구」, 고려대학교 박사학위논문, 2005.
김민정, 「1930년대 후반기 모더니즘 소설 재고-최명익과 허준을 중심으로」, 『한국학보』20, 1994.
김성수, 「허준의 『잔등』에 대하여」, 사에구아 도시카쓰 외, 『한국근대문학과 일본』, 소명출판, 2003.
김성연, 「허준 소설 연구」, 동덕여자대학교 석사학위논문, 2004.
김윤식, 「허준론-소설의 내적 형식으로서의 '길'」, 김윤식·정호웅편, 『한국근대리얼리즘작가연구』, 문학과 지성사, 1988.
김종욱, 「식민지 체험과 식민주의 의식의 극복-허준의 「잔등」 연구」, 『현대소설연구』22, 2004.
김지연, 「1930년대 후반 '신세대 작가'의 소설연구-최명익, 허준, 유항림에 나타난 형상화 방식과 주제의 인식을 중심으로」, 경북대학교 석사학위논문, 1997.
김혜영, 「허준 소설에 나타난 타자 인식의 서사적 기능과 의미 연구」, 『현대소설연구』14, 2001.
김희진, 「허준 소설 연구」, 이화여자대학교 석사학위논문, 1992.

노용무, 「해방기 문학의 내적 형식과 길 모티프 연구」, 『한국문학이론과 비평』26, 2005.

노지연, 「허준소설연구」, 한국교원대학교 석사학위논문, 2010.

박선애, 『1930년대 후반 문학과 신세대 작가』, 한국문학사, 2004.

박성란, 「허준 연구」, 인하대학교 석사학위논문, 1999.

박훈하, 「허준 소설의 고독과 현실주의 문학과의 상관성 연구」, 부산대학교 석사학위논문, 1991.

백   철, 「금일 창작의 최고봉-신인 허준의 『濁流』를 薦함」, 『조선일보』, 1936.2.20.

서재길, 「허준의 생애와 작품세계」, 『허준전집』, 현대문학, 2009.

서준섭, 「한국 모더니즘 문학 연구」, 일지사, 1988.

신형기, 「허준과 윤리의 문제-『잔등』을 중심으로」, 『상허학보』17, 2006.

안   경, 「허준 소설 연구」, 숙명여자대학교 석사학위논문, 1992.

안함광, 「作壇, 비평계의 회고와 전망 」, 『조선문학』, 1937.1.

안함광, 「인상에 남는 신인문학-『탁류』와『전락자』에 대하여」, 『조선일보』, 1936.

엄미옥, 「『잔등』의 공간성 연구」, 『한국문학이론과 비평』32, 2006.

오병기, 「허준 소설 연구-자의식의 변모양상을 중심으로」, 『대구어문논총』13, 1995.

오양호, 「허준과 이석훈의 문학세계」, 『북으로 간 작가선집』10, 을유문화사, 1988.

우한용, 「소설기호론의 층위-허준의 『잔등』」, 『한국현대소설구조연구』, 삼지원, 1990.

유성하, 「1930년대 한국 심리소설의 기법 연구」, 계명대학교 박사학위논문, 1987.

유철상, 「해방 공간의 암흑을 밝히는 등불」, 『한국 근대소설의 분석과 해석』, 월인, 2002.

윤애경, 「해방기 삶의 탐색 태도와 그 의미-허준의 『잔등』론」, 『한국문학이론과 비평』 26, 2005.

이강언, 「1930년대 모더니즘 소설 연구」, 영남대학교 박사학위 논문, 1987.

이계열, 「1930년대 후반기 소설의 자아의식의 연구」, 숙명여자대학교 박사학위논문, 1998.

이계열, 「허준의 『습작실에서』 연구」, 『현대소설연구』9, 1998.

이나영, 「해방직후 소설의 진보적 세계관 연구」, 경북대학교 석사학위논문, 1997.

이도연, 「허준의 『續 습작실에서(1948)』론」, 『현대소설연구』35, 2007.

이민영, 「해방기 귀환소설의 경계인식 연구」, 서울대학교 석사학위논문, 2008.

이병순, 「허준의 『잔등』 연구」, 『현대소설연구』6 1997.

이승윤, 「『습작실』 연작을 통해 본 허준 소설의 문학적 궤적」, 『한국현대문예비평연구』 32, 2010.

이영선, 「허준 소설 연구」, 울산대학교 석사학위논문, 2000.

이영의, 「허준 소설 연구-『잔등』의 현실모색을 중심으로」, 관동대학교 석사학위논문, 1999.

이우용, 『해방직후 한국소설의 양상』, 고려원, 1993.
이은선, 「모더니즘 소설의 체제 비판 양상 연구」, 이화여자대학교 석사학위논문, 2008.
이종화, 「허준의 초기 소설연구」, 『현대문학이론연구』1, 1992.
이한준, 「허준 소설 연구-자의식의 전개양상을 중심으로」, 세종대학교 석사학위논문,
　　　　1997.
임병권, 「1930년대 한국 모더니즘 소설의 양가성 연구」, 서강대학교 박사학위논문, 2001.
장수익, 「환멸과 고독을 넘어-최명익과 허준」, 『대화와 살림으로서의 소설비평』, 월인,
　　　　1999.
정태용, 「현금창작단의 동향」, 『신천지』, 1949.1.
차준호, 「허준소설연구」, 경남대학교 석사학위논문, 1995.
채호석, 「허준론」, 『한국학보』15권 3호, 1989.
최강민, 「해방기에 나타난 허준의 변모 양상」, 『우리문학연구』 10, 1995.
최혜실, 「한국 현대 모더니즘 소설에 나타나는 '산책자'의 주제」, 『한국의 현대문학』3,
　　　　1994.
한동혁, 「허준 소설 연구-주인물의 내면의식의 변화를 중심으로」, 성균관대학교 석사
　　　　학위논문, 2007.
한성봉, 「『습작실』 연작을 통해 본 허준 소설의 서사공간」, 『한국언어문학』36, 1996.
홍혜준, 「허준 문학 연구」, 서울대학교 석사학위논문, 1999.
홍효민, 「해방 이후 소설계의 회고와 전망」, 『신문학』, 1946.10.
황　경, 「허준소설연구-존재론적 자아탐구의 여정」, 『현대문학이론연구』11, 1999.

필 자(가나다순)

강진호 성신여자대학교 교수
권성우 숙명여자대학교 교수
김민정 포스텍 교수
김종욱 세종대학교 교수
김혜영 조선대학교 교수
노용무 전북대학교 강사
신형기 연세대학교 교수
이도연 고려대학교 강사
이병순 숙명여자대학교 한국어문화연구소 책임연구원
이승윤 한국방송통신대학교 전임대우강의교수
최강민 경희대학교 연구교수
황 경 고려대학교 민족문화연구원 연구교수

편자

이승윤

연세대, 건국대, 성신여대 강사, 포항공대 전임대우강사
현 한국방송통신대학교 국어국문학과 전임대우강의교수
주요 논저,『근대 역사담론의 생산과 역사소설』,『북한의 문화정전, 총서 불멸의 력사를 읽는다』(공저),『한국 근대문화와 박경리의 토지』(공저),「근대 대중지의 역사수용방식과 글쓰기 전략」,「1920~30년대 민중의 계몽과 양식적 실험」,「교양소설의 가능성 혹은 소설의 미래」외.

글누림 작가총서

허 준

초판1쇄 인쇄 2011년 7월 20일 | **초판1쇄 발행** 2011년 7월 28일
엮은이 이승윤
펴낸이 최종숙

책임편집 이태곤
편집 임애정·전희성 | **디자인** 이홍주·안혜진 | **마케팅** 박태훈·안현진
펴낸곳 글누림출판사
등록 제303-2005-000038호(등록일 2005년 10월 5일)
주소 서울 서초구 반포4동 577-25 문창빌딩 2층(우137-807)
전화 02-3409-2055 | **FAX** 02-3409-2059 | **이메일** nurim3888@hanmail.net
홈페이지 http://www.geulnurim.co.kr
ISBN 978-89-6327-136-1 93810
　　　978-89-6327-084-5(세트)

정가 20,000원

* 잘못된 책은 교환해 드립니다.